雪友特選 5

雪　嶺

미우라 아야꼬 지음
김병로 옮김

설우사

한 알의 밀이
땅에 떨어져 죽지 아니하면
한 알 그대로 있고
죽으면 많은 열매를 맺느니라.

               요한복음 12장 24절

雪嶺　　　　　　　　　　차 례

거울／7　국화 인형／18　어머니／28　벚꽃나무 밑／39
숨바꼭질／51　2학기／73　동경／83　문앞／103
포승／124　무화과／133　트럼프／152　연락선／175
사뽀로의 거리／185　가을비／194　소간산／207
눈내리는 거리의 뒷골목／216　사령／231　이웃／244
머리핀／265　雪嶺／278　후기／307　해설／313

거 울

1877년 2월에 나가노 노부오(永野信夫)는 도꾜 홍고(本郷)에서 태어났다.

"너는 정말 얼굴 생김뿐 아니라 성미까지도 어미를 꼭 닮았어."

할머니인 도세가 이렇게 말하는 것은 기분이 언짢은 때이다. 죽은 엄마를 닮았다는 것은 결코 칭찬하는 말이 아니란 것을 어린 마음인데도 노부오는 알고 있었다.

'엄마는 어떤 사람이었을까?'

엄마는 노부오를 낳고 2시간 후에 죽었다고 들었다. 노부오는 지금 거울을 향해 곰곰이 자기 얼굴을 바라보고 있다. 모양좋게 동그란 눈, 곧은 콧날, 꽉 다문 두텁지도 얇지도 않은 입술.

'엄마는 예뻤었구나…'

10살 난 노부오는 자기 진한 눈썹에 드러나 보이는 자신의 고집스러운 모습까지는 눈치채지 못하고 있었다.

'엄마를 닮은 것이 왜 나쁘다는 걸까?'

노부오는 도세의 마음 속을 알 턱이 없었다.

불쑥 노부오는 입을 소의 멍에 모양으로 다물어 본다. 죽은 엄마도 이런 모양의 얼굴을 하고 있었을까 생각해 본다. 한쪽 눈을 감는다. 눈썹 치키고 거울을 향해 노려본다. '약간 무서운 걸' 하고 생각한다. 입을 오무리고 웃어 본다.

'엄마도 이렇게 웃었을까?'

노부오는 또 한번 웃어 본다. 이번에는 입을 크게 벌리고 이빨을 보았다. 충치라고는 없는 하얀 이들의 열(列)이 곱다. 안쪽에 달려 있는 목젖을 노부오는 유심히 보았다.

'왜 이런 것이 있을까?'

엄마한테도 이런 이상한 것이 달려 있었을까 하고 생각하는 순간 노부오는 별안간 자기 가슴 언저리가 이상하게 느껴졌다. 평소에는 그렇게까지 생각지 않았던 엄마가 갑자기 그리워졌다. 노부오는 입 안에 손가락을 넣어 목젖을 건드리려다가 왝 토할 뻔했다. 그 순간 두 눈에 눈물이 고이는가 싶더니만 곧 눈물이 주르륵 흐르기 시작했다.

"노부오야, 왜 울고 있지?"

등 뒤에서 할머니 도세의 소리가 들렸다. 할머니는 딱 벌어진 몸매로, 노하면 아버지인 사다유끼보다 훨씬 더 무섭다. 그러나, 대체로 자기를 귀여워해 주고 있어서 노부오는 할머니가 싫지 않았다. 다만 엄마 얘기를 할 때만은 이상하게 심술궂게 느껴져서 할머니가 싫었다.

"목 안에 손을 넣었더니 눈물이 나왔어요."

이렇게 말했지만 노부오는 정말은 왠지 모르게 슬퍼져서 눈물이 난 듯하였다.

"바보 같은 장난을 해서는 못써요. 남이 보는 데서 눈물을 흘리는 것은 상사람이야. 우리 집안은 무사(武士) 계급이니까 그런 못난 짓 하면 안 돼요."

할머니는 이렇게 말하고 노부오 옆에 바짝 다가와 앉았다. 할머니가 무릎을 흐트리고 앉는 모습을 노부오는 한 번도 본 적이 없었다. 그래서 노부오는 여자란 모두 항상 그렇게 앉는 것이려니 생각했었다. 그러나, 그게 그렇지만도 않다는 사실을 노부오는 바로 며칠 전에 발견했다.

노부오의 집에 드나드는 로꾸라고 하는 방물장수 사나이가 있다. 로꾸 아저씨는 빗이나 옷끈, 옷깃, 실, 가위 등을 상자에다 포개 넣어서 풀무늬가 있는 커다란 보자기에 싸서 짊어지고 온다.
"마님!"
로꾸 아저씨는 도세를 이렇게 불렀다. 그는 2,3년 전에 니이가다에서 도꾜에 올라왔다. 도세의 고향도 니이가다였던 관계로 두 사람은 말이 통했다. 서양 패션 어쩌구 하는 유행어를 그럴 듯하게 써가며, 로꾸 아저씨는 오랜 시간 부엌 문지방에서 말을 늘어 놓곤 했다.
노부오는 로꾸 아저씨 오는 것이 기다려졌다. 로꾸 아저씨가 좋은 것은 아니었다. 그가 때때로 데리고 오는 도라오라고 하는 아이가 있었기 때문이다. 도라오는 노부오보다는 2살 아래인 8살이었다. 노부오의 아버지는 일본 은행에 근무하고 있었다. 집은 홍고의 야시끼마치에 있었는데, 그 근처에는 또래의 아이들도 별로 없고 하여서, 노부오는 도라오가 오는 것이 즐거움이었다.
언젠가 노부오는 로꾸 아저씨를 따라서 한번 도라오의 집에 놀러 간 적이 있었다. 덜컹소리가 나는 발판을 밟으며 다가가서 문을 여니까 바로 방이 있었는데, 노부오는 우선 그것에 놀랐다. 그러나, 그보다 더 노부오를 놀라게 한 것은 30살쯤 된 여자가 앞가슴을 드러내 놓고 다리를 옆으로 뻗은 채로 식사를 하고 있는 모습이었다.
'여자도 저렇게 버릇이 없는 것일까?'
노부오는 이상하게 생각했던 것이다.
지금도 할머니가 무릎을 가지런히 하고 자기 옆에 똑바로 앉았을 때에 노부오는 도라오 어머니의 모습을 떠올렸다.
"절대로 눈물을 남에게 보여서는 안 돼요."
할머니가 다시 말했다.
"예"
하고 고개를 끄덕이며 대답을 한 노부오는,
"할머니, 입 좀 벌려 봐요 네?"
하며 도세의 무릎에 손을 얹었다.

"왜?"
"목 안에 이런 것 있는가 볼라구요!"
노부오는 크게 입을 벌려 보았다.
"여자가 입을 크게 벌리는 것은 부끄러운 일이야."
도세는 노부오의 상대가 되어 주지 않았다.
아버지인 나가노 사다유끼는 온후한 사람이었다. 녹봉(祿俸) 칠백 석을 받는 무사의 집에서 태어났다기보다는 관리집 태생이라 해야 옳을 만큼 섬세한 분위기의 인품이었다. 그는 노부오를 고집스런 어머니 도세에게 아주 맡겨 버리고 아무런 간섭도 하지 않았다. 그래서, 노부오는 아버지를 무섭다고도 인자하다고도 생각지 않고 있었다. 그런데, 난생 처음 아버지한테 호되게 꾸중을 듣는 사건이 터졌다.
사월이 임박한 어느 따스한 일요일의 일이었다. 그날도 방물장수 로꾸 아저씨가 도라오를 데리고 나가노 댁에 와 있었다. 노부오는 도라오와 헛간 지붕에 엎드려서 햇볕을 쬐고 있었다. 도라오는 이름과는 달리 온순한 아이로서 검정콩같이 사랑스런 두 눈을 갖고 있었다.
"나비야 나비야 장다리잎에 앉아라…"
근처 저택에서 들려오는 풍금소리에 노부오는 귀를 기울이고 있었다. 노부오에게는 풍금을 타고 있는 사람이 왜 그런지 자기가 가장 좋아하는 네모또 요시꼬 선생님인 듯 느껴졌다. 네모또 선생님은 얼굴이 하얗고 눈은 가느다란 것이 여간 자애롭게 느껴지는 것이 아니었다. 고동색 화복(和服, 일본의 女服)을 가슴 높이에까지 추켜서 동여매고, 빠른 걸음으로 걷는 모양이 그 동네 여자들과는 아주 다른 것처럼 노부오에게는 느껴졌다.
네모또 선생님은 해마다 일 학년 꼬마들만 맡아 가르치고 있었다. 노부오도 일 학년 때에는 네모또 선생님의 반이었다. 한데, 선생님은 곧잘 아이들의 머리를 쓰다듬어 주시곤 했다. 선생님이 살며시 다가와서 살짝 머리를 쓰다듬어 주면 장난을 치고 있던 개구쟁이들도 우물쭈물

하다가 곧 얌전해지곤 했다.
 선생님이 가까이 오시면 뭔가 좋은 냄새가 풍겼다. 할머니 도세가 바르는 병에 든 머리 기름 냄새와는 다르다고 노부오는 생각했다. 또 선생님과 손을 맞잡으면 부드럽고 매끈매끈하여서 노부오의 손까지도 매끈거리는 것 같았다.
 노부오는 일 학년 때에 네모또 선생님이 어디론가 훌쩍 시집을 가 버리는 것이 아닌가 하여 불안을 느낄 때가 있었다.
 '내일 학교에 가면 선생님은 이미 안 계실지도 몰라…'
 이렇게 생각하면 노부오는 걱정이 되어서 견딜 수가 없었다.
 '옳지, 내가 네모또 선생님을 내 색시로 하면 될 거야. 그렇게 하면 선생님은 아무데도 안 가고 있어 주겠지.'
 멋진 생각이라고 노부오는 생각했다.
 다음 날 쉬는 종이 울리고 학생들은 떼지어 운동장으로 놀러 나갔다. 그러나, 노부오는 우물쭈물하고 교실에 남아 있었다.
 "아니, 나가노 군은 어찌된 일이지? 나가 놀지 않고?"
 노부오는 말없이 고개만 끄떡했다. 선생님은 빠른 걸음으로 다가왔다.
 "배라도 아픈 것 아냐?"
 선생님의 좋은 냄새가 났다. 노부오는 고개를 옆으로 저었다.
 "그럼 밖에 나가서 힘차게 놀아요."
 선생님은 노부오의 머리를 쓰다듬었다.
 "선생님…"
 노부오는 더듬거렸다.
 "왜?"
 선생님은 노부오의 얼굴을 빤히 들여다보았다.
 "저어… 제가 자라면 선생님을 제 색시로 할 참예요. 그러니까 그때까지 아무데도 가지 말고 기다려 줘요, 네?"

노부오는 마음을 다져먹고 단숨에 말해 버렸다. 말해 보니까 그다지 부끄럽지도 않았다.
"색시로?"
선생님은 놀란 듯이 말하고 나서,
"알았어요."
하고 포시시 웃으며 노부오의 어깨에 손을 얹었다.
"정말 아무데도 가지 마세요."
다짐을 하니까 선생님은 노부오의 손을 가만히 붙잡고 미소지었다. 노부오는 기뻤다.
'이제는 선생님이 아무데도 가지 않을 거야…'
노부오는 득의만연한 얼굴로 힘차게 쾅쾅 소리를 내면서 복도를 달려 밖으로 놀러 나갔다.
노부오는 지금 3학년이다. 선생님께 그런 얘기 한 것은 다 잊어버렸다. 그러나, 네모또 선생님은 여전히 좋았다. 복도에서 만나면 교장 선생님께 하는 것보다 더 정성스레 인사를 드린다. 네모또 선생님을 복도에서 만난 날은 종일토록 즐거웠다.
"도라짱의 선생님은 상냥하시지?"
도라오는 1학년이다.
"응. 근데 우리 엄마는 잣대를 들고 쫓아다니며 때리려고 하는데 말이야. 노부짱의 할머니도 잣대로 때리니?"
도라오는 선생님의 일보다 자기 어머니의 일이 마음에 걸리는 모양이었다.
"아니, 할머니는 안 때려."
어느새 풍금소리는 끊어져 있었다. 아버지한테 꾸지람을 들은 사건은 그 직후에 일어났다.
"참, 노부짱은 저 하늘 저쪽에 뭐가 있는지 알아?"
지붕 위에서 보는 하늘은 아래에서 보는 하늘과 어딘가 다르다.

"몰라."
노부오는 딱 잘라 말했다.
"흥, 3학년이면서 하늘 저쪽에 뭐가 있는지도 몰라?"
도라오의 검정콩 같은 눈에 약간 이죽대는 듯한 웃음이 서렸다.
"하늘 저쪽에 가지 않고서는 알 도리가 없잖아?"
노부오는 고집스런 표정으로 눈살을 찌푸렸다.
"가보지 않아도 알 수 있지 뭐."
도라오의 말씨가 거칠어졌다.
"그럼 뭐가 있어?"
"햇님이 있지!"
"뭐라고? 도라짱 너 바보로구나? 햇님은 하늘에 있단 말야."
"거짓말! 하늘 저쪽야."
"하늘이야!"
"틀렸어! 하늘 저쪽이야."
신기하게도 도라오가 고집이었다.
"별이나 햇님이 있는 곳이 하늘이란다!"
노부오는 단호한 어조로 말했다.
"거짓말! 그림 그릴 때 지붕 바로 위는 하늘이잖아? 여기가 하늘이야!"
도라오는 자기가 엎드려 있는 지붕 위의 공기를 휘젓듯 팔을 내저었다.
"저쪽이야, 하늘은!"
노부오는 양보하지 않는다.
"거짓말이야! 하늘 저쪽이야!"
두 아이는 어느덧 자기들이 어디에 있다는 것을 잊어버리고 있었다. 두 아이는 서로 노려보며 헛간 지붕 위에 서 있었다.
"거짓말이면?"

도라오가 노부오의 가슴을 밀었다. 노부오는 몸의 중심을 잃고 비틀거렸다.
"으악!"
비명소리는 두 아이의 입에서 동시에 터졌다.
'아차!'
도라오가 이렇게 느낀 순간에 노부오는 공중제비를 치며 땅바닥에 떨어졌다.
그러나, 마침 다행이었다. 그날은 도세가 이불 껍데기를 벗기고, 낡은 솜을 돗자리에 하나 그득히 널어서 말리고 있었다. 노부오는 거기에 떨어진 것이었다. 거꾸로 굴러 떨어졌다고 생각했는데 다친 곳은 발목이었다.
"노부짱, 용서해요."
도라오가 울상을 짓고 지붕에서 내려왔다.
"난 너한테 떠밀려서 떨어진게 아니야! 알았어?"
노부오는 눈살을 찌푸린 채 발목을 쓰다듬으면서 말했다.
"뭐, 뭐라고?"
도라오는 노부오의 말을 이해하지 못했다.
"네가 나를 밀어 떨어뜨렸다는 말을 아무한테도 하지 마!"
노부오는 명령조로 빠르게 말했다. 도라오는 어리벙해 가지고 노부오를 바라보았다.
비명을 듣고 먼저 달려온 것은 로꾸 아저씨였다.
"도련님, 어떻게 된 일이죠?"
로꾸 아저씨는 파랗게 질린 얼굴을 하고 서 있는 도라오를 노려보았다.
"아무것도 아냐요. 놀다가 지붕에서 떨어졌어요."
"지붕에서?"
로꾸 아저씨는 외쳤다. 그리고, 갑자기 도라오의 얼굴을 힘껏 때렸다.
"도라오! 너지?"
도라오는 으앙 울음을 터뜨렸다.
"무슨 일이죠?"
할머니 도세였다.
"이거 정말 죄송하게 됐습니다. 도라오란 놈이…"
이렇게 말을 꺼내는 로꾸 아저씨의 말을 노부오는 날카롭게 가로막았다.
"아냐요! 제가 혼자 떨어졌어요!"
노부오의 말에 로꾸 아저씨의 얼굴이 일그러지며 주름투성이가 되었다.
"도련님!"
"그런 것보다도 우선 상처는 없는가요?"
도세는 당황하는 기색이 없었다.
"대단치는 않은 것 같습니다만, 우선 의사 선생님한테 데려다 주세요."
할머니는 노부오의 얼굴을 보고 로꾸 아저씨에게 말했다. 로꾸 아저씨가 서둘러 노부오를 업고 근처의 병원으로 데려갔다. 발목을 삐었을 뿐 골절은 되지 않았다. 그래도, 병원에서 돌아와서 일단 자리에 뉘어졌을 때, 노부오는 많이 지쳐 있었다.
"대단치 않아서 다행이다."
사다유끼가 방에 들어오자 도세는 그렇게 말하고, 교대하는 양 부엌 쪽으로 갔다.
사다유끼를 보자, 로꾸 아저씨가 황급히 방바닥에 이마를 대고 사과했다.
"이거, 도라오란 녀석이 그만 엉뚱한 일을 저질러서…"
도라오는 위축되어 머리를 숙이고 있었다.

"도라오짱이 아니라 하는데도!"
노부오가 소리질렀다.
"도대체 어찌됐다는 거지?"
사다유끼는 꼿꼿이 앉은 채 부드럽게 말했다.
"실은 우리 도라오 녀석이 헛간 지붕 위에서…"
"노부오를 밀어 떨어뜨렸다는 거로군."
"그렇습니다."
로꾸 아저씨의 콧등에 땀이 송알송알 맺혔다.
"아냐요. 제가 혼자 떨어졌어요!"
노부오가 안타까이 외쳤다. 사다유끼는 미소지은 채 두세 번 고개를 끄덕였다. 노부오에게 손아래 친구를 비호하는 도량이 있다는 사실이 기뻤다.
"그런가? 네가 혼자 떨어졌나?"
"그렇습니다. 제가 어떻게 상인의 아들 따위한테 지붕에서 밀려 떨어지겠어요?"
노부오의 말에 사다유끼의 얼굴빛이 싹 변했다. 로꾸 아저씨는 쩔쩔매면서 사다유끼를 보았다.
"노부오! 다시 한번 방금 한 말 해 봐요!"
쩡 하는 사다유끼의 소리에 노부오는 일순 주저했지만, 그러나 철없는 그의 입이 확실하게 열렸다.
"저, 상사람의 아들 따위한테…"
다 말하기 전에 사다유끼의 손이 노부오의 뺨을 힘껏 때렸다. 노부오는 왜 아버지의 그런 노여움을 샀는지 몰랐다.
"나가노 가문은 무사의 가문이야. 상사람의 아들과는 달라요."
할머니 도세는 늘 노부오에게 말했다. 따라서, 노부오는 상사람의 아들한테 지붕에서 밀쳐 떨어졌다는 이야기는 입이 찢어지는 한이 있어도 할 수가 없었던 것이다. 노부오는 아버지를 노려보았다.

'칭찬해 줘도 좋을 텐데!'
"도라오야, 네 손 좀 보자."
 사다유끼는 도라오에게 미소를 지으며 말했다. 도라오는 겁먹은 태도로 더러워진 작은 손을 내밀었다.
"노부오! 도라오의 손가락이 몇 개지?"
"다섯 갭니다."
 맞은 부위가 아직 얼얼했다.
"그럼 노부오의 손가락은 몇 개지? 여섯 개 있는 거야?
 노부오는 질끈 입술을 깨물었다.
"노부오, 무사의 아들과 상사람의 아들은 어디가 다르다는 거지? 어디 말해 봐!"
'참말이야. 어디가 다르지?'
 질문을 받고 나니까, 어디가 다른지 노부오는 알 수가 없었다. 그러나, 할머니는 다르다고 했다.
"어딘가가 다릅니다."
 노부오는 역시 그렇게 생각하지 않고는 견딜 수가 없었다.
"어디도 다르지 않아. 눈도 둘, 귀도 둘이다. 알겠냐 노부오. 후꾸자와 유기치(福澤諭吉)선생은 하늘은 사람 위에 사람을 만들지 않았고, 사람 밑에 사람을 만들지 않았다고 말씀하셨다. 알겠냐, 노부오."
"……."
 노부오도 후꾸자와 유기치란 이름만은 많이 듣고 있었다.
"알겠니, 사람은 모두 같은 거야. 상사람이 무사보다 천할 이유가 없어. 아니, 오히려 어떤 이유가 있다 할지라도 사람을 죽이곤 한 무사족 쪽이 부끄러운 인간인지 모른다."
 엄한 어조였다. 아버지가 이렇게 엄한 사람인 줄은, 노부오는 그때까지 몰랐다. 그러나 그보다도,
"무사 쪽이 부끄러운 인간인지 몰라."

라고 한 말이 가슴을 찔렀다. 무사는 훌륭하다고 당연하게 생각해온 노부오이다. 그것은 눈은 희다, 불은 뜨겁다 하는 것과 같이, 노부오에게는 당연한 일이었다.

'참으로 인간은 모두 같은 것일까?'

노부오는 입술을 질겅 악물며 베개에 얼굴을 묻었다.

"노부오, 도라오에게 사과해라."

사다유끼가 엄하게 명했다.

"저…"

노부오는 아직 사죄할 정도의 기분은 되지 않았다.

"노부오, 사죄할 수 없겠니? 네가 한 말이 얼마나 나쁜 말인지 너는 모르겠단 말이냐?"

그렇게 말하고 나서, 사다유끼는 가지런히 두 손을 방바닥에 짚고, 머뭇대고 있는 로꾸 아저씨와 도라오를 향해 깊이 머리를 숙였다. 그리고, 그런 자세로 얼굴을 들지 않았다. 그러는 아버지의 모습은 노부오의 가슴에 깊이 새겨져서 일생 동안 잊을 수가 없었다.

국화인형

가을도 끝나 가는 주일이었다. 맑은 하늘에 흰 구름이 너울너울 햇빛을 받아 반짝이며 떠 있었다. 대청마루에 앉아 대담배를 버끔거리며 잠깐 구름을 바라보고 있던 사다유끼는 문득 시선을 옆의 노부오에게 옮겼다.

"뭘 생각하고 있지?"

사다유끼는 미소지으며 말했다.

봄에 노부오가 지붕에 떨어진 날 이후, 사다유끼는 노부오를 도세에게만 맡겨서는 안 되겠다는 마음이 되어 있었다. 물론, 노부오가 지붕에서 떨어졌기 때문이 아니었다.
 "상사람의 아들 따위한데 밀려 떨어져서야 되겠는가."
라고 했던 그때의 노부오의 말에, 사다유끼는 마음이 아팠기 때문이다. 사다유끼는 눈에 띄지 않을 정도로 노부오를 지켜보게 되었다. 지금까지 도세한테 맡겨 버린 채 있었기 때문에 갑자기 간섭할 수도 없었다. 도세는 고집이 세어서 만사를 자기가 생각하는 대로 하지 않고서는 배기지를 못했다.
 "저, 네모또 요시꼬 선생님의 일을 생각하고 있어요."
 "네모또 선생님?"
 "응, 나 일 학년 때 배운 선생님이에요."
 "그 선생님께서 어떻게 하셨는데?"
 약간 우울해진 듯한 노부오의 모습을 보고 사다유끼는 혹 네모또 선생님한테 꾸중을 들었는가 생각했다.
 "선생님 그만두고 시집간다나 봐요…."
 노부오가 심드렁하니 말했다.
 "그건 반가운 이야기가 아니냐?"
 "반갑지도 않아요!"
 네모또 선생님이 그만둔다는 이야기를, 노부오는 어제 들었을 뿐이었다. 네모또 선생님한테 아무데도 가지 말고 자기 색시가 되어 주면 좋겠다고 부탁했던 1학년 때의 일을 노부오는 잊고 있었다. 그러나, 선생님의 퇴직은 역시 쓸쓸했다. 복도에서 생긋 웃으며 답례해 주시는 선생님이 다시는 없다고 생각하니 왠지 몰라도 무척 쓸쓸한 것이다.
 "뭐야, 노부오, 그 말버릇이. 다른 학년의 담임 선생님이 그만두고 가신다는데, 너와 무슨 상관이 있다는 거야?"
 도세가, 바느질하던 손을 멈추고 나무랐다.
 '상관인지 뭔지 알 수 없지만, 그만두고 가면 싫단 말이야.'
 노부오는 시무룩해진 얼굴로 도세를 보았다.

"그런 여선생님의 일 따위, 사내 아이가 생각할 일이 아니야."
도세는 검은 이를 드러내며 실을 끊었다. 도세의 말이 왠지 모르게 노부오의 마음을 불쾌하게 했다.
'왜 여선생님에 관한 일을 남자 아이가 생각하면 나쁠까?'
"어머님, 선생님을 사모하는 것은 좋은 일이 아니겠습니까?"
사다유끼가 말했다. 어머니 없는 노부오가 여선생님을 사모하는 가련함이 사다유끼의 마음에 스며들었다. 할머니인 도세로서는 어머니의 대신이 될 수 없다고 사다유끼는 생각했다.
"사내 아이가 여선생님을 생각한다는 것은 유약해 보이고 부끄러운 일이야. 사다유끼, 네가 아무리 권해도 재혼을 하지 않기 때문에 노부오가 여선생 따위를 그리워하는 거야."
그 말씨에 묘하게 악의가 담겨 있다고 느끼면서 노부오는 사다유끼를 올려다보았다.
"글쎄요. 그건…."
사다유끼는 쓰겁게 웃다가 대통의 재를 떨어뜨렸다.
"어때 노부오, 아빠하고 '국화인형'을 보러 갈까?"
"국화인형? 아버지, 정말?"
노부오는 사다유끼를 따라 외출하는 일이 거의 없었다. 노부오는 네모도 선생님의 일이고 뭐고 모두 잊고 사다유끼의 뒤를 따랐다. 기뻐서 나막신의 끈이 발가락 사이에 제대로 끼이지 않았다.
"이게 뭐냐? 이렇게 덤비다니? 무사의 아들이 볼품없게시리…."
도세의 말에 노부오는 흴끔 사다유끼 쪽을 보고 나서,
"할머니, 다녀오겠습니다."
라고, 큰 소리로 인사를 했다. 방바닥에 손을 대고 엎드어서 인사하지 않으면, 도세가 언짢아 한다는 것도 지금 노부오는 잊고 있었다.
"국화인형이라면 당고자까 극장이죠, 아버지?"
아버지와 걸으면, 늘 봐서 익숙해 있을 집들이 새롭게 여겨졌다. 담

장너머에 있는 감나무까지도 신선하게 느껴졌다.
"아버지, 국화인형이란 뭐죠?"
사다유끼는 무엇을 생각하는 듯 대답이 없다. 그러나, 노부오의 마음엔 걸리지가 않았다. 아버지와 같이 걷고 있는 것만으로 만족했다.
"인형이 국화꽃을 달고 있는 거에요, 아버지?"
"음."
사다유끼는 머물러 섰다.
"노부오."
"왜요?"
"아니다. 아무것도 아니다. 국화인형을 보면서 사이다라도 마실까?"
늦가을이라곤 하지만 도꾜의 햇볕은 따사롭다. 걷고 있노라면 땀이 날 정도였다.
"사이다? 아아, 좋아라!"
'할머니는 사이다가 위에 나쁘다고 했지만….'
그러나, 한 번으로 족하니까 그 구슬을 손 끝으로 꾹 누르고, 거품을 뿜으며 쑥 치솟는 사이다를 마셔 보고 싶다고, 노부오는 몇 번이나 생각했는지 모른다.
노부오의 즐거워하는 얼굴을 보면서 사다유끼도 즐거워했다.
"그리고, 다음엔 단자떡이라도 먹을까?"
아버지와 둘이서 국화인형을 보고 사이다를 마시게 되면 그 이상 더 뭔가 바라고 싶은 생각이 없었다.
그때, 골목길에서 대여섯 살 되어 뵈는 얼굴빛이 하얀 여자 아이 하나가 달려왔다.
'귀여운 아이로구나'
라고 노부오가 생각했을 때, 그 아이가 사다유끼를 보고 얼굴을 확 밝혔다.
"아버지!"

여자 아이는 이렇게 부르고서는 두 손을 크게 펴고 사다유끼에게 달려들었다. 사다유끼는 암말 않고 아이의 손을 잡았다.
　"이건 우리 아버지야. 네까짓 것 아버지가 아냐!"
　노부오는, 자기도 부려 보지 못한 대담한 응석을 부리는 그 아이에게 화를 냈다.
　"뭐? 우리 아버지야. 네 아버지가 아니야!"
　여자 아이는 적의에 찬 시선을 노부오에게 보냈다.
　"거짓말이야. 아버지, 거짓말이지요?"
　"거짓말 아니지, 그지, 아버지?"
　사다유끼는 당혹한 표정으로 둘을 번갈아 보다가, 여자 아이의 어깨에 부드럽게 손을 얹었다.
　"마찌꼬는 혼자 이런 데까지 놀러 왔댔나? 길 잃지 않고 집에 갈 수 있겠니?"
　말씨도 부드러웠다.
　"응, 돌아갈 수 있어요…. 근데 이 사람 누구?"
　여자 아이는 아직도 사다유끼에게 달라 붙은 채였다.
　"음. 마찌꼬의…"
　말을 하다가 사다유끼는,
　"앗, 위험하다!"
하며, 달려온 인력거로부터 마찌꼬를 피하게 했다. 인력거에는 미꾸라지 모양의 수염을 단 사람이 타고 있었다.
　"자, 집에 돌아가요. 엄마가 기다리고 있으니까."
　사다유끼의 손에 밀려서 여자 아이는 마지못해 더듬더듬 걷기 시작했다. 그러나, 두세 발짝 가고 나서 뒤돌아보았다. 그리고, 노부오를 노리듯 쳐다보고서는 휙 몸을 돌려 달려갔다.
　"이상한 아이야!"
　노부오는 여자 아이의 뒤를 쳐다보면서 중얼거렸다. 사다유끼는 약간 얼굴을 찡그린 채 걷기 시작했다.
"우리 아버지를 자기 아버지라고 하다니, 이상한 아이네."
그러나, 걷고 있는 동안에, 노부오는 여자 아이의 일은 잊었다. 국화인형을 보러 가는 즐거움 쪽이 컸기 때문이었다.
국화인형의 오두막이 가까워짐에 따라 사람의 왕래가 심해졌다.
"아버지, 역시 국화인형이란 재미있는 모양이죠? 이렇게 사람이 많이 모인 것을 보니 말예요."
노부오는 언덕길을 오르면서 신기하다는 듯이 내왕하는 사람들을 바라보았다.
"아버지, 이렇게 많은 사람이 왔는데 모두 다른 얼굴을 하고 있어요."
"얼굴이 같아선 구별이 안 되지."
유행하는 검은 옷깃을 한 여인들, 작은 양산을 받쳐 든 양장한 여인, 남장한 사내 아이, 늙은이의 옷을 입은 노부인, 그런 가운데 한 사람의 앉은뱅이가 있었다.
"아버지."
"왜?"
"저 앉은뱅이도 무사만큼 훌륭해요?"
노부오는 아버지가 말한 '하늘은 사람 위에 사람을 만들지 않았고, 사람 아래 사람을 만들지 않았다'는 말을 반 정도 생각해 냈다. 말은 잊었지만, 사람은 모두 같다고 한 아버지의 말은 기억하고 있었다.
"그럼, 그렇지. 사람이란 말이다, 두 팔 두 다리가 없어도, 눈이 보이지 않아도, 귀가 들리지 않아도, 한 마디의 말도 할 수 없어도 모두 같은 인간들이야."
"음…"
왜 두 팔 두 다리가 없어도 모두 같은지 노부오는 아직 모른다.
"마음을 가지고 있는 한 모두 같은 거야."

"하지만, 좋은 마음을 갖고 있는 사람도 있고, 나쁜 마음을 갖고 있는 사람도 있잖아요? 좋은 마음을 가진 사람은 나쁜 마음을 가진 사람보다 훌륭하다고 생각해요."

"약간 어려운 문제로구나. 인간은 어느 사람의 마음이 좋은지 나쁜지, 실은 알 수가 없는거야. 아무튼 하늘이 어느 인간도 위 아래 없이 만들었다는 것만은 틀림이 없다."

'그런가?'

당고 언덕의 위까지 오니까 노부오의 가슴은 벌써 울렁거리고 있었다.

사람들에게 밀리고 밀려 간신히 오두막 집의 나무문을 들어서니까, 안은 초만원이었다. 노부오에게는 그렇게 숨이 막힐 정도로 많은 사람이 있다는 사실 자체도 즐거웠다.

노부오는 생전 처음 본 국화인형을 마음 속으로 아름답다고 생각했다. 가장 재미있던 것은, 도끼를 메고 곰을 타고 있는 긴따로(金太郎)랑, 귀신과 싸우고 있는 모모다로(桃太郎), 개, 원숭이, 꿩이었다.

"할머니도 데리고 왔었음 좋을 뻔했다."

오두막을 나와서 노부오가 말했다.

"음."

사다유끼는 건성스레 답했다.

'하지만 할머니랑 왔으면 사이다는 마실 수 없게 되지.'

노부오는 사이다를 잊고 있지는 않았다.

갈대발이 쳐진 찻집에 들어가서 노부오는 처음으로 사이다를 미셨다.

"아아, 시원하다. 아버지, 맛이 있네요."

"음."

사다유끼는 뭔가 깊이 생각하는 듯 팔짱을 낀 채 노부오를 물끄러미 보았다.

"노부오, 아까 그 여자 아이의 이야기인데…."
"아까 그 여자 아이요?"
노부오는 순간적으로 아버지의 말이 이해되지 않았지만, 곧 생각이 나서,
"아아, 그 건방진 여자 아이요?"
라고 퉁명스레 말했다.
"그 아이 만난 것을 할머니에게는…"
말을 하다 말고 사다유끼는 입을 다물었다. 아이의 입을 막는다는 것이 망설여졌다. 그때 노부오 앞에 앉아 있던 소년이 뿜어 오르는 사이다의 거품을 가슴팍에 맞았다. 거기에 정신을 파느라 노부오는 아버지의 말을 흘려 버리고 말았다.
찻집을 나와서, 인파 속을 걸으면서 노부오는 만족해했다.
집에 돌아오니까 벌써 저녁 준비가 되어 있었다. 걸어다녀서 배가 고플 것이라는 도세의 배려였다.
"할머니, 국화인형 본 적이 있어요?"
노부오는 젓가락을 들며 말했다.
"식사하는 동안은 조용히 해야 해."
도세가 타일렀다. 조금 이른 저녁 식사였지만 노부오는 배가 고팠기 때문에 눈 깜짝할 사이에 식사를 끝냈다. 먹고 난 뒤에 무엇을 먹었는지 생각이 나지 않을 정도였다.
"저 할머니, 긴따로도 모모다로도 있었어요."
"그래? 그것 참 잘됐군. 그것들이 곱더냐?"
"그래요. 무척 고왔어요, 개랑 원숭이랑 꿩들까지도 국화옷을 입고 있었어요. 난 국화인형은 얼굴도 국화인 줄 알았었는데, 그렇지 않던데요?"
"국화로 얼굴은 만들 수가 없어요. 그리고 또 뭐가 재미있었지?"
도세는 기분좋게 맞장구를 쳤다.

"47문사도 있었죠, 아버지? 그거라면 할머니도 보고 싶으셨을 거에요."

"하지만, 사람이 많아 밀어 붙여서 할머니에게는 곤란하지."

사다유끼가 한 마디했다. 노부오는 고개를 끄덕이고서 말했다.

"그렇지요. 할머니는 밖에서 걸으시면 쉬 피로해지시니까. 틀림없이 어깨도 결릴 거에요."

도세에겐 어깨 결리는 증세가 있어서 사흘이 안 되어서 안마를 하고 있다.

"아니 그렇게 사람이 많았나? 그럼 아는 사람도 더러 있었겠네?"

도세는 갑자기 어깨가 결린다는 듯이 자기 어깨를 툭툭 두들겨 보였다.

"그래도 모르는 사람들뿐이었어요. 아이들이랑 어른들, 그리고 양장한 여인 등 여러 종류의 사람들이 있었지만."

"양장한 여인?"

도세는 눈썹을 치켰다.

"왠지 다른 나라의 여인들 같았어요. 아버지 그렇죠?"

"그래. 그리고 또 어떤 사람이 있었지?"

"그리곤 잘 모르겠어요. 너무 많은 사람들이어서. 아, 그래그래, 이상한 여자 아이를 만났지만…."

사다유끼의 얼굴빛이 싹 변했지만, 노부오도 도세도 눈치채지 못했다.

"이상한 여자 아이라니, 거지 아이였니?"

"아아뇨."

"어떻게 이상한 여자 아이였지?"

"고것이 우리 아빠한테 달려들어 안기면서 '아버지!' 하는 것이었어요."

"뭐라고? 노부오, 도대체 그게 어디서였지?"

할머니는 격해 있었다. 어린 마음에도 노부오는 자기가 말해서는 안될 것을 말했다는 사실을 알아차렸다. 살짝 아버지의 얼굴을 살피니까 사다유끼는 무릎을 똑바로 하고 고개를 숙이고 있었다.
 "노부오, 어디서 그 여자 아이를 만났지?"
 기분이 좋았던 도세의 얼굴이 험해져 있었다.
 "어디였는지… 전 잊어버렸어요…."
 노부오는 당황하고 있었다. 왜 도세가 화를 내고 있는지 알 수는 없었지만 불안했다.
 "그럼 어떤 아이였지? 나이가 얼마나 되어 보였지?"
 도세의 얼굴이 노여움으로 붉어져 있었다.
 "저보다…"
 노부오가 다시 입을 열었을 때였다.
 "대단히 죄송합니다. 뭐라 드릴 말씀이 없습니다."
 사다유끼가 이렇게 말하면서 두 손을 짚었다.
 "아무래도 행동이 수상쩍다고 생각했더니만… 에미 몰래… 그런…."
 도세의 콧구멍이 크게 벌룩거렸다.
 "노하시는 건 당연합니다만, 그렇게까지 노하시면 몸에 지장이 옵니다."
 사다유끼의 음성은 가라앉아 있었다. 그것이 도세의 격노를 샀다. 도세의 몸이 부들부들 떨렸다.
 "그런…"
 도세의 입술이 경련을 일으켰다.
 "그런 말은… 듣고 싶지 않다! 아이까지 벌써…"
 도세는 고통스러운 듯 어깨를 들먹이며 숨을 몰아쉬고 있었다.
 "그러나, 그러나…"
 사다유끼가 입을 열자, 도세는 크게 머리를 저었다. 그리고는,
 "…이 불효 자식 같으니라고!"

하고 큰 소리로 외쳤다. 그 순간 도세의 몸이 흐느적거리다가 방바닥에 쿵 하고 쓰러졌다.
 도세는 그날 밤에 죽었다. 뇌일혈이었다.

어 머 니

 장례식이 끝나고, 사다유끼와 노부오, 그리고 새로 고용한 가정부인 쯔네, 이렇게 세 사람의 생활이 시작되었을 때에, 노부오는 갑자기 도세가 그리워졌다.
 학교에서 돌아와 도세가 없는 집안에 들어오면 불쑥 쓸쓸한 생각이 들곤 해서 견딜 수가 없었다. 뜰에서 흙장난을 하다가 옷을 더럽히면,
 '할머니한테 꾸중 들을라.'
하고 생각하여 툇마루 쪽을 쳐다보았다가 눈물을 흘리는 일도 있었다. 옛날 이야기를 많이 알고 있어서 밤마다 졸라서 듣던 일 하며, 밤중에 노부오가 기침만 한 번 해도 일어나서 어깨 언저리를 따뜻하게 해주던 일 등이 생각났다. 도세의 좋았던 점만이 차례로 노부오의 마음에 떠오르곤 했다. 그러나, 왜 그렇게 노했다가 죽었는가 하고 생각하면, 노부오는 그 여자 아이의 이야기를 꺼낸 자기가 나빴던 것 같아 마음이 무거웠다.
 해가 바뀌고 도세의 사십 구일제도 끝난 어느 날 밤, 유달리 사다유끼의 귀가가 늦었다. 가정부인 쯔네와 함께 트럼프놀이를 하고 있자니까 현관 앞에 인력거 닿는 소리가 들렸다. 뛰어 나가 보니까, 아버지가 막 인력거에서 내리고 있었다. 뒤이어서 또 하나의 인력거가 대문 안으로 들어왔다.
 '누굴까?'
 아버지가 늦은 밤에 손님을 데리고 오는 일은 없다. 마침내 인력거의

손잡이가 땅에 닿고 앞의 헝겊이 걷어졌다. 그러자, 머리수건 차림의 여인이 사뿐히 내렸다. 달빛을 받아 젖은 듯 뵈는 그녀의 눈이 아름다웠다. 인력거가 사라지자 그 여인은 노부오의 어깨를 감싸 안았다.
"노부오야!"
노부오는 당황했다. 부끄러운 듯하기도 하고 화나기도 한 듯한 기분이었다. 노부오는 몸을 비틀면서 여인의 가슴팍을 밀었다. 여인은 갑작스런 충격에 비틀거렸다.
"누구? 이 사람!"
노부오는 아버지도 그 여인도 미운 생각이 들어서 불쑥 이렇게 외쳤다.
"자, 그러지 말고 우선 방안에 들어가기부터 하자!"
사다유끼가 노부오의 어깨에 손을 얹으며 말했다.
그 여인은 집에 들어오자 곧장 불실(佛室)로 들었다.
'마치 자기 집에 들어가는 것 같은 얼굴을 하고…'
노부오는 도세의 위패에 초와 향을 올리고 있는 여인의 뒤에 서서 그것을 바라보고 있었다. 여인은 오래오래 고개를 숙이고 있었다. 좀처럼 거실로 돌아오지 않고 그렇게 있었다. 그 동안에 사다유끼도 여인의 옆에 앉아서 향을 올렸다. 얼마 동안 둘은 불단(佛壇) 앞에 묵묵히 앉아 있었는데, 곧 여인은,
"참배케 해주셔서 감사합니다."
하고, 정중하게 사다유끼 앞에 손을 짚었다.
거실에 돌아온 사다유끼는 노부오를 손짓으로 오게 하여 자기 옆에 앉게 했다.
"노부오, 네 어머니다."
나직했지만 음성이 약간 흔들리고 있었다.
"어머니라구요?"
등잔불에 약간 창백하게 느껴지는 여인의 얼굴을, 노부오는 응시하

며 물었다.
"그래."
 사다유끼에 이어 여인이 뭔가 말하려 했을 때,
 "나, 두번째 어머니 같은거 필요없어요."
하고 노부오가 화난 투로 말했다. 사다유끼는 여인과 얼굴을 마주보았다.
 "노부오야, 내가 너를 낳은 어머니란다."
 여인은 바짝 다가앉으며 노부오의 손을 붙잡았다.
 "거짓말이야, 우리 어머니는 죽었어요!"
 노부오는 여인의 손을 뿌리치며 외쳤다.
 "죽은게 아니야. 얼굴을 잘 봐. 너하고 그대로 닮지 않았나 말이다."
 사다유끼의 말에 노부오는 다시 여인을 응시했다. 듣고 보니 확실히 닮았다. 그리고 자기 얼굴을 거울에 비추고 마음으로 몰래 상상하고 있던 어머니보다 훨씬 아름다웠다.
 "닮았는진 모르지만…"
 "노부오야!"
 여인은 손을 내밀어 노부오의 손을 잡았다. 그 검은 눈에서 눈물이 넘치는 것을 노부오는 보았다.
 "…살아 있었나?"
 노부오는 이상한 생각이 들었다. 오랫동안 죽은 줄로만 생각하고 있었던 어머니가 자기 손을 잡고 말을 하고 있는 것이 이상하기만 했다.
 "살아 있었고 말고. 늘 네 생각을 했었지…."
 여인은 노부오를 끌어 안으려 했다. 노부오는 뿌리치면서,
 "살아 있었으면 왜… 왜 이 집에 있어 주지 않았어?"
 "할머니께서… 기꾸를, 기꾸란 이 어머니의 이름이다만, 좋아하시지 않아. 그래서 이 엄마를 집에서 나가게 했던 것이야."
 "그렇다면, 아빠는 왜 그걸 가르쳐 주지 않았지? 왜 엄마를 만나게

해주지 않았지? 엄마는 살아 있다고 왜 알려 주지 않았지?"

어느새 노부오는 우는 소리가 되어 있었다.

"너한테는 참으로 못할 일을 했다."

사다유끼는 깊은 한숨을 쉬었다.

"어른들이란 거짓말쟁이야! 나한테는 거짓말하지 말라 가르치고는…. 할머니도 아버지도 이런 큰 거짓말을 하지 않았느냐 말예요!"

노부오는 와 하고 울음을 터뜨렸다.

도세가 있어서 그렇게까지 쓸쓸하지는 않았지만, 어머니가 얼마나 그리웠는지 모른다. 죽은 어머니는 저 별이 되었을까 하고, 몇 번이나 하늘을 쳐다봤는지 모른다. 나에게도 어머니가 있었으면 하고, 다른 아이들이 어머니와 나란히 걸어가는 모습을 보고 얼마나 부러워했는지 모른다. 그런 때에 왜 와 주지 않았는가. 노부오는 말할 수 없는 원통함을 느꼈다.

"노부오, 왜 우는 거야. 어머니 만나게 된 것이 기쁘지 않단 말이냐?"

사다유끼가 약간 큰 소리로 말했다.

"당신, 그렇게 말씀하시면 노부오가 불쌍해요. 기뻐해야 좋을지, 원통해 해야 좋을지 모르는 것은 당연하지 않아요? 오랫동안 가장 불쌍했던 것은 노부오였어요."

노부오는 그 말을 듣는 순간 더 참을 수가 없어서 더 큰 소리로 울었다. 노부오는 이렇게 자애롭게 감싸 주는 사람이 자기 어머니라고 생각하니까 몹시 기뻤다. 그러나, 기쁘다고만은 할 수가 없었다. 오랫동안 죽었다고 생각하고 있었던 어머니가, 살아서 여기에 있다고 하는 사실이 이상하기도 했다.

"좋아, 이젠 좋아. 울지 않아도 돼."

사다유끼도 이렇게 말하면서 노부오의 등을 쓰다듬었다.

"어쨌든 알았지? 그리고, 언젠가 만난 그 여자 아이는 네 여동생이다. 마쯔꼬가 그 아이 이름이야."

노부오는 우는 것조차 잊고 아버지를 바라보았다.
'그 건방진 것이 누이동생이라고?'
언덕길을 뛰어가던 그 여자 아이의 모습을 노부오는 떠올렸다.
'쳇, 그게 누이동생인가?'
노부오는 자기에게도 남동생이나 누이동생이 있으면 좋겠다고 얼마나 생각했는지 모른다. 저 로꾸 아저씨의 아들 도라오와 친해진 것도 형제가 없기 때문이었다.
'그 여자 아이라면 틀림없이 말괄량이다.'
그렇게 생각하는 것만으로도 노부오는 기뻐 견딜 수가 없었다. 그 아이를 데리고 어디든지 놀러가는 자신을 상상해 보고, 노부오는 가슴이 벅차는 것을 느꼈다.
"…하지만, 왜 할머니는 어머니를 내보냈나요?"
어머니라고 하는 말이 불쑥 나왔기 때문에 노부오는 부끄러워졌다.
"어머니가 부족해서였지. 할머니에겐 잘못이 없어요."
어머니가 노부오의 눈물을 닦아 주었다.
'왜 이러지? 어머니는 왜 자기를 내쫓은 할머니를 나쁘게 말하지 않는 거지?'
그렇게 생각했을 때에 사다유끼가 말했다.
"어려운 것은 네가 자라게 되면 알게 되겠지만 실은 어머니는 말이다…."
이렇게 말을 하다가 사다유끼는 기꾸의 얼굴을 바라보았다. 기꾸가 자애롭게 미소짓고 끄덕였다.
"어머니는 기독교 신자란다. 한데, 할머니는 예수를 대단히 싫어했단다. 예수 믿는 며느리는 이 집에 둘 수 없다고 내보내고 말았다."
"예수란 뭐죠?"
노부오는 갑자기 겁먹은 얼굴을 했다. 예수가 뭔지 그는 몰랐다. 그러나, 도세가 예수라고 하는 것은, 사람의 피를 빨기도 하고, 사람의 고기를 먹기도 한다고 했던 것을 생각했다. 그리고, 예수는 일본 나라를 멸망시키기 위해 여러 가지 무서운 일을 하고 있다든가, 마법을 써서 사람을 속이는 나쁜 사람이라고 말하던 것을 잊지 않고 있었다.

요는, 노부오에게는 예수란 용서할 수 없는 악한 자였다. 그 예수를 어머니가 믿고 있다고 듣고 노부오는 기분이 나빠졌다. 자애로운 음성이면서 무슨 일을 해치울지 모를 것 같은 생각이 들었다. 할머니가 어머니를 죽였다고 말한 것이 이해될 것 같기도 했다. 죽은 어머니 쪽이 예수쟁이가 된 어머니보다 틀림없이 나을 것이란 생각이 노부오에게 들었다. 노부오는 슬쩍 어머니를 살폈다.

    예수님, 예수님
    말구유에서
    태어났다니
    참 우습구나
    어허이, 어허이

아이들이 때때로 다른 노래의 곡조에다 가사만 바꿔 넣어 부르면서 노방전도(路傍傳道)를 하고 있는 남자 교인을 놀리고 있었던 것도 노부오는 알고 있었다.

"야 왔구나. 오늘은 재미있는 이야기 하나 들려 주지."

이렇게 그 남자가 말하면 아이들은 겁을 먹고 와 달아나 버리곤 했다.

'암튼 예수가 좋을 턱은 없다.'

"싫어요. 예수 같은 거."

노부오는 찡그린 얼굴이 되었다. 사다유끼와 기꾸는 잠잠한 채 자애로운 눈길로 노부오를 지켜보고 있었다.

"내일부터 올 테니까."

그렇게 말하고 기꾸는 그날 밤 돌아가 버렸다.

사다유끼는 기꾸가 집을 나가지 않으면 안 되었던 시절을 생각했다. 기꾸는 도세가 잘 아는 사람의 딸로서, 도세의 눈에 맞아서 사다유끼와 결혼하게 되었던 것이다. 그러나, 결혼한 지 3년쯤 지났을 때에 기꾸가 기독교 신자라는 사실을 도세는 알았다. 도세는 사다유끼와 기꾸를 불러다가 꾸짖었다.

"사다유끼, 너는 지금까지 기꾸가 예수 믿는다는 것을 모르고 있었단 말이냐?"

사다유끼는 알고 있었다. 그러나, 완고한 도세의 손에 자란 사다유끼는 소년 시절부터 도리어 점차 진보적인 인간으로 자라고 있었다. 예수, 예수라고 어머니가 기독교 신자를 원수시하는 것이 사다유끼에게는 이해가 되지 않았다.

"알고 있었습니다."

"아니, 그럼 알고 있으면서 여태까지 아무렇지도 않게 생각하고 부부생활을 하고 있었단 말이냐?"

어머니는 더럽다고까지 할 듯하였다.

"기독교 신자라고 해서 안 될 것이 별로 없지 않습니까?"

사다유끼는 도세에게 말대꾸를 한 적은 없었다. 도세가 화를 내게 되면 손을 쓸 수 없게 되는 사람임을 알기 때문이었다. 사다유끼는 아버지를 닮아 온후한 성품이었다. 그러나, 오늘은 사정이 달랐다. 사다유끼는 기꾸를 감싸 줘야 했다.

"아니, 네가 뭐라고 하는 거지? 그것 봐, 그렇게 에미를 향해 말대꾸하는 것은 예수의 마법에 걸렸다는 증거야. 무서운 일이다!"

도세는 성이 났다.

"마법 같은 것… 그런 것이 이 문명한 시대에 있을 턱이 없습니다. 기독교 신자는 별로 나쁘지 않다고 저는 생각합니다."

"일본 고래의 신불(神佛)이 있는데 그런 하찮은 신을 받들 필요는 없어. 그것이 일본 사람으로서 얼마나 부끄러운 일인지 너는 모르느냐?"

"어머니, 어머니께서 받드는 불교도 나라(奈良) 시대에 외국에서 들어온 종교입니다."

사다유끼는 어이없다는 듯이 말했다.

"사다유끼, 또 말대꾸를? 어쨌든, 나가노가(永野家)에 예수 믿는 며느리는 둘 수 없어. 기꾸, 이 집에서 나가 줘야겠다!"

"그건 너무해요!"

불쑥 이렇게 말하고 사다유끼는 도세를 노려보았다. 그리고,

"기꾸에게는 아무 죄도 없는데…."

"정 그렇다면 이 에미를 나가게 해 다오. 사다유끼, 너는 에미를 버리고 예수 믿는 기꾸하고 일생 동안 살도록 해라."

도세의 화는 절정에 달했다. 그때까지 입을 다문 채 고개를 떨구고 있었던 기꾸가 얼굴을 들었다.

"어머니, 제발 용서해 주세요…."

기독교 신자가 되면 친자식일지라도 내쫓기는 경우가 많았다. 도세만이 완고하다고 말할 수 없는 시대였다.

"며느리가 예수 믿어서 이혼시켰습니다."

라고 해도, 세상 사람들은,

"그것 참, 그렇담 할 수가 없죠. 예수를 믿는데야 어쩔 도리가 없죠."

라고 대답하여 시어머니나 남편을 비난하는 일은 거의 없었다.

"기꾸, 용서해 달라는 것은 예수 믿기를 그만두겠다는 말이냐?"

도세는 의아해하는 눈초리로 기꾸를 보았다. 일단 신자가 된 사람 중에는 불길 가운데 던져져도 그 마음을 변치 않는 사람이 있다는 이야기를 도세는 들은 적이 있었다.

"……"

아니나 다를까, 기꾸는 고개를 숙인 채 아무 말도 하지 않았다.

"기꾸, 떠나 줘야겠어."

도세의 결연스런 말에 기꾸는 새파랗게 되었다. 사다유끼는,
"어머니, 그렇게까지 말씀하시지 않아도, 노부오도 있고 하니까, 제가 잘 타이르겠습니다."
라고 말하며 그는 팔을 짚고 상체를 숙였다.
"네가 기꾸에게 말할 수 있겠니? 지금 그렇게 말할 정도라면, 왜 아까 그렇게 말하지 않았니? '기꾸… 기꾸는 그렇게 예수가 중요한가? 이 집에서 내쫓기는 한이 있어도 예수한테서 떠날 수 없는가?' 하고 말이다."
도세는 기꾸의 고집에 화가 났다. 인연을 끊는다고 하면, 노부오도 있고 하니, 마음을 돌이켜 용서해 달라고 할 줄 알았다. 아무 말 않고 고개만 숙이고 있는 기꾸가 심히 뻔뻔스럽게 생각되었다.
'사람 앞에서 나를 부인하는 자들, 나도 또한 하늘의 아버지 앞에서 부인하리라'라고 한 그리스도의 교훈을 기꾸는 생각하고 있었다.
기꾸는 그 말씀을 속으로 되풀이 뇌이고 있었다.
'나는 믿고 있다. 설령 죽인다고 할지라도 나는 예수 그리스도를 부인할 수는 없다.'
기꾸는, 박해당하여 십자가에 못박히신 예수 그리스도를 생각했다. 십자가에 달리신 예수그리스도께서 기도한 말씀을 생각했다.
'아버지시여, 저들을 용서하여 주옵소서, 저들이 자기 하는 일을 모르나이다.'
지금 기꾸는 도세가 불쌍했다. 가장 사랑하는 남편과 아들을 두고 집을 나가라고 자기를 조르고 있는 시어머니가 불쌍했다. 그리스도를 모르고, 믿는 자를 책망해 대고 있는 도세가 불쌍했다.
'누구나 모두가 예수, 예수 하며 싫어하는데, 어머니께서 노하시는 것도 무리가 아니지.'
기꾸는, 남편이랑 노부오와 헤어지는 것이 죽는 것보다 더 고통스러웠다. 어린 노부오를 위해,

"앞으로 예수를 믿지 않겠습니다."
하며 사과할까 하고 몇 번이나 생각했다. 그러나, 말만으로라도 그리스도를 부인하는 것은 기꾸에게는 불가능했다. 그것은 신을 부정하는 것인 동시에 시모를 속이는 것이기도 했다. 기꾸의 순진한 신앙은 말만으로 일을 처리해 버리는 것을 허락하지 않았다.
 '하지만, 노부오와 헤어지지 않으면 안 된다. 어머니를 잃은 노부오는 어떤 생애를 보내게 될까?'
 기꾸는 진퇴양난이었다. 자칫 마음이 허물어질 것만 같았다.
 '하지만, 막다른 지경에 이르게 되면 노부오의 일은 하나님께 맡기는 도리밖에 없겠지.'
 겨우 걷기 시작한 노부오의 사랑스런 얼굴을 생각하면, 기꾸는 눈물이 쏟아졌다.'
 "역시 예수는 악마구나. 자기 아들과 헤어지든, 남편과 헤어지게 되든 상관없다는 태도니 말이야."
 도세는 질렸다는 듯이 말했다. 헤어지게 하려 하고 있는 자기 쪽이 마귀라고는 도세는 생각하지 않았다. 무사족에 속하는 신분쯤 되는 자가 사교라고 불리는 종교를 믿는다고 하는 것은 단연코 용서할 수가 없는 것이었다.
 "어머니, 저는 기꾸를 내보낼 생각은 없습니다만…."
 이렇게 사다유끼가 입을 열자,
 "잠자코 있어… 기꾸는 나가노 가문의 며느리야. 내 눈에 흙이 들어가기 전에는 예수 믿는 며느리를 집안에 머물게 할 수는 없어. 정 기꾸를 이 집에 두겠다고 하면, 내가 나가지. 예수 믿는 며느리를 두어서는 선조님께 면목이 없어."
 이렇게 도세는 완강했다. 타협의 여지가 없었다.
 침실에 돌아온 사다유끼와 기꾸는 쌔근새끈 잠을 자고 있는 노부오의 얼굴을 말없이 내려다보고 있었다.

"면목없습니다."

기꾸는 머리를 숙였다.

"아니야, 어머니가 완고하신 거야. 용서해 줘."

"천만의 말씀입니다. 모두 제가 부족한 탓입니다. 단념하고 이젠 믿지 않겠습니다 하고 말씀드릴까 하고 생각도 했습니다만…"

"기꾸, 절개는 굽히지 마."

그것은 사다유끼가 곧잘 아버지한테 들었던 이야기였다. 지금과 같은 세상에서 용납이 되지 않는 신앙을 갖고 있는 소수의 기독교인들이, 사다유끼에게는 존경할 만한 사람들로 생각되었다. 자기가 그 신앙을 갖지는 못하지만, 가장 사랑하는 아내에게만은 그 길을 끝까지 나가게 해주고 싶었다.

"한번 말하면 결코 후퇴할 줄을 모르는 어머니다. 하지만 차마 어머니더러 나가시라 할 수는 없고… 이 집만 나가면 기꾸는 무엇을 하든지 자유야. 가령 기꾸에게 외간 남자가 다닌다 해도…"

"외간 남자라뇨? 그런 말씀 하심 저 원망하겠어요."

"아니, 끝까지 잘 들어보고 말하란 말이야. 그 외간 남자가 이 '나'가 되어도 좋지 않느냐는 말이야. 어때, 기꾸?"

"아이…"

기꾸는 눈물을 흘렸다.

노부오를 데리고 가는 것은 도세가 허락하지 않을 것이다. 그러나 지나노라면, 도세가 손자를 불쌍히 여기는 생각에서 기꾸를 다시 집에 데려 오라고 말하지 말란 법도 없지 않느냐고 사다유끼는 생각했다.

근무처인 일본 은행과 자기 집 중간에 기꾸의 집을 정하고, 처가의 허락을 얻은 뒤에 기꾸는 집을 나갔다. 사다유끼는 어머니를 거슬러서 기꾸를 집에 머물게 한다고 해도, 나가노 가는 이미 기꾸에게는 보금자리가 될 수 없다고 생각했기 때문이었다.

기꾸가 집을 나가자 도세는 기꾸를 저주했다.

"저런 여편네는 노부오의 어머니라고 불리지 못하게 하겠다. 자기 아들보다도 그리스돈가 뭔가 하는 것을 더 좋아하는 에미 따위를 어머니라고 부르지 못하게 할 것이다."

그리고는 도세는, 네 어머니는 죽었다고 노부오에게 말해 주면서 키웠던 것이다.

"지금은 가슴 아프지만, 틀림없이 이것도 결과적으로는 좋은 일이었다고 말할 날이 온다. 하나님께서 살아 계시는 이상, 노부오도 하나님께서 지켜 주실 것이다."

기꾸는 그렇게 생각하면서 참아왔던 것이다.

벚꽃나무 밑

이튿날 기꾸는 노부오의 여동생인 마찌꼬를 데리고 다시금 나가노가의 사람이 되었다. 노부오가 학교에서 돌아오니까 마찌꼬가 대문 앞에서 땅바닥에 뭔가를 쓰며 놀고 있었다.

"여긴 우리 집이야!"

노부오를 보고 일어선 마찌꼬는, 양팔을 벌리고 가로막았다.

입을 웅 다물고 길을 가로막고 있는 마찌꼬를, 노부오는 짯짯이 보았다.

'요것이 내 누이동생이다.'

마찌꼬는 눈이 부리부리하고, 둥근 얼굴에 살갗이 희다. 웅 다문 입언저리가 교만하면서도 귀여웠다. 누이동생이라고 생각하니까 노부오는 기뻤다. 그래서 암말 않고 옆으로 빠지려 했다. 마찌꼬는,

"안돼. 여기는 우리 집이야."

하고 양보를 않는다.

'홍, 쪼매한 것이 버티고 있어?'

노부오는 '나는 네 오빠야' 하고 말하고 싶어 죽을 지경이었다. 노부오는 잠자코 마찌꼬를 내려다봤다. 머리가 노부오의 어깨에도 못 미쳤다.

"오, 노부오구나, 어서 들어와라."

기꾸가 현관에서 모습을 나타냈다. 노부오는 괜시리 얼굴이 붉어져서 꾸벅 인사를 했다.

"아니, 마찌꼬야, 오빠한테 이게 무슨 짓이지?"

기꾸가 부드럽게 타일렀다.

"뭐, 이 사람이 오빠라고?"

대뜸 마찌꼬는 밝게 웃으면서,

"오빠, 마찌꼬가 몰랐댔어. 오빠, 나 예쁜 인형 갖고 있어요. 같이 놀아요."

하고는 노부오의 손을 잡아 끌었다. 응석부리는 음성도 귀여웠다. 그러나, 노부오는 왠지 모르게 부끄러운 생각이 들어서,

"음."

하고서는 그냥 빠른 걸음으로 집안에 들어가 버렸다.

"노부오야, 점심이다."

기꾸가 노부오의 곁에 와서 어깨에 손을 얹었다. 네모또 선생님에게서 나던 것과 같은 좋은 냄새가 풍겨서 노부오는 기뻤다. 밥상 앞에 앉으니까 마찌꼬가 노부오의 무릎에 손을 얹으며,

"나중에 구슬놀이 해?"

하고, 중대한 일이라도 되는 것처럼 귀에다 속삭였다.

'갓난 애기로구나.'

생각하면서, 노부오가,

"잘 먹겠습니다."

하며 젓가락을 잡았을 때, 마찌꼬가 깜짝 놀라며 말했다.

"어머 오빠, 기도 안 하고?"

"기도 같은 것 안 해!"
"이상하다. 하나님께 기도도 안 하다니? 그치 엄마?"
"아니야. 오빠는 괜찮아, 아직은…."
 기꾸는 이렇게 말하고 조용히 기도하기 시작했다. 노부오는 팔짱을 끼고, 기도하고 있는 어머니와 마찌꼬를 가만히 보고 있었다. 기도가 끝나자 마찌꼬가 큰 소리로,
"아멘!"
했다.
 문득, 노부오는 쓸쓸해졌다. 자기만이 젖혀 놓은 사람이 된 듯한 생각이 들었다.
'할머니는 기도 같은 것 안 했는데?'
 노부오는 불만이었다.
 노부오는 접시 위의 노랗고 반월형인 음식이 무엇인지 몰랐다. 할머니도, 식모인 쯔네도 이런 것을 만들어 준 일은 없었다. 그것을 맛있게 먹고 있는 마찌꼬를 바라보면서, 노부오는 단무지만 먹고 있었다.
"아니, 노부오는 계란부침이 싫으냐?"
 이렇게 기꾸한테 말을 듣고서야 노부오는 암말 않고 계란구이에 젓가락을 댔다. 싫고 좋을 것도 없었다. 먹어 본 적이 없기 때문이라고, 노부오는 젓가락 끝에 신경질스런 생각을 모으고 계란부침을 찍어 댔다. 한 입 넣고서 노부오는 깜짝 놀랐다. 이렇게 맛있는 것이 이 세상에 있었는가 하며 놀랐다.
'계란구이란 이름은 듣고 있었지만, 이런게 계란구이인가? 그렇다면 마찌꼬는 이렇게 맛있는 것을 늘 먹고 있었을 것 아닌가….'
 노부오는 마찌꼬에게 질투심 같은 걸 느꼈다. 할머니 도세는 육류도 계란도 먹지 않았다. 물고기라든가, 채소볶음 따위가 나가노 가의 반찬이었다.
 저녁에 아버지인 사다유끼가 돌아왔다. 마찌꼬는 언젠가 길에서 만

났을 때처럼 두 팔을 활짝 벌리고 달겨들어서 사다유끼의 허리를 감고 늘어졌다. 노부오는 '잘 다녀오셨습니까' 하고 인사하는 일조차 잊고 멍청하니 마찌꼬의 하고 있는 모습을 바라보고 있었다. 사다유끼가 흘끔 그런 노부오를 보고 어깨를 두들겨 주었다.

"왜 그러지? 힘이 없어 보여?"

"아무것도 아닙니다."

노부오는 약간 노여워하는 듯 대답했다. 그리고, 사다유끼의 얼굴을 보지 않기 위해 외면했다.

저녁 식사 때에 노부오는 수저를 들려고 하다가 깜짝 놀랐다. 사다유끼도 기꾸도 마찌꼬도 머리를 푹 숙이고 있었기 때문이었다. 곧 기꾸가 기도하기 시작했다. 노부오는,

'상관없어, 나는 예수쟁이가 아니니까.'

생각하면서 수저를 들었다. 기꾸가 기도를 끝냈을 때 사다유끼도 마찌꼬와 함께

"아멘!"

했다.

사다유끼가 '아멘' 하는 소리를 들었을 때 노부오는 아버지한테 배신당한 듯한 느낌이 들었다.

'뭐야, 아버지도 여태까지는 기도한 적이 없었는데, '아멘' 한 일도 없었는데…'

노부오는 아버지가 좀 싫은 생각이 들었다.

추운 주일의 아침이었다. 노부오가 눈을 떴을 때엔 이미 사다유끼도 마찌꼬도 일어나 있었다. 조반이 끝나자 마찌꼬는 외출복으로 갈아 입고 노부오에게 말했다.

"오빠, 빨리 교회에 가요!"

"교회라는게 뭐야?"

"교회에서는 기도도 하고, 이야기도 듣고, 그리고 노래도 부르지."

"음."

기쁜 듯이 한쪽 발을 들고 방안을 깡충거리며 뛰어다니는 마찌꼬를 노부오는 조용히 보고 있었다.

"노부오도 갈까?"

기꾸는 검은 옷을 입고 있었는데, 노부오는 그것이 기꾸에게는 잘 어울린다는 생각을 했다.

"아냐요. 안 갈래요."

노부오는 속으로 엄마와 함께 외출했으면 하기도 했다. 그러나, 교회에 가는 것은 싫었다. 싫다기보다는 기분이 나쁘다고 하는 것이 진심이었다.

기꾸와 마찌꼬가 나가자, 사다유끼는 화로에 손을 얹고 책을 읽기 시작했다. 노부오는 밖에 나가 연이라도 띄울까 생각했지만, 이상하게도 마음이 내키지 않았다. 할 수 없이 그는 책을 읽고 있는 사다유끼의 곁에 우두커니 앉아 있었다.

"왜?"

사다유끼가 책에서 노부오에게로 시선을 옮겼다.

"엄마는 주일마다 교회에 가세요?"

"그렇지."

"예수 따위 그만뒀음 좋은데…."

노부오는 화가 난다는 듯이 이렇게 말했다.

"노부오!"

사다유끼는 책을 방바닥에 놓았다. 그의 음성은 달라져 있었다.

"네."

노부오도 달라진 음성으로 답했다.

"인간에게는 생명을 걸고라도 지키지 않으면 안 되는 것이 있어. 알겠니?"

무슨 이야기인지 노부오는 도통 알 수가 없었다.

"어른이 되면 또 잘 말해 주겠지만 말이다, 할머니는 기독교를 싫어하는 사람이었기 때문에 어머니를 내쫓았던 것이다. 네가 아직 갓난 아이일 적에 말이다."
"왜 저도 데리고 가지 않았어요?"
밝은 햇살에 방이 따뜻해졌다.
"할머니가 안 된다고 했었지."
사다유끼는 노부오에게 이런 말이 이해될까 하고 의아해했다.
"그렇담 예수 믿는 거 그만두고 집에 있어 줬음 좋았을 텐데."
노부오는 불만을 감추지 않았다.
"하지만 노부오야, 사람에게는 그만둘 수 있는 것과 그럴 수 없는 것이 있단다."
"그럼 저보다 예수가 더 중요했단 말예요?"
노부오에게 기꾸의 마음이 이해될 턱이 없었다.
"그럴지도 모르지. 어머니는 가령 십자가에 달리더라도 신자이기를 그만두지는 않았을 것이다."
"십자가에 달리는게 뭐죠?"
"가만있자, 조금 기다려라."
사다유끼는 일어나 침실에 들어갔는데 곧 한 장의 작은 카드를 갖고 돌아왔다.
"노부오, 십자가에 달리는 것이란 이런 것이다."
카드를 손에 쥔 노부오는 그걸 보는 순간 흠칫했다. 그것은 여태까지 본 일이 없는 예쁜 색칠이 된 그림이었지만, 거기에 그려져 있는 것은 참혹한 것이었다. 두 손과 두 발에 못이 박혀 있었고, 옆구리에서는 피를 흘리고 있는 십자가 위의 여윈 그리스도가 있었다. 노부오는 잠깐 동안 숨을 죽이고 그것을 바라보고 있었다.
"이것을 십자가에 달린다, 또는 못박힌다고 하는 것이다."
노부오는 어머니가 벌거벗겨서 이렇게 무참히 못박히게 되면, 하고 생각만 해도 몸서리가 쳐졌다. 이런 지경에 처하는 한이 있어도 예수 믿기를 그만두지 않는다고 하는 엄마의 마음이 노부오에게는 좋지 않게 생각되었다.

"이 사람은 대단히 나쁜 짓을 했죠, 그렇죠, 아버지?"

노부오의 음성은 약간 쉬어 있었다. 아직 국민학교 3학년밖에 되지 않은 노부오에게 이 못박힌 그림은 지나치게 강한 인상을 주었다.

"아니야. 이 예수 그리스도는 아무런 나쁜 일도 하지 않았다. 그는 도리어 남의 병을 고쳐주고, 하나님에 관한 이야기를 해주고, 사람들을 사랑해 준 거야."

"좋은 일을 했는데 못박혔나요? 그건 너무한데요, 너무해."

고등과(국민학교에 병설된 국민학교 졸업생들을 모아 가르치는 과) 아이들 중에는 학교 복도를 걷고 있는 노부오 등의 머리를 불쑥 때리기도 하고, 또 등을 때리곤 하는 몇 아이가 있다. 매맞는 것만으로도, 고집 있는 노부오는 배알이 뒤집혀서 자기보다 큰 그들에게 달려들곤 했다. 그런데, 하물며 좋은 일만 했다는 예수가 이렇게 못박혔으니 얼마나 억울했을까. 이렇게 생각하니까 금새 눈물이 나올 것만 같았다.

"너무했지?"

사다유끼는 이렇게 말하고, 자기도 카드를 들여다봤다.

"화냈겠죠, 이 예수라고 하는 사람은?"

"아니야, 화내지 않았다. 그 반대였던 모양이야. '하나님, 아무쪼록 이 사람들을 용서해 주세요, 이 사람들은 자기가 무엇을 하고 있는지 모르는 불쌍한 사람들이니까요' 하고 자기를 못박은 사람들을 위해 기도한 모양이더라."

"음."

'예수라고 하는 사람 이상하구나' 하고 노부오는 생각했다. 그러나, 화내지 않은 것은 그가 역시 뭔가 나쁜 짓을 했기 때문이라고밖에 노부오는 생각할 수가 없었다.

'역시 예수란 이상한 것이구나.'
노부오에게는, 다만 못박힌 참혹한 모습만이 마음에 남았다.

벌써 때로는 땀을 흘려야 할 정도로 날씨가 더워졌고, 학교 뜰에는 벚꽃이 만발해 있었다. 4학년이 된 노부오는 반장이 되어 있었다. 선생님의 일을 돕고 조금 늦게 학교를 나오니까 가장 큰 벚꽃나무 밑에서 동급생 10명 가량이 모여서 뭔가 조용히 말을 하고 있었다. 노부오가 가까이 가니까 모두가 잠깐 서로의 얼굴을 쳐다보고 나서 그를 위해 자리를 내줬다.
"무슨 일이 있었나?"
"너 모르고 있니? 고등과의 변소에 여자의 머리카락이 있었다는 사건 말야. 머리카락뿐 아니라. 거기엔 피가 잔뜩 흘려 있었다는 거야."
중대하다는 듯 말한 것은 학급 제일의 장난꾸러기인 마쯔이였다.
"난 모르는데."
"그리고 말이다, 밤에는 거기서 여자의 우는 소리가 들린다는 거야. 도깨비가 나오는 것 아닌지 몰라."
부반장인 오오다께가 겁먹은 표정을 하고 말을 곁들였다.
"도대체 누가 그 울음소리를 들었다는 거지?"
노부오는 침착한 태도로 말했다.
"몰라. 하지만 정말인 것 같아."
마쯔이가 모두의 얼굴을 봤다. 모두가 진지한 얼굴을 한 채 일제히 고개를 끄덕였다. 노부오는 비웃었다.
"거짓말이야, 그런거!"
"거짓말이라고? 네가 그걸 어떻게 알지? 모두가 정말로 도깨비가 나온다고 말하고 있는데?"
마쯔이의 이런 말에 아이들은 모두 정말 그렇다는 듯이 고개를 끄덕였다. 노부오는 약간 당황했지만, 그러나 곧 그 말을 반박했다.

"하지만, 도깨비 따위는 없다고 우리 아빠가 말씀하시던데?"
"우리 아빠는 도깨비를 본 적 있다고 늘 말하고 있어."
 모두가 입을 모아 이렇게 있다, 있다고 했다. 확실히 어른들도 유령이나 도깨비가 있다고 믿는 사람이 많았다.
"그런 건 없어."
 노부오는 단호하게 말했다.
"그래? 그럼 정말로 도깨비가 나오는지 않는지 알아보도록 하자. 오늘 밤 8시까지 이 나무 밑에 모여서 말이야."
 마쯔이가 말했다. 모두가 잠잠해졌다. 슬쩍 어디로 가는 척 자리를 뜨는 아이도 있었다.
"어떻게 할까? 모이지 않을래?"
 마쯔이가 대답을 재촉했다. 바람이 불어서 머리를 숙이고 앉아 있는 사내 아이들 위에 벚꽃잎을 떨어뜨리고 있었다.
"모두가 모이니까 무섭지는 않아."
"그래. 모두가 밤에 모이는 건 재미있다."
 부반장인 오오다께가 골목대장인 마쯔이의 말에 찬성했다.
"나가노도 오는 거지?"
 마쯔이는 피하지 못하게 하겠다는 얼굴을 했다.
"온다. 오늘 밤 8시에 여기에 모이는 거지."
 노부오는 반장다운 침착함을 보이며 말했다.
"좋아. 그럼 다른 사람들도 모두 오는 거지, 어떤 일이 있어도."
 마쯔이는 이렇게 말하고 일동을 휘둘러봤다. 모두가 똑같이 그러마고 했다.
 저녁 먹을 때에 빗방울이 이따금씩 떨어지더니만, 저녁 7시를 지날 무렵엔 비에 바람이 곁들여졌다.
"엄마, 나 지금 학교에 가도 좋아요?"
 벌써부터 어둑한 밖을 내다보고 있던 노부오가 말했다.

"뭐, 지금부터 학교엘 간다고? 무슨 일이 있는데?"
기꾸는 놀라며 노부오를 보았다.
"부질없는 일인데… 가봐도 아무 소용도 없는 일이니까 그만둘까…."
노부오는 다시 밖을 보았다. 빗소리가 요란했다.
"무슨 일이 있나?"
신문을 보고 있던 사다유끼가 얼굴을 들었다.
"고등과 변소에서 밤이 되면 여자의 울음소리가 난대요. 모두 오늘 밤에 모여서 그것이 도깨비인지 아닌지 본다고요…"
"어머, 도깨비 같은 건 이 세상에 있을 턱이 없어. 그런 일로 이런 빗속에 학교까지 가는 거 아냐. 그렇지?"
기꾸는 우습다는 듯이 웃었다. 사다유끼는 팔짱을 낀 채 조금 난처해하는 얼굴을 하고 있었다.
"네, 저 안 갈래요. 이런 빗속인데 누가 오겠어요? 아무도 안 올 것이 뻔해요."
"그래? 안 가는 건 좋은데, 노부오는 도대체 친구들과 어떤 약속을 한거지?"
"오늘 밤 8시에 벚꽃나무 밑에 가겠다구요."
"그렇게 약속했다 이거지? 그리고 그렇게 약속했지만, 안 가겠다 이거지?"
사다유끼는 노부오를 응시했다.
"약속하기는 했지만 가지 않아도 괜찮아요. 도깨비가 있는지 없는지 살핀다는 거 부질없는 일이니까요."
이런 빗속에 나가지 않으면 안 될 정도로 그 일이 중요한 것은 아니라고 노부오는 생각했다.
"노부오, 다녀와."
사다유끼가 부드럽게 말했다.

"네. 하지만 이렇게 비가 쏟아지고 있는데."
"그래? 그럼 비가 내릴 때엔 가지 않아도 좋다는 약속이었나?"
사다유끼의 음성은 날카로웠다.
"아니오. 비가 올 때엔 어떻게 한다는 것은 정하지 않았어요."
노부오는 쭈빗대며 사다유끼를 보았다.
"약속을 어기는 것은 개나 고양이보다 못한 자의 짓이야. 개나 고양이는 약속 같은 걸 하지 않으니까 깨뜨릴 일도 없다. 사람보다 현명하지."
'하지만, 대단한 약속도 아닌데…'
노부오는 불만스레 입을 뚝다발하니 내밀었다.
"노부오, 지키지 않을 약속이라면 애당초부터 하지 않는 법이야."
노부오의 마음을 꿰뚫어보듯이 사다유끼가 말했다.
"네."
노부오는 마지못해 일어났다.
"나도 함께 갔다 오겠어요."
기꾸도 일어났다. 마찌꼬는 저녁 먹는 도중에 벌써 잠에 떨어졌다.
"기꾸, 노부오는 4학년이나 된 남자 아이요. 혼자 못갈 것 없어요."
학교까지는 약간 멀다. 기꾸는 난처하다는 듯이 사다유끼 쪽을 보았다.

밖에 나와 얼마 되지 않아 노부오는 벌써 비에 흠뻑 젖어 버렸다. 캄캄한 길을 노부오는 발 끝으로 더듬듯 걸어갔다. 생각했던 것만큼 바람은 세지 않았지만, 그래도 비에 흠뻑 젖은 몸으로 캄캄한 길을 걷는 것은 고통스러웠다. 4년 동안 걸어다녀서 익숙한 길이긴 했지만 낮에 걸을 때와는 판이했다.
'부질없는 약속을 하는 것이 아니었는데.'
노부오는 거듭거듭 후회하고 있었다.
'결국 아무도 나타나지 않을 텐데….'

노부오는 사다유끼의 처사가 불만이었다. 진흙에 발이 빠져서 노부오는 제대로 걷지를 못하고 있었다. 봄비이긴 하지만 흠뻑 젖은 몸이 떨려왔다.

'약속이라고 하는 것은, 이렇게까지 해서 지키지 않으면 안 되는 것인가.'

그리 멀잖은 길이 굉장히 멀게 생각되어서, 노부오는 울고만 싶었다.

겨우 교정에 다달았을 즈음에는 다행히 비가 약간 뜸해졌다. 어둠에 싸인 교정은 괴괴한 것이 아무런 소리도 들리지 않았다. 누가 와 있는가 해서 귀를 기울여 봤지만 아무런 말소리도 들리지 않았다. 정말로 어디선가 여자의 흐느끼는 울음소리가 들리는 것 같은 기분나쁜 정적이었다. 집합 장소로 되어 있는 벚나무 밑에 다가가니까,

"누구야!"

불쑥 누군가가 소릴 질렀다. 노부오는 흠칫했다.

"나가노다."

"아니, 이거 노부오 아니야?"

노부오의 바로 앞 자리에 앉는 요시가와 오사무의 음성이었다. 요시가와는 평소에는 별로 두드러지지 않았지만, 침착하고 실력 있는 아이였다.

"오오, 요시가와니? 심한 비인데 용케 왔구나."

아무도 오지 않을 것으로 생각하고 있었기 때문에, 노부오는 놀랐다.

"하지만 약속이니까…."

담담한 요시가와의 말이 어른스레 들렸다.

'약속이니까….'

노부오는 요시가와의 말을 속으로 되뇌어 보았다. 그렇게 하니까 이상하게도 '약속'이란 말이 갖는 무게가 노부오에게도 이해되는 듯하

였다.
 '나는 아버지한테 가라는 말을 들었기 때문에 할 수 없이 왔다. 약속이기 때문에 온 것이 아니다.'
 노부오는 갑자기 부끄러워졌다. 요시가와 오사무가 한 단 위인 듯 느껴졌다. 평소에 반장으로서의 긍지를 갖고 있었던 것이 심히 부끄럽게 여겨졌다.
 "모두들 안 오잖아."
 노부오가 말했다.
 "그래."
 "무슨 일이 있어도 모인다고 약속했는데 말이야."
 노부오는 이젠 자기는 약속을 지켜 예까지 와 있다는 생각을 하고 있었다.
 "비가 오니까 할 수 없지."
 요시가와가 말했다. 그 음성엔 나는 약속을 지켰다는 티가 없었다. 노부오는 요시가와가 참으로 훌륭한 아이라고 생각했다.

숨바꼭질

 "나가노는 자라서 뭐가 될 생각이지?"
 요시가와가 노부오에게 물었다. 그 비 오는 밤에 교정의 벚꽃나무 밑에까지 갔던 사람은 노부오와 요시가와 두 사람뿐이었다. 그 후로 학급 아이들은 누구나 두 아이를 한 단 위에 있는 아이들로 보게 되었고, 따라서 자연스레 둘은 친한 사이가 되었다.
 6월에 들어선 오늘, 노부오는 처음으로 요시가와의 집에 놀러 와 있었다. 집에는 요시가와 오사무만이 있었다. 요시가와의 집에는 노부오의 집과 같은 대문도 뜰도 없었다. 노부오네 집의 삼분의 일 정도의 크기밖에 안 되는 두 채짜리 작은 집이었다. 갈대발로 에워싸인 창문 밖에 바로 화분들이 놓이고, 그 앞을 사람이 지나 다니게 되어 있었다. 창문에 닿을락말락하게 사람이 다니게 되어 있다는 것이 노부오에게는 진기했다. 요시가와의 아버지는 우체국에 다니고 있었다.

"커서 말이야?"

노부오는 요시가와의 둥글고 온후한 얼굴을 바라보았다. 왜 이렇게 요시가와와 좋아지게 되었는지, 노부오는 이상하게 생각하고 있었다. 아니, 왜 지금까지 요시가와와 친구가 되지 않았던가, 그것이 이상하다고 하는 것이 오히려 알맞다. 노부오에게 있어서 요시가와는 저 비 오는 밤 돌연히 벚꽃나무 밑에 나타난 인간과 같은 존재였다. 그날 밤까지는 노부오는 요시가와에게 주목한 일이 없었다. 요시가와는 입이 무거운 아이여서 도무지 눈에 띄지 않았었다.

"요시가와, 너는 뭐가 될래?"

노부오는 반문했다. 노부오 자신은 특별히 뭐가 되겠다고 생각한 적이 없었다. 사내 아이답게 군인이 되겠다는 꿈도 없었다. 먼저 노부오에게 어른이 된다는 것이 실제로 어떤 것인지 짐작이 되지 않았다. 어쩐지 자기는 언제까지라도 어른이 될 것 같지 않은 생각이 들었다.

"난 말이야. 중이 되려고 생각하고 있다."

"뭐? 중?"

놀란 노부오는 불쑥 큰 소리로 외쳤다.

"그래, 중이다."

"왜 중이 되고 싶은 거지? 머리를 빡빡하게 깎고, 길게 경문을 읽는 중이 왜 되고 싶은 거야?"

할머니 도세가 살아 있을 때, 달마다 한 번씩 중이 경문을 읽으러 찾아오곤 했었다. 그러나, 요즈음은 별로 보이지 않고 있다.

"그래. 나가노는 뭐가 되려는 거야?"

"글쎄… 학교 선생님 정도가 좋겠지."

노부오는 네모또 요시꼬 선생님의 하얀 얼굴을 떠올렸다. 학교 선생님 쪽이 절간의 중보다 나으리란 생각이 들었다. 학교 선생님에게는 학생들도, 부모들도 똑바로 서서 인사를 한다.
　"학교 선생님이라구? 그것도 좋지."
　요시가와는 깊은 생각에 잠긴 듯한 표정으로 끄덕이고 나서,
　"그러나, 학교 선생님은 어른을 가르칠 수가 없지 않니? 나는 아이들도 어른들도 가르칠 수 있는 중이 되고 싶은 거다."
　"음."
　노부오는 요시가와가 꼭 어른처럼 보였다.
　"나가노는 죽고 싶다고 생각한 일은 없니?"
　"뭐라고?"
　한 번이라도 죽고 싶다고 생각한 적은 없었다. 노부오는 어쩐지 요시가와가 이상하다는 생각이 들었다. 그가 무엇을 생각하고 있는지 도통 헤아릴 수가 없었다. 노부오는 도세가 죽었을 적에, 방금까지 살아 있던 사람이 너무나 허무하게 죽은 데 대하여 공포를 느꼈다. 방금까지 살아 있던 사람을 죽었다고 생각하는 것이 이상한 느낌을 주기도 했다. 도세의 죽음은 병으로 죽었다기보다, 뭔가에 갑자기 목숨을 빼앗겼다는 인상을 주었다.
　그 도세의 죽음을 떠올리는 것조차도, 노부오에게는 두려운 일이었다. 그리고, 노부오에게 있어서 죽음이라는 것은 갑자기 찾아오는 것으로밖엔 생각할 수가 없었다. 오랫동안 앓아 누워 있어서 점점 여위고, 고통하고, 그러다가 끝내 죽어가는 식의 죽음이 있다는 것을 노부오는 생각할 수가 없었다. 노부오는 때로 어둠 속에서 뒤를 돌아다보는 경우가 있었다. 갑자기 사신(死神)이 자기를 붙잡지 않을까 하는 공포가 엄습하기 때문이었다.
　"죽고 싶다는 생각 같은 것 한 적 없어. 나는 언제까지나 살아 있고 싶어. 요시가와는 죽고 싶다고 생각하나?"

"음. 죽고 싶다는 생각을 할 때가 있지."
요시가와는 쓸쓸하게 웃었다. 노부오는 요시가와를 응시했다. 그러다가 화분 쪽에 눈길을 돌렸다. 창문 저쪽을 너댓 아이들이 뛰어가고 있었다.
"하지만, 죽는다는 건 무섭지 않아?"
"그야 무서울지 모르지. 하지만, 우리 아버진 술을 마시게 되면 어머닐 때려 눕힌다."
"뭐? 때려 뉘여? 좋지 않은데?"
자기 아버지는 큰 소리조차도 결코 내는 일이 없다고 노부오는 생각했다.
"그래. 어머니가 불쌍해서, 때리고 차고 하지 말아 달라고, 아버지한테 편지를 써 놓고 죽을까 하고 생각할 때가 있어."
"음."
노부오는 요시가와의 얼굴을 주의깊게 보았다. 훌륭하다고 생각했다. 그리고, 그렇게까지 어머니를 생각하는 요시가와가 조금 부럽기도 했다.
"하지만, 후지꼬를 생각하면, 후지꼬는 불쌍하단 말이야."
"후지꼬는 네 누이동생이니?"
"응, 다리를 조금 절어. 태어날 때부터 절름발이야. 밖에 나가면 모두들 절름발이, 절름발이 하고 놀리고 있지. 내가 같이 있어 주지 않으면 안 되는 불쌍한 아이야."
"음."
노부오는 어쩐지 자기가 요시가와보다 어린 아이처럼 생각되있다. 지금까지는 친구의 집에 가게 되면 대개 밖에서 귀신놀이를 하든가 씨름을 하며 놀았었다. 그러나, 요시가와는 놀기보다는 이야기를 하고 싶어했다. 요시가와에게는 말하고 싶은 것이 듬뿍 있는 듯했다.
"참 좋은 생각이다. 네가 언제나 사이좋게 해 줘라."

밖에서 돌아온 요시가와의 어머니는 초면인 노부오에게 상냥하게 말을 걸었다. 밝은 음성이었다.
'이 분이 매 맞고 채이고 하는 사람일까?'
어머니가 불쌍해서 죽고 싶다고 한 요시가와의 말이 도저히 진짜라고 믿을 수가 없었다.
"안녕."
그 어머니의 뒤를 따라 밖에서 발랄한 모습으로 들어온 요시가와의 누이동생인 후지꼬는 부리부리하고 사랑스런 눈으로 노부오를 쳐다보았다. 마찌꼬 정도의 나이였다.
"안녕."
노부오가 답하고 꾸벅 인사를 했다. 후지꼬는 갑자기 부끄러워하며 어머니의 어깨에 숨는 척했다.
"뭐야 후지꼬. 부끄러워?"
요시가와가 말하니까, 후지꼬는,
"이젠 부끄럽지 않아요."
하고, 방안을 가로질러 구슬을 갖고 왔다. 걸으니까 발이 끌리고 어깨가 흔들렸다. 걸음을 옮길 때마다 어깨가 위아래로 흔들렸는데, 마치 후지꼬가 뭔가가 재미있어서 그런 몸짓을 하고 있는 것처럼 보였다.
구슬치기는 후지꼬가 가장 잘했다. 늘 상대를 해주고 있었던지, 요시가와도 의외로 잘했다. 노부오가 가장 서툴었는데, 어쩌다가 조금 잘하게 되면 후지꼬의 감은 듯한 눈이 기쁜 듯이 살짝 웃었다.
노부오가 집에 돌아와서 마찌꼬를 보니까 후지꼬의 얼굴이 눈에 떠올랐다. 그 후지꼬가 밖에 나가서 아이들한테 조롱당한다는 말이 노부오에겐 믿어지지 않았다. 어머니가 매맞고 채이고 한다는 말도, 후지꼬가 놀림당한다는 말도 요시가와 오사무가 거짓말을 한 것처럼 생각되어 견딜 수가 없었다. 그만큼 요시가와의 어머니는 밝았고, 후지꼬는 사랑스러웠다.

"엄마, 불단에 밥을 올리고 오겠습니다."
노부오는 어머니인 기꾸에게 손을 내밀었다.
"뭐? 불단에?"
기꾸는 의아해하며 노부오를 보았다. 지금까지 노부오는 그런 말을 한 적이 없었다.
"네."
노부오는 요사이 어머니가 불단 앞에서 손을 모으지 않는 것이 몹시 마음에 걸리기 시작했다. 얼마 전에 요시가와의 집에 놀러 가니까 중이 와서 경을 올리고 있었다. 불단에 불을 밝히고 향를 피워 그 연기가 방 안에 가득 차는 것을 보고, 노부오는 자기 집의 불단이 쭉 닫혀진 채 있다는 사실을 깨닫게 되었다.
'할머니가 살아 계실 때에는 매일 불단에 밥을 올리든가, 초를 올리든가 했었다.'
이렇게 생각하니까, 노부오는 갑자기 어머니가 차가운 사람으로 느껴졌다.
"사다유끼, 내가 죽으면 향 정도는 올려 주겠지?"
할머니가 곧잘 이런 말을 했던 것을 노부오는 떠올렸다. 죽은 할머니가 몹시 가엾다는 생각이 들었다.
'어머니는, 할머니의 일을 아무것도 생각하지 않고 있는 것일까?'
노부오는 어머니가 싫은 것은 아니었다. 더할 나위 없이 인자하신 어머니로 여겨졌다. 그러나, 식사 때만 되면 왠지 모르게 어머니가 싫어지는 것 같은 묘한 마음이 되곤 했다.
식사 전에는 반드시 기꾸가 기도를 하고, 아버지인 사다유끼와 나찌꼬는 손을 모으고 기도의 자세를 취했다. 그때마다 노부오는 자기만이 제외된 것 같아, 세 사람이 기도하는 모습을 물끄러미 바라보곤 했다. 그 외로움은 자칫하면 식사 중에도 지워지지 않곤 했다. 노부오는 좀처럼 기도에 익숙해질 수가 없었다. 자기도 기도해 보려고 생각하는 때도 있었지만, 왠지 순순히 다른 가족들을 따라가지지 않았다.
'기도 따위 없었음 좋은데…'
식사 때가 가까워오면 노부오는 불쑥 그런 생각이 들어서 쓸쓸해지곤 했다. 그리고, 오늘은 유별나게 쓸쓸했던 것이다.
"엄마, 내일 미노짱의 집에 고기 보러 가도 좋아요?"
마찌꼬가 아까부터 몇 번이고 엄마에게 조르고 있다.
"미노짱의 아버지는 앓고 계시니까, 가면 방해가 돼요."
어머니인 기꾸는, 그때마다 이렇게 대답한다. 하지만, 마찌꼬는 또 그것을 잊기라도 한 듯이
"응? 미노짱의 집으로 내일 아침에 고기 보러 가, 응?"
하고 떼를 쓰고 있다. 그걸 듣고 있는 동안에 노부오는 몹시 외로워졌다. 노부오는 미노짱이 어떤 아이인지, 어떤 집에 살고 있는지도 모른다. 어떤 고기가 그 집에 있는지도 모른다. 그러나, 어머니인 기꾸와 마찌꼬는 그걸 잘 알고 있다. 자기가 모르는 사람들이나 모르는 집의 이야기를 하고 있는 두 사람을 노부오는 질투하고 있었다. 자기만이 어머니의 아들이 아닌 것 같은 자격지심까지 생겼다.
'좋아. 나는 할머니가 지켜 주고 있으니까.'
노부오는 문득 그렇게 생각하고 위로를 받았다.
"엄마, 불단에 밥 올리고 올께요."
노부오는 표정을 굳게 하고 되풀이했다. 기꾸는 당혹한 태도로 뭔가 말하려 했다. 한데 그때에 마찌꼬가,
"응, 엄마, 아빠 아직 안 돌아오셔?"
하며, 노부오에게는 조금도 관심을 보이지 않은 채 기꾸의 무릎을 잡아 흔들었다.
"아빠? 아빠는 오늘 밤 늦게 돌아온다고 하셨어요."
기꾸는 마찌꼬에게 미소를 지어 보였다.
"선물 사 갖고 오시는 거야?"

"글쎄. 모르지."
'역시 나는 어머니의 진짜 아들이 아닌지 몰라.'
진짜 어머니는, 할머니가 말한 것처럼 자기를 낳고 두 시간 만에 죽어 버렸으리란 생각이 들었다. 노부오는 기꾸와 마찌꼬를 번갈아 보고 있다가 불쑥 일어나 부엌으로 들어갔다. 그러나, 어디에 불단의 상이 있는지 알 수가 없었다.
할머니 도세는 노부오가 부엌에 들어가는 것을 엄히 막았다.
"남자는 주방 출입 금지."
"남자는 주방에 간섭말 것."
이런 어려운 말을 사용해서, 도세는 노부오를 경계했었다.
"남자에게는 남자의 본분이 있고, 여자에게는 여자의 본분이 있는 법이야. 남자는 상전에게 충성을 다하여 가문의 명예를 빛낼 생각만 하면 되는 거야."
부엌에 얼굴을 들이밀면 도세는 반드시 이런 말을 했었다. 그런데 도세의 상전은 천황이 되었다가 도꾸까와(德川) 가가 되었다 하여서 일정치 않았다.
지금, 그 할머니의 금제를 깨뜨리고 부엌에 들어선 순간, 노부오는 도세의 엄한 말을 생각했다. 이런 곳에 있으면 도세가 한탄하리라 생각했지만, 그냥 부엌에서 나올 수도 없었다.
"노부오야."
기꾸가 부르는 소리가 들렸다. 노부오는 아무 말 않고 고개를 숙였다. 문득 눈물이 흘렀다.
"노부오야, 밥 먹자."
기꾸가 일어나 다가왔다.
"어머, 오빠 울고 있는 거 아냐?"
달려온 마찌꼬가 근심스레 노부오를 쳐다보았다.
"도대체 어찌된 일이지?"

기꾸가 얼굴을 들여다보았다. 노부오는 얼굴을 돌린 채 기꾸의 옆을 빠져서 불단이 있는 방으로 뛰어 들어갔다. 불단 앞에 앉자 뭔지 자기도 모를 슬픔이 꽉 가슴에 차왔다. 할머니가 불쌍한지 자기가 불쌍한지 노부오는 알 수가 없었다. 다만 눈물만이 줄줄 뺨을 타고 흘러 내릴 뿐이었다.

"노부오야, 엄마가 불단에 밥을 올리지 않는다고 해서 화가 났구나."
기꾸가 노부오의 어깨에 손을 얹었다.
"할머니가 불쌍해요."
노부오는 기꾸의 손을 피해 몸을 젖혔다.
"하지만, 이 엄마가 할머니를 잊어서 밥을 올리지 않는 건 아니란다."
기꾸는 노부오 앞에 단정히 앉았다. 지금까지 본 적이 없는 기꾸의 엄한 모습이었다.
"그럼 왜 향도 올리지 않습니까?"
"그러니까 그것은…"
이렇게 시작하는 기꾸의 말을, 노부오는 들으려 하지도 않고 자기 말을 계속했다.
"엄마는 본래부터 할머니가 싫은 거죠?"
"그럴 리가…"
"할머니가 엄마를 내쫓았기 때문에, 엄마도 할머니한테 향조차도 올리지 않는 거죠?"
"그런…"
기꾸는 놀라 노부오의 손을 붙잡았다. 노부오는 손을 뿌리치고 외쳤다.
"죽은 할머니가 불쌍해요."
"노부오야, 엄마는 말이다."
기꾸는 노부오를 달래려 했다. 하지만 일단 마음을 털어 놓기 시작하면 그걸 누르지 못하는 노부오였다.
"저는요, 커서 절간의 중이 될래요."
노부오는 뜻밖에 뱉어 버린 자기 말에 놀랐다. 지금 이 순간까지 중이 되겠다고 생각한 일은 전혀 없었다. 그러나, 뜻밖에 불쑥 해 버린 말이 자기의 진짜 마음인 듯 여겨졌다. 그렇다, 나는 정말로 중이 되어, 감사하는 경을 도세에게 올려줘야겠다고 마음으로부터 생각했다.
"중이 된다고?"
기꾸는 노부오한테서 불단 쪽으로 시선을 옮겼다.
"그래요. 요시가와도 중이 된다는 거예요. 저도 중이 될래요."
머리를 박박 깎은 자기와 요시가와가 나란히 앉아서 경을 올리는 모습을 노부오는 상상했다.
기꾸는 아무 말 않고 고개만 끄덕이고 나서 손으로 양미간을 짚으며 고개를 숙였다. 그날 밤, 노부오는 이불 속에 들어가서도 잠을 이룰 수가 없었다. 어머니의 눈물이 마음에 걸렸다. 자기가 어머니에게 몹쓸 말을 많이 했다는 느낌이 들었다.
'그런 말 안 하는 거였는데…'
노부오는, 그것이 어머니에게의 응석이란 사실을, 자기로서는 깨닫지 못했다.

"오빠, 친구 왔어."
뜰에서 개미 집을 보고 있는 노부오에게 마찌꼬가 달려왔다.
"누구야?"
일어선 노부오에게 마찌꼬가 낮게 속삭였다.
"말야, 절름발이 계집애하고 함께야."
노부오는 마찌꼬를 노려보았다.
"절름발이라고 다시 한번 말하면 그냥 두지 않는다아."
노부오는 이렇게 말해 버리고는 대문 쪽으로 뛰어갔다.

"더운데."
요시가와 오사무가 후지꼬의 손을 잡고 서 있었다.
"더워."
노부오도 같은 말했다. 후지꼬가 약간 부끄러워하며 웃었다.
 나무 그늘 밑에 멍석을 깔고, 마찌꼬와 후지꼬는 곧 소꿉놀이를 시작했다. 둘은 전부터 같이 놀던 친구처럼 다정하게 보였다.
"오빠가 아빠야. 후지꼬는 엄마구."
마찌꼬가 노부오에게 말했다.
"그래. 그리고 마찌꼬하구 오빠는 이웃집 아빠, 엄마구…."
노부오와 요시가와는 얼굴을 마주보고 웃었다.
"당신, 지금 돌아오세요?"
마찌꼬가 어머니인 기꾸의 흉내를 내어 요시가와 앞에 손을 짚고 상체를 숙였다.
"어머, 아빠. 오늘은 피곤하신 모양이네요?"
후지꼬도 어쨌든 그 어머니를 흉내내고 있는 것 같았다.
"아이 오빠두. 오빠두 뭐라고 인살해 줘야지?"
노부오와 요시가와는 깔깔대고 웃으며 헛간 뒷곁의 은행나무로 올라갔다.
"요시가와, 나도 중이 되려고 생각한다."
전부터 말한다 말한다 하면서 하지 못하고 있던 말을, 노부오는 나무에 오른 순간에 술술 말했다.
"그래?"
요시가와는 나뭇가지에 매달려서 발을 흔들면서 이렇게 대답했을 뿐이다. 기뻐해 줄 것으로 생각했던 노부오는 멋적어지고 말았다.
"아빠들은 어디엘 갔을까?"
마찌꼬의 소리가 들렸다.
"또 술이라도 마시고 있겠지. 지겨워서…."

후지꼬의 답하는 소리에 흔들대던 요시가와의 발이 멎었다.
"노부오야, 간식이다!"
기꾸의 부르는 소리가 들렸다. 해맑은 음성이었다. 나무 위에 올라가 있던 노부오와 요시가와 오사무에게는 툇마루에 서 있는 기꾸의 매끈한 모습이 보였다. 기꾸는 다른 방향에다 대고 부르고 있었다.
"네!"
노부오는 대답하고 나뭇가지를 흔들어댔다. 기꾸의 흰 얼굴이 이쪽을 보고 웃었다.
"너희 어머니니?"
"그래."
노부오는 약간 우쭐했다. 누구에게 보여도 부끄럽지 않은 아름다운 어머니라고 노부오는 생각하고 있었다.
"오빠, 간식이지?"
마찌꼬의 쨍 하는 소리가 들렸다.
"갈까?"
"그래."
둘은 나무에서 내려서 뜀박질로 툇마루에 돌아갔다. 기꾸를 보자, 요시가와가 귓뿌리까지 붉히고 꾸벅 머리를 숙였다.
"어서 와요."
기꾸는 툇마루에 손까지 짚고 정중히 인사를 받았다.
"예쁜 누이동생이구나."
요시가와는 머리를 긁적였다.
"예쁘지, 엄마? 난 후지꼬가 참 좋아. 오빤?"
마찌꼬가 노부오를 쳐다보았다.
"요시가와, 손 씻고 오자."
노부오는 후닥닥 뛰었다. 뛰면서, 왜 후지꼬가 예쁘다고 말하지 못했는가 하고, 이상하게 생각했다.

"남자니까."
우물에 가서 두레박으로 찬 물을 마셨다.
"뭐?"
이상하다는 듯 요시가와가 노부오를 보았다.
"우리들은 남자야."
"당연하지."
요시가와는 바보 같은 소리를 하는구나 하는 투로 웃었다.
뒷마루에 걸쳐 앉아서 둘은 쟁반 위의 과자를 먹었다. 기꾸의 모습은 보이지 않았다.
"인자해 뵈는 어머니구나."
묵묵히 과자를 먹고 있던 요시가와가 말했다. 그걸 말하기 위해 줄곧 입을 다물고 있었구나 하는 생각이 드는 말투였다.
"그래?"
노부오는 마찌꼬 들이 있는 곳을 보았다. 마찌꼬와 후지꼬는 햇빛을 피해 팔손이 나무 밑에 멍석을 깔고 앉아 있었다.
"겨우 하나뿐이지만, 아무쪼록 잡숴 주세요."
마찌꼬가 천연스레 하는 말에,
"참 맛있겠네요."
하고 후지꼬도 천연스레 답했다. 어느새 과자도 율묵도 소꿉놀이의 음식으로 등장하고 있었다.
"한데… 우리 어머니가 정말 인자하실까?"
노부오는 소리를 낮췄다.
"왜, 인자하시지 않니?"
요시가와가 바삭바삭 과자 씹는 소리를 내며 물었다.
"왜냐하면 말야, 할머니가 돌아가셨는데 불단에다 향도 밥도 올리지 않는단 말이야."
노부오에게는 그것이 큰 불만이었다.

"흠."

믿을 수 없다는 듯한 얼굴을 하고, 요시가와는 율묵을 입에 넣었다. 요시가와의 어머니는 아침 저녁으로 불단에 등을 올리고 배례를 했다.

"할머니하고 어머니는 사이가 나빴던 거야. 그래서 향도 올리지 않는단 말이다."

자기가 뭣 때문에 이런 말을 하기 시작했는지, 노부오 자신도 모른다. 어머니를 좋다고 생각하고 있는데도, 어딘가에 친숙해질 수 없는 것이 있음을, 노부오는 느끼고 있었다. 그렇지만 그렇다고 해서 어머니를 남에게 나쁘게 말하고자 하지는 않았었는데,

"인자해 뵈는 어머니구나."

하는 말을 듣게 되니까 뭔가 반발하지 않고는 견딜 수 없는 기분이 되기도 했다.

"아무리 사이가 나빴더라도 죽으면 모두 부처가 아닌가."

요시가와가 이상한 모양이었다.

"나도 그렇다고 생각해. 그런데도 부처님에게 향도 올리지 않는단 말이야. 할머니가 가엾단 말이야."

"음."

요시가와는 깊은 생각에 잠긴 사람 모양 끄덕였다.

"그래서 나도 중이 되어서 할머니에게 경을 올리려고 생각했던 거야."

"흠."

요시가와는 노부오를 물끄러미 쳐다보았다.

"그럼 정말로 중이 되려고?"

노부오는 새끼손가락을 내밀었다. 노부오의 것보다 굵은 요시가와의 새끼손가락이 거기에 걸쳐졌다.

"어머, 오빠 무슨 약속?"

마찌꼬가 뛰어왔다.

"무슨 약속?"
후지꼬도 마찌꼬보다 뒤져서 다리를 끌며 달려왔다.
"비밀이야."
요시가와는 마찌꼬랑을 돌아다보며 말했다.
"가르쳐 줘."
마찌꼬가 요시가와의 무릎을 잡고 흔들었다. 요시가와는 꼭 다문 입술에 손가락을 가져다 대고 노부오에게 끄덕여 보였다.
"비밀이다. 비밀!"
그렇게 말하는 노부오를 올려다보며, 후지꼬가 친근스레 웃었다. 노부오는 가슴 속이 이상하게 근지러웠다.
"어머, 즐거워들 보이는구나. 무슨 비밀일까, 어머니도 좀 알고 싶구나."
어느새 기꾸가 툇마루에 나와 있었다. 흠칫하며 노부오가 어머니를 보았다. 어머니를 욕한 것 같아 죄스러웠다.
"어머니도 알고 있는 거예요."
노부오가 무뚝뚝하게 말했다.
"그래 그게 뭐지?"
기꾸는 웃으며 후지꼬의 머리를 쓰다듬고 있었다.

 방금이라도 한바탕 비를 내릴 것 같은 하늘을 걱정하면서, 노부오는 요시가와의 집을 향해 걷고 있었다. 바람이 갑자기 뚝 멈추고, 따라서 집집의 뜰에 있는 풀이랑 나무가 움직이지 않게 되었다.
'곧 여름방학도 끝나겠구나.'
느티나무 밑에서, 노부오는 언제나처럼 아무 생각 없이 머물러 섰다. 이 느티나무는 요시가와의 집으로 가는 길 모서리의 공지에 서 있다. 이 느티나무를 보게 되면 노부오는 '이제 요시가와의 집에 다 왔구나' 하고 생각한다. 그리고, 괜시리 그 자리에 서 버리는 것이었다.

요시가와를 만나 보고 싶어서 오는 것인데도 왜 그런지 냅다 달려갈 수가 없었다.
'요시가와는 있을까?'
이런 것을 생각하게 되는 것은 이 느티나무 밑에 온 뒤이다. 그러나, 거기서 잠깐 멈춘 다음엔 씩씩하게 달려가곤 했다.
"좋은 것 보여 줄까."
요시가와는 기다리고 있었다는 듯이 이렇게 말했다.
"좋은 것이라니, 뭐지?"
요시가와의 집은 방 구석구석까지 혀로 핥은 듯이 청소가 되어 있었다. 현관의 게다(나막신)도 장식을 한 듯 똑바로 놓여 있었다. 결코 헝클어져 있을 때가 없었다.
'최우수로구나.'
노부오는 반장이 된 이래, 매일 교실의 정리와 정돈 상태의 점수를 흑판에 기록한다. 노부오는 지금 그것을 떠올리며, 요시가와네 집의 정연한 모습이 최우수라고 생각했다.
"맞추면, 그 좋은 것을 너한테 줘도 좋아."
요시가와가 싱글싱글 웃으며 말했다.
후지꼬도 어머니도 집에 없었다.
'당장 비가 올 텐데.'
퍼뜩 노부오는 이런 생각을 하면서,
"뭘까. 팽이일까."
했다. 요시가와는 웃으며 고개를 가로저었다.
"그런 아이들의 장난감이 아니야."
"그럼 어른들 거야?"
"아이도 어른도 보는 것."
"보는 것? 그림책?"
"그렇다고 할 수 있겠지."

요시가와는 불단 밑의 서랍에서 책을 꺼냈다. 첫 장을 펴는 순간 노부오는 깜짝 놀랐다.
거기에는 여윈 사자(死者)들이 푸른 귀신, 빨강 귀신에게 쫓겨서 바늘산으로 도망치는 그림이 있었기 때문이었다.
"이게 무슨 그림이지?"
"무섭지?"
요시가와는 약간 우쭐해진 말투로 말했다.
"어쩐지 기분이 나쁘다."
노부오는 다음 장을 폈다. 새빨간 못에 사람이 빠져 가면서 구원을 요청하고 있다. 그리고, 가장자리로 기어 오르려 하는 사람들을 귀신들이 철봉으로 밀어 떨어뜨리고 있었다.
"불쌍하구나."
노부오는 몹시 싫은 생각이 들었다.
"할 수 없어. 이 세상에서 나쁜 일을 했으니까. 이건 피의 늪이야."
"피의 늪?"
걸죽한 피의 질감을 노부오는 생각했다.
"그래. 이 사람들은 사람을 죽여서 남의 피를 흘리게 했기 때문에 피의 늪에 들어가게 되었다고 엄마가 말해 줬어."
"음"
다음을 여니까 불이 지펴진 솥 안에서 사람이 손을 들어 흔들며 아우성을 치는 그림이 나타났다.
"지독하구나."
노부오는 점점 기가 질려 갔다.
"할 수 없는 노릇이야. 지옥이란 곳엔 나쁜 사람들이 떨어지게 되어 있는 곳이니까."
요시가와는 노부오의 불안해진 얼굴을 보고 웃었다.
"나쁜 짓 하게 되면 이렇게 될 수밖에 없는 건가."

노부오는 뭔가 불안해졌다.
'만약 내가 나쁜 짓을 하게 되면 어떡허지?'
요시가와는 노부오의 우울해진 얼굴을 보고, 책장을 마구 넘겼다.
코끼리랑 토끼 그리고 사자가 아이들을 등에 태우기도 하고 아이들과 씨름도 하는 그림이었다. 동물들도 아이들도 웃고 있었다. 불쑥 노부오도 웃었다.
"극락의 그림이야."
요시가와도 웃었다.
"극락은 좋구나."
다음을 여니까 부처님 주위에 온후한 얼굴을 한 남자들이 모여서 이야기를 듣고 있는 그림이었다.
"이 사람들은 좋은 사람들이었나?"
"그래."
"음."
노부오는, 아까 보았던 솥의 그림을 다시 슬쩍 펴보았다.
"요시가와, 지옥에 간 사람들은 한 번만 나쁜 짓 한 건가, 매일 나쁜 짓 했나?"
"글쎄."
"오직 한 번도 좋은 일을 하지 않았을까?"
"그럴지도 모르지."
"그렇담 극락에 가는 사람은 나쁜 짓을 한 번도 한 적이 없다는 말이 되는데…."
"그렇겠지."
요시가와는 노부오의 진지한 얼굴을 보고 약간 놀랐다.
"요시가와, 너는 내가 지옥에 간다고 생각하니?"
"글쎄. 나가노 너는 어떠니?"
"크게 나쁜 짓을 한 적은 없는 것 같지만, 싸움질하는 것도 나쁜 짓이겠지? 나 싸운 적이 여러 번 있어."
 "싸움이라면 나도 했지. 아빠가 취해서 난폭하게 굴 때엔 때려 주고 싶을 정도였고."
 요시가와는 주먹을 내밀어 보였다.
 "음. 하지만, 지옥이랑 극락이 참으로 있을까?"
 "중들은 있다고 한단다."
 "중이라면 거짓말하지 않을 거 아냐?"
 둘은 같이 고개를 끄덕였다. 노부오는 다시 한번 지옥의 그림을 펴보았다. 그때에 우뢰소리가 멀리서 났다.
 "소나기가 오려나?"
 요시가와가 창문으로 밖을 내다보았다. 피의 늪에서 기어 오르려 하는 망자(亡者)의 그림을 보면서 노부오는 문득 아버지가 보여 주었던 그리스도의 못박힌 그림을 떠올렸다.
 '그 사람은 지옥에 갔을까, 천국에 갔을까.'
 그것도 지옥의 그림이 아니겠나 하고 노부오는 생각했다.

 오늘로서 마침내 여름방학이 끝나고, 내일부터는 학교에 가지 않으면 안 되게끔 되었다. 하얀 뭉게구름이 남쪽 하늘에서 높게 보였다. 그 날 노부오는 '유시마 덴신'이란 곳에 매미 잡으러 갔었다.
 돌아오니까 마찌꼬와 후지꼬의 노래소리가 들렸다. 둘은 언제나처럼 나무 밑에 자리를 깔고 앉아 있었다. 그 옆에 남자애가 등을 보이고 앉아 있었다. 요시가와는 아니었다.
 '누굴까?'
 노부오가 다가가자, 세 사람이 동시에 뒤돌아보았다.
 "야, 이거 도라짱 아냐?"
 노부오는 반갑게 소리쳤다. 할머니인 도세가 살아 있을 때, 잡화상인 로꾸 아저씨를 따라 늘 놀러오곤 했던 도라오였다.

"노부오, 어디 갔었니?"

도라오는 예의 검정콩을 두 알 가지런히 놓은 것 같은 사랑스런 두 눈을 깜박이며 물었다. 약간 수줍어하는 듯하였다.

"매미 잡으러…. 왜 그 동안 놀러 오지 않았니?"

"네 아버지의 자당께서 돌아가셔서…."

도라오는 아버지가 하는 대로 할머니를 자당이라 불렀다.

"그래. 할머니가 돌아가셨기 때문이야. 그렇지, 도라오?"

마찌꼬는 알지도 못하고 이렇게 말했다. 붙임성이 좋은 마찌꼬는 벌써 도라오와 가까운 사이가 되어 있었다.

"로꾸 아저씨도 오셨어?"

"아니. 요사이는 홍고 지방은 돌지 않아."

도라오를 오랫만에 만난 기쁨이 가라앉았을 때에야 노부오는 후지꼬를 보았다.

"요시가와는 오지 않았니?"

"어머니하고 방에서 이야기하고 있어."

마찌꼬가 후지꼬 대신에 답했다.

"어머니하고?"

노부오는 집안에 들어가려 하다가 퍼뜩 늦었다는 생각을 했다.

"오빠, 숨바꼭질 안 해?"

마찌꼬가 일어났다. 도라오도 일어났다. 도라오의 키가 조금 자란 것 같다고 생각하면서 노부오는 가위 바위 보를 했다. 도라오가 술래가 되었다.

"…여섯, 일곱, 여덟…"

사이를 둬가며 천천히 세는 도라오의 음성이 노부오가 숨어 있는 헛간까지 들려왔다. 조용했다. 도라오의 음성 외에는 아무 소리도 들리지 않는 조용한 오후였다.

"…아홉, 열. 이제 됐니?"

느긋한 도라오의 소리에,
"아직, 아직!"
당황한 듯 답하고 헛간의 문을 연 것은 후지꼬였다.
"이제 됐어!"
후지꼬는 안심했다는 듯이 크게 외쳤다.
"후지꼬, 소리가 커."
노부오는 낮게 속삭였다.
"어머, 여기 있었어?"
노부오를 보고 후지꼬는 놀랐다.
"내 뒤에 숨어."
후지꼬는 까닥 고개를 숙이고는 노부오에게 다가왔다. 후지꼬의 옷 끝으로 아픈 다리가 살짝 나와 있었다. 약간 가는 다리였다.
"찾았다, 마찌꼬!"
어디선가 도라오의 숨가쁜 소리가 들렸다. 어둑한 헛간 안에서 노부오와 후지꼬는 서로 얼굴을 쳐다보고 목을 움추렸다. 그때 노부오는 후지꼬를 꼭 안고 싶은, 이상하게 가슴 답답함을 느꼈다.
"후지꼬야."
노부오는 살며시 불렀다.
"왜?"
후지꼬도 살며시 대답했다. 길고 성근 속눈썹 밑의 맑은 눈동자도 '왜?' 하고 있었다.
"으음. 아무것도 아냐."
'언제까지라도 발견되지 않았음 좋겠다.'
노부오는 후지꼬와 단 둘이서 살짝 숨어 있는 것이 즐거웠다. 지금까지, 숨바꼭질을 하면서 이렇게 뭔가 달콤한 듯하면서도 고통스런 즐거움 따위를, 노부오는 느껴본 적이 없었다. 노부오는 후지꼬의 가늘어진 다리를 보았다. 다음은 마찌꼬가, 그리고 그 다음은 노부오가 술래가 되었다.
"이제 됐니?"
느티나무의 밑둥에 바짝 붙어서 열까지 센 다음, 노부오는 눈을 떴다. 매미가 울고 있었다. 누구도 대답을 않는다. 노부오는 살짝 발소리를 죽이고 헛간을 보았다. 아무도 없었다. 반대쪽 출입구로 노부오는 살금살금 걸어갔다. 거실 쪽에서 기꾸의 목소리가 들렸다. 요시가와가 뭐라고 하는 소리도 들렸다. 노부오는 걸음을 멈추고 거실의 창을 보았다.
기꾸가 요시가와의 어깨에 손을 얹고 있었고, 요시가와는 묵묵히 고개 숙이고 있었다. 순간 노부오는 자기 가슴에 뻥 구멍이 뚫린 것 같은 적적함을 느꼈다. 어머니를 요시가와에게, 요시가와를 어머니에게 빼앗긴 것 같은 그런 느낌이었다. 노부오는 얼른 창에서 물러섰다. 그리고는 참을 수가 없어서,
"요시가와!"
하고, 불렀다.
"뭐야, 돌아왔었나?"
문에서 요시가와의 얼굴이 나타났다. 그 뒤에 기꾸가 서 있었다.
"노부오야, 요시가와가 작별 인사 하러 왔단다."
기꾸의 눈이 붉어 있었다.
"작별이라니?"
노부오는 무슨 일인지 알 수가 없었다.
"나, 에조로 간다."
늘 잔잔한 표정을 하고 있던 요시가와가 방금이라도 울음을 터뜨릴 것 같은 얼굴을 하고 노부오를 응시했다.
"에조? 에조로 간다고?"
"응."
고개를 끄덕인 요시가와의 눈에 점점 눈물이 고여 올랐다.

'새조차 내왕 않는 에조 섬', 이런 시조의 귀절을 들을 수 있을 만큼 에조는 멀고 쓸쓸한 곳이었다.

너무 갑작스러운 말에, 노부오는 그저 망연히 요시가와를 쳐다보고만 있었다.

2 학 기

2학기가 시작되었다. 긴 여름방학이 지난 뒤에 처음 등교하는 날이라는 것은, 괜시리 묘한 것이다. 노부오는 선생님이나 친구들과 만나는 것이 즐거우면서도, 조금 부끄럽기도 했다.

친구들도 모두 조금씩은 부끄러워하고 있지만, 곧 반갑다는 듯이 이야기를 나누거나, 여전하게 싸움질을 시작하거나 했다. 모두 가슴 속에 고여 있는 이야기를 한꺼번에 말하려 하기 때문에 몹시 소란스러웠다. 그러나, 그 속에서 요시가와의 모습은 볼 수 없었다. 학교를 그만둔다고 해도 요시가와는 선생님께 인사하러 올 것이다.

'늦는구나.'

노부오가 이렇게 생각하는 사이에 곁에 있던 부반장 오오다께가 큰 소리로 말했다.

"어이, 너희들 요시가와란 자식, 학교 그만둔 것 알고 있니?"

모두 일제히 오오다께 쪽을 보았다.

"뭐, 요시가와가 학교를 그만뒀어? 왜?"

골목대장인 마쯔이가 놀란 듯한 태도로 오오다께에게 다가왔다.

"밤도망친거야, 녀석의 집이!"

오오다께는 평소부터 노부오와 요시가와의 사이가 좋은 것을 좋게 생각지 않고 있었다. 부반장인 자기보다 요시가와와 사이가 더 좋은 노부오에게 은근히 불만을 품고 있었다.

"밤도망이라고?"

누군가가 괴성을 올렸다. 모두가 와 웃었다. 노부오는 자기가 수모를 당하고 있는 것 같은 느낌이었다.

"밤도망이 아니야. 요시가와의 아버지가 과음을 한 탓으로 빚이 쌓였다는 거야."

누군가가 말했다.

"바보 같은 소리. 빚이 많아져서 갚을 수 없게 되어 도망치는 것을 밤도망이라고 하는 거야."

오오다께의 어른스런 말투에 모두가 웃었다.

"아니야. 술을 마시고 남과 싸웠는데 상대방의 어깬가 가슴인가를 찔렀다는 거야."

"큐우슈우(九州)에 갔다고, 우리 할머니가 말하고 있었어."

"틀려, 니이가다라고 들었어."

모두가 각각 들은 이야기를 했다. 아이들은 민감할 정도로 어른들의 이야기를 자세히 듣고 어른들처럼 열심히 이야기를 주고받는 것이었다.

수업 시간이 되었는데도 요시가와의 모습은 보이지 않았다.

'밤도망이라니, 불쌍하게도.'

자기 앞에 덩그러니 비어 있는 요시가와의 자리를 바라보면서 노부오는 쓸쓸함을 느꼈다.

"아니, 요시가와는 결석인가?"

담임인 다구라 선생이 학생들의 자리를 바라보고 나서 말했다.

"아닙니다. 요시가와의 집은 밤도망쳤습니다."

오오다께는 당당하게 말했다.

"밤도망?"

다구라 선생은 이렇게 말하고선 조용해졌다.

방과 후에, 노부오는 다구라 선생에게 불려서 직원실로 갔다.

"나가노, 요시가와가 어디로 갔는지 모르나?"
무더운 오후였다. 어디에선가 쓰르라미가 울고 있다.
"글쎄요."
노부오는 요시가와가 에조에 갔다고만 생각하고 있었다. 그러나, 오늘 아침의 친구들의 이야기로는 큐우슈우라든가 니이가다라든가 하며 행선이 구구각각이었다. 따라서, 요시가와가 혹까이도에 갔다고, 노부오는 확신할 수가 없었다. 그런데, 노부오는 요시가와가 정말로 혹까이도에 갔다고 할지라도, 그것을 누구에게도 알리지 말고 묻어 둬야겠다는 생각이 들었다. 언젠가 도세가,
"혹까이도에 가는 것은, 꽤나 가난한 사람이거나, 나쁜 짓을 하고 피할 곳이 없는 자이거나 둘 중 하나다."
라고 한 것을 생각해 냈기 때문이다.
"왜 그래. 너하고 요시가와는 친한 사이였던 걸로 아는데…. 역시 아이들이라는 것은 매정하구나. 가는 곳도 알리지 않고…."
다구라 선생은 이렇게 말하고 웃었다. 노부오는 요시가와도 자기도 함께 수모를 당한 것 같아 마음이 시무룩해졌다. 선생은 손부채를 소리내어 펴고 빠른 속도로 부쳐댔다. 바람이 느껴졌다.
"저, 요시가와는 에조에 갔습니다."
노부오는 불쑥 말해 버렸다.
"뭐? 에조? 과연 혹까이도엔가. 그러나, 그렇게 멀리 에조까지 도망치지 않더라도, 어디든 피할 곳은 있었을 텐데. 나가노, 너 누구한테 그 말 들었지?"
"요시가와한테입니다."
"그래? 그러나 나가노, 너는 반장이면서 거짓말쟁이구나."
다구라 선생은 이렇게 말하고 부채를 더욱 빨리 부쳐댔다.
'거짓말쟁이?'
노부오는 입술을 깨물었다. 불안해하는 듯한 노부오의 얼굴을 보고

선생은 말했다.
 "정말 그렇지 않느냐. 선생님이 요시가와의 행방을 알고 있느냐고 물었을 적에, 너는 '글쎄요'라고 하지 않았느냐. 왜 즉각 혹까이도에 갔다고 말하지 않았느냐 말이다."
 '하지만, 나는 거짓말쟁이는 아니야.'
 "무사에겐 일구이언이 없다고 하는 말을 알고 있나? 메이지(明治) 시대에 들어와서 박박머리가 되더니만 사람들이 경박해졌어. 반장이란 남의 모범이 되지 않으면 안 되는 거야."
 다구라 선생은 노부오가 왜 '글쎄요' 했는지를 모른다. 무더운 탓인지, 가르치던 아이인 요시가와가 아무 말 않고 학교를 떠난 탓인지, 선생은 평소보다 기분이 좋지 않아 보였다.
 '나는, 요시가와가 혹까이도에 간 것이 가엾어서 가만 있었던 것인데.'
 노부오는 고개를 숙인 채 선생님의 말씀을 듣고 있었다.
 "앞으로, 절대로 거짓말해서는 안 된다. 좋아. 돌아가."
 선생은 그렇게 말하고 책상을 향했다. 노부오는 선생님께 인사하고 직원실을 나왔다.
 '나는 거짓말을 한 것이 아니야.'
 노부오는 약간 끊어진 옷고름을 묵묵히 바라보고 있었다.
 '나는 거짓말쟁이 따위가 아닌데….'
 노부오는 억울했다. 선생님이 미운 것이 아니었다. 제대로 설명을 하지 못한 자기가 미운 것이었다.
 '어른이 되면 설명을 잘 할 수 있게 될 것이다. 빨리 어른이 되었음 좋겠다.'
 노부오는 절실히 생각했다. 그때의 억울함은, 내성적인 노부오에게 오랫동안 기억으로 남아 있었다.
 그날은 해가 졌는데도 몹시 무더웠다.

"오늘 밤쯤 비가 내릴 모양이죠?"

툇마루에 있는 사다유끼의 곁에다 모기향을 피우면서 기꾸가 말했다.

"음."

사다유끼는 조용히 부채를 부치고 있었다. 아버지는 언제나 조용하다고 노부오는 생각했다. 아무리 더워도 다구라 선생님처럼 분주히 소리내어 부채질하는 법이 없다. 그런 아버지를 노부오는 전에는 좋아했었다. 그러나 요사이는 조금 다르다.

식사 때 등 천천히 음식을 먹고, 천천히 차를 마시는 아버지를 보고 있노라면, 왠지 노부오는 초조해진다. 이야기를 해도 왠지 갑갑하다. 마음이 통하지 않는 것 같은 느낌이 든다. 그렇다고 해서, 노부오는 아버지를 싫어하는 것은 아니었다. 더욱 많이 아버지와 이야기하고 싶다고 생각하게 되면서부터, 유연히 버티고 앉아 있는 아버지가 답답하게 느껴졌는지 모른다.

"아버지."

노부오가 불렀다. 사다유끼는 한 번 천천히 부채를 부치고 나서

"왜."

하며 노부오를 보았다. 노부오는 즉각 대답을 해줬으면 하는 것이었다.

"말입니다, 마음 속에 있는 것을 전부 잘 말하자면 어떻게 해야 되나요?"

사다유끼는 가볍게 눈을 껌벅거리고 나서,

"글쎄다."

했다.

"노부오는 몇 학년이지?"

사다유끼는 딴 말을 했다.

"4학년입니다."

"4학년이지. 그러니까 내년엔 고등과 1학년이 되고. 그렇담 자기가 생각하고 있는 것은 대체로 말할 수 있을 텐데….”
“안 됩니다.”
노부오는 다구라 선생님한테 '거짓말쟁이'라는 말을 듣고 제대로 변명을 못했던 것이다.
“그래?”
사다유끼는 잠깐 뜰을 바라보고 있었다.
“역시 비가 오누나.”
사다유끼는 불쑥 말했다. 노부오는 대답을 기다리고 있는 것이다. 조금 초조해 있었다.
“노부오, 자기 마음에 생각하고 있는 것을 모두 제대로 표현하고 쓰고 하는 것은 어른이 되어도 힘드는 일이야. 그러나 입 밖에 내는 이상, 말은 상대방이 알아 듣도록 하지 않으면 안 되겠지. 알아 듣게 하려는 노력, 용기, 그리고 또 한 가지 중요한 것이 있다. 뭐라고 생각하나?”
“글쎄요.”
노부오는 머리를 갸우뚱했다.
“성실이야. 성실한 마음이 말에 스며 나오고, 얼굴에 나타나서 비로소 남과 통하는 것이다.”
사다유끼는 그렇게 말하고, 또 조용히 부채를 흔들기 시작했다.
'성실, 용기, 노력'
노부오는 조금 알 듯한 느낌이었다.
“아버지, 그걸로도 통하시 않을 때가 있던데요?”
“음, 있지.”
사다유끼는 도세에게 통하지 않았던 기꾸의 신앙을 생각했다.
“그러나 어쩌는 도리가 없지. 사람의 마음은 여러 가지다. 네 마음을 이해하지 못하는 사람도 있고, 너에게 받아들여지지 못하는 남의 마음도 있다. 사람이 여러 모양으로 살아가는 세상이니까….”
'하지만, 거짓말쟁이 따위로 생각되어서는 곤란한데….'
노부오는 모기향의 가느다란 연기를 바라보고 있었다.
'그렇다. 좀더 책을 읽자. 책을 읽게 되면, 내 마음을 훌륭히 표현할 수 있게 될 거야.'
노부오는 그때부터 독서에 힘을 쏟으리라 결심했다. 그리고, 그 기회는 책 쪽에서 노부오에게 찾아왔다.

그로부터 2~3일 후에, 노부오가 학교에서 돌아오니까 마루에 커다란 짐꾸러미가 3개가량 놓여 있었다. 기꾸의 조카인 아사다 다까시가 대학 입학을 위해 오오사까에서부터 올라온 것이었다. 다까시는 노부오를 보자,
"음, 재간이 있어 뵈는데? 하지만 그늘 밑의 풀처럼 가냘프구나!"
라고 진지하게 말했다. 소리도 몸도 컸지만, 눈은 웃고 있었다. 노부오는 첫눈에 다까시가 좋아졌다.
저녁 식사 때에 노부오는 더욱 다까시가 좋아졌다.
"잘 먹겠습니다!"
밥상에 앉기 무섭게 다까시는 맨 먼저 젓가락을 들고, 밥을 입 속에 던지듯 넣었다.
"기도가 있어요. 형님!"
노부오는 안절부절하면서 다까시를 찔렀다.
"뭐라고?"
다까시는 이렇게 말하고서, 비로소 모두의 모습을 눈치챘다. 기꾸가 언제나처럼 기도하기 시작했다. 하지만 다까시는 유유히 식사를 계속했다. 기꾸의 기도가 끝나자,
"그렇지. 숙모는 예수교인이셨군."
이렇게 말했다. 그리고,

"하지만, 전 예수교인이 아니기 때문에 기도할 수가 없습니다."

다까시는 쾌활하게 선언했다. 노부오는 놀라 다까시를 쳐다보았다. 마찌꼬도 눈이 휘둥글해져서 다까시를 응시했다.

"그렇지. 그건 자유롭게 하면 되는 거야."

기꾸도 깨끗하게 말했다. 거침새라곤 없는 다까시의 선언은, 아무에게도 상처입히지 않았다. 노부오는 감동했다. 그러나, 그 다음에 말한 다까시의 말에 노부오는 놀랐다.

"크! 이 찌개 너무 매운데?"

할머니 도세는 남자라는 것은 생각한 것을 뭐나 다 말해서는 안 된다고 가르쳐 주었다.

"노부오, 무사는 먹지 않고도 이를 쑤신다는 말을 알고 있나? 배가 고프다든가, 외롭다든가, 고통스럽다든가 이런 것을 말해서는 남자라고 할 수가 없다. 생각하고 있는 것을 속에 넣고 꾹 눌러 놓아야 비로소 담력 있는 참된 사나이가 되는 거야."

이런 말을 도세는 해줬었다.

"생각한 것을 얼굴에 나타내서는 안 된다. 속으론 울고 있으면서도 겉으론 웃고 있는 것이 사나이인 것이다."

도세는 이렇게도 말했었다. 음식이 맛이 있다 없다 하는 것은 하류배들이나 하는 것이라고 훈계했었다. 그래서, 방금 찌개가 맵다고 하여 크게 떠드는 다까시를 보고 노부오는 놀라 버린 것이었다.

"어머, 그거 미안하게 됐구나. 관서(關西) 지방의 맛과 많이 다르지?"

기꾸도 마음 가볍게 응대했다. 기꾸의 친정의 기풍과 나가노 가(永野家)의 그것과는 전적으로 달랐던 것이다.

'생각하는 것을 말해도 좋은가?'

묵묵히 젓가락을 놀리고 있는 사다유끼를 노부오는 쳐다보았다. 다음 식사 때에도 다까시는 기꾸의 기도를 무시하고 척척 식사를 시작했다. 그러면서도, 다까시는 결코 어색한 분위기를 조성하지 않았다.

아니 오히려, 다까시가 온 뒤로 나가노 가는 밝아졌다고 하는 편이 옳았다.
 "다까시 오빠, 좋아요."
 마찌꼬도 이렇게 말하며 다까시의 큰 무릎에 앉고 싶어했다.
 그 다까시의 방에는, 여러 가지 책들이 정연하게 진열되어 있었다.
 "난 책만 정돈해 놓으면 되는 거야. 팽개쳐 두면 찾는 데 골탕먹으니까."
 그리고, 다까시는 노부오에게 말했다.
 "읽을 수 있는 책이 있거들랑 읽는 것이 좋다. 책이란 것은 꼭 너만한 나이 때부터 뭐든 읽어 두는게 좋아."
 다까시는 노부오를 위하여 「소년원」이라는 잡지랑, 「명장 호걸 무용전」이라고 하는 책이랑, 절세의 기담인 「로빈슨의 표류기」 등을 사 왔다. 또, 젊은 여성들이 읽는 여학생 잡지까지 어디서 빌려다가 노부오에게 읽혔다.
 여학생의 투고가 있는 잡지에서, 노부오는 자기 스스로 문장을 발표하고 있는 여학생이 있다는 사실을 알았다. 여자라는 것은 할머니인 도세나 어머니처럼 집안 일만 하는 사람으로 알고 있던 노부오에게, 이는 큰 발견이었다.
 무용담도 재미있었지만 그러나 로빈슨 표류기는 더욱 재미있었다. 외톨이로 무인도에 흘러가 기착한 로빈슨의 희망을 잃지 않는 인내성 있는 생활 방식에 노부오는 대뜸 매료되었다.
 '만약 나라면 그런 경우에 어떻게 했을까.'
 아마도 로빈슨처럼 혼자만으로 무인도에 있을 수는 없으리라고 노부오는 생각했다.
 '만약 나라면….'
 독서는 노부오에게 남과 자기 자신을 바꿔 놓아 보는 것을 가르쳤다.
 그동안, 노부오는 쯔보우찌 쇼요라는 사람의 「당세서생기질」 등을 읽게 되었다. 어려서부터 논어를 배웠던 노부오에게는 소설도 그리 어렵지가 않았다.

「당세서생기질」이란 소설에서 노부오는 몇 개인가의 영어 단어를 외웠다.

그렇게 외운 북스, 워취, 유스풀 등의 낱말들을, 노부오는 써 보고 싶어 어쩔 도리가 없었다. 자기가 대단한 어른이 된 것 같아 약간 우쭐해졌다. 그러나 어느 날, 다까시가 읽고 있는 독일어나 영어 책을 보고, 노부오의 우쭐한 기분은 대번에 사라져 버렸다. 노부오가 읽을 수 있는 글자가 하나도 없었기 때문이었다.

"형!"

불쑥 노부오가 불렀다.

"왜?"

"나한테 영어 가르쳐 줘요."

"뭐라고?"

"독일어랑 영어를 배우고 싶어요."

"너 몇 학년이지?"

"4학년이오."

"그렇담 아직 무리야."

"왜요?"

노부오는 물러서지 않았다.

"중학교에 들어가서 배우는 거야."

"하지만, 이 영어는 미국이나 영국 아이들이 쓰고 있는 말 아니에요?"

"그야 그렇지."

"미국이나 영국 아이들이 쓰고 있는 말쯤, 일본 아이도 할 수 있어요."

노부오는 확연하게 말했다.

"음. 너, 재미있는 아이로구나."

"미국 사람보다 일본 사람 쪽이 머리가 나쁠 턱이 없죠?"
"그야 그렇지만, 그곳 아이들은 매일 그 말을 쓰면서 살고 있어. 잘 알고 있는 것은 당연하지. 말이란 되풀이해서 사용하지 않으면 외울 수가 없는 법이야."
"되풀이해서 씀으로써 외울 수 있다고 하면 그리 어려울 것은 없겠죠? 형."
이런 말을 듣고 다까시는 노부오를 짯짯이 보았다.
"너, 몸은 간들간들하게 생긴 녀석이 훌륭한 근성을 갖고 있구나."
다까시는 그날부터 노부오를 달리 보는 것 같았다. 이렇게 되어서 노부오는 영어 공부를 시작하게 되었다.

동 경(憧憬)

노부오는 고등과 3년이 되었다. 마찌꼬는 소학교 3학년생이었다.
"오빠, 학교 늦겠어!"
마찌꼬가 현관에서 노부오를 불렀다. 노부오는 집안에서 꾸물꾸물하며 몇 번이고 책을 가방에 넣었다 뺐다 하고 있었다.
"오빠는…."
마찌꼬는 우는 소리를 했다.
"먼저 가도 좋아!"
노부오가 큰 소리로 외치자, 마찌꼬는 대문 쪽으로 뛰어갔다. 노부오는 그 뒤를 천천히 걸어갔다.
고등과 3년이 된 후로 노부오는 왠지 마찌꼬하고 같이 학교에 가는 것이 싫었다.
"오빠, 오빠, 저 빨간 꽃은 무엇?"
라는가, "저 사람 예쁘지?" 하고, 큰 소리로 말을 걸곤 했는데, 여태까지는 아무렇지도 않던 그런 것들이 노부오에게 갑자기 부끄럽게 생각되었다.
 어제만 해도 그랬다.
 교문 쪽에서, 예쁜 소녀가 달려왔다.
 "오빠, 미야가와 게이꼬에요. 귀엽죠?"
 마찌꼬가 이렇게 큰 소리로 말했는데, 그 순간 노부오는 불이 붙는 듯 몸이 확 달아올랐다.
 '도대체 마찌꼬의 음성이 너무 크다.'
 노부오는 이렇게 생각한다. 마찌꼬는 붙임성이 좋아서 누구와도 쉽게 친구가 되었다. 자기 또래의 친구들뿐 아니고 고등과의 여학생들과도 곧 사이좋게 되었다. 때문에 마찌꼬와 학교에 가는 도중엔 많은 여학생들이 따라 붙게 되었다.
 고등과 3학년이 되면서, 노부오는 왠지 마찌꼬의 그런 행동이 싫어졌다. 노부오는 종종걸음으로 달려가는 마찌꼬의 뒷모습을 바라보면서,
 '여자란 이상하구나.'
 하고, 생각했다.
 노부오는 요사이 소설을 읽으면서도 여자가 나타나는 장면에서는 왠지 가슴이 답답해지는 느낌이 들곤 했다. 그것이 아름다운 여자일 경우엔 한층더 숨이 막히는 듯한 묘한 기분이 되는 것이었다. 그리고, 어느새, 그 아름다운 여성의 얼굴을 떠올리곤 했는데, 결혼한 여성일 경우에는 어머니의 얼굴이 되곤 했다. 처녀일 경우에는 이상하게도 3년 전에 헤어진 요시가와 오사무의 누이동생 후지꼬의 얼굴이 되었다. 이것은 노부오 혼자의 비밀이었다.
 아직 학교에도 들어가지 않았던 후지꼬의 얼굴이 아름다운 소녀의 얼굴이 되어 소설 속에 나타나는 이유가 무엇인지, 노부오는 알 수 없었다. 노부오의 학년에도 예쁜 소녀가 있었다. 큰 나막신 가게의 딸은

복도에서 노부오와 마주치게 되면 얼굴이 빨개져서 손으로 그걸 가리고 고개를 숙인 채 달아나곤 했다.
 그런 때에 노부오는 가슴이 뜨끔하곤 했다. 하지만 소설 속에 나타나는 후지꼬만큼은 예쁘지 않았다.
 '요시가와란 녀석, 어디 있을까?'
 4학년 때에 홋까이도에 간다고 사라진 채, 요시가와한테서는 편지 한 장 없었다. 과연 홋까이도에 갔는지, 아니면 딴 곳에 갔는지, 노부오는 짐작조차 할 수가 없었다. 홋까이도는 너무 멀기 때문에 살아서 다시 만날 수 없을 것 같은 생각까지 들었다.
 '요시가와는 중이 된다고 했었지.'
 자기도 또 중이 되겠다고 말하고 요시가와와 손가락을 걸고 서약한 일이 있었다. 요시가와의 굵은 손가락에 자기의 가냘픈 손가락을 걸었다고 노부오는 생각했다.
 꽤나 오래된 일처럼 생각되지만 요시가와랑 후지꼬는 이상하게도 생생하게 기억에 남아 있었다.
 "노부오, 꽃 구경 안 갈래?"
 어느 토요일 오후에 노부오는 다까시한테 이런 권유를 받았다. 다까시와 걷는 것이, 노부오에겐 즐거웠다. 그러나 요사이는 꽃 구경도 축제도 그리 즐겁지가 않았다.
 "공부할 것이 있어요."
 이렇게 말하고, 노부오는 사양했다.
 "흠."
 다까시의 얼굴은 사이고 다까모리 같다고 노부오는 생각했다. 눈만이 늘 웃고 있는 그에게는 아무렇지도 않게 함부로 다가갈 수 있을 것 같았다.
 "정말로 공부할 것이 있니?"
 다까시는 눈을 크게 뜨고 노부오의 얼굴을 들여다보면서 물었다. 노부오는 손으로 머리를 긁적이며 애매하게 웃었다.

"그렇겠지. 요사이 너 조금 변했어. 틀렸나?"

다까시는 노부오 앞에 다리를 바로하고 앉았다. 노부오는 불쑥 무릎을 꿇었다.

"바로 앉지 않아도 좋아."

다까시는 미소지었다.

"저, 왜 변했는지 모르겠어요."

"때가 됐느니라. 사춘기에 들어선 거야."

다까시는 웃었다. 사춘기란 말에 노부오는 얼굴이 빨개졌다.

"너, 요사이 마찌꼬를 데리고 걷지 않게 되었지? 사춘기의 증상이야. 앞으로 2~3년 동안은 남의 집에도 잘 가지 않게 될 거야. 지금까지 재미있었던 꽃 구경이 심드렁해진 경험은 내게도 있어."

다까시는 이렇게 말하고 고개를 끄덕였다.

"형도 외출이 싫었던 때가 있습니까?"

노부오는 안심했다는 듯이 말했다. 다까시는 틈만 나면 곧잘 밖에 나가 걸었다. 때문에 어디에 집이 섰다든가, 벚꽃망울이 부풀었다든가, 어디의 무엇이 맛있다든가, 쉴 새 없이 화제를 제공하는 것은 다까시였다.

"물론 있었지. 어디에도 나가지 않는다고 방안에 틀어박혀서 나는 오래 살 놈인가 하며 묘하게 침묵을 지키곤 했었지. 그런 주제에 끼니 때만 되면 밥을 일곱 공기, 여덟 공기씩 먹어 치웠던 거야."

다까시는 큰 소리로 웃었다. 노부오는 놀랐다. 큰 웃음소리에 놀란 것이 아니었다. 실은 노부오도 요사이 왠지 자기가 오래 살지 못할 것 같은 생각이 들곤 했다. 인간은 왜 죽는 것일까 하고 자꾸만 생각하게끔 되었다. 할머니 도세의 죽은 얼굴이 생생하게 눈에 떠올라서, 자기는 어떤 모양으로 죽을 것인가 하고 생각할 때가 있었다.

"형, 인간은 왜 죽지요?"

노부오는 진지한 얼굴을 하며 물었다.
"살아 있으니까 죽는 거지!"
다까시는 시치미를 떼고 말했다.
"살아 있으니까 죽는 겁니까?"
과연 그럴지도 모른다. 그러나, 노부오는 자기가 아무래도 놀림을 당하는 것 같았다.
"살아 있는 것이라면, 쭉 계속해서 살아가면 좋지 않습니까?"
"그건 그래. 어떻게 계속해서 살 것인가 하고, 나도 곧잘 생각했던 것이다. 노부오야, 너 '생자필멸(生者必滅), 회자정리(會者定離)'라는 것 알고 있나?"
"선생님한테 들었습니다. 살아 있는 것은 반드시 죽고, 만난 자는 반드시 헤어진다고 말입니다."
노부오는 요시가와 오사무의 일을 생각했다. 지금 함께 공부하고 있는 급우들과도 앞으로 2년 후면 헤어지게 될 것이고, 선생님하고도 헤어져 버린다. 이 눈앞에 있는 사이고 다까모리 같은 다까시도 대학을 마치게 되면 헤어져야 한다. 아버지랑 어머니, 그리고 마찌꼬까지도 언제 헤어지게 될지 모른다. 그렇게 생각하니까 노부오는 살아 있다는 사실이 쓸쓸하다는 생각이 들었다.
'만난다는 것이 이별이라고 한다면, 차라리 아무도 만나지 않는 것이 좋으리라.'
노부오는 마음 속 깊은 곳으로부터 쓸쓸함을 느끼고 있었다.
"맞았어 그대로야. 네가 들은 것처럼 '생자필멸'이란 곧 살아 있는 사람은 죽는다는 뜻이야. 왜 죽는가 하는 문제는 아마도 인간이 생각해도 알 수 없는 일일게다. 알고 있는 것은, 나도 언젠가는 죽는다, 너도 언젠가는 죽는다고 하는 것뿐이야."
'그럴까?' 하고 노부오는 생각했다. 왜 죽는지를 인간은 정말로 알 수 없는 것일까.

"형은 죽는 것이 무섭지 않아요?"

"무섭지. 그리고 죽는 줄 알고 있으면서도 일분이라도 더 오래 살고 싶다. 어쩔 수 없는 일이긴 하지만 말야."

"어떤 수를 써도 영원히 살아 있을 수는 없나요?"

"무리지. 숙모 같은 사람은 예수를 믿으니까 영원한 생명 같은 것을 믿고 있겠지만 말이다."

"영원한 생명이요?"

"그래. 그런 것을 예수쟁이들은 믿고 있는 거야."

다까시는 이렇게 말하고서,

"노부오야, 너도 예수쟁이 되는 것 아니냐?"

했다. 그리고는 웃었다.

"저는 절대로 예수쟁이 같은 것이 되지 않아요."

노부오는 분연히 말했다.

"그렇게까지 강하게 말할 필요는 없다. 인간이란 그렇게 간단히 절대로라는 말을 하는 게 아니다."

"하지만…."

노부오는 불만이었다.

"인간이란 말이다. 자기가 생각한 대로 이 인생을 보낼 수는 없는 법이다. 나는 도꾜에 나와서 열심히 공부해서 도꾜 대학을 수석으로 졸업하리라 생각했다. 그러나, 만나는 여자에게 건들건들 흔들리고 있어. 공부보다도 여자와 놀고 싶어서 좀이 쑤시는 거야."

다까시의 말에 노부오는 얼굴을 붉혔다.

"너는 어떠냐? 여자의 꿈 같은 것 꾼 적 없니?"

다까시는 담배 연기를 노부오에게 덮어 씌우듯 하면서 말했다. 노부오는 점점 얼굴이 붉어졌다. 노부오의 몸은 이제 어른이 되어 있었다. 누군지도 모를 여인의 꿈을, 노부오는 몇 번인가 꾸었다.

"여자의 꿈도 꾼다. 손을 잡아 보고 싶다는 생각도 하게 된다. 그것이 남자인 거다. 여자의 일로 고심할 때도 있지. 그게 좋은거야. 여자 따위를 생각하는 것은 사내답지 못하다고 하는 사람도 있을 것이다. 그러나 그건 큰 거짓말이다. 여자란 남자의 중요한 생활 대상이다. 여자를 생각하는 것은 째째한 일도 아니고, 더러운 일도 아니다."

다까시는 진지한 얼굴로 그렇게 말했다. 노부오는 후지꼬의 얼굴을 생각했다. 작은 계집 아이였던 후지꼬가, 자기와 같은 또래의 여성으로 생각되었다.

두 사람 모두 그날은 끝내 꽃 구경하러 가지 않고 말았다.

그 즈음, 사다유끼는 일요일에 교회에 나가는 일이 드물게 되었다. 다까시가 왔을 무렵엔 사다유끼는 기꾸와 함께 곧잘 교회가 나갔었다.

"나이 탓인지 피곤하다."

사다유끼는 이렇게 말하면서 집안에서 건들거렸다.

"나이 겨우 40이 조금 넘었을 뿐인데 무슨 나이 탓이겠어요? 빨리 의사에게 보여야겠어요."

다까시는 염려했지만, 사다유끼도 기꾸도 태연했다.

"일이 많아서 피곤하실 거예요. 일요일에는 느긋이 쉬세요."

그날도 기꾸는 별로 사다유끼의 몸에 관심을 두지 않았다. 한데, 노부오는 피로한 얼굴을 하고 누워 있는 아버지의 얼굴을 보고 불안을 느꼈다.

"어머니! 아버지, 의사한테 뵈지 않아도 되겠어요?"

아무 말 없이, 아버지를 둔 채 교회로 나가는 어머니를 노부오는 이렇게 추궁했다. 어머니는 비가 오나 눈이 오나 주일 오후에는 교회에 갔다. 부모와 마찌꼬가 교회에 나간 뒤의 형언할 길 없는 허전함에, 노부오는 도저히 익숙해질 수가 없었다.

다까시가 온 후로 영어를 배우든가, 함께 아사구사에 놀러가든가 하면서 일요일에 부모가 없는 허전함을 노부오는 노부오 나름대로 보내 왔다. 그러나, 마찌꼬를 데리고 떠나가는 부모의 모습에, 노부오는 질투 비슷한 묘한 기분을 맛보아야만 했다.
"그래요, 숙모. 때때로 교회를 쉬는 게 좋을 거에요. 노부오는 주일마다 쓸쓸한 얼굴을 하고 있는 거에요. 의사보다, 노부오는 숙모께서 집에 있어 줬음 하는 거에요."
다까시는 주저하지 않았다.
"그렇지 않아요. 다만 아버님이…."
노부오는 허겁지겁 말했다.
"의사 필요없어요. 기꾸, 다녀와요."
사다유끼는 팔벼개를 하고 누운 채, 기꾸를 재촉했다. 노부오는 사다유끼한테 무시당한 듯한 느낌이 들었다.
"하지만…."
기꾸는 사다유끼의 몸보다 방금 다까시의 말이 마음에 걸려서 노부오의 얼굴을 쳐다보았다. 노부오는 모른 척하고 읽다 두었던 책을 다시 펼쳤다.
"노부오는 아이가 아냐. 벌써 고등과 3년생이야."
사다유끼는 기꾸를 재촉했다.
"숙모, 맛있는 것 사오세요."
다까시가 말했다.
"그래 그래. 그럼 다녀 올께."
기꾸는 웃으며 다까시에게 고갯짓을 했다. 노부오는 다까시와 기꾸의 이런 친밀함에도 따라갈 수가 없었다. 어머니는 자기보다 다까시와 더 친밀한 것 같았다.
"오빠도 빨리 교회에 나오세 되면 좋을 텐데, 그렇지 엄미?"
마찌꼬는 약간 측은히 여기는 눈길로 노부오를 보았다. 이것은 마찌꼬가 교회에 갈 때마다 언제나 보이는 표정이었다. 노부오는 그런 때의 마찌꼬가 싫었다. 그 표정도 싫었지만, 엄마를 자기의 것으로 독점한 듯한 태도도 그를 화나게 했다.

"노부오, 왜 그렇게 멍청하게 있는 거야?"

다까시가 이렇게 말하고, 노부오의 어깨를 밀다시피 하여 자기 방으로 데리고 갔다.

"너, 네 엄마한테 뭘 주저하고 있는 거야?"

방에 들어가자, 다까시는 이렇게 진지하게 말했다.

"주저하는 것 없어요…."

"그럴까. 너 엄마 싫어하는 것 아니니?"

다까시는 계속 진지했다.

"싫다니요?"

싫기는 고사하고, 노부오는 기꾸에게서 동경(憧憬) 비슷한 애정마저 품고 있었다. 싫은 것이 아니었다. 다만 왠지 서먹했다. 마음 속 깊은 곳에 있는 생각까지 다 들어 주었으면 싶은데 말이 잘 나오지 않았다.

"말이야, 엄마 엄마, 이웃집 강아지가 날 보고 웃는다?"

마찌꼬는 이런 어이없는 말까지 어머니에게 말했다.

"개가 웃어?"

기꾸도 이상하다는 듯이 웃으며 듣고 있었다.

"음 그렇구나. 마찌꼬야, 너는 오늘 기쁜 일이 생길 것이다. 틀림없이 좋은 일이 있어요, 하고 강아지가 웃는 거야."

"그럼 좋은 일이겠네요?"

이런 말을 하고 있는 마찌꼬가 노부오는 부러웠다. 왜 자기는 그렇게 말하지 못하는 건가 생각했다.

"엄마, 간밤에 엄마 꿈을 꿨어. 아주 예쁜 꽃을 많이 갖고 있었어요."

마찌꼬가 꿈 이야기를 한다. 자기도 엄마 꿈을 꿨다. 그러나, 노부오는 그것을 어머니에게 말하지 못했다.

'엄마, 어젯밤에 꿈 속에서 나 엄마하고 단 둘이서 학교에 갔었어요. 엄마는 막옷을 입은 저와 똑같은 학생이었어요.'

이렇게 말하고 싶은데, 왠지 부끄러워서 말할 수가 없었다. 절대로 어머니가 싫은 것이 아니다.

"좀더 시원시원하게 자기가 생각하고 있는 것을 말하지 않으면 안돼. 마음 속 같은 것은 아무리 부모 자식 사이라고 할지라도 서로 들여다볼 수가 없는 것이니까. 그래서 말이라는 것이 있는 거 아니겠냐?"

다까시는 이렇게 말하고 나서,

"너 같은 성미로는 사랑을 해도 시답지 않을 거야."

하며 웃었다.

'사랑?'

노부오는 갑자기 가슴이 뛰는 것을 느끼고 고개를 숙이고 말았다.

하루하루 따분하고 울적한 날이 계속되었다. 그런데, 하루는 노부오가 학교에서 돌아오니까 마찌꼬가 달려왔다.

"오빠, 큰일났어!"

"뭐가 큰일이지?"

아버지의 용태가 나빠진 것 아닌가 생각하며 이렇게 반문했는데, 마지꼬는 키득키득 웃고 있었다.

"맞춰 봐, 오빠!"

마찌꼬는 애를 태웠다.

"뭐라고? 나 모르겠다!"

노부오는 부러 상대하지 않고 집안으로 들어갔다. 마찌꼬가 뒤따라 달려와서 노부오의 코 앞에다 편지를 내밀었다.

"이거야."

노부오에게는 편지 같은 것 온 적이 없었다. 깜짝 놀라며 노부오는 봉투의 뒷면을 보았다.

"요시가와한테서다!"

노부오는 들고 있던 가방을 내던지고 봉투를 뜯고 있는 손 끝이 떨렸다.

　　나가노 군, 꽤 오랫동안 소식 없이 지내고 말았다. 너 건강한 가. 조금은 뚱뚱해졌나. 나도 혹까이도에 와서 3년이 되었다. 나와 어머니, 그리고 누이동생은 건강하지만, 아버지는 끝내 얼마 전에 돌아가셨다. 피를 토하고 돌아가셨다. 술을 과음해서 위가 나빠졌다는 이야기이다.

　　살아 있는 동안은 하도 어머니를 괴롭히기 때문에 나쁜 아버지라고 생각했었는데, 막상 돌아가시고 나니까 슬펐다. 인간의 죽음이란 참 이상한 것이다. 왜 미움이 지워지는지 모르겠다.

　　후지꼬는 건강하다. 요사이는 곧잘 책을 읽고 있는데, 퍽 어른이 된 듯하다. 다리가 불구여서 다른 아이들보다 빨리 어른이 되는 것일까.

　　혹까이도에 올 때까지는 이곳이 좋지 않은 곳이라고 생각했었는데, 살면 고향이라는 말이 맞다는 것이 지금 와서는 실감이 난다. 사뽀로는 좋은 곳이야. 겨울에는 눈이 키보다 높고, 지붕 높이까지 쌓이는데 놀랐지만, 희고 티 없는 설경은 그만이다.

　　너는 나를 깡그리 잊었을지 모른다. 아버지가 많은 빚을 지고 도꾜를 떠났기 때문에 내가 선생님이나 친구들에게 편지를 써서는 안 된다 하셨다. 때문에 편지를 쓸 수가 없었다. 지금 나는 무척 너를 만나고 싶다.

　　　　　　　　　　　　　　　　　　나가노 노부오에게.

　　요시가와의 둥글둥글한 글씨가 반가웠다. 노부오는 선 채로 두 번 연거푸 읽은 뒤에 앉아서 또 읽었다. 혹까이도가 갑자기 가까워진 듯한 느낌이 들었다.

　　이제 노부오는 치적거리는 봄비도 문제가 되지 않았다. 요시가와의 편지를 읽은 것만으로 체내에 새로운 힘이 충일해지는 것이 느껴졌다.

곧 회답을 쓰려고 책상에 앉았지만, 묘하게 가슴이 두근거렸다.

노부오는 정성스레 연필을 깎았다.

"요시가와 군, 정말 오래간만이다. 네 편지를 읽고 나는 기뻐서 견딜 수가 없었다."

예까지 쓰고 나서, 노부오는 조금 이상하다고 생각했다. 요시가와의 아버지가 돌아가셨다는데 기뻐 견딜 수가 없다고 쓰면, 요시가와가 자기를 무척 매정한 녀석이라고 생각할 것 같았다.

'하지만, 기쁘기는 정말 기뻤었다.'

노부오는 요시가와의 편지를 다시 한번 읽었다. 그것으로 네 번 읽는 것이었다. 잘 읽어 보니까 역시 요시가와가 아버지와 사별했다는 사실은, 큰 문제일거라고 노부오는 절실히 느꼈다.

'만약 우리 아버지가 죽었다고 하면….'

요사이 노부오는 맥이 없어 보이는 아버지의 모습을 보는 것만으로도 염려가 되었다. 지금 아버지가 돌아가신다면 자기는 어떻게 될 것인가 하는 생각만 해도, 노부오는 불안에 휩싸이는 것이었다.

'먼저, 누가 일을 해서 밥을 먹고 살 수 있을까?'

어머니가 일할 수 있으리라곤 생각되지 않았다. 자기 자신이 일할 수 밖에 없는 것 아닌가 하고 노부오는 생각했다. 일한다고 하면 이는 큰 점포에서의 사환 노릇밖에 더 하겠는가. 어머니와 마찌꼬는 또 얼마나 쓸쓸하겠는가. 이렇게 생각하니까, 요시가와가 아버지를 여의었다는 사실이 얼마나 엄청난 현실인가 하는 것을 알 수가 있었다.

그렇듯 어려운 생활 속에 있는 요시가와에게 편지를 읽고 기뻤다고 쓸 기분이 되었던 자기가 얼마나 냉혹한 사람인가 하는 생각이 들어서, 노부오는 괴로웠다. 노부오는 여러 가지로 요시가와의 생활을 상상하면서 편지를 다시 쓰기 시작했다.

요시가와 군, 정말 오래간만이다. 네가 혹까이도로 떠나간 뒤에, 나는 퍽 너를 만났으면 했었다. 때때로 너를 생각하고 나는

지도를 펴놓고 혹까이도가 도대체 어디쯤인가 하고 살피곤 했었다.

　오늘, 편지를 받고 기쁨에 넘쳐서 봉투를 뜯었다. 기쁨 때문에 손이 떨려서 봉투를 뜯을 수가 없었을 정도였어. 하지만 편지를 읽고 네 아버지께서 돌아가셨다는 사실을 안 순간, 나는 놀랐다. 얼마나 슬펐겠니? 아버지가 돌아가셨으니, 도대체 누가 일을 해서 생계를 유지해 나가니? 네가 일을 하나? 나와 같이 겨우 열 네 살밖에 안 되는 네가 일을 하게 된다면, 그거야말로 큰일이라고 나는 절실하게 생각했다.

　아무쪼록 낙심하지 말고 힘을 내주기 바란다. 혹까이도도 살면 고향이라면서? 눈이 지붕 높이까지 쌓인다는 말에 놀랐다. 아마 많이 춥겠지. 나는 변함없이 잘 있다. 오오사까로부터 외사촌형이 와서 대학에 다니고 있다. 형은 재미있는 사람인데, 나에게 영어를 가르쳐 주고 있다. 마찌꼬는 더욱더욱 건강하다. 학교에도 별로 달라진 것이 없지만, 네가 떠날 때의 담임 선생님은 떠나셨다. 그럼 또 편지 쓸께. 잘 있어라.　나가노 노부오.

　　　　　　　　　　　　요시가와 오사무 군에게.

　노부오는 자신이 쓴 편지를 읽어 보았다. 요시가와 편지를 보고 참으로 기뻤을 뿐이었는데, 써 놓은 편지 내용은 자못 요시가와 아버지의 죽음을 슬퍼하여, 요시가와의 앞날을 생각해 주는 것처럼 되어 있어서, 노부오의 마음에 걸렸다. 자기가 정직하지 못하다는 생각이 들었다.

'이상한데?'

　노부오는 쓴 편지를 책상 위에 놓은 채 창 밖을 내다보았다. 비가 치적치적 내리고 있었다. 마찌꼬가 만든 인형이 처마 끝에서 흔들리며 젖고 있었다.

'이상한데?'

노부오는 또 다시 이런 생각을 했다. 노부오는 요시가와가 좋았다. 가끔 생각에 떠올리고는 만나고 싶다는 생각을 했었다. 그것은 사실이었다. 그런데도, 그 요시가와 아버지의 죽음을 듣고도 노부오는 앞으로 요시가와의 신상에 닥칠 불행에 대하여 슬퍼해 줄 수가 없었다.

'우정이라는 것이 이렇게 허울좋은 것이란 말인가?'

노부오는 그렇게 생각했다. 남의 입장이 되어서 함께 울어 줄 수 없는 자기는 냉냉한 사람인 것인가 생각했다.

노부오는 다시 한번 편지를 읽었다. 읽고서 또 하나의 중대한 사실을 발견했다. 후지꼬에 관해 아무 말도 쓰지 않았다는 사실이었다. 실은 후지꼬에 관해서도 쓰고 싶었는데, 노부오는 자기가 그런 생각을 하지 않았던 것처럼 후지꼬에 관하여는 쓰지 않았다.

'이상하게도 거짓말만 쓴 것 같은데?'

한 장의 편지에도 자기의 진짜 마음을 그대로 쓰기란 어려운 것이라고 노부오는 생각했다. 만약 진짜 마음을 써도 그것이 정직한 편지가 되지 않을 것 같은 느낌이었다. 그러나 그렇게 자기 마음에도 납득이 되지 않는 편지를 요시가와가 읽으리란 생각을 하니까, 노부오는 마음이 허전했다. 노부오와 요시가와의 우정이 이렇듯 헤프게 맺어진 것인가고 생각하니까, 노부오는 역시 이상한 느낌이 들었다.

노부오는 그렇게 생각하면서 끝내 그 편지를 보내고 말았다.

일요일 아침에 눈을 뜨니까, 뭔가 등 쪽이 서늘한 느낌이 들었다. 매일 비가 오는 낮으로 요가 습해졌는지 모른다고 생각했지만, 곧 목도 아프고 몸도 나른하다는 걸 깨달았다.

언제나처럼 마찌꼬가 아침 일찍부터 외출옷을 입고 바장이고 있었다.

'마찌꼬는 학교에 가는 것보다 교회에 가는 것이 더 즐거운 모양

이다.'
 이상한 아이라고 시덥잖게 여기며, 노부오는 몸을 뒤척였다.
 "오빠, 조반이야!"
 마찌꼬가 노부오를 깨우러 왔다. 노부오는 대답할 기운조차 없어서 눈을 감은 채 가만 있었다.
 "잠꾸러기 오빠!"
 마찌꼬는 노부오의 이불을 확 벗겼다. 노부오는 몸에 오한이 와서 얼른 몸을 움추렸다.
 "춥단 말이야!"
 노부오가 화를 냈다.
 "어머?"
 노부오의 화난 얼굴을 보고 마찌꼬는 놀랐다. 노부오가 진짜로 노해 있기 때문이었다.
 "잠꾸러기!"
 마찌꼬는 그대로 사랑방으로 달아났다. 노부오는 벗겨진 이불을 다시 끌어당겨서 덮었다. 하지만 추위 때문에 기분이 여전히 나빴다.
 "뭐야, 아직 안 일어났어!"
 세수를 마친 사다유끼가 소리질렀다. 노부오는 대답은 않고 사다유끼를 올려다보았다.
 "왜? 몸이 나쁜 거 아니야?"
 사다유끼는 한쪽 무릎만 꿇고, 노부오의 이마에 손을 얹었다.
 "기꾸, 기꾸!"
 사다유끼는 그답지 않게 당황한 어조로 기꾸를 불렀다.
 "무슨 일인데요?"
 기꾸는 방에 들어오자 퍼뜩 노부오의 얼굴을 보고서는 곧 노부오의 이마에 자기 이마를 댔다. 노부오는 부끄러움과 기쁨에 얼굴이 빨개졌다. 지금까지, 기꾸가 마찌꼬에게 뺨을 비비는 것은 보았어도 노부오는 뺨비빔을 당한 적이 없었다.
　노우오는 처음 기꾸를 본 날 기꾸가 자기를 힘껏 껴안아 주었던 일을 기억하고 있었다. 그러나, 그 후에는 어쩌다가 어깨에 손을 얹는 정도 밖에 없었다. 노부오는 어머니가 자기 이마에 주저없이 이마를 대준 일로 해서 마음 바닥 깊은 데서부터 평안을 느꼈다.
　곧 의사가 왔다. 기꾸는 진지한 표정을 하고 의사의 진찰하는 모습을 지켜보고 있었다. 노부오는 어머니의 근심어린 얼굴을 보다가, 어느새 잠이 들어 버렸다.
　'꽤나 어둡구나!'
　노부오는 맨발로 캄캄한 길을 걷고 있었다. 발이 차가워서 견딜 수가 없었다. 노부오는 학교에 가려고 걷고 있었지만 길을 알 수가 없었다. 다만 발이 차갑기만 했다. 발은 차가운데 머리는 뜨겁다.
　'아아 불티가 눈처럼 내리고 있다.'
　노부오는 왜 이렇게 머리가 뜨거운가 생각하면서 뒤를 돌아다보았다. 누구의 집인가 불타고 있었다. 노부오는 목이 축 처졌다.
　'피곤하다, 피곤해.'
　노부오는 그 자리에 웅숭크리고 잠을 자기 시작했다.
　조금 후에 노부오는 퍼뜩 눈을 떴다. 전구가 노랗게 보였다.
　"노부오야!"
　기꾸의 얼굴이 노부오를 들여다보았다. 기꾸의 근심어린 눈길에 희미한 웃음이 비쳤다.
　"꽤 많이 잤구나."
　그런가, 내가 자고 있었는가 생각하며, 노부오는 성신없이 어머니를 바라보고 있었다.
　"아직 머리가 아프니?"
　기꾸가 물수건을 짰다. 어디선가 야경꾼의 목탁소리가 들렸다.
　'아아, 한밤중이구나….'

노부오는 기꾸를 보고 뭔가 말하고 싶었지만, 어느새 또 잠에 떨어지고 말았다.

누군가가 죽을 떠서 먹여 주지 않았나 하는 생각이 들었다. 의사가 와서 뭐라고 말을 하고 있었던 것 같은 생각도 들었다. 잠옷을 갈아 입힌 사람이 있었다는 생각도 들었다. 목이 몹시 아팠다는 기억만은 뚜렷했다.

노부오가 확실하게 눈을 뜬 것은 이튿날의 한밤중이었다.

"노부오야!"

기꾸의 얼굴이 아주 가까이에 있었다.

"이젠 괜찮아. 목이 아팠지?"

기꾸가 안심한 듯 말했다.

"음."

노부오는 극히 온순하게 고개를 끄덕였다.

"어머니, 이젠 주무셔도 돼요. 나 몇 시간이나 잤어요?"

"어제 아침부터 지금까지 열이 높아서 눈이 확실히 떠지질 않았단다."

"어제 아침부터?"

노부오는 놀라며 어머니를 보았다.

'어제 아침부터 어머니는 쭉 내 곁에 있어 줬을까?'

노부오는 띠를 띤 채 단정히 앉아 있는 어머니를 바라보았다.

"어머니, 전혀 안 주무셨어요?"

"네 병이 걱정이 돼서….'

기꾸는 자애로운 웃음이 어린 얼굴로 고개를 끄덕였다.

'그렇게까지 어머니는 나를 귀여워해 주고 있었나?'

노부오는 뭐라 형언할 수 없는 달콤한 기쁨이 끓어 오르는 것을 느꼈다.

노부오는 여태 자기도 그 이유를 모르는 채 어머니에게 융합될 수가 없었다. 그것은 오랫동안 별거했다는 이유 때문이었는지 모른다. 어머니가 식사 때마다 드리는 기도 때문에 혼자만 동떨어져 있다는 생각이 들곤 했었는데, 그것도 이유 중 하나일지 모른다. 그러나 노부오는 무의식 중에, 어린 자기를 버리고 집을 나가 버렸던 어머니를 마음 속에서 결코 용서하지 못하고 있었는지도 모른다. 어머니를 아름답다고 생각하고 자애롭다고 생각하여 동경과도 같은 사랑까지도 품었지만, 그러나 마음 속 깊은 데에서는 그 아름다움과 자애로움을 확실히 믿지 못하고 있었는지 모른다. 아니, 자애로우면 자애로운 만큼, 노부오는 어린 마음에 방심은 금물이란 생각을 하고 있었는지 몰랐다. 자기보다 더 중요한 것이 어머니에게 있다고 하는 사실이, 노부오에게는 납득이 되지 않았던 것이다.

'자식을 버리고 집을 나가는 어머니가 이 세상에 있을 수 있을까?'

이런 비참한 기분을 어릴 적에 알았다고 하는 것은 깊은 상처여서 짧은 시일 안에 도저히 고칠 수 없는 것이다. 노부오는 정말로 어머니가 자기를 사랑하고 있다는 것을 알고 싶었던 것이다.

지금, 어머니가 자기 병을 염려하는 나머지 어제부터 자지 않았다는 사실을 안 노부오는 형언키 어려운 깊은 안도와도 같은 기쁨을 느꼈다.

'어머니는 역시 내 어머니였다. 마찌꼬만의 어머니는 아니였다.'

노부오는 진심으로 기뻐했다.

"어머니."

노부오는, 그 기쁨을 말해야겠다는 생각에서 어머니를 불렀다. 그러나, 한 마디 어머니라고 부른 것만으로 달리 아무 말을 하지 않아도 좋을 것 같은, 자기 마음이 그냥 그대로 어머니에게 흘러가고 있는 것 같은 그런 느낌이 들었다. 이런 일은 지금껏 한 번도 없었던 일이다.

"왜, 노부오?"

기꾸의 눈이 젖어 있었다.

"왜? 어머니, 왜 울고 있어요?"

지금까지의 노부오였다면 이렇게 순수하게 물을 수 없었을 것이다.
 "엄마는 말이다, 만약 네가 이대로 병이 악화되면 어쩌나 하고 생각하다가 너무너무 근심이 되어서 살아 있다는 느낌도 들지 않았단다. 그런데, 너는 높은 열 때문에 정신없이 자고 있었던 거야. 정말 기가 막혔었다. 한데, 지금 눈을 뜬 너를 보니까 정말 안심이 되는구나."
 "안심하니까 눈물이 났어요, 어머니?"
 "이상하구나. 기뻐도 슬퍼도 눈물이 나니 말이다."
 기꾸는 옷소매로 살짝 눈물을 닦았다.
 '내가 죽지 않았다고 해서 어머니는 기뻐하고 있다. 어머니는 정말로 내 어머니다.'
 노부오는 거듭거듭 그렇게 생각했다.
 "오빠, 다행이었어. 정말 다행이야."
 마찌꼬가 덥썩 끌어안기라도 할 듯 다가서며, 노부오에게 이렇게 말했다. 이튿날 아침의 일이었다.
 "음."
 노부오는 마찌꼬가 싫지는 않았다. 그러나, 가끔 마찌꼬와 어머니가 대단히 친밀한 사이로 보일 때가 있어서, 그런 때의 마찌꼬를 노부오는 미워했다. 그러나 오늘 아침엔 달랐다. 마찌꼬의 둥근 눈이 한없이 사랑스럽게 여겨졌다.
 "난 아이니까 밤엔 자라고 아빠랑 엄마가 말했어."
 이렇게 말한 마찌꼬는 옆에 있던 인형을 노부오에게 내밀고,
 "이 인형이 오빠 곁에서 한잠도 자지 않고 염려해 줬어. 내 대신 말이야. 이 인형을 오빠에게 줄 테니까 빨리 낫게 해 달라고 예수님께 빌었어."
 마찌꼬는 그렇게 말하고 곧 두 손을 가슴 앞에서 모았다.
 "하나님, 마찌꼬의 기도를 들어 주셔서 참으로 감사합니다. 참으로 감사합니다. 이제 오빠는 밥을 먹을 수가 있게 되었습니다. 정말로 이

인형을 오빠에게 줄 터이니 다시는 오빠가 앓지 않게 해 주세요. 예수님의 이름으로 기도드립니다. 아멘."
　노부오는 마찌꼬가 기도하는 내용을 처음으로 들었다. 노부오는 감동되었다. 마찌꼬의 인형은 한 자 반 정도의 것인데, 빨간 꽃 모양의 무늬가 있는 옷을 입고 있었다. 마찌꼬는 평소에 그 인형을 어머니인 기꾸마저도 다치지 못하게 막을 정도로 소중히 여기고 있었다. 물론, 친구들이 아무리 간청을 해도 안게 하는 일이 없었다. 그렇듯 소중히 여기는 인형을 노부오에게 주겠다고 하는 것은 상상조차 할 수 없었던 일이다.
　노부오는 마찌꼬에게 자기의 가장 아끼는 문진(文鎭)을 줄 수 있을까 생각해 보았다.
　'도저히 줄 수가 없다.'
　이렇게 생각하니까, 노부오는 마찌꼬가 자기를 얼마나 좋아하는지를 잘 알 수가 있었다. 자기로서는 할 수 없는 일을 이 작은 동생은 할 수 있다는 것을 생각하니까, 노부오는 갑자기 마찌꼬가 대단히 위대한 인간으로 여겨졌다.
　"마찌꼬야, 고맙다. 하지만 난 인형이 필요없어. 남자이니까…."
　노부오는 부드럽게 말했다.
　"괜찮아. 줄래요. 준다고 하나님께 약속했어요."
　마찌꼬는 진지한 얼굴이 되었다.
　"괜찮아. 그 인형은 마찌꼬의 소중하고 또 소중한 인형이니까 그냥 가지도록 해."
　"그럼 오빠, 오빠가 예수님께 기도해 줘. 마찌꼬가 준다고 했던 인형을, 마찌꼬에게 돌려 줘도 아무쪼록 마찌꼬를 노여워하지 말아 달라고 말예요."
　"기도? 난 교인이 아니잖니? 기도 같은 것 모른단 말이야."
　이렇게 말하고서 노부오는 이렇게 꼬마인 마찌꼬가 자기를 위해 인형도 필요없다고 기도해 준 사실을 생각하고, 괜시리 예수 예수 하면서 싫어하고 있었던 것이 갑자기 부끄러워지는 것 같았다.
 "오빠가 기도할 수 없으면 마찌꼬가 기도를 가르쳐 줄까?"
 마찌꼬의 말에 노부오는 뭐라 대답해야 좋을지 몰랐다. 인형을 받을 수가 없다고 했고 기도할 수도 없다. 노부오는 할 말을 잊은 채 마찌꼬의 얼굴을 바라보고 있었다.

문 앞

 노부오가 중학교를 졸업한 해였다. 오오사까에서 다까시 형이 놀러 왔다. 다까시는 오오사까에서 가업인 양복점 일을 돕고 있었다.
 "장사꾼이란 형편없어. 봉급쟁이들보다 배나 긴 시간을 일하면서도 누구를 만나도 굽신거려야 하니 말이다."
 이런 말을 했지만, 그는 크게 불만인 것 같지는 않았다.
 청일전쟁 뒤여서 전반적으로 경기가 나쁜 때였으므로, 다까시가 상인은 형편없다고 말하는 것도 무리는 아니었다. 그러나, 선천적으로 낙관적인 그의 성격이, 그런 고통마저도 대수롭지 않게 생각하고 있었는데, 노부오는 그것이 부러웠다.
 "노부오야, 너 훌륭한 사나이의 모습으로 자랐구나?"
 다까시는 큰 손으로 노부오의 어깨를 툭 쳤다.
 "마찌꼬는 훌륭한 아가씨가 됐지만 말이다."
 다까시가 재치 있게 마찌꼬에게 칭찬하는 말을 했지만, 마찌꼬는 뾰로통해져서,
 "다까시 오빠한테 칭찬받아도 기쁘지 않아요."
하고 응수했다. 노부오 쪽이 아름다운 기꾸를 많이 닮고 있다는 사실을 마찌꼬는 자인하고 있었다.

오랫만에 다까시를 맞아 함께 한 저녁 식사 후에, 노부오는 다까시와 함께 거리에 나갔다.
"노부오, 벌써 졸업이구나."
"그래요."
"오늘은 졸업 기념으로 좋은 곳에 데려다 주지."
다까시는 앞장서서 척척 걸어갔다. 때때로 걸음을 멈추고,
"도꾜도 많이 변했구나. 길을 알 수가 없게 되어 버렸어."
하고, 노부오를 돌아다봤다.
"너, 여자하고 놀아본 경험이 있나?"
갑자기 음성을 낮추고, 다까시가 말했다.
"여자와 놀다뇨?"
노부오는 다까시가 한 말의 뜻이 이해되지 않았다.
"예를 들면, 요시하라에서 놀아본 적이 있느냐 이거지."
요시하라라는 말을 듣고, 노부오는 얼굴이 빨개졌다. 뭐라 대답해야 좋을지 모를 정도로 몸 전체가 확 달아오르는 것을 느꼈다.
"뭐야?"
노부오의 모습을 보고, 다까시는 큰 소리로 웃었다. 30세인 다까시에게는 아내도 자식도 있다.
"아무래도, 남자는 한번 가야 하는 곳이야. 졸업 축하로 오늘 밤 데리고 가 줄께."
노부오는 두세 발짝 물러서서 걸음을 멈추었다. 요시하라라는 곳은 노부오도 이야기로 들어서 알고는 있었다. 거기에는 다른 어디에서도 볼 수 없으리만큼 아름다운 여자들이, 몇 백명씩 있으리라고 상상되었다. 그리고, 거기서 남자들이 여자와 논다는 것이 무엇을 뜻하는지도, 노부오는 알고 있었다.
가고 싶지 않다고 하면 거짓말이 된다. 그러나, 가고 싶지 않다는 마음도 강했다. 왠지 그곳은 노부오에게는 두려운 곳으로 여겨졌다. 마

치 도깨비 나오는 흉가가 보고 싶기도 하지만 두려워지기도 하는 아이들의 마음 비슷했다.
 노부오에게 있어서, 여자란 어떤 것인지, 도통 헤아릴 수가 없었다, 이 세상에 남성과 여성, 이렇게 두 가지의 성밖에 없다는 것은, 노부오에게 있어서는 몹시 이상한 느낌이 드는 것이었다.
 어머니는 확실히 여성이고, 마찌꼬도 그야말로 싱그러운 열 여섯 살의 소녀였다. 같은 지붕 아래에서 한 솥의 밥을 먹는 이 두 육친마저도, 노부오에게 때때로 묘한 압박감을 느끼게 했다. 마찌꼬가 노부오 가까이로 다가오게 되면 노부오는 뜻밖에 당황하여 멀리하는 경우가 있었다. 누이동생인데도 때로는 혐오할 때가 있었다. 그리고 또, 형언키 어려울 만큼 귀엽게 생각될 때도 있었다. 거기에는 이유가 없었다. 불쑥 혐오하고, 그리고 불쑥 그립게 생각된다. 그런 감정을 일으키는 여자라는 것을, 노부오는 왠지 모르게 두렵게 생각하고 있었다.
 밤에 꿈 속에서 누군지도 모를 여자가 나타나는 경우가 있었다. 그런 뒤에, 노부오는 언제까지나 꿈 속의 여인을 잊을 수가 없었다. 얼굴도 모습도 확실치가 않은데, 그런데도 확실히 여성으로서 느낄 수가 있는 것은, 생각해 보면 확실히 떨떠름했다. 그런 여자의 일이 학교에서 친구들과 말하고 있는 동안에 뜻밖에 가슴에 떠오르는 경우가 있었다. 노부오는 목까지 빨갛게 되어서 친구들을 놀라게 하는 경우가 있었다.
 때때로, 저녁의 거리를 인력거 위에 몸을 비스듬히 누운 아름다운 여인이 지나가는 것을 보는 때가 있었다. 그때에 노부오는 그 여인의 체온을 가까이에서 느끼는 것처럼 몸이 달아올라서 그런 날 밤엔 밤새 여자의 환영에서 피할 수가 없었다. 노부오는 꽤나 의지적이고 이성적인 인간으로 자처하고 있었다. 하지만 일단 여성에 관한 일이 되고 보면, 아무리 애써도 자기 자신이 자유로워질 수가 없었다. 자기를 부자유하게 만드는 여성이라는 존재가 노부오에게는 두렵기도 하고, 기분 나쁘기도 하고, 더욱이 귀찮을 정도로 그립기까지 했다.

그즈음, 군에 들어가기 전에 남자가 여자를 아는 것은 당연한 것으로 되어 있었다. 때문에 동급생의 반수 이상은 우쭐하여 여자와 놀아난 이야기를 피력하곤 했다. 지금, 다까시가 노부오를 요시하라에 유인하려 하는 것도, 세상 일반적으로 볼 때 그리 부도덕하지도, 진기한 이야기도 아니었다.
"뭐야, 겁쟁이!"
이렇게 말하고, 다까시가 등을 밀었을 때에 노부오는 호흡을 죽이다시피 하고 걸음을 옮기기 시작했다. 거리도, 내왕하는 사람들도, 그리고 그 밖의 그 무엇도 눈에 들어오지 않았다. 노부오는 몸이 점점 굳어져 오는 것을 느끼면서 몇 번이고 크게 호흡을 했다.
"노부오야, 여자 따위 두려워할 것 없어. 알고 보면 별 것 아냐."
이렇게 말하면서, 다까시는 놀러 간다는 즐거움에 어느 정도 흥분되어 있는지 평시보다 자꾸만 말소리가 높아지려 하고 있었다.
노부오는 걷고 있는 동안에 뚜렷한 동기도 없었는데, 불쑥 요시가와 오사무가 떠오르는 것을 느꼈다.
'요시가와는 벌써 여자를 알고 있을까?'
소학교 4학년 때에 헤어졌고, 지금은 편지만 주고받는 요시가와의 얼굴이 눈에 떠올랐다. 요시가와의 얼굴은, 헤어질 때의 4학년생의 얼굴인데도 아주 분별이 있어 보였고, 어른스레 생각되었다.
'요시가와라면 여자와 놀아나는 일은 하지 않을 것이 틀림없다.'
요즈음 절에 잘 다니고 있다는 요시가와의 편지를 노부오는 생각했다. 혹까이도의 탄광 철도에 들어가서 어머니랑 누이동생을 부양하면서 한편으론 절을 찾아가서 스님의 말씀을 듣고 있다는 요시가와에게 여자와 놀아날 여유가 있을 턱이 없다고 노부오는 생각했다. 지금의 노부오에게 있어서 요시가와는 하나의 양심의 기준이기도 했다.
'그 녀석이 하지 않는 일을 나는 하려 하고 있다.'
노부오는 혼자 집에 돌아갈까 생각했다. 그러나, 발은 여전히 다까시의 뒤를 따르고 있었다.
 '왜 돌아갈 수 없는 건가.'
 이렇게. 생각하면서도 걸음은 멈출 수가 없었다. 역시 한 번도 본 적이 없는 요시하라의 화려함에 노부오는 기대를 걸면서 걸어가고 있었다.
 '어떤 여자들이 있을까.'
 '여자에게 뭐라 말하면 좋을까.'
 점점 이런 생각까지 하면서, 노부오는 묵묵히 다까시의 뒤를 따르고 있었다.
 "노부오야, 저기 봐. 저기 큰 문이 보이지? 그 저쪽이 요시하라야. 이제 드디어 왔구나."
 다까시가 가리키는 쪽을 보았을 때, 노부오의 가슴은 심하게 뛰기 시작했다. 정신을 가다듬고 보니까, 인력거에 탄 남자들과 옷을 늘어뜨린 사나이들이 여럿에서 노부오들을 앞질러 가고 있었다. 모두 즐거운 듯한 모습들이었다. 젊은 학생들 대여섯이 큰 소리로,
 "적은 몇만이 되어도…"
하고 소리를 지르고, 손을 흔들며 걸어갔다. 이것도 저것도 모두 어둠 속의 그림처럼 보이면서도 매우 선명하게 노부오의 가슴에 새겨졌다.
 "무척 많은 사람들이 가네요."
 노부오는 자기 음성이 이상하다 해야 옳을 정도로 떨리고 있다는 사실을 느꼈다.
 "그렇구 말구. 사나이들이니까."
 아무렇지도 않게 말하고 다까시는 웃었다.
 자기도, 이 많은 남자들 중의 한 사람인가 생각하니까 노부오에게 갑자기 외로움이 몰려왔다.
 '나는 지금 어디로 가려 하고 있는가.'
 노부오는 갑자기 자기가 싫어졌다. 여자를 산다는 것은, 지금의 세

상에서는 반드시 나쁜 일은 아닐지 모른다. 그러나, 칭찬받을 일도 못 된다고 노부오는 생각했다. 더욱이, 노부오는 마음 속 깊은 곳에서 그 것이 좋은 일이라고는 생각지 않았다.

'요시가와 같으면 고분고분 이런 곳까지 쫓아오지 않겠지?'

노부오는, 밝은 요시하라의 한 폭의 그림 같은 모습을 바라보면서 아직 돌아갈 결심을 하지 못하고 있었다. 꿈 속에 나타나는 그 보드라운 여인의 살갗이 현실적인 것이 된다는 사실에 역시 집착하고 있었다.

"어이, 어떻게 된 거야? 사내답지 못한데?"

다까시의 이런 고함을 듣는 순간, 노부오는 화들짝 놀랐다.

'그렇다. 나는 사내답지 못하다.'

이렇게 생각하면서, 노부오는 속으로 자기 자신에게 명령을 내렸다.

'뒤로 돌앗!'

발이 확실하게 뒤로 돌아섰다고 생각되는 순간 노부오는 벌써 뛰고 있었다. 뒤에서 외쳐대는 다까시의 소리도, 질렸다는 듯이 뒤돌아보는 행인들의 모습도 눈에 들어오지 않았다. 노부오는,

'전진, 전진!'

하고, 되풀이해서 구령을 붙여가며 뛰고 있었다.

이불 속에서 노부오는 아까부터 자기 몸의 여기저기를 꼬집고 있었다.

'이런 모습을 요시가와에게 보이면 어떡하나.'

노부오는 요시하라의 대문 앞까지 다까시를 따라갔던 자기의 약함을 벌하듯, 몇 번이고 자기 봄을 꼬집고 있었다. 그러나, 마음은 좀처럼 가라앉지 않았다. 노부오는 일어나서 전등을 켰다. 책상에 앉아 편지지를 펴서 편지를 쓰기 시작했다. 물론, 요시가와에게였다. 내일 아침에 다시 읽고 찢어 버리는 한이 있어도, 한 마디 쓰지 않고 배길 수가 없었다.

요시가와 군.
 지금은 밤 10시다. 급히 너한테 알려야 할 일이 생겨 붓을 들었다.
 요시가와 군, 인간이란 부자유한 것이구나. 실은 난 오늘 밤 처음으로 인간이란 것이 얼마나 부자유한 존재인가 하는 것을 절감했다. 나는 중학교에 들어가서도 학력은 결코 남에게 뒤지지 않았다. 몸은 가냘픈 편이지만 유도에 있어서도 고도깐(講道舘) 2단이고, 그래서 실은 나라고 하는 인간은 무엇을 해도 남보다 우월하다고 마음 속으로 남 몰래 자부하고 있었다. 인간이란 측면에서도, 같은 또래의 청년들과 비교할 때 꽤 분별도 있고, 의지도 유달리 강하다고 스스로 생각하고 있었다. 때문에, 실제로, 인간은 만물의 영장이란 말을 아무런 저항도 없이 나 자신도 쓰고 있었다.

 여기까지 쓴 노부오는 계속 더 쓸 것인가 하고 망설였다. 머나먼 혹까이도에 있어서 아무것도 모르고 있는 요시가와에게, 새삼스레 자기의 약점을 노출시킬 필요가 있겠는가 생각했다. 그러나, 노부오에게 있어서 요시가와는 단순한 친구로 머무르는 상대가 아니었다. 그 이상의 존재였다. 요시가와는 항상 자기보다 한 발짝 앞을 걷고 있는 인간으로 여겨졌다. 아니, 앞이라기보다 한 단계 위에 살고 있는 것으로 여겨졌다.
 그것은, 멀리 떨어져 있는 탓으로 요시가와를 미화해서 생각하기 때문에 생기는 결과는 아니라고 생각하였다. 소학교 시절 이래로 노부오는 요시가와에 대하여 쭉 그런 인상을 가지고 있었다. 물론 지금도 변함이 없었다.
 노부오는 다시 붓을 들었다.
 요시가와 군.

부끄러운 이야기이다만, 나 오늘 밤 요시하라에 갈 뻔했었다. 요시하라라고 하면 창녀들이 있는 곳인데, 종형의 유혹을 받아 그만 그 근처까지 가 버렸다. 나는 그 근처에서 뒤돌아 도망쳐 왔는데, 그것은 네 덕분이었다.

나는, 너 같으면 이런 곳에 올 턱이 없다고 생각했을 때, 순간적으로 부끄러움을 느꼈다. 만약 네가 그렇게 훌륭한 사람이 아니었다면 나는 지금쯤 그곳 창녀와 한 베개를 베고 자고 있었을 것이다.

요시가와 군, 고맙다. 너는 먼 혹까이도에 있으면서도 나를 위기에서 구해 준 것이다. 좋은 친구란 참으로 고마운 존재이구나. 너를 몰랐다고 하면, 나는 어떤 분별 없는 짓을 저질렀을지도 모른다.

요시가와 군, 내가 부자유라고 한 것은 실은 이 여성에 대한 미혹을 두고서였어. 나는 아마도 돈 백원이 땅에 떨어져 있어도, 그것을 내 것으로 만들겠다는 생각은 갖지 않을 것이다. 그런 점에서 나는 돈에 대해서는 사로잡힐 줄 모르는 자유스러운 인간이라고 말할 수 있을는지 모른다.

그러나, 아무도 보고 있지 않은 곳에서 여자한테 손을 잡힌다고 하면, 그걸 뿌리치고 도망쳐 올 기개는 없다는 생각이 든다. 단적으로 말해서, 나에게 가장 어려운 것은 성적인 문제인 것이다.

요시가와 군, 나는 성욕에 관한 한, 결코 일생 동안 자유인이 될 수 없을 것 같은 생각이 든다. 몇 번이고 성적인 잘못을 범할 것 같은 불안까지 느낀다. 요시가와 군, 모쪼록 나를 비웃지 말아 다오. 그리고, 나에게 이것에서 자유롭게 되는 길을 좀 가르쳐 다오.

뭔가 묘한 편지가 되었다만, 20살의 나에게 있어서, 지금 이 이상의 문제는 없는 것이다. 아무쪼록 비웃지 말고 도움을 다오. 꼭 부탁이다. 지금으로 회신보내기 바란다.

　오늘은 요시하라의 불빛을 보는 것만으로 도망쳐 왔지만, 이후에도 과연 그렇게 할 수 있을는지는 아직 미지수다. 지금은 자신이 없는 듯하다. 나가노 노부오.

　　　　　　　　　　　　　　　요시가와 군에게.

　추신
　미안하지만, 이 편지는 즉시 태워 줬으면 한다. 네 어머니랑 후지꼬가 보게 되면 내가 부끄러워 견딜 수가 없게 될테니까.

다 쓰고 나니까 노부오의 마음은 조금 안정되었다. 그러나, 후지꼬라고 쓰는 그 순간에 그는 뜻밖에 가슴 속에 감정의 난류가 흐르는 것을 느끼지 않을 수가 없었다.

다까시가 오오사까로 돌아간 지 2~3일이 되었다. 그날은 정월달인데도 4월과 비슷하게 따스했고, 하늘은 아침부터 새뜻하게 맑아 있었다.
"벚꽃이 필 것 같은 날씨네요."
하고, 기꾸가 말하니까,
"음. 하지만, 지나치게 따스한 것도 몸에 좋지 않은 것 아닐까?"
사다유끼가 답했다.
"어머, 그럼 아빠 어디 몸이 나쁘세요?"
빗어내린 머리에 흰 리본을 단 마찌꼬가 이렇게 말하면서 사다유끼를 보았다.
"그래. 자꾸만 어깨가 결린다."
사다유끼는 이제 완연히 처녀티를 나타내고 있는 마찌꼬를 보고 미소지었다.
'불편하시면 쉬시는 게 좋을 텐데요?'

노부오는 이렇게 말하려다 말고 침묵을 지켰다.
 요사이 노부오는 이렇게 말을 하려다가 마는 경우가 많았다. 왠지 말하려던 이야기가 그 어느 것도 의미가 있는 것으로 생각할 수 없게 되는 것이었다. 하려 하던 말을 마음 속으로 해 보면 어느 말도 그 태반은 하지 않아도 괜찮을 말인 것처럼 느껴졌다. 노부오는 남과 이야기하는 것이 부질없음을 깨닫기 시작하고 있었다.
 "당신 괜찮겠어요?"
 "별일 없을거야."
 옷을 갈아 입으면서 대답하는 아버지의 얼굴을 노부오는 바라보고 있었다.
 '쉬시면 좋을 텐데.'
 아버지의 얼굴이 피로해 보였다. 그러나, 이번에도 그는 가만 있었다. 자기보다 분별이 있는 아버지에게 별로 할 말이 없을 것이라고 생각한 것이었다. 그런 노부오를 돌아다보며 사다유끼가 말했다.
 "수험 공부는 순조로우냐? 조금 피로한 얼굴을 하고 있는데, 몸조심해야 한다."
 노부오는 얼굴을 붉혔다. 수험 공부보다도, 노부오를 괴롭히고 있는 것은 성욕이었다. 노부오는 대문을 나가고 있는 아버지의 인력거를 힘없이 바라보고 있었다.
 "다녀 오겠습니다!"
 마찌꼬가 책 보자기를 안고, 노부오의 옆을 지나쳤다.
 "그래."
 멍청하니 대답하는 노부오를 보고 마찌꼬가 걸음을 돌렸다. 찻빛 스커트의 끝이 얌전히 흔들렸다.
 "오빠, 이런 좋은 날에 왜 그런 얼굴을 하고 있어?"
 "아무것도 아냐."
 "그렇담 좋지만, 아빠도 오빠도 원기가 없다면 저는 염려가 돼요."

마찌꼬는 이렇게 말해 버리고는, 이번엔 뒤돌아보지도 않고 빠른 걸음으로 대문을 나가 버렸다. 마찌꼬의 뒤를 노부오는 대문까지 천천히 걸어갔다. 바로 얼마 전까지만 해도, 어디를 가도 따라가고파 했던 마찌꼬도 요사이는 절대로 노부오와 함께 걷고 싶어하지 않는다.

같은 방향으로 학교에 가면서도 마찌꼬는 반드시 노부오보다 한발 앞서서 집을 나간다. 노부오는 문 앞에 서서 벌써 저만치 가고 있는 누이동생의 건강한 뒷모습을 쳐다보고 있었다. 아무런 고통도 없는 밝은 마찌꼬가 갖는 분위기는 상쾌하여서 누이동생이지만 기분이 좋았다.

노부오는 학교에 가려고, 대문을 나서서 두세 발짝 옮겼을 때, 뒤에서 요란스레 부르는 남자의 목소리가 있었다. 뒤돌아보니까 조금 전에 아버지를 태우고 집을 나섰던 인력거 끄는 아저씨였다. 아저씨는 인력거 없이 왔다. 노부오는 등줄기가 싸늘해졌다. 아버지에게 무슨 일이 생겼다는 생각이 들었다. 인력거 아저씨의 외치는 소리가 확실하게 들릴 때까지는 조금 시간이 걸렸다. 노부오는 서둘러 발걸음을 돌이켰다. 서두른다고 하지만 실은 무릎이 덜덜 떨려서 남의 눈에는 매우 느리게 걷는 것처럼 보였다.

사다유끼는 여섯 시간 동안이나 거칠게 숨을 쉬며 자고 있었다. 기꾸도 노부오도 마찌꼬도, 지금은 그저 겁먹은 얼굴을 하고 사다유끼의 자는 얼굴을 바라보고 있을 따름이었다.

노부오는 오늘 아침에, 아버지의 피로해 보이는 얼굴을 바라보면서,

'쉬셨으면.'

하고, 마음 속으론 생각하면서도 끝내 말하지 않고 전송했던 것을 몹시 후회하고 있었다.

'왜 단 한 마디도 말을 하지 못했던가.'

피가 날 정도로 강하게 입술을 깨물면서, 노부오는 생각했다.

"아빠, 아빠!"

때때로 울먹이는 소리로 마찌꼬가 아버지를 부르다가 흐느끼곤 했다. 아무런 고통도 모르고 싱싱하게 자란 마찌꼬에게는, 참을 길 없는 슬픔이었다. 기꾸는 과연 누구보다도 침착했다. 하지만 불과 한나절 동안에 그 아름답던 얼굴이 핼쓱해져 있었다.

노부오는 어느새 두 손을 굳게 잡고 있었다.

'만약 이대로 아버지가 돌아가신다면….'

그렇게 생각만 해도 안절부절 참아 낼 수가 없는 상태가 되었다. 엎디어서 무엇엔가 기도하지 않고 견딜 수 없는 마음이었다. 어머니와 마찌꼬가 두 손을 모으고 기도하는 모습을 보면서 노부오는 형언키 어려운 부러움을 느꼈다. 그리고, 이 두 사람의 기도라면 예수의 하나님께서 들어 주시지 않겠나 하고 남몰래 생각해 보기도 했다.

'아버지.'

노부오는 어렸을 때 아버지한테 꾸중들었던 일이 떠올랐다.

'그것은 도라오한테 헛간 지붕에서 밀쳐져 떨어졌을 때의 일이었다.'

"상사람의 아들 따위한테 밀려서 떨어지거나 하지 않아요."

하는 노부오를, 아버지는 처음으로 때렸다. 그 아버지의 마음이 스무 살이 된 지금의 노부오에게는 잘 이해가 되었다.

'잘 때려 주셨다.'

만약 그때에 때리시지 않고 넘겼더라면 자기가 지붕에서 떨어진 사건은 단순한 하나의 추억거리밖에 더 되지 않았을 것이다. 그때에는 잘 이해하지 못했던 아버지의 훌륭함이 이렇게 혼수상태에 있는 아버지 앞에서는 참으로 잘 이해되는 것 같았다.

'나에게는 아버지가 있다.'

이것이 혹 과거의 일이 되어 버릴지도 모른다는 생각을 하니까, 무슨 일이 있어도 소생하셔야겠다는 생각이 들었다. 혼수상태에 계셔도 좋다. 어쨌든, 숨을 쉬시면서 살아 계셔만 준다면 그 이상 고마울 데가 없겠다는 생각이 들었다.
 그러나 그날 밤, 사다유끼는 마침내 숨을 거두었다.

 노부오는 장례식이라는 것이 불교 외에서도 행해진다고는 꿈에도 생각지 않았다. 친척들까지도 당연히 불교식으로 거행된다고 생각하고 있었는데, 기꾸가 기독교식으로 행한다고 해서 갑자기 모두들 놀랐다.
 "그런 부끄러운 일을 할 수 있나요."
 도세의 동생은 예수교식 장례라면 그냥 돌아가겠다고 했다.
 "자네가 예수교 신자인 줄을 알지만, 사다유끼까지 예수교식으로 장사지낼 필요는 없네."
 사람들은 입을 모아 기꾸를 비난했다. 지금까지 도세와의 사이를 좋지 않게 생각하는 친척들이 많았다. 다만 사다유끼의 온후한 인품이나 기꾸의 얌전함 때문에 그런 내색을 않고 지내 왔을 뿐이었다.
 그런 이유로 해서 친척들의 반대를 무릅쓰고 장례식을 기독교식으로 하겠다고 하는 기꾸의 제안은 더욱 반감을 샀던 것이다.
 "사다유끼 씨도 아마 그런 장례식을 좋아하지 않을 거요."
 누군가가 이렇게 말했을 때에, 기꾸는 봉투 하나를 사람들 앞에 내놓았다.
 "이것은 주인 어른의 유서입니다."
 기꾸는 이렇게 말하고 정중하게 머리를 숙였다.
 노부오는 놀랐다.
 '유서라니? 아버지께서 언제 그런 것을 쓰셨을까?'
 노부오에게는 이상했다.
 유서는 도세의 동생에 의해 읽혀졌다.

　인간은 언제 죽을지 자기의 죽을 때를 미리 알 수는 없다. 여기에 새삼스레 유언할 정도의 일은 내게는 없다. 내 뜻은 모두 기꾸가 알고 있다. 일상생활에서 기꾸에게 말한 것, 노부오와 마찌꼬에게 말한 것, 또 아버지가 행한 것, 이 모두를 유언으로 생각해 주기 바란다.
　나는 그런 심정에서 나날을 살아 왔다고 생각한다. 하지만, 내 죽음 앞에서 마음이 흔들리고 있을 때에는 이 글도 뭔가 힘이 되리라 생각한다.
　1. 노부오는 나가노 가의 장남으로서 어머니에게 효도를 다하고, 누이동생을 이끌어 주고, 가정의 좋은 기둥이 되어 주었으면 한다.
　1. 단, 이 아버지는 입신출세를 바라고 있지는 않다. 인간으로서의 사는 법에 관해서는 어머니에게 배우는 것이 좋다.
　1. 노부오는 특히 인간으로서 태어났다는 사실을 마음에 소중히 새기고, 참된 인간이 되기 위해 각별히 노력하기 바란다.
　1. 나는 기꾸의 남편으로서, 노부오와 마찌꼬의 아버지로서 행복한 일생을 보냈다. 그것은 모두 하나님께서 주신 것이기 때문이다.
　1. 아버지의 죽음으로 인해 경제적인 어려움이 올지라도 절대로 놀라거나 덤비지 말도록. 필요한 것은 반드시 하나님께서 주신다.
　1. 내 장례식은 기독교식으로 했으면 한다.
　이상, 요사이 때때로 심한 피로를 느끼기 때문에 만약에 대비해서 기록해 둔다. 사다유끼.
　　　　　　　1월 14일.　기꾸 앞.　노부오 앞.　마찌꼬 앞.

　일동은 유언을 듣고 난 뒤에 서로 고개를 끄떡일 뿐, 아무런 말도 하지 않았다. 그들에게 있어서 유서란 곧 재산 분배라고 해도 과언은 아니었다. 때문에 그런 내용이란 전혀 담기지 않은 이 유언 앞에서, 그들은 당황할 수밖에 없었다.
　그러나 확실히 유서를 써 놓은 보람은 있었다. 왜냐하면, 장례를 기독교식으로 하는 것에 대하여 이젠 아무도 비난하지 않게 되었기 때문이었다.

장례식도 끝나게 되니까 갑자기 집안이 허전해졌다. 아침 저녁으로 잠자리 속에서 눈을 감고 있노라면, 노부오에게는 죽음이라는 글자가 커다랗게 자기를 향해 달려 오곤 했다. 따라서 그는 가슴 답답한 압박을 느껴야 했다. 할머니의 죽음, 그리고 아버지의 죽음, 이렇게 모두가 너무 갑작스러웠다. 그 죽음은 변명할 여지를 주지 않는 비정한 것이었다. 거기에는 정말이지 의논할 여지도 애원할 여지도 없었다. 그야말로 백사무정(百死無情)이라고 할 만했다. 단 2~3일 만이라도 간병할 수가 있어서, 죽는 사람과 살아 남는 사람이 이야기를 주고받을 수 있다면, 슬픔이 좀 덜할 것 같았다. 그런데, 할머니도 아버지도 순간적으로 정신을 잃고 가족들이 겁에 질려 바라보고 있는 사이에 숨을 거두고 말았다.

'너무 일방적이다.'

노부오는 뭔가를 향해 항의하고, 원망하고 싶은 생각이 들었다.

'나도 할머니나 아버지처럼 언제인지도 모르는 시각에 갑자기 죽어버리는 게 아닐까?'

노부오는 공포에 떨었다. 아버지의 죽음 직전까지 노부오의 마음을 점유하고 있던 것은 성욕 문제였다. 그러나, 지금 노부오에게 있어서 가장 중대한 문제는 죽음이었다. 죽음에 비하면, 성욕 문제는 그래도 의논의 여지가 있었다. 뭔가 피할 길이 있을 것 같은 느낌이 들었다. 그러나 죽음은 절대 절명이었다. 어디에 피할 구멍이라곤 없는 대문제였다.

'나도 반드시 죽는 거다. 어디선가, 뭔가의 원인에 의해….'

노부오는 눈을 뜨고, 자기 두 손을 응시했다. 복숭아 빛을 하고 있는 손바닥을 보면서,

'이것은 살아 있는 손이다.'

하고, 노부오는 생각했다. 하지만 이 손이 언젠가는 아주 차가워지고 움직이지 않게 되리라는 것을 노부오는 생각했다. 노부오는 엄지부터 차례로 손가락을 굽혀 보았다. 그리고 펴보았다. 그때에 노부오는 확실히 인간은 반드시 죽게 되어 있다는 것을 알았다.

'왜 자신이 죽는 존재라고 하는 이 인생의 일대사를 지금까지 알 수 없었던가.'

노부오는 아버지를 훌륭하다고 생각했다. 생전에는 지나치게 온후해서 주위에서 안타깝게 여길 정도였다. 그러나 아버지는 유언에서,

"일상생활에서 기꾸에서 말한 것, 노부오, 마찌꼬에게 말한 것, 그리고 아버지가 행한 것, 이들 모두를 유언으로 생각하기 바란다. 나는 그런 심정으로 살아왔다고 생각한다…."

라고 말하고 있다. 그것은 항상 죽음을 각오하고 살아온 모습이라고 할 수 있지 않을까. 그 온후한 일상생활에 있어서, 아버지는 마음 속 깊은 바닥에, 아버지는 확실히 인생의 커다란 문제를 수용하고 있었다.

'나도 내 일상생활이 곧 유언이 되는, 그런 확실한 삶을 살 수 있을까.'

노부오는, 아버지의 죽음을 슬퍼하기보다도 오히려 아버지의 죽음에 감동되고 있었다.

아버지의 죽음으로 해서, 노부오는 생전 처음으로 교회에 발을 들여놓았다. 높은 천장도 조금 어둑한 예배당 안도 노부오가 상상했던 것과 같은 이상한 것은 아무것도 없었다. 모인 사람들도 각별히 두려운 사람이거나 이상한 사람들이 아니었다.

그러나, 장례식이라고 하는데 경도 읽지 않고 분향도 하지 않고 도리어 올갠을 연주하며 노래를 부르고 있다는 것은 너무 몰인정해 보였다. 목사가 기도하고, 신자들이 소리를 합하여 "아멘" 하는 것도 또렷하게 울려서 어색했다.

'하지만, 그 정도의 아버지랑 어머니가 믿고 있는 종교이니까, 아마

좋은 점도 있을 것이다.'
 노부오는 이렇게 생각했지만, 그러나 자신은 평생토록 그런 곳에 다니는 일은 없을 것이라고 생각했다.

 아버지의 죽음으로 해서 당장 현실적인 문제로서 생각하지 않으면 안 될 것이 한 가지 있었다. 그것은 노부오 자신의 대학 진학의 문제였다. 은행에 다니는 사람치고는 꽤 많은 수입이 있었던 아버지였기 때문에 앞으로 2~4년 동안 살아갈 수 있을 정도의 예비가 없는 것은 아니었다. 그러나, 노부오는 한 가정의 주인으로서 생각할 때 그것을 다 먹어 치울 수는 없었다. 물론, 대학에 진학해서 공부하고 싶은 생각은 태산 같았다. 그러나, 내성적인 노부오에게는 독학으로 대학 정도의 공부를 해낼 자신이 있었다.
 대학 진학보다도 어머니와 누이동생을 부양하지 않으면 안 된다는 것이 청년기에 접어들고 있는 노부오에게 있어서 자랑스러운 일이기도 했다.
 '요시가와는 소학교를 나왔을 뿐인데도 훌륭하게 어머니와 누이동생을 부양하고 있지 않은가.'
 새삼스럽게, 그것은 큰 일로 생각되어서 노부오는 요시가와를 훌륭하다고 생각했다.
 아버지의 7일제를 지낸 이튿날, 노부오는 요시가와에게 다시 편지를 썼다.

　　요시가와 군.
　 내 편지가 도착했을까. 지금, 나는 뜻밖에 아버지의 상을 당했다. 어제 7일제를 지냈을 뿐인데, 실은 아버지의 죽음이 아직 현실로서 납득할 수 없는 기분이다.
　 아침에 눈을 떴을 때 긴 꿈을 꾸고 있었던 것 같아서, 실은 아버지가 살아 계신 것 같은 느낌이 든다. 그런 뒤의 쓸쓸함이란, 아

정말로 싫다. 너도 아버지를 여의었으니까, 이 기분을 이해해 주리라고 믿는다.

아버지께서는 졸지에, 그야말로 어처구니없이 돌아가셨다. 만물의 영장쯤 되는 인간이 이렇게 어이없이 죽어도 되는가 하는 생각이 들 정도이다. 할머니도 졸지였다. 그리고, 아버지도 같은 병으로 급사했다고 할 때에 죽음이란 나에게 있어선 예고 없이 일격을 가해 오는 혐오할 괴물로 여겨진다.

물론, 죽음이 싫지 않은 사람은 없으리라고 생각한다. 하지만, 아무런 예고도 없이 일격을 당한다는 것은 견딜 수 없는 두려움이라고 생각해. 나는 지금, 죽음에 관하여 별의별 생각을 다한다. 언젠가 또 여러 가지 묻고 싶다고 생각하고 있다.

그런데 왠지 이상한 느낌이 든다. 너도 나도 양친에다 누이동생 하나씩 있었다. 한데, 둘이 다 아버지를 잃었다는 것이 이상히 여겨진다. 왠지 너와 나는 같은 운명에 있다는 생각이 자꾸만 든다. 좋은 일에 있어서도 비슷한 운명이 되었으면 한다.

어쨌든 너는 소학교 때 아버지를 잃었는데도 훌륭하게 살고 있지 않니? 그래서 나도 선배인 너에게 지지 않도록 열심히 해 보려고 한다. 두서 없는 편지이지만, 이렇게 써 봤다.

전번엔 묘한 편지를 내서 실례가 많았다. 웃지 말아 주게. 노부오

요시가와 군에게.

쓰고 싶은 것이 아무것도 쓰여지지 않은 것 같았지만, 노부오는 지금 한 마디라도 좋으니 요시가와와 이야기를 하고 싶은 심정이었다.

노부오에게는 중학교 시절에도 친구 몇이 생겼다. 하지만 마음 바닥까지 모두 드러내어 이야기하고 싶은 친구는 왠지 하나도 없었다. 먼 혹까이도에 있는 요시가와가 가장 허물없는 이야기 상대여서 그런지

모른다. 지금 당장 만나게 되면 의외로 아무것도 말할 수 없을는지도 모르는데, 상대방의 얼굴을 보지 않고 편지를 쓴다는 사실이 노부오를 대담하게 요시가와에게 연결시키고 있는지 모른다.

　노부오가 편지를 부친 이튿날, 요시가와로부터 편지가 와 닿았다. 노부오는 어제 부친 편지에 회신이 온 듯한 착각을 일으키며 기쁜 마음으로 그것을 뜯었다. 요시가와의 둥글둥글하고 따스한 글씨가 띠엄띠엄 사이를 두고 씌어 있었다. 글자를 보는 것만으로도 위로를 받는 것 같은 마음이었다.

　나가노 군.
　네 편지 정말로 잘 읽었다. 사실 나는 네가 이런 편지를 쓸 수 있을 정도의 인물로는 생각지 않았었다. 이런 표현은 실례가 되겠지만, 그러나 너에게는 약간 깔끔한 데가 있어서 하는 말이다. 정말, 네가 성욕 때문에 고민한다는 따위 말을 적어 보내리라고는 꿈에도 생각지 않았었다.
　노부오, 너도 역시 인간이로구나. 나는 누구나 모두 범부라는 말을 스님께 거듭 들으면서도 왠지 너만은 조금 다르다는 생각이 마음 속에 늘 있었다.
　한데, 네 편지를 보고서 참으로 안심도 하고, 새삼스레 존경도 했다. 나도 성욕 문제에 있어서는 대단한 고통을 당하고 있다. 그러나, 이것은 인간으로 태어난 이상, 할 수 없는 일이라고 생각한다. 이렇듯 고뇌가 많은 인간이기에 부처님의 구원이 필요한 것 아니겠니?
　너는 어떤 신앙적인 책을 읽고 있는지 모르겠다. 아무래도 아직 그러지 못하고 있는 듯해서 하는 말이다. 나는 일찍 아버지를 잃고 여러 가지로 생활상의 고통도 있었기 때문에 역시 스님의 말씀이 여러 가지로 힘이 되고 위로가 되어 주었다.

여러 가지 말씀을 듣고 있으면 인간이라고 하는 것은 과실을 범하지 않고서는 살아갈 수 없는 존재라는 것을 절실히 깨닫게 된다.

좋은 일인 줄 아는 것도, 그것을 실천한다는 것이 얼마나 어려운지 모른다. 하고 싶다고 생각하는 것을 하고, 해서는 안 된다고 생각하는 것을 하지 말면 되는 것이다. 하지만 그것이 그렇게 쉽지가 않다. 네가 말했듯이 인간이란 참으로 부자유한 것이다. 누이동생인 후지꼬는 너도 알다시피 다리가 부자유하기 때문에 남들이 불구자라고 한다.

그런데 말이다, 사람들이란 눈에 보이는 불구자는 쉽게 비웃곤 하는데, 자기 마음 속에 있는 부자유함에 의해 되어진 불구에 대해서는 좀처럼 눈을 뜨지 못하는 것 같다.

그렇다고 하더라도 우리들은 성욕에 관해 진지하게 대화할 수 있게 되었으니 얼마나 좋으냐. 이것은 축배를 들어 크게 축하할 일이라고 생각한다. 네가 고대하고 있는 것과 같은 편지가 되지 못해 죄송하다. 축배라고 했지만 나는 요사이 조금씩 술을 마시게 되었다. 이쪽 겨울의 추위라는 것이 네가 상상할 수 없을 정도의 것이어서, 그 때문에 한 잔씩 마시게 되었던 것이다.

하지만 말이다, 나도 아버지의 피를 이어 받았으니까, 그런 주정꾼이 되지 않기 위해 조심하고 있다.

옛부터,

"친구 있어 먼 곳에서 왔으니 이 아니 즐거운가."

라고 하지 않는가. 어느 날엔가 너를 홋까이도로 초청하여 자 한 잔, 이렇게 해보고 싶은 생각이다.

뭐라 해도 너는 부모가 다 있어서 대학에도 갈 수 있고, 참 행복한 일이다. 평생 너에게만은 행운이 늘 함께 했으면 하고 나는 바라고 있다. 그렇다고 해서 나는 나 자신이 불행하다는 생각은 조금도 않는다. 주태백이인 아버지를 가졌던 것도, 그 아버지가 일찍 죽은 것도, 내가 소학교밖에 나오지 못한 것도, 결국 나에게 주어진 하나의 시련이라고 생각하고 있다.

인간은 누구나 자기에게 동정하기 시작하면 한이 없는 것 아니겠니. 대학에 들어가거든 곧 편지를 다오. 요시가와 오사무.

나가노 군에게.

추신

후지꼬가 요사이 갑자기 어른스러워지면서 약간 미인이 되었다. 누이동생이라고 하는 것은 하여간 묘한 존재이다. 여성이라는 이성이면서, 내게는 이성이 아니니 말이다. 이런 존재가 세상에 있다고 하는 것, 누나나 누이동생이 없는 사람들이 과연 알 수 있을까.

노부오는 다 읽고 나서 후 안도의 숨을 내쉬었다.
"요시가와는 아직 우리 아버지의 죽음을 모르고 있다."
이렇게 중얼거리며, 노부오는 다시금 편지를 읽었다.
'요시가와는 벌써 아버지를 잃고 있다.'
갑자기 요시가와가 지내온 세월이, 노부오에게 구체적인 것이 되었다. 성욕에 관한 이야기를 써 보냈을 때의 자기의 기분이 몹시 사치스러운 것이었다는 생각이 들었다. 요시가와가 노부오의 행복을 부러워하거나 시기하지 않고 언제까지나 행복하기를 바라는 마음을 적어 보낸 것이 진정으로 기뻤다.
'내게는 이제 아버지가 없다.'
노부오는 눈물을 흘렸다. 그러나 그것은 아버지의 죽음을 슬퍼하는 것과는 달랐다. 객관적으로 자기보다 불행한데도 요시가와가 한없이 자기를 축하해 준 데 대한 감동의 눈물이었다.
'나도 절대로 불행하지 않다.'

노부오는, 대학에 가지 못하는 자기도 결코 불행하지 않다고 진심으로 생각했다.

포 승

 중학을 졸업한 노부오는, 아버지의 윗사람의 주선으로 재판소의 사무원이 되었다.
 취직한 지 한 달쯤 지난 어느 비 오는 날의 일이었다. 노부오는 서류를 가지고 사무실을 나왔다. 복도의 모퉁이를 도니까, 간수의 호위를 받으며 걸어오는 죄수가 있었다. 그와 딱 마주친 것이었다. 지금까지는 그런 죄수와 만나게 되면 노부오는 될 수 있는 한 얼굴을 돌리고 상대방의 옆을 빠져 나가곤 했었다. 그렇게 해도, 지나치는 순간엔 가슴이 울렁거리기도 하고, 그 사나이에게도 부모가 있겠지, 무슨 사유로 그렇게 되었을까, 처자는 없는가 등을 생각하지 않는 경우가 없었다.
 그러나, 오늘은 복도의 모서리에서 만남과 동시에 부딪치고 말았다. 피할 도리가 없었다. 다른 때 같으면 보지 않고 지나치곤 했던 죄수의 그 가슴팍에 정면을 부딪치고 말았다. 죄수는 삿갓(죄수용)으로 가린 얼굴을 위로 향하여 꾸짖는 듯 노부오를 보았다.
 그 얼굴에 노부오는 소리를 지를 뻔했을 정도로 놀랐다. 그는 어린 시절에 곧잘 어울려 놀았던 도라오였다.
 "도라오!"
 노부오는 이렇게 입 밖으로 나오는 말을 간신히 삼켜 버렸다. 순간 노부오의 시선을 피하려는 듯 얼굴을 돌린 채 지나쳐 버린 도라오의 뒷모습을, 노부오는 멍청히 바라보고 있었다.
 '사람을 잘못 본 것일까?'
 저 검정콩 두 개를 나란히 놓은 듯했던 눈으로 미루어 볼 때 그 죄수는 분명히 도라오였다고 생각했다. 노부오는 헛간 지붕에서 말다툼을 하다가 밀려 떨어졌던 일을 그립게 회상했다.
 '늘 잡화상인 아버지 로꾸를 따라오곤 했었는데…. '
 도라오는 얌전하고 성질이 좋은 아이였던 걸로 노부오는 기억하고 있었다. 그 도라오가 그후에 무슨 일을 저질러서 손이 뒤로 묶이게 되었을까 하고 생각하느라 노부오는 그날 종일토록 마음이 가라앉지 않았다.
 퇴근 전에 법정 앞 복도의 공고판을 보고서 노부오는 그가 틀림없이 도라오였다는 사실을 확인하게 되었다. 도라오는 절도와 상해죄로 구속되어 있었다.

 집에 돌아와서 저녁을 먹을 때에도 노부오는 묘하게 마음이 가라앉지 않았다. 처마 끝에서 떨어지는 낙수물 소리도 노부오의 귀에는 들어오지 않았다.
 "왜 그래, 오빠?"
 이상하다는 듯이 마찌꼬가 물었다.
 "뭐가?"
 "하지만, 아까부터 그 두부를 젓가락으로 찧고만 있지 않아?"
 간간한 성격인 노부오는 두부를 찧어 부수는 일 없이, 네모진 그대로를 입에 넣곤 했다. 한데 마찌꼬의 말을 듣고 밥그릇을 보니까, 두부는 모두 부서져 있었다.
 "아니, 노부오야, 너답지 않게 이게 뭐니?"
 어머니인 기꾸는 마찌꼬보다 먼저 눈치채고 있었지만, 지금 비로소 발견한 것처럼 이렇게 말했다.
 "어디 몸이라도 아프니?"
 기꾸는 불안을 억지로 감추면서 물었다. 몸보다도 직장에서 뭔가 좋지 않은 일이 있은 게 아닌가 염려하고 있었다.

"아니오. 비 때문에 조금 추웠던 것 같습니다."

노부오는, 도라오의 이야기를 할까말까 망설이고 있었다. 어린 시절의 친구에 불과했지만, 남에게 알리고 싶지 않은 그 모습을, 될 수 있는 한 감춰 주고 싶었다. 하지만, 이렇게 자기의 일을 염려해 주고 있는 어머니와 누이동생에게만은, 뭐든 다 털어 놓고 말하고 싶기도 했다. 아버지가 돌아가신 뒤로, 노부오는 가정의 세 식구의 연결을 아주 중하게 생각하고 있었다. 이 어머니와 누이동생하고만은 기쁨도 슬픔도 같이 나누고 싶다는, 넘쳐 흐르는 애정을 노부오는 갖게 되었다.

그것은 한 집안의 기둥으로서의 자각 때문이었을까. 젊은 사람 특유의 윤택한 정감 때문이었을까. 자기의 것을 맨 먼저 주장하고파 하는 소위 자아가 가장 강한 청년기에 아버지를 잃은 노부오는 어머니와 누이동생을 부양해야 한다는 마음의 부담 때문에, 늘 어머니와 누이동생을 생각하는 어른으로 성장해 버린 것이었다.

"어머니, 저 로꾸 아저씨라고 하는 잡화상을 기억하십니까?"

저녁 식사를 마친 뒤에 노부오가 말했다.

"로꾸 아저씨? 글쎄 어떤 분이셨나?"

기꾸는 전혀 생각이 나지 않는다는 얼굴을 했다.

"왜 있잖습니까, 빗이랑 실 같은 거 가지고 집에 오곤 하던 잡화상 말예요."

"잡화상?"

"네. 도라오라는 아이가 늘 따라 왔는데 언젠가 저를 지붕에서 밀어 떨어뜨린 적이 있지 않아요."

이렇게 말하고서 노부오는 아이쿠했다.

'그렇다. 그때에는 아직 할머니께서 살아 계셨다.'

"오, 지붕에서 떨어졌다는 이야기를 아버지한테 들었다."

기꾸는 고개를 끄덕였다. 그리고는 별로 마음에 두지 않는 태도를 보였다.

"아아, 도라오란 사람, 눈이 검고 얌전한 사람이었지?"
마찌꼬가 생각난다는 듯이 손뼉을 쳤다.
"나, 그 아이하고 숨바꼭질하며 논 일 기억하고 있어. 하지만, 그때에 로꾸라고 하는 사람이 집에 왔었는진 모르겠어."
할머니가 돌아가신 뒤부터, 로꾸 아저씨는 왠지 집에 들리지 않게 되어 버린 것을 노부오는 회상했다. 도라오만이 2년쯤 지난 뒤에 불쑥 놀러 찾아 왔었는데, 언제부터인지 오지 않게 되었다.
"그 로꾸 아저씬가 하는 양반이 어떻게 됐다는 거지?"
기꾸가 이야기를 원점으로 돌렸다.
"네, 실은 오늘 재판소의 복도에서 그 어린 시절의 친구 도라오와 딱 마주쳤어요."
"어쩜, 지금 어떻게 하고 지낸대? 많이 컸겠네?"
마찌꼬가 말했다.
"그런데 그의 손이 뒤에 돌아가 있었어."
노부오는 자기 두 손을 뒤로 돌려 보였다.
"뭐?"
기꾸와 마찌꼬가 소리 질렀다.
"왜?"
기꾸가 아미를 모으며 물었다.
"절도와 상해죄여서 저도 깜짝 놀랐어요. 그렇게 얌전한 아이가 어떻게 그런 짓을 했나 하고 생각하니까 마음이 자꾸만 무거워졌어요."
노부오의 말에 기꾸도 마찌꼬도 고개를 끄덕였다.
"말을 듣고 보니, 내가 그때에 본 것이 도라오였구나. 아사구사에서 대낮부터 취해서 여자에게 붙잡혀 있는 사나이가 있었는데, 벌써 보름도 더 지난 일이지만, 그때에 난 어디선가 본 얼굴이라고 생각하며 지나쳤었지. 한데, 그러고 난 뒤에 생각하니까 그 사나이는 도라오와 비슷하다는 느낌이 들었어."

"그런 일이 있었니?"
 노부오는 도라오의 술 취한 모습을 연상하려 했다. 하지만, 좀처럼 되지 않았다.
 "하지만, 그때엔 도라오를 닮았다고 생각했을 뿐, 설마 그 사람이겠나 했었지."
 마찌꼬는 그때의 일을 회상하느라 눈을 깜박거렸다.
 "어머니, 인간이란 어렸을 때에 좋았어도 자라서는 그렇게 변하는 건가요?"
 아까부터 둘의 이야기를 가만히 듣고 앉아 있는 어머니에게 노부오가 이렇게 물었다.
 "노부오야, 인간이란 그때그때에 따라, 자기로서도 상상할 수 없는 모습으로 변하는 수가 있단다."
 무릎에 손을 똑바로 놓은 채, 기꾸는 조용히 말했다.
 '자기로서도 상상조차 못했던 인간이 되는 경우가 있다.'
 노부오는 화끈 얼굴이 달아오르는 것 같은 느낌이 들었다. 그 요시하라에 자기 발걸음을 옮기리라고, 그때까지의 자기로서는 상상조차 못했던 일이었다. 지금 생각해 보면 그것은 결코 자기 혼자서는 할 수 없는 일이었다. 그 요시하라의 대문 앞에서 돌아서서 뛴 것이 진짜 자기라고 지금까지 노부오는 생각하고 있었다.
 그러나, 그 요시하라로 걸음을 빨리했던 자기도 확실히 자기가 아니었는가 노부오는 이제사 겨우 알게 된 듯하였다. 가끔, 여체의 뇌쇄적인 모습 때문에 잠 못 이루는 밤의 자신의 마음이나 모습을 누구에게 보일 수 있겠는가 생각하며, 노부오는 부끄러워했다.
 '그때의 자기는 어김없이 이 나가노 노부오인 것이다.'
 그 심약하게 보였던 도라오가 진짜 도라오라면, 남을 상하게 하는 일을 한 것도 어김없이 그 도라오인 것이다. 생각해 보면 아무리 어린 아이였다고들 하지만 지붕 위에서 남을 밀쳐 떨어뜨렸다는 것은, 그때부터 벌써 급해지면 무슨 일을 저지를지 모르는 성질을 갖고 있었다는 증거가 된다.

"인간이란 무서운 존재군요. 내 경우만 해도 때와 장소에 따라서는, 꽤 얌전해지지만 반대로 나 스스로도 싫어질 만큼 심통쟁이가 되곤 하니…."

요사이 뚜렷이 여자다워진 그 어깨를, 마찌꼬는 약간 흔들면서 이렇게 말했다.

"엄마만 해도 그렇단다."

기꾸는 미소지으며 말했다.

"어머니께서요?"

어머니는 늘 조용하고 얌전한 분인 줄 노부오는 알고 있었다. 어머니의 어디에 그런 점이 있을까 하고, 노부오는 어머니의 얼굴을 보았다.

"왜 그런 놀란 얼굴을 하니? 노부오야, 어머니도 인간이란다. 어머니도 몹시 약한 사람이다. 곧잘 쓸쓸해지고, 남을 미워하고, 화를 내고…."

"설마 그러실라구요. 거짓말이지요. 어머니가 남을 증오하고 화를 내다니, 저는 상상조차 할 수가 없어요."

노부오는, 어머니의 말을 가로막았다.

"노부오야, 화를 내지 않는 것처럼 보이는 것과 화를 내지 않는다는 것과는 다르단다. 어머니는 한 번도 화를 낸 적이 없다는 식으로 생각하면 큰 잘못이야."

기꾸는, 젖 먹는 아이였던 노부오를 놓고, 이 집을 나가지 않으면 안되었던 때의 일을 생각하는 것만으로도 마음이 편치 않았다. 결코 도세를 나쁜 사람이라고 생각지는 않는다. 어느 집 시어머니도, 그리고 부모 형제라 할지라도, 기독교 신자가 되는 것을 전염병처럼 싫어하고 천시하던 시대였다. 도세만이 특별히 성미가 나빴다고는 생각할 수가 없다. 그러나, 그래도 기꾸는 그런 시대적인 분위기를 충분히 이해는 했지만, 도세를 좋게는 생각할 수가 없었던 것이다. 자기를 박해한 도세에 대해 품는 이 생각을 용서받을 수 있는 것이라고 기꾸는 절대로 생각지 않았다. 뿐만 아니라, 그런 자기를 기독교인이 될 수 없는 인간이라고 기꾸는 책하고 있었다.
"너를 책망하는 자를 위해 기도하라."
교회에서 듣곤 하는 이 말이, 기꾸의 마음을 아프게 했다.

잠자리에 들어간 뒤에, 노부오는 어머니의 말을 생각했다.
"화를 내지 않는 것처럼 보이는 것과, 화를 내지 않는 것과는 다르다."
어머니는 이렇게 말했다.
"인간이란 말이다, 그때그때에, 자신조차도 상상 못했던 그런 인간으로 변해 버리는 경우도 있다."
어머니는 이렇게 말했다.
지금 겨우 스무살인 자기가 앞으로 몇십 년 동안 세상에서 살아가면서, 도라오처럼 법에 저촉되는 죄를 범하지 않는다고 장담할 수는 없었다. 아마, 어떤 일이 있어도, 도둑 노릇은 하지 않을 것이라고 노부오는 생각했다. 그러나 돈은 한 푼도 없는데 배는 무척 고플 때에, 눈 앞에 주먹밥이 놓였다면 그것에 손을 뻗치지 않는다고 장담은 하지 못할 것 같았다.
그런 절박한 상황은 그리 많지 않겠지만, 노부오는 여색에 관해서는 자신을 가질 수가 없었다. 예를 들어 어딘가에서 자기가 하숙을 하고 있는데 주인집에 묘령의 예쁜 처녀가 있다고 하자. 그 처녀와 단 둘이 되었을 적에 자기가 광폭한 이리로 변하지 않는다고 장담할 수가 없었다. 그리고, 더욱이 상대가 유부녀라고 할지라도 이상하게 되지 않는다고 장담할 수가 없었다. 그렇게 생각하니까, 노부오는 더럭 겁이 났다. 유부녀에게 손을 대거나 처녀에게 손을 대거나 모두 법률에 저촉

된다고 노부오는 생각하고 있었다.
 '그러나, 법률에만 저촉되지 않으면 무슨 일을 해도 괜찮다는 뜻은 아니다. 법률에 저촉되는 것만이 죄라고 할 수는 없는 것이다."
 노부오는 이렇게 생각하다가 이상하다는 느낌을 받았다.
 주택가의 밤은 빠르다. 모두 잠자리에 든 듯 고요하다. 한데, 그때에 어디선가 멀리서 개 짖는 소리가 들려왔다. 그 소리가 몹시 쓸쓸했다.
 '법률에 저촉되지 않는 죄 중에, 법률에 저촉되는 죄보다 더 중한 것이 없을까.'
 이렇게 생각하니까, 노부오에게는 정말로 그런 일이 있을 것만 같은 생각이 들었다. 예를 들면, 사과 하나를 훔쳤어도 들킨다면 법의 심판을 받게 되겠지. 그러나, 갑작스레 들어온 욕심 때문에 남의 것을 훔치는 것보다 더 무거운 죄가 있지 않은가. 그렇게 생각한 것은, 노부오의 상사 중에 몹시 악질적인 사나이가 있었기 때문이었다. 그 사나이는 부하 직원들에게 반드시라고 해도 좋을 정도로 철저하게 불완전한 지시를 하고 있었다.
 "갑의 서류를 만들어라."
하기 때문에, 그걸 만들어 내면,
 "갑의 서류를 누가 내라고 했나, 을의 서류를 해 가지고 와."
하는 식으로 지시하는 경우가 비일비재하였다. 그것을 노부오는, 그가 잘못 지시했으리라고 생각하고 있었는데, 차차 그렇지 않다는 느낌이 들었다. 하루에 한두 번은 누군가가 이런 질책을 받는 것을 보고, 노부오는 그 사나이의 심리상태를 이상히 생각하게 되었다. 그것은, 악랄한 꾸짖는 방법으로서 마치 그렇게 꾸짖고 싶어서 부러 만든 올무처럼 여겨졌다. 상사에게 말대꾸하는 사람도 없는데, 왜 그렇게까지 우쭐해지고 싶어하는지 모르겠다고, 노부오는 절실하게 생각하는 때가 있었다.
 그 상사의 악취미는 법에 저촉되지 않을 것이 분명하다. 그러나, 사과 한두 개 훔치는 것은 법에 저촉된다고 해도 그 악랄한 상사의 악취미보다는 사람에게 끼치는 영향이 적을 거라고 노부오는 생각했다.
'아무리 생각해도 악랄한 자의 죄가 크다.'
이렇게 생각하면서, 노부오는 자기는 어떤가 하고 돌아다보았다.
'남에게 불쾌한 감정을 갖게 하는 것도 역시 큰 죄가 아니겠는가?'
노부오의 동료 중에 늘 찌푸렁하니 지내는 사람이 있었다. 상사가 부를 때엔 마지 못해 대답을 하지만, 동료나 사환이 부를 때엔 제대로 대답을 하는 법이 없다. 항상 볼이 부어 가지고 곁에 있는 사람들로 하여금 쩔쩔매게 만든다. 보는 사람들까지 불쾌하게 되어, 그의 퉁명스러움이 옮겨 올 것만 같게 여겨진다.
'그런 사람도 무척 남을 괴롭힌다. 그러니까, 좀도둑보다 나쁘다고 할 수 있지 않은가.'
노부오는 이런 생각을 했다. 하지만, 죄라는 말은 생각할수록 알 수 없는 구석이 있었다. 남에게 아무런 괴로움도 끼치지 않으면, 그걸로 괜찮다고 하는 식으로는 처리가 되지 않는다는 생각이 들었다.
'나처럼 마음 속으로 여자를 상상하고 늘 그런 것에 괴로움을 당하고 있는 것도, 남에게는 알려지지 않은 마음 속의 문제이지만 그것도 죄가 아닐까.'
이렇게 생각해 보았는데, 이상하게도 그것은 싸워서 남을 때리는 것보다 더욱 끈적끈적한 죄의 냄새를 풍겼다. 그것은 사람의 눈에 띄는 것은 아닌데, 그리고 남의 생활에 하등의 위협도 주지 않는데, 왜 이렇게도 죄의 냄새가 나는 것일까, 노부오는 이상하게 생각했다.
'아무도 모르는, 깊은 마음 바닥에서야말로, 정말로 죄라는 것이 자라는 게 아닐까.'
이런 것들을 생각하다가 노부오는 잠에 떨어졌다.

무 화 과

 이튿날 노부오가 직장에서 돌아오니까, 다까시의 큰 소리가 현관까지 들렸다.
 "형님 어서 오세요."
 다까시 혼자인 줄 알고 이렇게 인사하며 방에 들어섰더니만, 거기엔 다른 손님 한 분이 더 있었다. 머리를 허술하게 이마까지 늘어뜨리고, 검은 색 옷을 입은 30세 가량의 남자였다. 온후해 보이는 눈길이 노부오의 마음을 사로잡았다. 여태껏 본 적이 없다고 생각될 정도로 부드러운 눈길이었다.
 "이 녀석 이종동생인 노부오란 놈이야."
 다까시가 이런 말로, 노부오를 그 남자에게 소개했다.
 "오라 그렇지. 요시하라에서 '뒤로 돌앗!' 해서 도망쳐 버린 겁약한 녀석이야."
 다까시는 척척 사정없이 말해 버렸다. 노부오는 빨갛게 되어 가지고 인사를 했다. 옆에 어머니도 마찌꼬도 없는 것이 다행으로 여겨졌다. 요시하라에 갔던 이야기는 가족들에겐 말하지 않았기 때문이었다.
 "야, 너 엔간히 분별 있는 얼굴을 하고 있는데, 이 선생님, 뭐든 잘 아는 사람이니까 이야기 잘 듣는 게 좋을 거다."
 다까시가 이렇게 말했지만 노부오에게는 상대방이 어떤 사람인지 알 수가 없었다.
 "형님, 이 분은 어디서 오신 선생님이에요?"
 노부오는 꿇어 앉은 채 물었다.
 "어디라니? 일본서지. 소설 쓰고 있는 나까무라 슝우라고 하는 선생님이셔."

그런 이름을 노부오는 몰랐다. 하지만 소설을 좋아하는 노부오는, 소설을 쓴다는 사람이 신비롭게 여겨졌다.

"나까무라 슘우에요. 모쪼록 잘 부탁합니다. 이 다까시씨한테는, 집이 이웃에 있기 때문에 늘 신세를 많이 지고 있습니다."

나까무라 슘우는 오오사까의 사투리를 쓰지 않았다. 조금 사투리는 섞였지만, 오오사까의 사람으로 여겨지지 않았다.

"선생께서는 좀 조사할 것이 있어서 약 반 년 동안 도꾜에 계시게 된다. 너, 그 동안 여러 가지로 지도받으면 좋을게다."

다까시는 기분이 좋았다. 요사이 경기는 나쁘지만, 다까시의 상점은 순조롭게 성장해 가는 모양이었다.

"이거 제 소설입니다."

나까무라 슘우는 이렇게 말하고 책 한 권을 노부오 앞에 놓았다.

'무화과'라고 하는 책이었다.

맑게 개인 어느 일요일 오후, 노부오는 나까무라 슘우한테 받은 '무화과'라고 하는 소설 책을 손에 들었다. 새로운 책을 읽을 때의 버릇대로, 노부오는 그 책을 손바닥에 놓고 잠깐 동안 그 무게를 즐기고 있었다. 뜰에는 팔손이의 그늘에 빨강꽃이 피어 있었는데, 그 주위만이 유달리 조용했다. 햇빛에 날개를 반짝이며 날아온 벌이 빨강꽃에 잠깐 머뭇대다가 앉았다.

이런 때가 노부오의 가장 즐거운 때이다. 노부오는 늘 책을 읽기 전에 이런 식으로 그것을 손에 쥔 채 그 속에 무엇이 적혀 있을까 하고 생각해 본다. 거기에는 반드시 자기가 알지 못하는 세계의 이야기가 있는 것이다. 특히, 이 소설은 작가로부터 직접 받은 것이다. 그 온화하고, 그러면서 어딘지 모르게 좀 사양하는 듯한 태도를 지닌, 눈이 가느다란 나까무라 슘우가 어떤 소설을 썼을까 하고 생각하는 것만으로도 충분히 즐거웠다. 노부오는 왠지, 소설 쓰는 사람은 어딘지 모르게 교만하고 좀 퇴폐적인 듯한 인간일 걸로 생각하고 있었다. 그러나, 나까무라 슝우에게는 그런 것이 전혀 없어 보였다. 그 가느다란 눈 속에서도 맑은 빛을 느끼게 하고 있었다.

'그런 사람이라도 소설을 읽거나 쓸 수 있는 건가.'

일반적으로 소설을 읽는다는 것은 타락의 제 일보를 내딛는 것으로 생각하는 사람이 많은 시대였다. 노부오 자신도 처음엔 소설을 읽는다는 데 대하여 무척 주저했던 경험을 갖고 있었다.

노부오는 빨강꽃에서 눈을 옮기며 조용히 책을 폈다. 몇 페이지 지나지 않아서 노부오의 마음은 그 소설 속에 용해되고 말았다.

그것은, 어느 미국서 돌아온 목사의 이야기였다. 목사는 천사와 같은, 우아하고 청초한 미국 여성과 결혼해서 돌아왔다. 목사는 부임하는 인사말을 하면서, 신도들 앞에서 십여 년 전의 자기의 잘못을 고백한다. 목사의 이름은 하도미야 우노스께라고 했다. 하도미야는 십여년 전, 법률을 공부하는 서생이었다. 그런데, 그의 학비를 조달하기 위해, 그의 누이는 신바시라는 곳의 기생이 되었다.

하도미야는 어느 변호사의 집에 들어가 기숙하고 있었는데, 그 집에 딸 하나가 있었다. 하도미야는 그 주인집의 딸과 연애를 했다. 한데, 그 연애에는 입신 출세를 바라는 하도미야의 계산이 전혀 가미되지 않았다고 할 수가 없는 것이었다. 어느새 둘은 서로 몸을 허락하는 사이가 되었다. 그러나, 그 사실이 부모들에게 탄로되어서 하도미야는 그 변호사의 집에서 쫓겨나게 된다. 상심한 하도미야는 판사 시험에도 낙방되고, 게다가 그 아가씨는 딴 남자와 결혼을 해버리게 된다. 실망이 가중되자, 그는 해외로 나가 버린다. 미국에서 메리나라고 하는 열심 있는 목사의 가르침을 듣고 기독교 신자가 되었다. 그는 메리나 목사의 도움을 받아 예일 대학에 들어가게 되었고, 끝내 신학자가 되어 귀국했다.

아내는, 그 메리나 목사의 딸이었다. 아내 에미야도 열심 있는 신자로서 해외 전도에도 뜻을 두고 있었다.
 이렇게 돌아온 하도미야는, 신자들 앞에서 옛날에 애인을 범한 것을 '처녀의 신성을 범했다'고 마음으로부터 참회한다. 그후에, 오랫동안 소식이 없었던 부모와 누이의 거처를 알게 된다. 누이는 은행원의 아내가 되어 부모를 맡아 봉양하고 있었다. 가족 일동은, 찾아간 하도미야를 반갑게 맞았으나 직업이 목사라고 듣고 몹시 실망한다.
 "목사 따위 변변치도 않은…."
라고 하는 부모나 누이의 음성은 날카로웠다.
 "목사 따위 그만두고 은행에 들어오너라."
 자형도 이렇게 권했다. 목사는 월급이 30원이지만, 은행은 백원이나 된다며 강권했다.
 이 제안을 깨끗이 물리친 하도미야는, 뜻밖의 이야기를 부모로부터 듣는다.
 헤어진 후로, 행복하게 살고 있는 줄로만 알고 있었던 옛날의 애인이 감옥에 있다는 것이었다. 그 아가씨는 사와라고 했다. 사와는 부모의 강요에 못 이겨 울며불며 다른 사람과 결혼을 했지만 그때에는 이미 하도미야의 아이를 배고 있었다. 하도미야의 아이를 떼라고 하는 남편과 다투다가 끝내 남편을 죽여 버렸다. 사와는 감옥 안에서 하도미야의 딸을 낳았고, 그 딸은 간수장의 집에 맡겨졌었는데, 얼마 안 되어서 행방이 묘연해졌다고 하는 것이었다.
 이를 들은 하도미야는, 회개하고 목사까지 되기는 했지만, 한때에 처녀의 신성을 깨뜨려 버린 죄가 이렇게 거듭거듭 새끼를 치기에 이르렀는가 하며 며칠을 두고 고뇌를 짓씹는다.
 곧, 아내 에미야는 임신한다. 에미야는 임신의 몸이면서 고아원을 시작하자 하며, 우선 시작으로 거지 아이 셋을 데려 온다. 에미야는 더러운 옷을 입은 거지 아이들을 방에 불러들이고, 마치 왕자와 왕녀를 맞기라도 한 것처럼 좋은 의자에 앉혔다. 그 거지들 중에 옥 중에서 태어난 사생아가 있었다. 열 두세 살 되어 보이는 여자 아이였다. 그 아이가 실은 자기 딸이란 사실을 알고, 목사인 하도미야는 다시 놀라며 고민한다.

하도미야는 이찌게다니의 형무소에 목사로서 설교를 하러 간다. 거기에 한때의 애인 사와가 있었다. 어느 폭풍이 부는 밤에, 사와는 탈옥해서 목사관에 도움을 청하러 온다. 피곤하여 아무것도 모르고 에미야는 자고 있다. 몸이 함뿍 젖고 머리에서 물이 뚝뚝 흐르는 채 찾아든 탈옥수 사와에게 하도미야는 자수할 것을 권유한다. 하지만 자기 때문에 그와 같은 처지에 떨어진 사와를 생각할 때에, 다시금 그 냉냉한 감방에 돌아가라고 강요할 수는 없었다. 할 수 없이 딴 곳에 방을 얻어서 사와를 숨긴다.

한편, 하도미야의 부모는 누이의 집을 나와 하도미야의 집에서 동거하게 되었다. 눈이 파란 미국 여성인 에미야를 싫어해서, 부모는 사사건건 맵짜게 대해 왔다. 에미야가 임신을 했는데도,
"고양이의 눈 같은 손자 따위는 기분이 나빠 못본다!"
하면서 기뻐하지 않는다. 더욱이 아들인 하도미야에게는 줄곧 이혼하라고 조르기까지 했다. 하지만, 에미야는 정중하고 순수하게 남편과 부모를 섬겼다. 거지 아이들은 에미야를 마리아님이라 부르고, 하도미야의 어머니를 마귀 할멈이라고 불렀다.

곧 사와의 신원이 밝혀져서, 사와를 숨긴 하도미야도 감옥에 들어가는 몸이 된다. 집을 지키는 에미야에게 하도미야의 부모는 점점 더 심하게 대했다. 어느 날, 하도미야의 어머니는 자기를 위해 에미야가 약을 따라 드린 잔을 에미야에게 던졌다. 에미야의 하얀 얼굴에서 피가 흘렀다. 하지만, 에미야는 그 아픔을 참고 미소짓고 있었다. 그 모습에 먼저 하도미야의 아버지의 마음이 누그러졌다. 감옥에 면회하러 갔던 에미야는,
"그거 웬 상처지?"

하는 하도미야의 질문을 받았다. 그러나, 에미야는 조금 다쳤다고 얼버무리고 말았다. 어머니가 잔을 던져서 그렇게 되었다는 말을 하지 않았다. 에미야는 사와가 남편에 의해 숨겨졌었다는 사실도, 둘 사이에 아이가 있었다는 것도, 그 아이가 자기가 돌보고 있는 거지 아이란 사실도 전혀 모르고 있었다. 남편이 사와가 숨어 있던 집에 머물렀던 사실 같은 것은 더더욱 알 턱이 없었다. 그 모든 것을 알았을 때에 그녀마저도 참지 못하고 분노를 터뜨렸다. 급히 미국의 부모에게 편지를 썼다. 울면서 쓴 그 편지를, 에미야는 차마 부칠 수가 없었다. 하나씩 남편의 죄를 모조리 끄집어 낸 자기의 추악함을, 에미야는 스스로 부끄러워했다.

"의인은 없나니 하나도 없다."

벽에 붙여 놓은 이 성구를 보는 순간 에미야는 편지를 박박 찢어서 쓰레기통에 넣고 말았다. 에미야의 얼굴은 희고 깨끗하게 빛났다.

얼마 안 되어서 사와는 옥중에서 죽고, 에미야는 아들을 낳는다. 그 때에는 이미 하도미야의 어머니와 아버지의 마음이 풀려 있었다. 아이가 태어난 평화스런 집에 하도미야는 돌아온다. 그러나 사와가 죽었다고 들은 하도미야는 전보다 더 오뇌한다. 점점 마음이 약해져 가던 하도미야는 사와의 백골의 환상을 보는 지경에까지 이른다. 사와의 일생을 그르친 것은 전적으로 자기였다고 괴로워하던 그는 마침내 가출해 버린다. 그리고, 방심하여 철도 위를 터덜터덜 걸어가다 기차에 치어 죽어 버린다.

삼백 페이지 남짓한 이 소설을 노부오는 단숨에 읽어 버렸다. 제 정신으로 돌아와 보니까, 벌써 해가 지고 누리에 땅거미가 기어들고 있었다. 노부오는 일순 멍청해 있다가 자기도 모르게 피로한 눈길을 뜰로 던졌다. 빨강꽃의 빛깔들이 낮에 보았을 때보다 조금은 검은 빛을 띠고 있었다. 뜰의 화초들은 거의 그 윤곽들이 흐려져 있었다.

'모처럼 하도미야 가에 평화가 돌아왔다고 생각했는데, 왜 그런 결말이 되어 버렸을까.'

노부오는, 왠지 그게 자꾸만 안타까워서 견딜 수가 없었다. 죽은 하도미야 목사보다도, 먼 곳 미국에서 온 천사와도 같은 에미야가 불쌍했다.

'아무리 자기가 저지른 죄가 자기를 벌한다고는 하지만, 그렇게까지 자학을 해야 하는 건가.'

아무래도 하도미야가 너무 일방적이었던 것 같았다.

'신앙을 갖고 있는 인간이 그런 결말을 가져온다고 하면 오히려 나처럼 아무것도 믿지 않는 쪽이 행복할 것이다. 결국 기독교는 하도미야에게 살 힘을 전혀 주지 못하지 않았는가.'

이렇게 생각하지 않을 수 없었다. 하도미야와는 달리, 아내인 에미야는 얼마나 훌륭한 생활을 하는 것일까 하고 노부오는 생각했다. 하도미야의 부모들이 묻는 말에 대답을 해주지 않아도, 먼지 터는 것이 서툴다고 욕을 해도 결코 노하지 않는다. 뿐만 아니라, 그녀는 자기를 배신한 옥중의 남편에게 어떻게든 위로의 말을 보내고, 또 옥사한 사와의 시체를 인수해다가 정중하게 장례식까지 거행했다. 이것도 노부오에게 커다란 놀라움이었다. 사와는 말하자면 에미야의 원수가 아니겠는가.

'그 원수의 아이를 맡아서 소중하게 키우는 것만도 쉬운 일이 아닌데….'

에미야의 아름다운 마음은 노부오를 감동시켰다.

저녁을 먹는 자리에서도 노부오는 소설의 내용을 계속 생각했다. 그것은 지금까지 읽은 소설과는 전혀 다른 것을 생각케 했다. 어디가 다른 건지 꼭 집어서 말하기는 어려웠지만, 깊이 생각하게 하는 무엇을 가지고 있었다.

"오빠, 오늘은 공부 많이 하는 거 같던데? 내가 두세 번 방에 들어갔는데도 모른 것 같았어?"

"음. 재미있는 소설을 읽고 있었던 거야."
"뭐, 소설?"
마찌꼬는 약간 미간을 찌푸렸다.
"마찌꼬야, 소설이라는 것은 읽어둬서 나쁠 건 없는 거야."
"하지만, 남자와 여자의 이야기 따위 적혀 있는 거지? 성경만큼 유익 되는 말을 적은 것은 아닐 거야."
성경이라는 말을 듣고 노부오는 입을 다물었다. 어머니와 마찌꼬가 성경을 갖고 있다는 사실은 알고 있었다. 하지만 지금까지 읽고 싶다고는 생각지 않았다. 지금 성경이라고 듣고, 노부오는 갑자기 성경을 읽었으면 하는 생각을 했다. 저 하도미야와 에미야가 매일 읽고 있던 성경이라고 하는 것을 자기 눈으로 확인해 보고 싶었다.
"성경에 '의인은 없나니 하나도 없다'라는 말이 씌어 있니?"
"어머 오빠! 그런 말 어디서 외웠어? 그 말씀은 성경 중에서도 매우 중요한 말씀인데."
생기가 나서 마찌꼬가 말했다. 자기가 모르고 있는 것을 알고 있는 누이동생에게 노부오는 새삼스레 존경과 질투가 섞인 마음을 품지 않을 수가 없었다.
"노부오야, 어떤 소설인데?"
기꾸가 웃는 얼굴로 물었다. 노부오의 입에서 성경구절을 듣고, 기꾸는 속으로 소리라도 지르고 싶은 기쁨을 느끼고 있었다.
"어제 다까시 형님이랑 함께 오셨던 나까무라 슝우 선생의 '무화과' 라고 하는 소설이예요."
노부오는, 그에게 받은 '무화과'에 관해 어머니한테 알리는 것을 잊고 있었다.
"어마 오빠, 그 분께서 소설을 쓰시는 거야? 그렇게 얌전하고 깔끔한 사람이…."
마찌꼬가 밥 먹기를 중단했다. 마찌꼬까지도 소설가라고 하는 사람은 보통 사람과 다르다고 생각하고 있는 모양이었다.
 "나까무라 씨가 소설가란 것은 알고 있었지만, 소설 속에 성경 말씀을 쓰고 있더냐?"
 기꾸는 이상하다는 듯이 물었다.
 "그게 말입니다, 목사님에 관한 이야기인데요, 저에게 이해되지 않는 것이 있습니다."
 "어머, 목사님 이야기? 그렇담 그 사람은 물론 좋은 사람이겠죠, 그렇죠 오빠?"
 "글쎄, 난 잘 모르겠다. 꽤 양심적이어서 십여 년 전의 일을 몹시 후회하기도 하고 있었지만, 그런 사람이 자기 부인을 배신하기도 하고 있으니 말이다."
 "어머, 그럴 수 없어요. 오빠, 그것은 역시 소설이에요. 목사님은 자기 부인을 배신하거나 하지 않아요. 소설가 같은 사람이 목사를 잘 알 턱이 없어요."
 마찌꼬는 뾰로통하게 말했다.
 "마찌꼬야, 네 생각은 잘못이야. 목사도 인간인 거야. 인간인 이상, 아무리 훌륭한 신앙을 갖고 있어도, 사탄의 유혹에 넘어가지 않는다고 볼 수가 없는 거란다."
 "하지만, 전 나까무라씨가 너무했다고 생각해요. 목사님에 관한 이야기를 그렇게 쓸 필요는 없잖아요."
 "하지만 마찌꼬야, 나도 그 목사님이 좋은지 나쁜지 모르겠구나."
 "아녀요. 아내를 배신했다고 하면, 나쁜 사람인 것은 정한 이치예요. 그런 나쁜 사람은 목사님이 아녀요."
 "말이다 마찌꼬, 노부오도 들어다오. 인간은 좋은 사람과 나쁜 사람의 두 종류로 되어 있는 걸로 생각하지만, 그러나 실은 한 종류뿐인 거야. 방금 노부오가 말하지 않았니? '의인은 없나니 하나도 없다'라고. 사람은 모두 하나님 앞에서 옳지 못한 거야."

기꾸는 조용히, 그러나 엄숙히 말했다.
"그럴까요? 글쎄요. 정직하고, 진실하고, 그리고 참으로 마음이 바른 사람이 있다고 생각하는데요."
"오빠, 나도 그렇게 생각해. 하지만 교회에서 목사님께서는 어머니와 같은 말씀을 하셔요."
마찌꼬는 좀 우습다는 표정을 지었다.
"뭐라구? 그렇담 목사일지라도 자기 아내를 배신하는 일을 할 수도 있다는 말이야?"
"그래. 그렇지만 우리 교회 목사님은 그렇지 않아. 그런 나쁜 목사는 백에 하나도 없으리라고 생각해. 그런 일은 정말로 극히 드물게 보는 일이야."
"어머니, 정말로 이 세상에 올바른 사람은 하나도 없는 것입니까?"
"없어."
어머니가 잘라 말했을 때에, 노부오는 아무래도 부끄러움을 당하고 있는 것 같다고 생각했다. 그는 여태까지 자기 정도면 바른 사람 축에 들지 않겠나 생각하고 있었다. 그런데 어머니의 말을 듣고 보니, 어머니 자신마저도 자기를 바른 사람으로 보고 있지 않음이 분명했다. 그래서 원망스럽기까지 했다.
'나는 대학에 가는 것까지 포기하고 이렇게 어머니와 누이동생을 부양하고 있지 않은가. 그런데도 어머니는 나를 바른 사람이라고 생각지 않으실까. 나는 어디에 놀러 다니는 일도 없이 직장의 일이 끝나자마자 곧장 집으로 돌아오지 않는가. 술은 고사하고, 담배마저도 피우지 않는데.'
노부오는 자기를 더욱더 두둔하고 싶은 생각에 사로잡혀 있었다.
"노부오야, 너 아무래도 불만인 것 같구나. 너는 너 자신이 이렇게 진실한데, 하고 생각하고 있는 거지?"
마음이 들여다보여진 데 대해, 노부오는 쓰겁게 웃었다. 어느새 식사는 끝나 있었지만, 세 사람은 그 자리에 앉은 채 이야기를 계속했다.
"노부오야, 아버지는 어떤 분이었다고 생각하니?"
"그야 매우 훌륭한, 정말로 저보다 훨씬 더 훌륭한 분이었다고 생각하죠."
"하지만 말이다, 아버지께서는 자기 자신이 바른 사람이라고는 절대로 말씀하지 않으셨다. 나는 죄 많은 인간이다. 걸핏하면 내가 남보다 훌륭한 사람인 것처럼 생각하고파진다. 하나님 앞에서 이보다 더 큰 죄는 없다고 말씀하시곤 했었다."
기꾸의 음성이 떨렸다. 마찌꼬는 벌써 눈물이 글썽거렸다. 사다유끼가 죽은 지 아직 석달도 지나지 않았다.
"그렇습니까. 하지만, 아버님께서는 참으로 훌륭하셨기 때문에 남보다 훌륭했다고 생각해도 조금도 이상할 것이 없습니다."
노부오는 일부러 쾌활하게 말했다.
"아니다. 자기를 훌륭하다고 생각하는 인간 중에 진짜 훌륭한 인간은 없는 법이다. 이 사실은 지금 당장 네가 이해할진 모르지만, 혹시 못하더라도 곧 이해되는 날이 올 것이다."
자기를 훌륭하다고 생각하는 인간 중에 훌륭한 인간이 없다는 말은, 노부오에게 아프게 와서 부딪혔다. 아무래도 자기의 일은 쉬 칭찬하고 싶어진다. 참으로 이상한 일이라고 노부오는 생각했다.

'무화과'를 읽은 지 열흘쯤 지난 어느 날의 밤에, 뜻밖에도 나까무라 슝우가 찾아왔다. 얼마나 맑은 눈일까 하고, 노부오는 처음 만나는 사람을 보듯 슝우의 얼굴을 찬찬히 들여다보았다. 기름 바르지 않은 머리카락이 전번에 왔을 때와 꼭 마찬가지로, 넓은 이마에 드리워져 있었다. 전번엔 인사차 왔었기 때문에 곧 다까시와 함께 거리로 나가 버려서 거의 대화를 하지 못했다.
"소설을 읽게 해 주셔서 감사합니다."

노부오는 전보다 훨씬 더 친밀하게 인사를 했다.
"별 말씀을."
짤막하게 대답하고, 나까무라 슌우는 조금 부끄럽다는 듯이 머리를 긁적거렸다.
"하지만, 여러 가지로 어려운 소설이더군요."
"그렇겠죠. 그 소설은 일반적인 것이 아니어서…"
"결국 그 목사는 나쁜 목사겠죠?"
노부오는 이렇게 묻지 않을 수가 없었다.
"글쎄요. 나쁘지 않은 사람은 없으니까, 그렇겠죠."
"어머니께서도 전번에 그렇게 말씀하시더니만, 선생님께서도 역시… 그거시군요."
노부오는 기독교 신자냐고 묻는 것을 주저했다.
"그거란 그리스도교의 신자냐는 물음인 것 같은데, 네, 저는 물론 기독교 신잡니다."
나까무라 슌우는 주저않고 대답했다. 각별히 뽐내는 것도 아니고, 그렇다고 해서 비굴해 보이는 것도 아니었다.
"그렇습니까. 선생님께서는 신자입니까. 그렇다면 좀더 목사를 칭찬해서 썼더라면 좋았을텐데…."
"왜요?"
"솔직히 말씀드려서 세상 사람들은 예수를 싫어하고 있지 않습니까. 제 어머님께서도 신자였기 때문에 젖먹는 저를 떼놓고 가정을 떠나야 했으니까요. 조금이라도 기독교를 사람들에게 좋게 생각하도록 하기 위해서는 목사의 좋은 점만 뽑아서 썼어야 했는데…."
"아, 어머님께서는 그토록 고생을 하셨나요?"
나까무라 슌우는 놀라서, 기꾸가 있는 안방 쪽을 돌아다보았다."
기꾸가 기독교를 믿고 있다는 사실을 다까시는 한 번도 나까무라 슌우에게 말한 적이 없었다. 따라서, 물론 기꾸가 신앙 때문에 집을 나갔

었다는 사실 같은 것을 슝우는 들은 적이 없었다. 기꾸에 관해 슝우가 알고 있었던 것은,
 "이래뵈도 도꾜에는 미인인 숙모가 있다네."
라고 자랑스레 하곤 했던 다까시의 말 속에 그 미인이라는 것, 그리고 요근래 남편과 사별했다는 것, 아이가 둘 있다는 것 등이었다. 즉, 극히 일반적인 것뿐이었다.
 "그래서 어머니께서는 노부오 군을 두고 혼자 사신 겁니까."
 나까무라 슝우는 감격한 얼굴을 하고 물었다.
 "저는 어머니가 돌아가셨다는 말을 듣고 할머니의 손에 자랐죠. 할머니께서는 대단한 반기독자였던 것 같습니다. 아버님께서는 할머니의 뜻을 거스릴 사람이 아니었기 때문에 할 수 없이 어머니와 별거했던 것 같습니다. 하지만 아버님께서는 근무처에서 돌아올 때에는 어머니한테 들리셨던 모양으로, 누이동생도 제가 모르는 사이에 태어났습니다."
 "그렇습니까. 어머님께서도, 아버님께서도, 노부오 군께서도 고생 많이 하셨군요."
 "그렇긴 합니다만, 할머니로서는 조상 때부터 전해 내려오는 불교가 중요해서 예수 믿는 며느리 맞았다는 것이 부끄러워서 집에 둘 수가 없었겠죠."
 무의식 중에 노부오는 할머니인 도세의 편을 들고 있었다.
 "제 소설에도 썼듯이, 목사나 신자 따위는 변변치 못하다고, 아직도 세상 사람들은 생각하고 있으니까요."
 "솔직히 말씀드려서, 저도 예수는 그리 좋아하지 않습니다. 일본인이면서 서양인의 흉내를 내어 아멘 어쩌구 남의 나라 말을 쓰면서, 예순가 뭔가 하는 외국인을 하나님이라고 믿는 것은, 아무래도 마음에 들질 않습니다."
 노부오는 솔직히 말했다. 나까무라 슝우라고 하는 사람에게는 입에 발린 말로 적당히 말할 필요가 없다고 느꼈기 때문이었다. 슝우의 얼굴

에는 진심이 나타나 있다고 노부오는 생각했다. 아니, 진심이라기보다 그것은 더욱 따뜻한 포용력 같은 것이었다.

"그럴 거예요. 처음에는 저도 그렇게 생각했으니까요."

무리가 아니란 듯이, 나까무라 슘우는 고개를 끄덕였다.

"어째서 선생님께서는 기독교 같은 것을 믿게 되었습니까?"

"그게… 언젠가는 말하게 되리라고 생각하지만, 여러 가지 사정이 있어서였지요."

뭔지를 생각해 내듯이 슘우는 이야기를 뚝 끊었다. 그때에 기꾸가 차와 과자를 갖고 들어왔다.

"전번에는 매우 좋은 책을 주셔서 매우 감사했습니다."

새삼스레 기꾸가 인사를 했다.

"아닙니다. 변변치 않아서 부끄럽습니다. 한데, 아주머니께서는 기독교 신자라는 이야기를 들었습니다만…."

나까무라 슘우는 눈부시다는 듯이 기꾸를 쳐다보았다. 아무리 보아도 노부오의 어머니라고는 생각할 수 없는, 향기롭고 싱싱함 속에도 상중인 사람의 쓸쓸함이 깃들어 있는 얼굴이었다.

"저 같은 사람은 기독교 신자라고 하기에 부끄럽습니다만…."

기꾸는 조용히 머리를 숙였다. 이 여인의 어디에 시댁을 나오면서까지 신앙을 지켜 낼 강인함이 있는가 하여, 나까무라 슘우는 기꾸를 응시했다.

"천만의 말씀입니다. 노부오 군한테 대충 들었습니다. 저도 같은 신앙으로 사는 사람입니다만, 언제나 그리스도를 믿는 사람들이 일본에서 받아들이시려는지 생각하면 슬퍼질 때가 있습니다."

두 사람의 이야기를 들으면서, 노부오는 자기가 왜 이렇게 훌륭한 사람들의 신앙을 싫어하는가 하고, 이상하게 생각했다. 자기는 처음부터 먹기도 전에 싫어하는 격으로, 조금도 참된 기독교를 알아보려 하지 않은 것이 아닌가 생각했다. 그 증거로 자기는 기독교의 가르침이 무엇인지도 모르는 것이라고 생각하였다. 성경에 무엇이 기록되어 있는지 읽어본 적도 없었다. 그러면서 기독교에서는 버터 냄새가 난다든가, 외국 종교라든가 하여 싫어하고 있었던 것이다. 따라서 자기가 싫어하는 이유는, 어느 정도의 근거마저도 없는 것이라고 생각지 않을 수가 없었다.

어머니와 이 나까무라 슴우, 그리고 죽은 아버지에게는 공통적인 것이 있었다. 그것은 먼저 매우 겸손하다는 것이었다. 만약 그것이 천성적인 것이 아니고, 기독교를 믿음으로 해서 배양된 것이라면 기독교를 다시 한번 생각해 보리라고 마음먹었다.

"어머니, 어머니는 어떻게 해서 기독교를 믿게 되었습니까?"

노부오는 처음으로 진지하게 물을 마음이 되었다. 그 진지한 노부오의 얼굴을 보고 기꾸는 깜짝 놀랐다. 그러나, 기꾸는 가볍게 고개를 끄덕이고 나서, "글쎄다" 하고 말하며 잠깐 생각에 잠겼다.

"나는 말이다, 어렸을 때부터 사람은 왜 이 세상에 태어났는가, 왜 살아가고 있는가, 그리고 죽은 다음엔 어떻게 되는 것인가 하는 따위를 늘 생각하고 있었다. 그런데 어느 날 오오사까 근교의 부락에 놀러갔다가 굉장한 사건을 만나게 되었다. 마을 공회당 쪽에서 뭔가 북적거리는 소리가 들려서 싸움판이 벌어졌나 하여 나가 보았다. 한데 거기에는 많은 사람들이 예수쟁이다 더러운 예수쟁이다 하면서 한 젊은 청년을 저주하고 있었다. 그 청년은 가만히 서 있었는데, 어떤 사람이 더러운 예수쟁이니까 이거나 먹어라 하면서, 난폭하게도 바가지에 오물을 퍼다가 끼얹어 버렸다. 머리도 눈도 입도 더러운 것으로 뒤덥혀 버렸지만 그 사람은 아무 말 않고 곁에 있는 냇물로 들어가 버렸다. 그걸 보고 극성이던 마을 사람들도 더는 어쩌지를 못하고 흩어져 버렸지만, 나는 아직 아이였기 때문에, 흙으로 된 다리 위에 앉아서 그 청년을 바라보고 있었다. 그런데, 그 청년은 놀랍게도 더러워진 머리랑 얼굴을 씻고 나서 큰 소리로 뭔지 모를 노래를 부르기 시작했다. 그런데 그렇게 노래를 부르는 그 청년의 얼굴이 너무 밝아서, 어린 마음에도 크게 감동이 왔다."

"야, 그건 지독한 마을 사람들의 행패였군요, 어머니."

"정말 그렇군요. 그래서 여사께서는 그때부터 기독교인이 되셨습니까?"

"민감한 아이 적에 본 이 정경은 결코 잊을 수는 없었습니다만, 곧 신자가 된 것은 아니었습니다. 누구도 기독교에 관해 가르쳐 주는 사람이 없었기 때문이죠. 결혼하기 2년쯤 전에 친정에 자주 들리던 손님께서 나한테 기독교에 관한 이야기를 해주시게 되어서, 저는 곧 믿었습니다. 어린 시절에 본 그 부락에서의 사건이, 저에게 커다란 영향을 미쳤을 것입니다."

"하지만 조상 때부터 내려오는 불교가 있는데, 굳이 남의 종교를 믿을 필요는 없지 않습니까."

"하지만 노부오야, 어머니는 이렇게 생각했다. 모두가 기독교를 사교라고 싫어했지만, 이야기를 듣고 보니 어디에 사교다운 점이 있느냐 싶더라. 그 마을 사람들은 아마도 불교를 일본의 종교라고 생각하고 있었겠지만, 그들이 정말로 부처를 믿고 있었다고 하면, 어떻게 아무런 잘못도 없는 그 청년에게 오물 바가지를 뒤집어 씌워서 모욕을 줄 수 있겠니. 모욕한 쪽보다 모욕을 당하고 아무런 반항도 않을 뿐 아니라, 오히려 기쁜 얼굴을 하고 힘차게 노래를 부르고 있던 사람의 신앙 쪽이, 나에게는 좋게 여겨졌단다."

기꾸는 담담하게 말했다. 노부오는 침묵을 지키고 있었다.

"신앙이라고 하는 것은 꽤나 골치 아픈 것이죠. 기독교의 역사에도 결코 칭찬할 수 없는 종교전쟁 같은 것이 있었으니까요."

나까무라 슝우는 팔짱을 낀 채 혼자 중얼거리듯 말했다.

"그렇죠. 기독교인들이 모두 옳은 것은 아니지만, 하지만 아직 결혼 전의 소녀였으니까, 저는 역시 의분 같은 것 때문에 신앙에 들어갔다고 생각합니다."
"그럼 어머니, 제가 불교를 믿어도 별로 지장이 없겠네요."
노부오는 어느 정도 안심하면서 물었다.
"그것이 네 길이라면, 어머니는 아무 말도 않겠다."
기꾸와 나까무라 슘우는 서로 얼굴을 쳐다보고 웃으면서 끄덕였다. 거기에는 믿는 사람끼리의 친밀한 얼굴들이 있었다. 하지만, 노부오는 왠지 자기만이 따돌림을 당하는 것 같은 느낌이 들었다.
"어머니."
안방 문을 열고 마찌꼬가 불렀다.
"여기 가져 오려무나."
어머니의 말을 듣고, 마찌꼬는 약간 수줍어하며 센베이 과자를 가지고 들어왔다.
"전번에 잠깐 보았습니다만, 무척 귀여운 따님이십니다."
슘우는 나이에 비해 퍽 점잖은 태도를 취하며 마찌꼬를 쳐다보았다.
"소설 쓰신다죠?"
마찌꼬는 천성적으로 사람 좋아하는 성품 탓으로, 이렇게 격없이 물었다.
"아가씨는 소설을 읽으시나요?"
"아뇨. 전 소설 같은 것 뭔지 아직 모릅니다."
"하지만 마찌꼬야, 이 나까무라 선생님의 '무화과'만은 읽어 두는 것이 좋을 것 같다."
"하지만, 거기엔 목사님의 나쁜 점이 나와 있다면서요? 어째서 목사님의 나쁜 점을 썼죠?"
약간 원망하는 듯한 어조였다.
"아가씨도 신잡니까?"
나까무라 슘우는 팔짱을 낀 채 약간 웃었다.
"그렇습니다. 저는 어렸을 때부터 교회에 다녔습니다."

마찌꼬는 자주색 옷소매를 무릎 위에서 접었다 폈다 하며 말했다.
"그래요. 그렇다면 목사님에 대한 험담을 했다고 꾸중을 들을만 하네요. 나도 목사가 될 정도의 신앙에는 머리를 숙여요. 하지만 그 정도의 강한 신앙을 가지고 있다고 해도, 일단 마귀의 시험을 받게 되면, 끝내 인간은 무너지고 마는 것 아닌가 생각해요. 우리들은 모두 자기 자신이 신앙에 굳게 서 있다고 꽤 자부하고 있죠. 그러나, 자칫 잘못하면 자기 자신의 힘을 믿는 결과를 초래하게 되는 거예요. 즉, 그 소설은 우리 신자들이 스스로 조심하자는 뜻에서 쓴 거예요. 그렇다는 것은, 첫머리에 적은 성귀를 보기만 해도 이해가 되리라고 생각하지만…."

노부오는 책을 펴보았다.

　　'누가복음 제13장 4~9절.'
　　또 실로암에서 망대가 무너져 치어 죽은 열 여덟 사람이 예루살렘에 거한 모든 사람보다 죄가 더 있는 줄 아느냐. 너희에게 이르노니 아니라. 너희도 만일 회개치 아니하면 다 이와 같이 망하리라. 이에 비유로 말씀하시되 한 사람이 포도원에 무화과나무를 심은 것이 있더니 와서 그 열매를 구하였으나 얻지 못한지라. 과수원지기에게 이르되 내가 3년을 와서 이 무화과나무에 실과를 구하되 얻지 못하니 찍어 버리리라. 어찌 땅만 버리느냐. 대답하여 가로되 주인이여 금년에도 그대로 두소서. 내가 두루 파고 거름을 주리니 이후에 만일 실과가 열면 그만이거니와 그렇지 않으면 찍어 버리소서 하였다 하시니라.

"말씀하시는 것 잘 압니다. 의인은 없나니 하나도 없다고 성경에 기록되어 있으니까. 하지만, 가만 있어도 세상 사람들은 예수, 예수 하면서 놀리고 있는데 목사님의 험담 같은 것을 써 놓으면 어떻게 되겠습니까. 더욱 놀리고 핍박할 것 아니겠습니까."

마찌꼬는 반문했다.
"큰일났군요."
이마에 드리워진 머리카락을 추켜 올리며, 나까무라 슘우는 정말로 난처하다는 듯 말했다.
"하지만, 난 이 소설을 읽고, 에미야라고 하는 부인이 정말로 훌륭하다는 생각을 했어. 예를 들면, 앓아 누운 시어머니한테 약사발을 들고 갔더니만 그것을 받아 시어머니가 며느리의 얼굴에 던졌지. 하지만, 그 부인은 이마가 깨져서 피를 흘리면서도 미소짓는 것이었어. 그리고 남편의 애인의 아이를 사랑하기도 했고, 옥사한 남편의 애인을 훌륭하게 장사지내 주기도 했어. 정말 난 눈물이 나서 견딜 수가 없었지."
"어머, 그렇게 훌륭한 부인이야? 왜 그런 훌륭한 부인이었는데 배신 같은 짓을 했지?"
마찌꼬는 노부오 곁에 있는 '무화과'란 책을 손에 쥐며,
"잠깐 빌려 줘."
했다.
"소설이란 까다로운 것이죠. 관용한 아내 에미야가 있는데, 결국 그 아내를 배신하게 되는 목사의 모습은 하나님의 사랑을 알면서, 자칫 불신앙에 떨어지는 우리 신도들의 모습이라기보다 차라리 나 자신의 모습이겠죠. 그런 의도였는데, 독자들에게 좀처럼 이해가 되지 않아 저희 교회에서도 화를 내는 사람들이 제법 많이 있었습니다."
나까무라 슘우는 기꾸와 노부오의 얼굴을 번갈아 보았다.
"그것 참 어려우셨겠습니다."
기꾸는 이렇게 말하고 차를 한 모금 마셨다.
"저는 기독교를 잘 모르지만, 그럼 저 소설은 나까무라 선생님 자신의 신앙생활의 반성 같은 것이 아닙니까?"
"아마 그럴 것입니다."

"뭔지 잘 모르기는 하지만 왠지 속이 들끓는 것 같은, 그리고 언제까지나 가슴에 남아서 의식되는 소설인 것 같습니다."

"그렇습니까? 가슴에 의식이 됩니까?"

슝우는 기쁘다는 듯이 미소지었다. 도꾜에 당분간 더 머무를테니까 가끔 놀러 오겠다고 하고, 슝우는 돌아갔다.

트 럼 프

노부오는 그후로 자꾸만 하나님에 관해 생각하게 되었다.

6월 초의 어느 비 오는 날이었다. 점심 시간이 되어서 노부오는 도시락을 풀었다. 도시락통은 푸른 꽃무늬의 사기 그릇이었다. 뚜껑을 열기 전에 노부오는 늘 도라지꽃의 무늬를 잠깐 본다. 그때마다 그는 어머니를 느끼는 것이었다. 반찬은 계란과 쇠고기 다진 것을 섞어 달콤하게 맛을 낸 부침에다 무졸임 등, 몇 가지의 마른 반찬으로 되어 있었다. 노부오는 도시락을 먹으면서 멍하니 창 밖을 내다보고 있었다. 앞 마당이 한눈에 들어왔다. 오동나무 한 그루가 곧게 서 있고, 그 밑에 빨간 장미꽃들이 피어서 비에 젖고 있었다. 보일까말까한 빗속에서, 장미의 꽃송이도 잎도 함뿍 젖어 있었다.

'예쁘구나.'

문득 이렇게 생각했을 때 노부오는 퍼뜩 하나의 상념이 떠오르는 것을 느꼈다.

'저런 아름다운 꽃이 저렇듯 더러운 흙 속에서 피어나다니…'

그건 매우 이상했다. 노부오는 오늘날까지 자기 집의 뜰을 보다가 이렇게 꽃의 아름다움에 대하여 이상하게 생각한 적이 없었다. 해마다 노부오의 방 앞에는 붓꽃이랑 모란, 그 밖의 꽃들이 피었다. 모란의 때면, 모란의 대궁이 끝에 모란이 영롱하게 핀다. 또 다른 꽃의 때엔 그

꽃이 아름답게 피어 주었다. 그러나, 그것은 조금도 이상하지가 않았다. 당연한 것이었다. 하지만, 그것을 당연하다고 할 수 있을까? 노부오는 지금 비에 젖어 있는 장미꽃을 보고 있다. 그 흙 속에서 희고, 노랗고, 푸르고, 붉은 꽃들이 피곤 하는데, 그것에 대하여 자기는 왜 한 번도 놀란 적이 없었는가 생각하지 않을 수가 없었다.
"아름다운 장미군."
노부오는 옆 자리의 동료에게 말했다.
"그래. 해마다 피지."
동료는 입에 밥을 잔뜩 넣고 씹으면서 장미를 힐끔 보았을 뿐이었다. 그걸 보고 노부오는 얼마나 감동이 적은 인간인가 생각했다. 그러나, 생각해 보니까, 자기 역시 동료와 마찬가지로 아무런 감동이 없이,
'피어 있구나.'
하고 생각해 오지 않았는가.
당연한 것으로 보이던 것이 일단 이상하게 보이니까, 모든 것이 새로운 관심을 끌었다.
'꽃뿐이 아니다. 아침으로 하루가 시작되고 그리고 밤이 온다. 이것도 당연한 것은 아니다. 우주의 어디엔가는 일년내내 밤인 곳이 있는가 하면, 종일 낮만 있는 곳도 있을 것이 분명하다. 아니, 이 지상에도 어스름밤 같은 곳도 있지 않은가.'
노부오는 하염없이 이런 것을 생각하고 있었다.
'먼저, 나 자신은 어디에서 왔을까.'
어머니한테서 태어난 것은 알고 있다. 하지만, 그것을 단순히 당연한 것으로 생각할 수는 없었다. 아버지와 어머니가 자기를 낳으려고 생각하고 있었던 것은 아니다. 태어난 아기는 우연히 자기였다고 노부오는 생각했다.
'한데 가만있자, 그것이 정말로 우연일까.'
노부오는 필연이라고 하는 말을 생각했다. 자기는 필연적 존재인가,

우연적 존재인가. 그런 것을 생각하고 있는데 사환이 노부오의 이름을 불렀다.

"나가노씨 면회입니다."

사환은 그렇게 말하고서는 곧 등을 돌려 복도로 나갔다. 재판소에 근무하기 시작한 지 아직 두 달 남짓밖에 되지 않았다. 자기를 찾아온 사람이 누군지 도무지 알 길이 없었다.

'누굴까.'

비가 내리는 유리창에 힐끔 눈길을 주어 자기 옷의 단추를 본 다음, 노부오는 복도에 나갔다.

현관에는 화복(일본식 옷) 차림의 청년이 서 있었다. 키가 크고 살붙임이 좋은 둥근 얼굴의 청년이었다. 노부오는 의아해하는 얼굴로 상대방을 보았다.

"야, 나가노 군, 요시가와야."

청년은 큰 손을 들며 친밀하게 웃었다.

"뭐, 너, 요시가와 군? 홋까이도의."

놀란 나머지 노부오는 말을 더듬었다.

"그래, 요시가와야. 너는 아직도 핼쓱한 얼굴을 하고 있구나. 거리에서 딱 마주쳐도 너라면 놓치지 않겠다."

요시가와는 반가워하는 얼굴로 노부오의 모습을 머리에서 발 끝까지 몇 번이고 보았다.

"야, 넌 정말 완전한 어른이 되었구나. 근데 언제 도꾜에 나왔니?"

요시가와는 노부오보다 대여섯 살 위로 보였다.

"오늘 아침 도착했다. 할머니가 돌아가셨는데, 어머니께서 막무가내로 장례식에 참석해야 한다는 거야. 하지만 거리가 멀어서 아무래도 장례식에 맞출 수는 없었지. 하지만, 장례식에 맞추진 못하더라도, 어머니의 소원은 풀어 드려야겠기에 효도하는 셈치고 약 10일간 쉬기로 하고 세 식구 모두 올라왔지."

"뭐, 셋이서? 야 그거 대단하구나."

셋이라고 듣는 순간 노부오의 가슴은 뛰었다.

밤에 노부오의 집에 오기로 약속하고, 요시가와는 돌아갔다.

저녁이 되었는데도 부슬비는 계속 내리고 있었다. 노부오는 요시가와가 찾아올 것을 생각하니까 묘하게 가슴이 가라앉지 않았다. 몇 차례나 대문까지 나갔다가는 다시 방으로 되돌아오곤 했다. 요시가와를 기다리는 마음 속에 은근히 후지꼬와의 재회를 기대하는 마음도 있었다. 하지만 그것은 자기 자신도 알아차리고 싶지 않은, 그리고 남에게는 더구나 알려지기 싫은 그런 생각이었다. 현관에서 대문까지의 디딤돌이 비에 함뿍 젖어 있는 것을 볼 때에, 여태까지는 느껴 보지 못했던 수줍은 생각이 노부오를 감쌌다.

"오빠, 오빠스럽지 않아. 가만히 방에 앉아 있으면 돼요. 요시가와 씨가 오시면 내가 곧 알려드릴 테니까."

마찌꼬의 말이, 자기 마음을 들여다보고 하는 것 같아, 노부오는 마음이 약간 꺼림칙했다.

"길을 잊지 않았나 해서 그러는 거야…."

노부오는 기어드는 소리로 이렇게 말하고 자기 방으로 들어갔다. 요시가와가 도꾜를 떠난지 10년이 가깝다. 그때에 비하면 도꾜는 많이 변했는지 모른다고 생각하면서, 노부오는 새삼스레 자기가 한 말 그대로를 믿고 불안해졌다.

조금 후에 마찌꼬의 목소리가 들렸다.

"오빠, 오빠! 오셨어요, 오셨어."

노부오는 후다닥 일어났었지만, 얼른 다시 앉았다가 천천히 일어났다.

'아마 요시가와 혼자겠지.'

이렇게 생각하며 현관까지 마중나온 노부오는 깜짝 놀랐다. 듬직한 요시가와의 뒤에 살갗이 희고 예쁜, 가르마를 탄 머리를 한 처녀가 서 있었기 때문이었다.
"어서 와라."
노부오는 요시가와를 보고 말했다. 노부오의 마음 속에 솔직히 나타낼 수 없는 다른 마음이 있었지만, 노부오는 그것을 나타내지 않으려고,.
"늦었구나."
하고 웃는 얼굴을 지었다.
"미안해. 완전히 촌놈이 되어 버려서, 기웃거리고 구경하느라 이렇게 늦었어."
요시가와는 쾌활하게 말하고 뒤를 돌아보았다.
"후지꼬도 데리고 왔지."
"실례합니다."
후지꼬는 마찌꼬를 향해 먼저 머리를 숙이고, 다음에 노부오에게 목례를 했다.
무늬가 곱고 빨간 허리띠가 애처롭기까지 했다.
"어서 오세요. 꼭 후지꼬 양도 올 것으로 알고 기다리고 있었어요. 그렇지 오빠?"
마찌꼬는 마치 노부오도 후지꼬를 기다리고 있었던 것처럼 말했다.
"저런…."
노부오는, 뭐라 말해야 좋을지 몰라 머리를 긁적이고는 앞장서서 응접실로 들어갔다. 요시가와도 사양치 않고 큰 걸음으로 뒤를 따랐다.
"감회가 깊구나, 이 집은 10년 전하고 똑같구나. 이 산수화도 그대로야."
요시가와는 감회어린 눈길로 방안을 한 바퀴 휘 둘러보았다. 아직 어둡지 않은 공간을 통해 뜰이 창문 너머로 보였다.
"팔손이가 컸구나."
요시가와는 이렇게 말하고 생각 깊은 표정으로 노부오를 보았다.

"잠깐이다."
"음. 벌써 10년이 지났는데."
 마찌꼬와 후지꼬는 곧장 응접실로 들어오지 않고, 현관에서 친밀하게 웃고들 있었다.
"먼저 참배하게 해주게나."
 요시가와는 열어 젖혀 버린 불단이 있는 방 쪽을 뒤돌아보았다.
"고맙다. 하지만, 아버님의 위패는 없다."
"그래?"
"아버님은 어느새 기독교인이 되어 계셨어."
 노부오는 왠지 좀 부끄러운 듯한 느낌이 들었다.
"그래. 그럼 사 갖고 온 선향이 필요없게 됐구나."
 요시가와는 의외로 가볍게 말하고, 들고 온 보자기를 끌렀다.
"하지만, 불단이 있는 이상, 선향도 아주 필요없지는 않겠지."
하면서, 그는 선향을 노부오 앞에 놓았다. 그리고,
"이건 혹까이도의 특산인 미역이다."
하고, 커다란 종이꾸러미를 내놓았다.
"이거 고맙다. 이런 큰 꾸러미로는 도중에 곤란했을 텐데."
 노부오는 방바닥에 두 손을 짚고 인사를 했다. 그때 어머니인 기꾸와 마찌꼬와 후지꼬가 방에 들어왔다.
"아이구 많이 컸구나… 이제 완전히 어른이 되었구나."
 기꾸는 친절을 다해 이렇게 말하고, 이어서 요시가와의 할머니와, 이미 몇 해 전에 돌아가신 요시가와의 아버지에 대해 조상의 말을 했다.
"누이동생은 예뻐지고…."
 후지꼬의 눈언저리와 미소가 끊이지 않는 입술은, 노부오가 상상하고 있었던 것 이상으로 아름다웠다. 더욱이 그 아름다움은 외형적인 것 외에 마음의 깨끗함이 배어나온 듯이 빛나고 있었다.

"후지꼬 양은 정말 예뻐요."

마찌꼬도 솔직하게 경탄했다. 요시가와에게도 후지꼬에게도 어렸을 때에 아버지를 잃은 사람의 쓸쓸한 그늘은 추호도 없었다. 마치 긴 겨울 동안을 순백의 눈 속에서 추위를 이기며 살아온 듯한 청순함과 진실함이 있었다.

식사는, 손님을 위해 기꾸가 요리해 준 쇠고기 냄비였다. 요시가와는, 아버지와 사별한 후부터 지금까지의 이야기를 거의 하지 않았다. 고통스러웠다든가, 학교에 가고 싶었다든가 등은 일체 말하지 않았다. 그저 혹까이도의 웅대한 경치라든가 추위 같은 것을 말할 뿐이었다. 듣고 있는 동안에 요시가와 그 사람이 마치 혹까이도의 평야에 쭉쭉 가지를 뻗친 젊은 나무처럼 생각되어졌다.

"노부오 군, 너도 혹까이도에 오지 않으련?"

왕성한 식욕으로 쇠고기를 쿡쿡 찔러 가면서, 요시가와는 진지하게 말했다.

"혹까이도? 거긴 너무 멀어…."

노부오는 꽁무니를 빼는 투로 말했다.

"약한 소리 하지 마. 일본 같은 나라, 지도에서 보니까 너무 작더라. 요사이는 미국에까지 공부하러 가는 여성도 있는데, 혹까이도 정도를 멀다고 해서야 되나."

요시가와는 이렇게 말하고 큰 소리로 웃었다.

"하지만, 혹까이도에는 곰이 있잖아요. 전 무서워요."

마찌꼬가 무섭다는 얼굴을 했다.

"천만에, 곰 같은 거 난 아직 한 번도 본 적이 없어요."

"어머, 정말이에요?"

"정말이구 말구요. 곰이야말로 사람이 무서운 겁니다. 산 속은 혹 모르지만, 사뽀로 같은 대도시에는 얼씬도 하지 않아요."

"하지만, 혹까이도라고 하니까 괜시리 무서워요."

"그렇지 않아요. 인간이 득실거리는 도꾜 쪽이 훨씬 더 무서운 곳이지요."

이런 이야기를 나누는 중에도, 노부오는 자칫하면 후지꼬에게 시선을 보낼 것 같은 자신을 의식하고 있었다. 후지꼬와 시선이 마주치게 되면, 가슴 속이 뭐라 형용할 수 없는 묘한 기분이 된다. 얼른 시선을 돌리지만, 어느새 또 후지꼬의 아름다운 이마와 눈매에 끌리고 만다.

식사가 끝나자, 여자들은 안방으로 옮겨 갔다. 그때 노부오는 후지꼬가 다리를 끌며 걷는 뒷모습을 뜻밖에 봐 버렸다. 그 걷는 모습은 결코 흉하다고는 생각지 않았다. 뭔가 불안정하게 의지할 곳 없는 것 같은 걸음걸이를 보고, 곁에서 살짝 부축을 해주고 싶은 그런 느낌이 들었다. 그렇게 후지꼬를 쳐다보고 있는 노부오의 얼굴을 요시가와가 묵묵히 보고 있었다.

"노부오 군, 후지꼬를 가엾은 아이라고 생각하나?"

요시가와가 불쑥 이렇게 묻는 바람에 노부오는 당황했다.

"아아니, 조금도…. 예뻐졌다는 생각은 했지만…."

노부오는 이렇게 말하지 않을 수가 없었다.

"저 아이는 말이다. 다리가 저렇게 불편하지만, 한 번도 남들의 앞에 나가는 것을 싫다고 한 적이 없다. 천연스레 매일 물건 사러 다니고, 이렇게 도꾜에 와서도 너한테 오는 아이다."

요시가와는 말을 멈췄다. 밖은 어두워졌다. 노부오는 일어나 창문을 닫았다.

"한데 말이다, 저 아이는 다른 계집 아이들과는 아무래도 좀 다르다는 생각이 들어. 책을 곧잘 읽거든. 조금도 비뚤어져 있는 것 같지가 않고, 자기의 다리 같은 것 조금도 괴념한 적이 없다. 한데 나는 말이다, 후지꼬가 다리가 병신인 탓으로 해서 어떤 의미에서는 행복하구나, 산다고 하는 것에 대해 자각적인 것 같은 느낌이 드는구나 하고 생각할 때가 있단다."

요시가와의 얼굴은 누이동생에 대한 동정으로 넘쳐 있었다. 나는 요시가와처럼 마찌꼬를 소중하게 생각한 적이 있었던가 하며, 노부오는 갑자기 자기가 몹시 냉정한 인간으로 생각되어졌다.

"너는 훌륭하다. 너는 어렸을 때부터 늘 나보다 훨씬 앞을 걷고 있었으니까."

그건 도대체 무엇에 기인한 차이일까 하고 노부오는 생각했다.

"그렇지가 않아. 네가 훨씬 더 군자이지."

"아니야. 나에게는 너와 같은 넓음이나 따스함이 없어. 너는 뭐라 말할 수 없는 따뜻하고 좋은 것을 갖고 있어."

"그럴까? 만약 그렇다고 하면 그건 후지꼬 때문이다. 나는 어릴 때부터 후지꼬의 다리가 안쓰러워서, 뭣보다도 먼저 후지꼬를 위해 주고 싶었어. 과자가 생겨도 후지꼬에게 많이 주고 싶었고, 밖에 나가서 걸을 때에도 후지꼬는 길의 좋은 쪽으로 걷게 하고 싶었다. 내가 무엇을 사게 되는 것보다, 후지꼬가 먼저 사게 되는 것이 더 기뻤다. 어느새 그런 식으로 되어 버린 거야. 너도 만약 누이동생이… 마찌꼬라고 했던가… 몸이 부자유했더라면 이렇게 됐을 거야."

"그럴까."

노부오는 자신없이 답했다.

"그래. 방금 떠오른 생각이다만, 세상의 병자나 불구자는 사람들의 마음을 부드럽게 하기 위해 특별히 있게 되는 것 같아."

요시가와의 눈에서 빛이 났다. 노부오는 요시가와가 말하는 것을 제대로 이해하지 못해서 멍청해 있었다.

"그래, 나가노 군. 나도 지금까지는 다만 후지꼬를 다리가 부자유스런 불쌍한 아이라고만 생각하고 있었어. 왜 그렇게 불행하게 태어났을까 하고 그저 불쌍하게만 생각했었다. 하지만 우리들은 병으로 고통당하는 사람을 보게 되면, '아아 불쌍하구나, 어떻게 저 고통을 좀 덜어 줄 수 없을까' 하고 동정하게 된다는 사실을 알아야 한다. 만약 이 세상에 환자나 불구자가 없다면 인간은 동정이라든가 자비한 마음을 별로 가지지 못한 채 생애를 마치게 되지 않을까. 후지꼬의 저 다리도, 이렇게 생각할 때에 내 인간 형성에 꽤 큰 영향을 준 셈이 된다는 느낌이 든다. 환자나 불구자는 인간의 마음에 자비심을 키우기 위해 특별한 사명을 띠고 이 세상에 태어난 것이 아닐까."

요시가와는 열을 올려 말했다.

"그렇구나. 정말 그럴 것 같다. 하지만, 인간 모두가 너처럼 약자를 동정하는 자들이라고 볼 수 없겠지. 오래 앓아 누워 있게 되면, 가족들까지도 어서 죽어 주었으면 하는 경우도 있겠지."

"아아, 그건 확실히 있지. 후지꼬도 어릴 때부터 다리가 불구이기 때문에 어린 아이들한테도 놀림을 당하는 일이 있었지. 지금까지도 멸시하는 눈으로 보며 지나가는 놈도 많으니까."

곤색 소매에서 햇볕에 그을려 검게 된 굵은 팔을 보이며, 요시가와는 팔장을 꼈다.

"음 그래?"

노부오는 크게 고개를 끄덕였다.

"그럼 이렇게 말할 수는 없을까. 후지꼬 같은 경우는 이 세상의 인간들의 시금석이라고 말일세. 누구나가 다 똑같아서 우열이 없고, 능력이나 용모, 그리고 체력이나 체격에 있어서 똑같다고 하면 자기 자신이 어떤 인간인지 알 도리가 없는 것 아니겠는가. 그러나 여기 한 사람의 환자가 있다고 하자. 갑이라는 사람은 그것을 보고 자비심을 일으켰고, 을이라는 사람은 그것을 보고 냉혹했다고 할 때 여기서 인간은 명확하게 갈라지고 만다. 이렇게 되는 것이 아닐까."

요시가와는 깊이 생각에 잠긴 듯한 눈으로 노부오의 얼굴을 뚫어져라 들여다보고 있었다. 노부오는 깊이 고개를 끄덕였다. 끄덕이면서, 오늘 자기가 느낀 장미의 아름다움을 상기했다. 이 땅 위의 모든 것에 존재의 의미가 있는 것으로 자꾸만 생각되었다.

"좋은 이야길 들었다. 너는 항상 그런 식으로 깊이 사물을 생각하나?"

"아니, 나 자신으로선 별로 깊이 생각하고 있다고는 생각지 않아."

"나는 제법 자신이 있었는데, 요사이는 내가 이 세상에 붙잡을 것이란 아무것도 없다는 생각을 하게 되었다. 한데 지금 네 이야기를 듣고서, 나도 어떤 사명을 띠고 있는 사람이 아니겠는가 새삼스레 생각하게 되었다. 꽃에는 꽃으로서의 존재 가치가 있는 것인데, 그것을 보고 아름답다고 생각하고 신기하다고 생각하는 마음이 주어져 있는지 어떤지는, 우리들에게는 역시 큰 문제가 되겠지."

"음, 그럴거야. 이 세상에는 어떤 의미도 발견할 수 없다는 사고방식도 있을는지 모르지. 인간도 개도 고양이도 단지 동물에 불과하다. 그리고, 죽어 버리면 일체 무(無)가 된다고 하는 사고방식도 있을 것이다. 하지만 보는 것 듣는 것 모두에, 자기의 인격과의 깊은 관련을 느끼면서 살아가는 방법도 있을 것이다."

둘은 서로의 이야기가 그대로 상대에게 전해지는 것을 느끼고, 젊은이다운 순수한 기쁨을 느꼈다.

"그렇지. 일체 무의미하다고 하면 그만이겠지만, 나는 모든 말을 뜻 깊게 느끼고 살아가리라 생각하고 있어. 너의 아버님의 죽음이나 우리 아버지의 갑작스런 죽음도 남아 있는 우리들이 뜻깊게 받아들여서 살아갈 때에, 진정한 의미에서 죽은 사람의 생명이 우리들 속에 살아 있다고 할 수 있지 않을까."

노부오는 지금 비로소 돌아가신 아버지의 생명이 더없이 소중한 것으로 생각되어졌다. 사다유끼와 사시가 아버시와 아들이라고 하는 끊을래야 끊을 수 없는 끈으로 묶여 있는데, 그 끈의 의미를 알 수 있을 것만 같았다.

"나가노 군, 그런데 말이야, 우리들은 죽음이라든가 사랑이라는 문제에 정말로 진지하게 부딪치며 살아가야 될 것 같아. 이렇게 너하고 이야기하고 있자니까 그것이 절실하게 느껴진다. 하지만, 나날의 바쁜 생활 속에서는 이야기를 나눌 친구도 적고 곧 껍데기로만 사는 생활로 떨어지기가 쉽기 때문에 조심해야 된다고 생각해. 네가 혹까이도에 같이 있다면 얼마나 좋겠니."

노부오도 이 요시가와와 매일 대화하면서 살아간다면, 자기의 인생이 더욱 풍요로운 것이 되리라고 생각하지 않을 수 없었다.

"내가 혹까이도에 가는 것보다 네가 도꾜로 돌아오지."

"하지만, 그렇게는 안 된다. 혹까이도라고 하는 곳은 내 기질에 맞는다. 혹까이도의 겨울은 사람이 지칠 정도로 길지. 이것도 저것도 모두 흰 눈에 덮혀 버려서 푸른 것이라곤 조금도 보이질 않아. 오직 상록수인 소나무만이 잎을 달고 있을 뿐, 다른 나무는 모두 고목이 된다. 그런 대자연을 보면서, 나는 처음엔 이것이 자연의 죽은 모습이라고 생각했었지. 그런데 반년 가까이나 계속되던 겨울이 지나고 눈 밑에 푸른 풀이 모습을 보이게 되면, 겨울이 결코 죽음의 모습이 아니란 것을 깨닫게 된다. 요사이는 인간의 죽음도 혹 이 겨울과 같은 모습이 아니겠는가, 그것이 언젠가는 생생하게 숨을 다시 쉬게 되지 않겠나 하고 생각할 정도야."

"혹까이도의 겨울이란 참으로 대단한 것인 모양이구나."

"음. 그건 도꾜에서는 상상조차 할 수 없을 정도로 대단하다. 어물어물 하다가는 얼어 죽기 알맞은 추위이고, 한 치의 앞도 보이지 않는 눈보라에 의해 길과 들의 구분이 없어져 버리지. 눈보라에 죽는 사람도 매년 생긴다. 하지만, 내게는 이 자연의 엄함이 아무래도 필요해."

"과연 그렇겠구나. 게다가 그렇듯 긴 겨울이라면, 기다린다고 할까 참는다고 할까, 그런 인내심도 모르는 사이에 양성될 테니까."

노부오는 아직 보지 못한 혹까이도의 겨울 추위와 그 길이를 상상했다. 자기가 알지 못하는 그 겨울을 요시가와는 벌써 열 번 가까이나 체험하고 있다고 생각하니까, 도저히 당할 수 없겠다는 생각이 들었다. 이대로 자기가 도꾜에 있는 한, 언제 봄이 오고 또 여름이 되는지, 그리고 어느새 가을로 옮겨졌는지도 알 수 없는 온화한 사계(四季) 속에서 늘 편안히 일생을 보내게 될 거란 생각을 하니까 좀 억울했다. 일생 동안 혹까이도에 살 마음은 없지만 4년 내지 5년 정도라면 살아 보고 싶다는 생각이 들었다.

그때 미닫이가 열리면서 마찌꼬가 차를 가지고 들어왔다.

"이야기가 대단히 잘 진행되네요. 오늘 밤은 주무시고 가시라는 어머님의 말씀입니다."

"물론이지. 그렇게 하기로 되어 있단다. 마찌꼬. 요시가와 군, 오늘 밤뿐이 아니라, 도꾜에 있는 동안 여기 머물러 주게."

"그렇게 말해 주니 고맙다만, 그러나 그렇게 여러 날 폐를 끼칠 수는 없지."

요시가와는 큰 손으로 차를 마셨다.

"아냐요. 우리들은 머물러 주시는 게 기뻐요. 그렇지, 오빠."

노부오도 요시가와 일행이 함께 있어 주었으면 했다.

"어쨌든 오늘 밤만은 신세지겠다."

요시가와의 말에 마찌꼬는,

"그럼, 잠깐 우리들도 함께 어울려요. 트럼프놀이라도 하면서 놀고 싶어요."

라고 애교를 부렸다.

"트럼프?"

노부오는 쓴웃음을 지었다. 마찌꼬는 역시 16세의 어린 소녀라고 생각했다.

"그렇지. 트럼프도 좋을 거야. 후지꼬 양도 지루해하면 안 되니까."

기꾸까지 끼어서 다섯 사람이 트럼프를 시작했다. 노부오 옆이 마찌꼬, 다음이 기꾸, 후지꼬, 그리고 요시가와, 이렇게 둥글게 자리를 만들었다. 트럼프 같은 것을 별로 즐기지 않는 노부오도 오늘 밤엔 즐거웠다.

"어머, 그 카드가 나가노씨한테 있었네요."

이같이 후지꼬가 친근한 말을 걸어 줄 때면, 노부오의 마음은 억누를 수 없을 정도로 기쁨이 넘쳤다. 이 밤이 자기 일생에 있어서 잊을 수 없는 밤이 되리라 생각하면서 노부오는 트럼프놀이를 즐겼다.

그날 밤 노부오와 요시가와는 같은 방에서 자리를 나란히 하고 누웠다.

"요시가와 군, 혹까이도에서 도꾜까지 오자면 많이 피곤했겠다."

뭔가를 생각하고 있는 듯한 요시가와에게 노부오가 말을 걸었다.

"아니야, 피로하지 않아. 난 철도원이라곤 하지만, 짐을 들고 둘러메고 하는 노동자이니까. 기차 안에서도 푹 잠을 잤고, 오늘 낮에 너를 방문한 뒤에도 좀 잤으니까."

피로하지 않다고는 했지만, 왠지 그의 음성에는 아까와 같은 밝은 맛이 없었다. 노부오는 마음에 걸렸지만, 내쳐 묻는 것을 사양치 않았다.

"말이다, 요시가와 군, 난 얼마 전에 재미있는 소설을 읽었다. 더욱이 그 소설을 쓴 사람한테 그 책을 받아서 말이다."

은근히 요시가와의 관심을 돋우려고, 노부오는 나까무라 슙우의 소설 '무화과'의 내용을 간추려서 말해 주었다.

"대단히 재미있는 소설 같은데?"

음, 음 하면서 듣고 있던 요시가와가 베개에서 얼굴을 들었다.

"너도 읽어 보는 게 좋을 거야. 뭔가 은근히 마음에 와 닿는 것이 있을 거야. 난 그걸 읽고 2~3일 동안 깊이 생각에 잠겨 버렸어."

"그래? 넌 정말로 보기와는 다른 점이 있구나. 소설 따위는 거들떠보지도 않을 고상한 사람으로 보이는데…."

요시가와는 벌떡 일어나 자리 위에 앉았다.

"나도 소설 정도는 읽는다. 연극 보러는 거의 가지 않지만."

약간 얼굴을 붉히며 노부오는 웃었다.

"보기와는 다르다는 말이 나왔지만, 난 네가 요시하라의 대문까지 갔었다는 편지를 읽고서는 놀랐다."

불쑥 이런 말을 듣고 노부오는 다시 얼굴을 붉혔다.

"너한테도 성적인 고민이 있다는 말을 듣고, 나는 안심했다. 너는 고원한 철학이나 논하는 사람 같은 느낌을 주어서 약간 두려워하고 있었는데."

그는 담배함을 끌어당겨서 대통에 담배를 메꾸었다. 그 둥그스름하고 큰 손가락이 요시가와의 따스함을 느끼게 했다.

"하지만 나는 정말로 고민했어. 뭐가 늘 머리에 덮씌워져 있는 느낌이었어. 공부 같은 것은 손에 잡히지도 않았고."

"다 마찬가지야. 있는 그대로가 좋은 거야. 나는 나 나름대로 좀 고통스런 생각을 하긴 했지만, 그러나 남자가 여자에게 마음이 끌려 가도록 지어진 것은 사실이니까, 그대로 받아들이자 이거야."

침착한 요시가와의 말투에, 노부오는 부럽다는 생각을 했다.

"너 정말 훌륭하구나. 넌 모든 것을 다 깨닫고 있는 것처럼 보인다."

"농담하지 마. 깨닫는게 다 뭐야. 나라고 하는 인간, 너처럼 죄의식인가 하는 고급한 것을 갖고 있지 않을 뿐이야."

큰 손을 흔드니까 전등 밑에 자욱하던 담배 연기가 흔들렸다.

"사람 놀리면 못써. 나도 죄의식 같은 거 제대로 알지도 못한단 말이다. '무화과'라고 하는 소설을 읽고, 그렇게 절실하게 생각했을 뿐이야."

"그 절실하게 생각했다는 것이 훌륭한 점이야."

"하지만, 나 자신이 아무것도 모르고 있는 걸 뭐."

"그렇지. 네가 아무것도 모른다는 사실을 네가 정말로 알았다면, 너는 진짜 현명한 사람이야. 우리 집에 오곤 하는 스님이 그렇게 말했다."

"넌 역시 스님이 될 생각이냐."

"뭐? 뭐라구? 내가 스님이 된다고?"

요시가와는 놀라서 크게 웃었다. 노부오는 자기와 서약을 하기까지 하며 중이 된다고 했던 소년 시절의 요시가와를 잊을 턱이 없었다. 그래서 그 일을 말하니까, 요시가와는

"너, 너라는 사람은 정말 놀라지 않을 수 없는 인간이구나. 그건 소년 시절의 꿈이라는 거야. 열 살 때에 열 살 때의 꿈이 있어도 좋겠지. 그러나, 또 열 다섯 살 때엔 열 다섯 때의 포부가 있어서 나쁠 것이 없지 않겠니. 인간은 처음부터, 이 나무에는 이 꽃이 핀다는 식의 미리부터 정해진 길을 걷는 것은 아니지 않겠어."

"왜 나는 이렇게 유치할까. 요시가와 군, 나는 말이야 너와 중이 되겠다고 약속을 했기 때문에 늘 그것이 마음에 걸렸다. 그래서 이렇게 재판소에 근무하고 있는 것이 뭔가 나쁜 일을 하고 있는 것 같은 느낌까지 들었던 거야."

그 말에 요시가와는 큰 소리로 한참 동안 웃었다. 그리고 나서 노부오의 얼굴을 뚫어져라 쳐다보며 말했다.

"나가노 군, 너는 참으로 좋은 인간이구나. 너무 정직해. 이런 도꾜의 한복판에 너 같은 인간이 있으리라곤 생각지 않았다."

절실한 어투로 요시가와는 말했다. 노부오는 자기의 유치한 생각이 부끄러웠다. 그런 자기를 따뜻이 감싸듯 쳐다봐 주는 요시가와의 눈길이 기뻤다.

"나가노 군, 나는 말이다, 지금은 철도원으로 일생을 보낼 생각을 하고 있어. 후지꼬를 좋은 남자와 결혼시키고, 나도 내게 꼭 알맞는 여자와 결혼해서 아이 대여섯을 낳아 키우고, 어머니에게 살아 있어서 잘 했다고 생각하실 정도로 효도도 하고… 그런 정도가 나 같은 사람에게 어울리는 생활이 아니겠나 생각하고 있다."

요시가와의 지혜로워 보이는 눈을 쳐다보며 노부오는 고개를 끄덕였다. 요시가와라고 하는 인간이, 마치 위대한 평범이라 하기에 걸맞

는 사람으로 여겨졌다. 누구나가 입신 출세를 꿈꾸는 이 메이지(明治) 시대에, 요시가와가 한 그 같은 말을 듣는다는 것은 드문 일이었다. 대학을 나와서 학사가 된다든가, 또는 박사가 된다든가 나아가서 장관이 된다든가 재벌이 된다든가 하는 꿈을 꾸는 청년이 많은 시대에, 요시가와 같은 말을 하기란 용기가 필요한 일이었다. 더욱이 요시가와는 별로 자기를 무시하는 그런 태도에서가 아니었다. 오히려 철도원으로서 일생을 마치는 것을 자기 스스로 택한 사람으로서의 침착성을 갖고 있었다. 무엇이 요시가와를 그렇게 키우고 있는지를 노부오는 알고 싶었다. 그것은 천성적인 것이어서 자기 같은 사람은 일생 걸려도 얻기 힘든 것이라고 생각하면서 노부오는 말했다.

"훌륭하다. 너는 정말 훌륭해."

"뭐가 훌륭해?"

요시가와는 자기를 훌륭하다고도 훌륭하지 않다고도 생각지 않고 있는 것 같았다.

"하지만 너와 나는 동갑인데, 나 같은 건 아직 땅에 발을 디딘 확고한 사람으로서의 생각을 하지 못하고 있지 않니. 마음 속에는 곧 뭔가를 한다고 하는 공명심이 넘실거리고 있단 말이다. 이대로 재판소에서 일생을 보내겠다고는 생각지 않고 있다. 무엇을 해야 하는지, 이 나이가 되도록 모르고 있는 주제에, 뭔가 해야겠다는 생각만은 도저히 떨칠 수가 없다."

"네 쪽이 정직한 거야. 그것이 스무살된 청년의 참 모습일 거야. 게다가 너는 소학교 때부터 공부도 잘했겠지. 뭔가 할 수 있다고 생각하는 것은 자연스러운 거야."

요시가와는 이렇게 말하고는 다시 자리 위에 벌렁 누워 버렸다. 멀리서부터 점점 가까워 오는 야경원의 딱딱이 소리가 들렸다.

"하지만 요시가와군, 너처럼 살고자 하는 청년은 적어. 너라고 하는 인간은 오늘 하루를 속속들이 소중하게 사는, 참된 의미에서의 살아가는 사람이야. 나 같은 것은 뭔가 하고 싶다는 마음만 바쁠 뿐, 하루하루를 어물어물 보내고 있어. 정신을 차렸을 때에는, 나 같은 사람들은 여전히 유약한 묘목으로 남아 있는데, 너는 어느새 올려다봐야 할 정도의 큰 나무로 자라나는 그런 사람인 것 같아."

"그건 지나친 평가야."

요시가와는 드러누운 채 팔짱을 끼고 웃었다.

"참 화제가 바뀐다만, 너는 죽음이라는 것을 어떻게 생각하니. 부끄러운 이야기이다만, 나는 할머니랑 아버지가 갑자기 돌아가신 탓인지, 죽음이란 문제가 막무가내로 마음에 와 걸린다. 밤중에 문득 눈을 뜨고는, '아, 내가 살아 있구나.' 이렇게 생각할 때가 있어. 그러나 다음 순간에는 나는 무슨 병으로, 언제, 어디서, 어떤 사람들에게 에워싸여서 죽어갈 것인가 하고, 아이들처럼 어이없는 생각을 하게 된단다."

"그건 나도 마찬가지야. 죽는다는 건 무서워. 그리고 하루라도 더 오래 살아야겠다는 생각을 한다. 다만 그것을 열심히 계속 생각하는 일을 하지 않을 따름이다. 나라를 위한다면서 청일전쟁에서 죽은 사람들이라 할지라도, 실은 나와 같은 생각이었으리라고 생각한다.

"그래? 너도 죽는 것이 두렵니?"

노부오는 안심이라는 듯이 숨을 내쉬며 요시가와를 보았다. 둘은 마주보고 웃었다.

"요시가와 군과 이야길 하고 있으니까 마음이 편해진다."

"그래? 하지만 그건 편하다는 기분이 들 뿐인 거야. 정말로 편해진 건 아니야."

"그럴까?"

"그렇구 말구. 그저 이렇게 이야기를 나누는 것만으로 죽음의 문제가 해결되는 건 아니지 않니. 여전히 내가 무엇 때문에 살고 있는 것일까 하고 생각하면, 무엇을 위해서도 살고 있지 않다는 생각이 들어서 쓸쓸해질 거야. 살아 있는 의미를 모른다면 죽는 의미도 알 턱이 없지.

혹 안다 해도 안심하고 죽을 수는 없는 노릇 아니잖니."
"과연 그렇구나."
"나가노 군, 너라고 하는 인간은 원래 죽음이라든가 삶이라는 것을 생각하며 사는 종류의 인간이 아닌가. 살아 있는 자는 죽는 것이 당연하다고 나처럼 생각해 버리면 그걸로 그만인거야."
"그럼 나는 체념이 더딘 셈이구나. 할머니도 아버지도 죽기 조금 전까지만 해도 건강했었지. 살아 있는 사람이라면 언제까지라도 살아 있어야 좋지 않은가. 왜 죽지 않으면 안 되는 것인가. 나는 누군가와 담판하고 싶은 생각이 들어서 말이다. …자 이제 그만 잘까. 너도 피곤할 테니까."
"음."
노부오는 전등의 스위치를 내렸다.
잠시 후, 어둠에 눈이 익숙해지자 봉창이 허옇게 보였다. 그것이 후지꼬의 얼굴을 연상케 했다. 청순한 후지꼬의 이마와 눈이 눈앞에 떠올랐다. 후지꼬도 이 한 지붕 아래에서 자고 있다는 생각을 하니까, 노부오의 마음은 형언키 어려울 정도로 야릇했다. 별로 두드러지게 후지꼬와의 추억이 있는 것은 아니었다. 하지만 한 가지 잊을 수 없는 것은 숨바꼭질을 하며 놀던 때의 일이었다. 노부오가 숨어 있는 헛간에 후지꼬가 들어와서, 둘이서 숨을 죽이고 숨어 있었던 그때의 일이 왠지 노부오에게는 잊혀지지 않았다. 그날, 그 소년 시절에 노부오는 처음으로 숨 막히는 듯한 이성에 대한 의식을 느끼게 된 듯하였다. 그리고 왠지 그날 본 후지꼬의 가냘픈 다리가 사랑스럽게 회상되곤 했다.
"나가노 군, 사나?"
벌써 잠든 줄 알았던 요시가와가 돌아 누우며 이렇게 말했다.
"아니 깨어 있어."
"나도 도통 잠들 수가 없는데."
"잠자리가 바뀌어서겠지."

"아니야. 잠자리가 바뀌어도 잠은 잘 자는 편이거든. 그런데, 오늘은 왠지 자꾸만 후지꼬의 일이 마음에 걸려서 말이다."

노부오는 대답하지 않았다. 방금까지 후지꼬를 생각하고 있었던 자기 마음 속을 들킨 것 같은 생각이 들었다.

"후지꼬는 벌써 열 여섯이야. 슬슬 시집 보낼 준비를 해야 할 때지."

"뭐? 열 여섯에 시집은 좀 빠르지 않아? 열 여섯이면 우리 마찌꼬하고 같은 나이 아닌가. 마찌꼬 같은 아이는 아직 여학교에 다니고 있지 않니."노부오는 불시에 발목이 잡힌 듯한 느낌이었다.

"여학교에 들어가 있는 사람은 대체로 열 여덟 정도에서 결혼하지 않니. 혹까이도에서는 열 여섯에 시집가는 건 그리 드문 일이 아니란다. 후지꼬는 다리가 그 모양이기 때문에, 실은 데려가 줄 사람도 없지 않겠는가 하고 염려하고 있었는데 혼담이 들어왔어."

"오, 그거 잘된 일이군."

노부오는 그렇게 말할 도리밖에 없었다.

"아니, 이야기가 있을 뿐이지 아직 정하진 않았어. 상대방은 나와 같은 직장의 사나이인데, 나쁜 녀석은 아니지만 후지꼬의 일생을 맡길 마음은 들질 않는다. 어떻게 하면 좋을까 하고 생각 중이지."

아까 뭔가 깊이 생각에 잠긴 듯한 요시가와의 어조에 대한 이유가 노부오에게도 명확해졌다.

"그렇담 거절하면 되잖니."

"네가 말하는 것처럼 그렇게 간단히 거절할 수 있는 문제라면 아무 근심도 없겠다. 그 아이는 네 누이동생처럼 사지가 건전하지 못하지 않니. 두 번 다시 혼담이 있으리라고 생각할 수가 없는 처지란 말이다."

노부오는 입을 다문 채 어둠 속에 부조된 흰 창문을 보았다. 그런 말을 듣고 보니 과연 그 혼담은 후지꼬에게는 생애 단 한 번만 있는 것일지도 모른다는 생각이 들었다.

노부오는, 겨우 오늘 처음 만났는데도 후지꼬에게 자기도 이상하리만큼 마음이 끌렸다. 그것은 시쳇말로 한눈에 반한 것인지도 몰랐다. 그러나 이 생각이 이 이상 더 자라간다고 하는 확신성은 지금 당장 가질 수는 없었다. 다만 혼담이라고 듣는 순간, 후지꼬는 누구의 것도 되어서는 안 된다는 생각이 들었다.

"열 여섯이나 열 일곱에 시집 보내지 않으면 곧 열 여덟이 되어 버린다. 열 여덟에 적당한 혼처가 있으면 좋은데 그때를 넘기게 되면, 열 아홉은 여자의 액년이라 하여 시집 장가 가지를 않으니 문제이고, 자, 스무살이 되면 그때는 늦었다는 소리가 나올 정도이니까 다리가 불구인 후지꼬에게는 적당한 혼담도 끊어질 거라 이 말이야. 대개의 경우 일들이 해결이 되는 터수이지만, 후지꼬의 일이 되고 보면 아무래도 올바른 판단이 안 서."

이렇게 말한 요시가와는 자조하듯 웃었다. 노부오는 아무래도 요시가와를 당할 수 없다고 다시 생각했다. 자기는 마찌꼬의 일을 그렇게 깊은 염려를 가지고 돌봐 줄 수는 없을 거라고 생각했다. 그것이 후지꼬의 다리가 불구라는 이유만일까 생각해 보았다. 가령 마찌꼬의 다리가 부자유하다면, 자기는 더욱 냉담해지지 않을까 하는 생각이 자꾸만 든다.

"너는 훌륭해."

몇 번인가 되풀이한 말을 노부오는 다시 했다.

"훌륭한 게 아니야… 혈연에 대한 동정심이라는 거야. 즉, 후지꼬보다 나 자신이 불쌍한 거야. 그것이 허튼 녀석한테 시집가서 고생하는 것을 차마 볼 수는 없다고 하는, 내 멋대로의 생각인 거야."

이렇게 말하고 입을 불룩하게 한 뒤에,

"그렇다. 이제 정했다. 이번에 돌아가게 되면 곧 후지꼬의 혼담은 매듭을 지어 버리자. 그래, 그렇게 하도록 하자."

무엇을 생각했는지, 요시가와는 이렇게 말하고는 밝은 소리로 웃었다. 그런 뒤 얼마 안 되어서 요시가와의 잠든 숨소리가 들렸다.

그러나 노부오는 잘 수가 없었다. 요시가와는 후지꼬의 행복을 원하는 자기 마음 속에 이기적인 것을 발견하고, 급히 그걸 내던지듯 혼담을 매듭짓기로 한 모양이었다. 한데 정한다고 듣는 순간, 노부오는 후지꼬가 갑자기 소중한 것으로 생각되었다. 하지만 후지꼬를 달라는 말을 할 정도의 용기는 없었다. 그저 쓸쓸했다.

혹까이도에 돌아간 요시가와한테서 편지가 온 것은, 벌써 7월이 가까운 무더운 날이었다.

침울한 장마가 계속되는 도꾜에서 돌아오니까, 혹까이도는 활짝 개인 날이 계속되고 있어서 어디 별천지에라도 돌아온 듯한 기분이다. 도꾜에서는 여러 가지로 폐가 많았다. 서로 어쨌든 스무 살의 청년이 되었다는 것만은 확실한 듯하다. 너하고 같이 갔던 그 소학교 교정도 나무들이 모두 자라 있어서 10년이란 세월을 생각케 해 주었다. 그 벚꽃나무 밑에서 4학년 때의 도깨비 사건을 이야기하기도 하고, 대단히 번화해진 긴자(銀座)랑 아사구사(淺草)의 거리를 거니는 등, 여러 가지로 안내를 받아 고마웠다.

후지꼬는 네가 아사구사에서 손금을 본 데 대해 자꾸만 염려하고 있다. 너는 단명하다고 그 허연 수염을 한 관상쟁이 노인은 말했지. 내가 사주팔자를 보는 사람이라도 그렇게 말하겠다. 너는 살결이 희고 약체니까 폐병쟁이가 아닌가 하고, 그 관상쟁이는 생각한 거다. 그러나 함께 걸어보고 나서 네가 의외로 단단해서 난 안심했다.

돌아와서 좀 바쁜 탓이었던지, 편지를 쓰지 못하고 지내게 되었다. 그 분주했던 일 중에는 후지꼬의 혼담도 있었다. 덕택에 금년 가을에 후지꼬를 시집 보내기로 정하게 되었다. 상대는 사가와(佐川)라고 하는 건장한 사나이다. 약혼은 아직이다만 우선 이야기만은 되었으니 안심이다. 어머니도 후지꼬도 안심한 듯하다.

또 천천히 편지를 쓰겠지만, 이걸로 우선 감사의 뜻을 전한다는 생각이다. 어머님과 마찌꼬에게도 꼭 내 감사의 뜻을 전해 주게.
요시가와 오사무
나가노 노부오에게.

 재판소에서 돌아온 노부오는 자기 방에 버티고 선 채 되풀이해서 그 편지를 읽었다. 목언저리에 땀이 흘러서 불쾌했다.
 "왜 이리 덥나."
 아까부터 노부오는 같은 말을 되풀이하고 있었다. 이제, 그 눈의 요정처럼 청순했던 후지꼬도 이 가을에는 남의 아내가 되는구나 하고 생각하니까 형용할 수 없을 정도로 허전했다. 다리가 불구라는 것쯤 그리 큰 결함도 아니라고 노부오는 돌이킬 수 없는 일을 저지르기라도 한 것처럼 생각했다. 겨우 2~3일 동안 도꾜를 안내했을 뿐인데도, 노부오는 후지꼬를 잊을 수 없게 되어 있었다.
 그 중에서도, 아사구사의 손금 보는 곳에서 요시가와가 쓰윽 커다란 손을 내밀어서 장래에 상당한 지위에 오르게 된다는 말을 듣고, 그 다음에 자기가 손을 내밀었는데 그때에 보여준 후지꼬의 얼굴을 노부오는 잊을 수가 없었다.
 "당신은 앞으로 2~3년밖에 더 못사는데, 내가 하는 말을 듣고 밥을 잘 씹어 먹고 햇볕이 잘 들어오는 방에서 자면 아마도 50까지는 살거요."
하고, 관상쟁이가 말했을 때에, 후지꼬는 그 눈길을 노부오에게 집중시키고,
 "오래 살아 주세요."
라고 노부오의 귓전에다 다정하게 속삭였던 것이다. 그 귀를 간지럽혔던 따스한 입김이, 노부오에게는 얻기 어려운 보배처럼 생각되었다.

연 락 선

노부오는 23세가 되었다.

요시가와 등이 도꾜를 방문한 지 3년이 지난 7월이었다. 노부오는 지금 세이깐(靑函) 연락선의 갑판에 서 있다.

바다는 조용했다. 아직 아오모리 항구의 인파가 뚜렷이 보인다. 노부오는 문득 바다에 뛰어들어서 헤엄쳐서 아오모리 항으로 되돌아가고 싶은 생각에 쫓기고 있었다. 도꾜에 두고 온 어머니와 마찌꼬의 모습이 눈에 어른거려서 견딜 수가 없었다.

'마찌꼬는 그 기시모도와라면 행복하게 살아갈 것이 분명하다.'

마찌꼬는 지난 해 가을, 도꾜 대학을 나온 의사인 기시모도와 결혼했다. 기시모도는 오오사까에 있는 나까무라 슘우의 소개로 알게 된 기독교 신자였다. 나까무라 슘우와 같은 오오사까 출신으로 도꾜의 어느 병원에 근무하고 있었다. 마찌꼬와는 9살 차이이고 노부오보다 5년 위인 사나이였다.

어떤 기회에 노부오가 혹까이도에 가 보고 싶다고 했다. 기시모도는 즉석에서 찬성하여, 2~3년 정도라면 혹까이도에 살아 보는 것도 나쁘지 않다고 권장했다.

"처남, 저도 결혼 전에 혹까이도에 가 보고 싶었어요. 혹까이도에는 우찌무라 간조가 나온 농업 학교가 있기 때문에요."

기시모도는 기독교 신자다운 동경에서 혹까이도를 생각하고 있는 것 같았다.

어머니인 기꾸도, 노부오가 대학에도 가지 않고 일해 주고 있는 데 대해 미안하게 생각하고 있었다. 기꾸는 노부오가 가고 싶다고 하는 혹까이도에 자기가 따라가도 좋다고 말하게까지 되었다. 한데 그 동안에 마찌꼬가 임신했다. 그걸 기회로 셋집에 살던 기시모도는 마찌꼬와 함께 나가노 가에 옮겨 살게 되었다.

기시모도는 마음이 큰 사람으로서 누구나가 집적거리고 싶을 정도의 분위기를 조성하곤 했다. 노부오는 2~3년 동안이라면 이 기시모도에게 어머니를 맡기고 혹까이도에 가 있어도 좋을 듯한 생각이 들었다.

노부오는 징병검사에 불합격했기 때문에 계속해서 재판소에 근무하고 있었다. 이미 판임관이 되어 있었지만, 왠지 재판소에서 일생 동안 근무하고 싶은 생각은 없었다. 30살 될 때까지는 어떻게 자기 나름대로의 살 길이 발견될 듯하여서, 밤에는 법률 학교에 나가서 공부도 하고 있었다.

지금 노부오는 멀어져 가는 혼슈(本州)의 산에 결연히 등을 돌렸다. 뜻밖에 혹까이도의 산들이 앞에 보였다. 노부오는 퍼뜩 정신이 들었다.

'혹까이도다!'

몇 시간 동안 배를 타지 않으면 볼 수 없을 걸로 생각하고 있었기 때문에, 앞에 나타난 혹까이도의 산들은 노부오에게 힘을 주었다.

'후지꼬!'

노부오는 마음 속에 감춰 두었던 후지꼬의 영상을 향해 외쳤다. 후지꼬가 사가와라고 하는 남자와 약혼했다는 이야기를 들은 것은, 3년 전 가을의 일이었다. 계속해서 요시가와한테 편지가 있었는데, 후지꼬가 병에 걸렸다는 소식이었다.

　　인생은 좋은 일만이 계속되는 것이 아닌 듯하네. 얼마 전에 후지꼬의 시댁이 될 집에서 예물이 들어왔을 뿐인데, 후지꼬가 급작히 앓아 눕게 되었다. 지금 생각하니까 반드시 갑작스런 일도 아닌 듯한 느낌이 든다. 도꾜에서 돌아온 후 얼마 동안 식욕이 없었다. 여독 때문이겠지 하고 있었는데, 어느새 한여름이 되었다.

가을이 되면 식욕이 옛날대로 돌아오겠지 하고 적당히 지내고 있었는데, 가을에 접어들면서 감기가 오래 계속되기도 하고, 아무래도 좀 이상하다고 느꼈을 때에는, 약간 가슴이 나빠져 있었다. 애처롭게도 모처럼의 혼담을 이것으로 해서 헛되이 만들어 버릴지 모르겠다. 사와가는 무척 후지꼬가 마음에 드는 모양으로 예물을 돌려 보냈을 때에는 받지도 않았다. 하지만 그렇게 언제까지나 상대방의 호의에 매달려 있을 수만은 없게 되겠지.

이런 편지가 온 뒤로 얼마 동안 요시가와로부터는 아무런 소식도 없었다. 노부오는 노부오대로, 즉각 위문의 편지를 보낸다고 하면서도 어찌어찌 그렇게 하지 못하고 지냈다. 그 마음 바닥에 가슴이 나쁜 후지꼬와 관련되는 것을 두려워하는 생각이 전혀 없었다고 잘라 말할 수는 없었다. 폐병 환자는 이웃에서 떠나가 주기를 강요당할 정도로 천대를 받던 시대였다.

그러는 동안에 해가 저물었는데, 노부오는 그때서야 엽서를 썼다. 아버지인 사다유끼가 죽은 해였기 때문에 연하장을 쓸 수는 없었다.

　　맹렬하게 추운 그쪽의 겨울은 후지꼬의 몸에 지장을 주지 않을까. 빨리 위문 편지를 보내야겠다고 생각하면서도, 너나 후지꼬의 흉중을 생각할 때에 아무것도 쓸 수가 없었다….

노부오는 자기가 쓴 엽서를 읽고서 불쾌함을 느꼈다. 자기가 위문 편지를 내지 않은 데는, 보다 자기 멋대로의 냉혹한 생각이 있었던 터이다. 그렇게 볼 때에 이 엽서는 고스란히 거짓말이 아니겠는가.

그 엽서가 가는 동안에 요시가와로부터 엽서가 왔다.

　　너도 쓸쓸한 설을 맞았겠지. 아버님 안 계시는 설이라는 것이 얼마나 쓸쓸한지 절실하게 느끼리라 생각한다. 후지꼬는 건강하다. 계속 몸에 미열이 있긴 하지만 기분만은 건강하다. 아니,

건강한 척하는지 모르겠다. 어머니도 덩달아 그러시고 있기는 하지만, 어머니의 고통이 가장 심하다.

사가와와의 약혼에 관해서는 아무것도 언급하지 않고 있었다. 아마 약혼은 이미 파기되었으리라 생각하면서 노부오는 엽서를 읽었다.

곧 봄이 되었고, 노부오는 벚꽃을 눌린 꽃으로 만들어서 봄이 늦은 혹까이도에 보내 주었다. 했더니만, 답장으로 요시가와한테서 두툼한 편지가 왔다.

네가 보내 준 눌린 벚꽃을 받고 얼마나 기뻐했는지 모른다. 나보다도 후지꼬가 더 기뻐했다. 그날은 마침 눈보라가 몰아쳐서 유리문이 하얗게 되어 있었다. 눈보라 속에서 보는 눌린 벚꽃은, 네가 예측치 못했을 정도로 후지꼬의 마음을 위로해 주었다.

요사이 후지꼬는 쭉 누워 있다. 가슴 쪽은 그리 나쁘지 않은 모양이다만 척추가 나빠진 모양이다. 걸으면 비틀거리게 되니까, 할 수 없이 쭉 누워 있다. 사가와가 때때로 찾아와서 위로해 주지만, 그도 결혼은 체념한 듯하다….

이 편지 외에 후지꼬의 편지도 들어 있었다.

나가노씨, 눌린 벚꽃 참으로 고마웠습니다. 너무 자꾸만 쳐다보았기 때문에 어머니의 웃음거리가 되었습니다.

저는 벚꽃을 볼 때까지 살아 있을 수 있으리라곤 생각지 않았습니다. 때문에, 이 눌린 꽃을 보았을 때, 그건 정말이지 뭐라 표현할 수 없을 정도로 기뻤습니다. 앞으로 1년 동안 더 살아 남을 수 있을 것만 같은 느낌이 듭니다.

이런 이야기가, 후지꼬의 편지에는 적혀 있었다. 노부오는 그 뒤로 꽃을 볼 때마다 눌린 꽃을 만들지 않고는 배길 수가 없었다. 튜립도, 작약도, 금작화도, 작은 꽃도, 큰 꽃도, 눌린 꽃을 만들어서 후지꼬에게 보냈다. 그때마다 후지꼬로부터 간단하지만 정성이 담긴 답례의 편지가 왔다. 노부오는 그 편지를 한 통씩 얇은 백지에 싸서 책상 서랍 속에 보관했다.

　직장에 나가서도 꽃이 눈에 띄기만 하면, 문득 하얀 후지꼬의 얼굴이 망막에 떠올랐다. 후지꼬의 병이 무섭다고 생각한 것은 처음 얼마 동안 뿐이었다. 사람들에게 배척당하는 폐병쟁이가 된 후지꼬가 말할 수 없이 가련했다. 아무래도 내년까지는 살아 있을 수가 없을 것 같은 생각이 들어서, 노부오는 그 후지꼬의 마음이 되어서 꽃을 보았다. 그렇게 하니까 장미 한 송이, 작약 한 송이도, 뭔가 눈물이 날 것만 같은 생각을 안게 했다.

　마찌꼬가 어머니 기꾸와 즐겁게 학교 이야기를 하고 있는 것을 보면서도, 노부오는 후지꼬를 생각했다. 마찌꼬는 앞으로 몇십 년 동안도 이렇게 건강하게 살아갈지 모른다. 그러나, 후지꼬는 그대로 열 일곱 살의 목숨을 닫을지 모른다. 그렇게 생각하면, 또 책상 앞에 앉아 편지를 펴지 않고는 못 배긴다. 뭐든 한 마디라도 말을 걸어 주면, 그만큼 후지꼬의 생명이 연장될 것만 같았다.

　후지꼬로부터의 편지는 점점더 짧아져 갔다. 그것은 마치 후지꼬의 생명이 점차 줄어드는 것을 나타내는 것 같아 안타까웠다.

　이렇게 후지꼬를 생각하며 살아가고 있는 동안에, 언제부터인가 노부오는 또 생명이란 문제에 관하여 진지하게 생각하게 되어 있었다. 길을 걷다가 건강한 소학생을 보아도, '이 아이들도 곧 죽는다' 이렇게 불쑥 생각하는 경우가 있었다.

　"다녀 오겠습니다."

　이렇게 인사하고 어머니 앞에서 얼굴을 드는 순간, 오늘 다시 살아서 집에 돌아올 수 있을는지 아무런 보장도 없다는 생각을 할 때도 있었다. 그것은, 아버지 사다유끼가 인력거로 문을 나간 지 얼마 되지 않아서 의식불명이 되어 돌아온 후, 끝내 깨어나지 못하고 돌아오지 못하는 사람이 되었다는 사실에도 기인되었지만, 아무튼 노부오의 생명에 대한 사고방식이 단순한 '생각'을 넘어서고 있었다.
　아버지 사다유끼의 갑작스런 죽음을 당했을 때에도, 노부오는 죽음이라는 것이 두려웠었다. 그리고 인간은 반드시 죽는다는 사실도 알게 해주었다. 지금 노부오의 죽음에 대한 생각은 그때와는 조금 달라져 있었다. 곧 자기도 죽는다는 사실을 전제로 하고, 어떻게 살아야만 하는가를 생각하게끔 되어 있었다.
　어느 날 노부오는 어머니 기꾸에게 물었다.
　"어머니, 사람은 죽으면 모든 것이 끝장나는 거죠?"
　노부오는 후지꼬의 일을 생각하면서 말했다. 기꾸는 추궁하는 듯한 노부오의 표정을 보고, 잠깐 침묵을 지키다가,
　"노부오야, 어머니는 말이다, 죽음이라는 것이 모든 것의 끝이라고는 생각하고 있지 않다."
　"하지만 어머니, 죽은 뒤에 뭐가 시작됩니까? 죽은 사람에게 미래라도 있다는 말씀입니까."
　노부오는 따지듯 물었다. 기꾸는 조용히 끄덕였다. 그건 확신에 찬 행동이었다.
　"어떤 미래가 있다는 겁니까."
　노부오는 거듭 물었다.
　"말이다, 노부오야, 지금 어머니가 죽음이란 긴 잠이며 다시 깰 때가 있다고 해도 너는 믿지 않을거야. 정말로 이 문제를 진지하게 생각하고 있다면 성급하게 답을 구해서는 안 된다. 겸허하게 목사님이나 스님께 물어 보는 거야."
　기꾸는 그렇게 말했다. 노부오는 왠지 석연치가 않았다. 어머니가 자기와는 먼 세계에 있는 것 같은, 그리고 안이하게 사후의 미래를 믿고 있는 것 같은 생각이 들었다. 누구한테 물어보아도 그것은 도저히 자기에게 믿어지지 않을 것 같았다.

그렇게 생각하면서도, 저 후지꼬가 죽음을 눈앞에 두고서,
"확실히 죽음은 모든 것의 종말은 아니다."
하고 믿을 수가 있다면, 그것은 얼마나 큰 힘이 될까 하고 노부오는 생각했다. 그리고 자기는 믿고 있지 않은 그 말을 후지꼬에게 알려 주고 싶은 생각이 들어서 견딜 수가 없었다.
'하지만 과연 그 말이 인간에게 참으로 사는 힘이 될까. 사는 힘이란 도대체 무엇일까.'
노부오는 그것이 알고 싶었다. 자기를 위해서도 후지꼬를 위해서도 그것이 알고 싶었다.
그런 것들을 생각하고 있는 동안에 요시가와로부터 또 편지가 왔다. 후지꼬의 약혼자인 사가와가 끝내 파혼하고 장가들었다는 이야기였다. 그 편지를 읽고, 노부오는 사가와라고 하는 남자가 오늘날과 같은 세상에서 보기 드문 훌륭한 사나이라고 생각했다. 폐병이라면, 그 집 앞을 사람들은 입을 가리고 뛰어 지나가는 세상이다. 그런데 사가와는 폐병인 후지꼬를 일년 동안이나 계속 문병했다고 한다. 노부오는, 자기는 흉내낼 수 없는 일이라고 생각했다. 자기는 멀리 떨어진 도꾜에 있으니까 이렇게 편지도 쓰고 하지, 만약 가까운 곳에 있다면 위문하기 어려우리란 생각이 들었다.
후지꼬는 노부오에게 있어서 사랑하는 대상이긴 했으나, 그것은 생각해 보니까 무책임한 사랑이었다.
후지꼬한테서는 사가와에 관해 쓴 편지는 한 번도 오지 않았다. 때문에 후지꼬는 사가와를 사랑하고 있지 않는 것처럼 노부오에게는 생각되었다. 밤의 아사구사에서,
"오래 살아 주세요."
하고 자기 귀 가까이에 속삭였던 후지꼬의 음성을 생각할 때마다, 노부오는 달콤한 감정에 젖곤 했다. 그리고 어느새, 그것이 자기에 대한 후지꼬의 사랑인 것처럼 착각하게 되었다.

'혹, 후지꼬는 사가와를 마음으로부터 사랑하고 있었는지 모른다. 따라서, 지금 사가와를 잃고 후지꼬는 고뇌하고 있는지도 모른다.'

노부오는 처음으로 이런 생각을 했다. 질투와 같은 감정이 노부오를 우울하게 했다.

그후 얼마 동안, 노부오는 편지를 쓰지 않았고, 요시가와 오누이로부터도 소식이 없었다.

'후지꼬는 사가와의 결혼에 결정적인 충격을 받아 이 가을이 마지막이 되는 것 아닐까.'

어느 맑은 일요일, 노부오는 이런 생각을 하며 대청 마루에 벌렁 누운 채 하늘을 쳐다보고 있었다. 가을 햇빛에 번쩍이며 흰 구름이 몇 덩어리인가가 처마 끝 저쪽으로 흐르다가 지워져 버렸다.

'저 구름은 어디서 왔다가 어디로 가는 걸까.'

개의 얼굴처럼 보이던 구름이, 가을 바람에 어느새 모양을 바꾸고 흐른다. 잠깐 동안도 구름은 같은 형태로 있지를 않았다. 확실히 거기 흐르고 있던 구름이, 어느 사이엔가 지워져서 그 흔적도 찾아보기 어렵게 된다. 그 변화무쌍하게 움직이는 구름의 모양을 바라보면서 노부오는,

"덧없구나."

하고 불쑥 중얼거렸다. 그것은 노부오 자신의 모습처럼 생각되어서 견딜 수가 없었다. 인간은 너무나 여러 형태로 바뀌어 간다.

후지꼬를 생각하는 마음에는 변함이 없었지만, 그러나 요사이 노부오의 심중에서 조금씩 변해 가는 것이 있었다. 재판소에 내왕하는 길목에서 만나게 되는 여인들의 모습에 눈을 빼앗기는 일이 많아졌다는 느낌이 들었다. 빨간 머리띠를 질끈 동이고 문을 닦고 있는 젊은 여인의 걷어 올린 소매 밑으로 나타난 허연 두 팔이랑, 깔끔한 옷에 예쁘장한 신발을 신고 걷는 처녀들의 모습 등에 노부오는 끝내 눈이 끌리게 되었다. 제복 차림의 여학생들의 무리에게도 노부오는 역시 관심이 쏠렸다.

전에는 어머니와 비슷한 나이의 여성도 부끄러워서 정면으로 바라보지 못했던 노부오였다. 그런데 언제, 왜 이렇게 변하게 되었는가 생각할 때에, 노부오는 문득 불안해질 때가 있었다.
'정함이 없는 인간의 마음.'
이런 말이 마음에 떠올랐다. 또 자기 마음이 생각지도 않았던 방향으로 가버리는 것 같은 느낌도 들었다.
마음 바닥에서는 역시 후지꼬를 생각하고 있는 것이지만, 곰곰히 생각해 보면 그건 후지꼬를 생각하고 있다기보다 젊은 여성이라는 것을 후지꼬를 통하여 사랑하고 있는 것 같은 느낌도 들었다. 노부오로서는 상대가 반드시 후지꼬여야 한다고 할 정도로 생각이 강한 것도 아닌 듯하였다.
'저 구름처럼, 자기도 또 어디서 왔다가 어디로 가는지 모르는 거다.'
이렇게 생각하면 노부오는 몹시 쓸쓸했다. 아무런 목적도 없이 흐르는 구름과, 아무런 목적도 없이 이 세상을 지나가고 있는 것 같은 자기가 너무 닮은 것만 같았다. 그래서 산다는 것 자체가 허무한 것 같았다.
요시가와가 도꾜에 찾아왔을 때에는,
"사람은 각각 그 존재 이유가 있다. 병자에게는 병자로서의 존재 이유가 있고 우리들 또한 마찬가지다."
라고 이야기했던 것이다. 확실히 그때에는 그렇게 생각하고 있었는데, 지금은 이것도 저것도 모두 목적 없는 것으로 생각되었다.
자기 마음 속에 무엇 하나 확실한 모양을 남기지 못하고 있다는 사실을 깨달은 가을 날 이후, 노부오는 빈 집에 있는 것 같은 황량함을 느끼게 되었다.
그리고 어느 날 밤, 노부오는 오랫동안 자신에게 금하고 있었던 정욕을 혼자의 몸에 맡겼다. 격한 폭풍과 같은 한 순간이 지나니까, 노부오는 더욱 쓸쓸하고 입맛이 썼다. 자기 혐오와 공허 속에서 노부오는 생전 처음 또 하나의 자기 얼굴을 본 것 같은 느낌이 들었다. 그것은 근면하고 자제적인 그리고 향상을 꾀하는 자신의 모습이 아니고, 어디까지라도 빠져들고 싶은, 어느 정도 뻔뻔스런, 거칠어진 또 하나의 자기 모습이었다.

그것은 노부오가 자기 속에서 알아차리지 못했던 다른 하나의 자기 모습이었다. 그 사실을 알게 되었을 때에, 노부오는 이불을 걷어차 버리고 벌떡 일어났다. 노부오는 살짝 대청 마루의 겉문을 열고 우물가로 나왔다. 그리고 약간 힘이 드는 것을 참고 줄을 당겨서 통 하나 가득히 물을 길었다. 그런 다음 자기의 벌거벗은 몸에다 물을 끼얹었다. 11월 하순의 물은 차가웠다. 노부오는 입술을 깨물고서 계속하여 세 번 물을 뒤집어 썼다. 그제사 겨우 자기 자신을 찾은 듯하였다.

'그로부터 2년이 된다.'

지금 점점 가까워 오는 하꼬다데 산의 불쑥한 모습을 바라보면서, 노부오는 그때의 자기를 회상하고 있었다. 그리고 2년 전의 자기와 지금의 자기는 어느 정도의 차이가 있을까 생각했다.

어제 아침 일찍 우에노까지 전송하러 나와 주었던 마찌꼬의 남편 기시모도가 성경을 선물로 주었다. 그 첫장에 기시모도는 붓으로,

'하나님은 사랑이라.'

라고 쓰고 있었다. 노부오는 속으로 그 말을 되뇌어 보았다.

'과연 하나님은 사랑일까.'

아무런 죄도 없는 후지꼬가 발은 불구인데다 폐병과 카리에스까지 걸려서 누워 있다는 사실 자체가, 노부오는 긍정적으로 받아들일 수 없었다. 냉수를 뒤집어 쓴 2년 전의 그날 밤부터 노부오는 자기를 다스리는 것은 자기의 의지와 이성이라는 것을 생각하게 되었다. 신에게 의지할 정도로 자기는 약하지 않다고 노부오는 자신을 생각하게 되었다. 왜냐하면 그날 밤 이후로 노부오는 맹렬하게 자기의 정욕과 싸워서 번번

이 이기고 있었기 때문이었다.

사쁘로의 거리

　넓은 이시가리의 들판을, 노부오를 태운 기차는 달렸다.
　'넓구나!'
　노부오는 하얀 감자꽃이 이어지는 들가에다 눈길을 주었다. 곧 기차는 사쁘로에 닿게 되어 있었다. 노부오는 자신이 생각해 보아도, 참으로 결연스런 일(혹까이도로 온 것)을 했다고 절실하게 생각했다.
　'나는 도대체 무슨 목적으로 재판소의 일을 버리고, 어머니와 누이동생을 도꾜에 두고 혹까이도까지 찾아왔을까.'
　새로운 혹까이도에서 살고 싶다는 정열이, 실제로 무엇에 의해 자기 속에 불붙게 되었는지 지금 와서는 노부오 자신도 알 길이 없었다.
　요시가와가 사는 사쁘로에 자기도 살고 싶다고 하는 것은 이유가 박약한 듯이 생각되었다. 요시가와의 누이동생인 후지꼬를 사랑해서 예까지 찾아왔다고 생각할 수도 없었다. 확실히 겨울이 긴 혹까이도에서 3년 이상을 앓고 있는 후지꼬는 가련했다. 도꾜에서 그리는 후지꼬에 대한 환상은 가련하여서, 지금 당장이라도 문병하고 싶은 생각이 들었다. 그렇다고는 하지만, 그 후지꼬의 일만으로 혹까이도까지 허겁지겁 찾아올 만큼 확실한 사랑을 노부오는 갖고 있지 않았다. 몰래 살짜기 자기 마음 속에 들어와 자리를 잡게 된 후지꼬이긴 했지만, 그것은 어쩌면 23세의 청년 노부오의 감상일지 모른다.
　'젊기 때문이다. 나는 젊다.'
　노부오는 마음 속으로 말했다. 아직 보지 못한 땅을 동경하고 거기 전개되는 새로운 생활에 모험을 느끼고, 그리고 남몰래 후지꼬의 모습을 생각한다. 그것은 확실히 23세라고 하는 노부오의 젊음이 준 것인지 모른다.
 갑자기 집이 많아지고 기차의 속도가 느려졌다. 곧 기차는 크게 흔들리고 사뿐로 역에 진입했다. 노부오는 시렁에서 트렁크 2개를 내려 양쪽 손에 들었다. 똑똑 유리창을 두드리는 소리를 듣고 보니, 창 밖에 요사가와의 얼굴이 반갑다는 듯이 흰 이를 드러내고 있었다.
 플랫홈에 내리니까 요시가와가 몸을 부딪치듯 노부오의 어깨를 껴안았다.
 "잘 왔다. 정말 잘 왔어."
 요시가와는 팔뚝으로 쓱 눈물을 닦았다.
 "그래 왔네. 끝내 오고 말았어."
 노부오도 가슴이 뜨거워졌다. 두 사람은 서로의 모습을 한참 동안 바라보고 나서 미소지었다.
 "너는 변함없이 빼빼하구나."
 "음. 병종 아닌가. 너 같은 갑종과는 비교가 안 되지. 운이 좋아 군에 빠지기는 했지만 말이다. 너는 또 한바탕 커진 것만 같은데."
 "음. 아직도 한창 자라는 때인 모양이지."
 둘은 웃었다. 요시가와의 웃는 소리가 노부오의 웃음을 지울 정도로 컸다. 요시가와는 트렁크 2개를 가볍게 들었다.
 "하나는 내가 들께."
 "괜찮아. 난 이 역에서 매일 화물을 취급하고 있는 거야. 염려하지 마."
 요시가와는 큰 걸음으로 걷기 시작했다.
 "굉장히 큰 역이구나."
 "너도 여기에 근무할 생각이라고 했지. 너는 판임관이었으니까 쉽게 들어갈 수 있을 거야. 한데 참으로 잘 결심했다. 너, 의외로 행동력이 있구나."
 "나도 젊지 않니."

지금까지 기차에서 혼자 생각해 온 결론을 노부오는 거침새 없이 말했다.
"음. 맞는 말이야. 우리들은 정말로 젊다."
이 말을 들으면서, 노부오는 젊다고 하는 것이 도대체 어떤 것일까 하고 생각했다.
역전에 나오니까, 푸른 아카시아 가로수가 거리 저쪽 먼 데까지 열병해 있었다. 그 가로수 선 길에 철로가 깔리고 합승 철도마차가 발소리 가볍게 달리고 있었다. 바로 역 앞에 야마가다야라는 여관이 있었다.
"오라, 저기 보이는 저 건물, 저것이 재판소 건물이다."
꽤 먼 곳에 보이는 큰 건물을 트렁크를 든 요시가와의 굵은 손가락이 가리켰다. 문득 노부오는 도꾜 재판소의 자기 자리를 떠올렸다. 그러나 마음 속에 일던 조그만 소용돌이는 곧 지워졌다.
역전에는 여관 안내자들의 소리가 시끄러웠지만, 요시가와가 역에 근무한다는 사실을 아는 탓인지 쫓아오는 사람이 없었다.
"여인숙도 꽤 많구나."
"음, 야마가다야 등 꽤 좋은 여관들이 있지."
"혹까이도라고 하면, 그저 산 아니면 들로만 생각하고 있었는데 인식부족이었군."
둘은 역전의 넓은 길을 걸어갔다.
"노호로였든가, 차창으로 기와 공장이 보였어. 아마 회사랑 맥주 공장 등도 사뽀로에 있으리라고는 상상도 못했었다."
"사뽀로 사람들이 들으면 웃는다. 하지만 도꾜에 비하면 아직 시골이니까."
"아니야. 백악의 양옥이 숲속에서 어른거리고 길도 넓고 곧아서 제법 멋이 있다."
노부오는 후지꼬의 용태를 물을 겨를을 갖지 못했다. 요시가와의 집은 그리 멀지 않은 곳에 있다고 했는데, 가까워짐에 따라 노부오의 입은 무거워졌다. 후지꼬의 여위고 핼쑥해진 얼굴이 눈에 보이는 것 같았다. 3년 동안이나 누워 있으니까 어떤 위로를 해도 모두 귀를 스치는 소리로밖에 들리지 않을텐데, 만나서 뭐라 격려해야 좋을지 몰랐다. 하루 이틀 감기로 눕게 되어도 마음이 답답한 법인데, 3년이 넘도록 하루같이 누어 있어야 한다는 것은 얼마나 고통스러운 일일까. 더욱이 젊은 처녀의 몸으로, 같은 나이의 마찌꼬는 좋은 반려자를 만나 벌써 어머니가 되려 하고 있는데 하며, 노부오는 가슴 막히는 생각을 했다.

커다란 봇짐을 등에 지고 아이의 손을 잡고 가는 여인도, 괴상한 모자를 쓰고 옷을 늘어뜨리고 걸어가는 노인도, 큰 수레를 끌고 가며 얼굴에 땀을 흘리고 있는 젊은이도, 모두 어딘지 모르게 유장했다. 그렇듯 여유있는 거리의 모습마저도, 후지꼬를 생각할 때에 노부오는 슬펐다.

아카시아 가로수 길을 따라 얼마 가다가 왼쪽으로 꺾으니까,

"저기 세번째 집이다."

라고, 요시가와가 턱으로 가리켰다. 커다란 지붕이 집을 반쯤 가린 듯한 두 채짜리 집이었다. 도꾜에서 요시가와가 살고 있었던 작은 집을 상상하던 노부오에게는, 의외라고 해야 할 만큼 큰 집이었다. 하지만 방은 네 개 정도밖에 되지 않을 듯하였다.

"어머니도 누이동생도 몹시 기다리고 있다."

요시가와는 열어젖힌 현관에 한 쪽 발을 걸친 채 노부오를 돌아다보며 말했다.

"아이고, 어서 와요."

인상이 좋은 요시가와의 어머니한테 노부오는 손을 꼭 잡히고 말았다. 요시가와의 어머니는 3년 전 우에노 역에서 전송했을 때보다 많이 늙어 보였다. 후지꼬의 병이 이 어머니를 늙게 하지 않았나 생각하면서 노부오는 깊이 머리를 숙였다.

"참 잘 왔어요. 피곤하겠어요. 무로란에서 이와미 역을 돌아서 왔다

지요? 우리는 하꼬다네에서 오다루까지 배로 왔는데, 배에 약한 나는 멀미를 했어요. 하꼬다데에서 무로란까지의 배는 흔들리지 않았어요?"
 요시가와의 어머니는 무엇부터 말해야 좋을지 몰라 하는 것 같았다.
 "혹까이도도 무척 덥네요. 안심했습니다."
 "그야, 나가노군, 벼 농사가 될지도 모른다고 할 정도이니까. 도꾜와 같을 정도로 더운 날도 있어요."
 언제까지나 아무도 후지꼬의 말은 하지 않았다. 노부오는 슬며시 불안해졌다. 혹 후지꼬는 이 집에 없는 것 아닌가. 병원에 입원이라도 한 것 아닌가 생각하면서, 노부오는 점점더 불안에 빠지고 있었다.
 "저… 좀 어떻습니까."
 노부오는 후지꼬의 이름은 부르지 않고 겨우 이렇게 물었다.
 "아 후지꼬 말인가. 너, 만나 주겠니? 폐결핵이란 병이어서 말을 꺼내지 못하고 있었다."
 요시가와는 일어나면서 말했다.
 "결핵이라곤 하지만, 폐는 거의 나쁘지가 않아…."
 이렇게 말하면서, 요시가와는 자못 굳어져 있는 듯하였다. 결핵 환자가 있다는 사실로 해서, 이웃에 대단히 신경을 쓰면서 살고 있는 요시가와의 생활을 노부오는 피부로 느낄 것 같았다.
 '뭐라 위로해 줘야 좋을까.'
 노부오는 약간 굳어지면서 요시가와의 뒤를 따랐다. 방 하나를 사이에 둔 구석방의 문을 요시가와는 활짝 열었다.
 "후지꼬야, 나가노 군이다."
 요시가와의 음성이 심히 부드러워서 노부오는 가슴이 뭉클했다.
 "어머, 참 잘 오셨어요."
 너무나 밝은 음성에, 노부오는 걸음을 멈추고 그녀를 쳐다보았다. 좁다란 방 창가에 후지꼬는 가느다란 몸을 눕히고 있었다. 한데 그 얼굴은 노부오가 여태껏 본 적이 없었다고 생각될 정도로 밝은 빛으로 넘쳐 있었다.

"후지꼬씨."

노부오는 이렇게만 말하고 그 자리에 앉았다. 이렇게 여윈 채로 누워서만 지내는 생활인데 어쩌면 이리도 밝은 얼굴을 하고 있을까 하고 생각할 때에 가슴이 뭉클해서 말이 이어지지 않았다.

"피로하시겠어요. 도꾜는 대단히 멀던데…."

가냘픈 음성이 애달펐다. 노부오는 퍼뜩 마찌꼬의 신부차림의 모습을 생각했다. 우연히 눈길이 갔는데, 후지꼬가 누워 있는 쪽 벽에 눌린 꽃들이 보기좋게 붙어 있었다. 노부오가 때때로 보낸 것들이었다. 벚꽃도 오랑캐꽃도 매화도 각각 받은 날짜를 작게 써 넣어서 붙여 놓았다. 노부오는 가슴이 뜨거워졌다.

"나가노씨께서 보내 주신 눌린 꽃이 이렇게 많아졌어요."

요시가와는 이미 자리를 뜨고 거기에 없었다. 노부오는 가슴이 억눌리는 것 같은 생각이 들어서, 새삼스레 후지꼬의 얼굴을 응시했다. 그러는 노부오를 후지꼬는 조용히 돌아다보았다. 무서울 정도로 맑은 눈이었다. 그런데 그 순간 그 눈에 갑자기 눈물이 고였다. 그러나 다음 순간, 후지꼬는 방긋 웃었다.

"전, 정말로 눌린 꽃이 좋았어요."

웃는 눈에서 눈물이 주룩 흘렀다. 그 눈물을 가는 손으로 훔치면서,

"이상하네요. 기쁜 때에도 눈물이 나는 모양이죠."

하고 후지꼬는 부끄러워했다. 노부오는 그 후지꼬를 쳐다보면서 마음으로부터 후지꼬가 귀엽다고 생각했다. 이 가련한 후지꼬를 위해 무슨 말이라도 해야 되지 않겠는가 하는 생각이 들었다. 자기로서 할 수 있는 일이라면, 후지꼬를 기쁘게 해주기 위해 어떤 노력도 아끼지 않으리라고 생각했다. 오랫동안 도꾜에서 상상하고 있던 후지꼬와는 전혀 다른 그 명랑한 태도에 노부오는 감동했다. 그것은 자신이 건강한 자라는 입장에서 나타내는 연민의 정이 아니고, 오히려 존경이라고도 말할 수

있는 감정이었다. 노부오는 자기 손아귀 속에 들어와 버릴 것만 같은 후지꼬의 손을 보았다. 그 손을 꼭 쥐어 주고 싶은 충동을 억누르면서,
 "후지꼬씨, 나중에 또 올께요. 나는 앞으로 계속 사뽀로에 있게 되니까, 이제부터는 눌린 꽃이 아니고 여러 가지 싱싱한 꽃을 가져다 드리지요."
라고 말했다. 후지꼬의 눈은 점점 눈물로 차 갔다. 끝내 그 긴 속눈썹이 반짝 빛났다. 창문의 풍경이 바람에 울었다.

 노부오는 예정대로, 탄광 철도 주식회사에 취직하게 되어, 사뽀로 역에서 근무하게 되었다. 요시가와는 화물계였지만, 노부오는 경리사무를 담당했다.
 요시가와의 집으로부터 조금 떨어진 곳에 하숙을 정하고, 1주에 한 번은 요시가와의 집을 방문했다. 매일이라도 방문하고 싶은 심정이었지만 지나칠 것 같은 생각이 들어서 그렇게 조심을 보였고, 찾아가게 되면 요시가와를 만나는 척하면서 실은 후지꼬의 병 문안을 했다.
 사뽀로에 온 지 한 달 남짓되었을 때에 달놀이 밤이 되었는데, 노부오는 윗사람인 와구라 레이노스께의 초청을 받았다. 혹까이도의 등놀이는 8월에 있었다. 거리의 여기저기에 전망대가 세워지고, 등놀이 춤의 북소리가 바람을 타고 들려왔다.
 와구라 레이노스께는 술을 잘 마시는 사람이었다.
 "뭐야, 젊은 친구가 술 두세 잔에 얼굴이 빨개지다니, 졸장부구만."
 와구라는 웃도리를 반쯤 벗어제치고 근육이 잘 발달한 가슴팍을 손바닥으로 철썩철썩 치고 있었다. 와구라는 궁도의 명수라는 소문이 있는 거구의 사나이였다. 곁에서 와구라의 딸 미사가 미소짓고 있었다. 와구라를 닮아서, 키가 크고 활발해 보이는 열 일곱 여덟 살의 아가씨였다. 목까지 바른 지분이 좀 지나치는 듯하였다.
 "그런데 말이다. 나가노 군. 군은 몸이 몹시 약해 보이는데, 어디 나

쁜 데는 없나."
 와구라는 조금 태도를 달리하면서 노부오를 보았다.
 "네, 버들가지 바람에 부러지는 법 없다는 말에 해당된다고나 할까요. 감기 한번 드는 일 없습니다."
 "음. 하지만 혹까이도는 혼슈하고 다르단 말이다. 겨울의 추위는 골수까지 스며들어. 내가 나쁜 일 가르치는 것이 아니니까, 지금부터 술 마시는 연습을 해두는 것이 좋을 거야. 미사, 너도 술 마시는 사나이가 믿음직하지?"
 와구라는 큰 소리로 웃었다. 미사는 빨개져서 고개를 숙이고, 부풀어서 터질 듯한 복숭아 뼈 위를 자꾸만 어루만졌다. 노부오는 문득 그 자리가 어떤 자리인지를 눈치채고 속으로 당황하며, 툇마루 위에 드리워진 등들을 쳐다보았다.
 "나가노 군, 나도 여러 종류의 부하를 가져 봤지만, 너와 같은 사나이는 여태껏 만난 적이 없어. 솔직히 말해서, 나는 자네가 왜 도꾜의 재판소를 그만두고 여기에 왔는가 하여 약간 의심했었지. 임관까지 했으면서 공연히 이 벽지까지 흘러올 까닭은 없으니까 말일세."
 와구라는 술잔을 몇 번인가 비웠다. 번질번질한 빨강코가 밉지 않았다. 때때로 미사는 부엌의 어머니한테 안주를 가지러 가곤 했다. 그렇게 자리를 뜰 때마다 짙은 화장 냄새가 풍겼다. 그것이 노부오의 기분을 거슬렸다. 눈이 약간 검은 편인 사랑스런 얼굴이긴 했지만, 화장이 너무 짙었다. 노부오는 끝내 독화(毒花)를 연상했다.
 "한데 내가 들은 바에 의하면, 나가노 군은 아무런 과실도 없는데, 아니 오히려 붙잡는 것을 마다하고 혹까이도에 왔다고 하더군. 난 네가 병아리 인형 같은 사내답지 않은 얼굴을 하고 있어서, 약간 불쾌한 녀석이구나 하고 처음엔 생각했었다. 뼈 없이 흐느적거리는 사내라고 생각했었지. 그런데 일을 시켜 보니까 머리가 엄청나게 좋더군. 그래서 이해가 빨라. 책임감이 강하고 일도 정확하고, 이건 대단한 횡재구나 했지. 요사이는 너한테 홀딱 반해 버렸다. 솔직한 말로, 3월의 병아리 인형이 아니고 5월의 무사 인형이야, 자네는."

노부오는 그 다음에 올 말을 각오했다.

"천만의 말씀입니다. 처음 시작이기 때문에 조금 조심하고 있을 뿐이지. 곧 결점이 쏟아져 나올 겁니다."

"아니 아닐세. 나는 이렇게 덤벙대는 인간이지만, 사람 보는 눈이 어두운 편은 아니야. 단도직입적으로 말하면, 우리 집 딸 아이를 자네가 데려가 줬으면 하고 욕심을 냈을 정도야. 당장 대답을 바라지는 않네만, 저런 녀석이라도 한번 생각해 보아 주었으면 하는 생각이었네. 그런데, 오늘이 마침 좋은 날이어서 급히 내 딸을 보아 달라고 말하고 싶어진 거야. 그래서 오늘 밤 오라고 한 걸세."

취해 있긴 했지만 진지한 어투였다. 마침 미사가 부엌에 나간 사이여서 다행이긴 했지만 하여간 노부오는 야단났다는 생각을 했다.

"대단히 고마운 말씀을 주셔서 황송합니다."

이렇게만 말하고 노부오는 머리를 숙였다.

"한 가지 알고 싶은데, 자네한테는 이미 정해진 상대가 있는가?"

"아닙니다. 없습니다."

대답하고 나서 노부오는 후지꼬를 생각했다. 모름지기 평생 나을 수 없을 걸로 생각되는 환자인 후지꼬와의 결혼을, 노부오는 한번도 생각한 적이 없었다. 물론 이야기로 의사를 표시한 적도 없었다. 한데 지금 와구라의 딸과 선을 보게 된 입장에서 생각하니까, 후지꼬를 두고 다른 어떤 여성과도 결혼할 수 없을 것 같았다. 만약 정한 상대가 있느냐가 아니고 좋아하는 상대가 있느냐고 와구라가 물었다면, 노부오는 서슴없이 있다고 수긍했을 것 같았다.

"그럼 또 한 가지 묻겠는데, 자네는 일생 동안 사뽀로에 영주할 생각인가, 아니면 한탕하러 다니는 무리처럼 어느 기회에 돈 벌 구멍이라도 뚫리면 살짝 돈 벌어 가지고 혼슈로 돌아갈 생각인가?"

"저는 장남으로서, 도꾜의 홍고에 집도 토지도 갖고 있습니다. 어머니를 돌보지 않으면 안 되기 때문에, 어머니께서 혹까이도에 오시지 않는다고 하면 어떻게 될는지 모르지만, 저는 저 나름대로 지금의 일에 열중할 생각입니다."

방금 취직한 입장에서 2~3년 후에 도꾜에 돌아가겠다는 말은 할 수가 없었다. 하지만, 멀잖아 일본 안의 모든 철도가 관영이 되면 도꾜에의 전근도 불가능하지는 않을 것이라고 생각은 하고 있었다.

'이것도 또 젊다는 말로 표현할 문제일까'

노부오는 젊음이란 도대체 뭘까 하고 생각하게 되었다.

'젊음이란 혼돈한 상태인 것일까.'

그런 느낌도 들었다. 혼돈을 가져오는 것은 젊은 에너지인 것처럼 생각되기도 했다. 땅의 시초는 흐느적거리는 불과 같았다고들 한다. 그것은 지구의 젊음이었다. 지금 노부오의 마음 속에 육체적인 욕망과 청년다운 이상이 혼돈한 상태로 섞여 있는 것 같았다.

'아니다. 젊음이란 성장하는 에너지이다.'

문득 노부오는 이렇게 생각했다. 그렇다면 무엇을 향해 나는 성장해야 하는가 생각하면서 노부오는 걸음을 멈췄다. 그리고 여름의 밤 하늘을 쳐다보았다. 북두칠성이 정연하게 머리 위에서 빛나고 있었다.

가 을 비

일요일 오후, 노부오는 하숙집 이층 창문에서 뒤뜰의 키 큰 수수밭을 내려다보고 있었다. 겨우 50평 정도의 수수밭이지만, 가을비에 두들겨 맞고 있는 잎을 보면서 노부오는 한없이 넓은 들에 있는 것 같은 쓸쓸함을 느꼈다.

"어때. 이제 자네 마음 좀 들려 줄 때가 된 줄 아는데."

와구라 레이노스께는 어제 근무처에서 퇴근하려는 노부오를 불러 세우고 이렇게 물었다.
　"미사 쪽은, 자네가 마음 먹기에 달렸다고 말하고 있는데."
　레이노스께한테 재촉받기 전에, 그러니까 약 한 달 반쯤 전에 초대받아 와구라의 집을 다녀온 뒤부터 노부오는 쭉 이 문제를 놓고 생각해 왔던 것이다. 그후 한 번, 노부오는 거리의 모서리에서 미사를 만난 적이 있었다. 미사는 노부오를 보자 인사는 했는데 목 언저리까지 빨갛게 되어서 도망치듯 사라져 버렸던 것이다. 뭔가를 싼 보자기를 가슴에 안은 그 모습이 자기 집에서 보았을 때보다 훨씬 더 예뻐 보였다. 어디라고 꼬집어서 싫다고 할 결점이 없는 처녀였다. 오히려 매력적인 눈매나, 모양이 좋은 입술 등 마음 끌리는 데가 있었다. 그러나 그저 그 정도였을 뿐이었다. 우선 혹까이도에 건너오자마자 곧바로 결혼할 마음은 없었다. 그런데도 불구하고 가끔씩 퍼뜩 미사의 얼굴이 가슴에 떠오를 때가 있었다. 생전 처음으로 선을 본 상대였기 때문에, 혼자 사는 노부오에게는 그것만으로도 미사는 자극적인 그리고 마음에 걸리는 존재였는지 모른다.
　이대로 뚝 끊고 미사를 만나지 않는 것도 좀 쓸쓸한 느낌을 주었다. 그렇다고는 하지만 아직 결혼할 생각은 없었다. 한편 요시가와의 누이동생 후지꼬의 일도 결코 잊지 않고 있었다. 때때로 찾아가서는 겨우 5~6분 동안이긴 하지만 이야기를 나누고 있다. 오늘은 덥다든가 몸의 상태는 어떠하다든가, 말주변 없는 노부오는 늘 정해진 말로 위로하고 오지만 언제 가도 후지꼬는 밝았다. 그 얼굴을 보면 왠지 모르게 노부오의 마음은 고요해진다. 어디에 있을 때보다도, 후지꼬 앞에 있을 때의 자기가 노부오는 좋았다. 만약 자기가 지금 미사와 결혼하게 되면 후지꼬는 어떻게 생각할까 하고 생각하곤 했다. 의외로 아무것도 생각지 않고 후지꼬는 여전히 밝게 조용히 살아갈 것 같았다. 그러나 자기 쪽은 그렇게 자주 후지꼬를 문병할 수 없게 되기 때문에 오히려 쓸쓸한 생활을 하게 되지 않을까 생각해 보곤 했다.
 계단 삐걱거리는 소리를 내며 이층에 올라와 방에 들어온 것은 요시가와 오사무였다.
 "뭐야. 우울한 얼굴을 하고, 도꾜가 그리워지기라도 한거야?"
 방에 들어온 요시가와는 이렇게 말하며 털석 주저앉았다.
 "오늘 비번인가? 내 쉬는 날하고 맞아떨어졌구나."
 노부오는 자기가 깔고 있던 방석을 뒤집어서 요시가와에게 권했다. 요시가와는 몇 번이나 온 적이 있는 노부오의 방을 새삼스레 둘러본 뒤에,
 "쓸쓸하지, 특히 오늘과 같은 비 오는 날엔 말이다."
 하고 불쑥 말했다. 노부오가 그 말에 쓰겁게 웃자,
 "네가 온 지 벌써 석달이 가깝구나. 석달쯤 되었을 때가 참기 어려울 정도로 고향이 그리운 때라고 한다. 긴장되었던 기분이 누구라도 한 번은 시드는데, 석달쯤 된 때가 바로 그 시기라고들 하더라."
 노부오는 요시가와 앞에 센베이 과자를 봉지채 내놓고, 아래층으로 내려가서 차를 얻어 가지고 올라왔다.
 "아니, 도꾜가 그리워진건 아니야. 한데… 약간 문제가 있다. 혼담인데 말이야."
 "오, 그래? 과연 너답구나. 벌써 누구한테 발견이 되었어."
 마시려던 찻잔을 바닥에 놓으며, 요시가와가 이렇게 말했다. 노부오는 등놀이 밤에 본의 아니게 선을 보게 된 경위를 간단히 설명했다.
 "어떡하면 좋지?"
 "어떻게 하다니? 그건 네 마음에 달렸지."
 "내 마음을 잘 모르니까 하는 말이야."
 노부오는 자기의 미사에 대한 느낌을 말했다.
 "과연… 나가노, 너는 아직… 그렇지? 여자를 모르고 있지?"
 요시가와가 거침새 없이 말했다. 노부오는 망설였다.

"나가노, 나도 너처럼 여자를 모르기 때문에 만나는 여자마다 묘하게 신비해 보이면서 도저히 차지할 자신이 생기지 않는 거야. 때문에 조금 알게 되면 놓치는 것이 아쉬워서 단념할 줄을 모른단 말이다. 너와 같이 말이야."

노부오는 끄덕였다.

"하지만 말이다, 나가노. 나는 후지꼬의 혼담 때문에 마음의 상처를 받은 탓으로 혼담이란 말만 들어도 괜시리 마음이 무겁단 말이다. 여자에게 상처가 가지 않도록 될수록 속히 결혼해 줘라. 필요없는 간섭일지 모르겠다만, 아무튼 좋다고 생각되거들랑 결혼해라."

요시가와다운 도량 있는 말투였다. 그러나 노부오는 도리어 그 한 마디 한 마디에 누이동생 후지꼬에 대한 동정이 넘치는 것을 느꼈다. 여자에게 상처가 가지 않도록 하는 말이 마음에 아프게 와 닿았다. 그리고 노부오는 자기도 생각지 못했던 감정이 끓어 오르는 것을 느꼈다.

'나는 역시 후지꼬를 사랑하고 있는 것이다.'

왠지 이 사실이 지금 확실히 노부오 자신에게 깨달아지는 것 같은 느낌이었다. 지금 노부오의 마음을 점유하고 있는 것은 미사가 아니고 병상에 있는 후지꼬의 모습이었다. 이후로 혼담이 나올 때마다 조금은 방황하고 마음도 흔들리겠지만 결국 자기는 후지꼬를 버리고 딴 여자와 결혼할 수는 없지 않겠는가 하고 노부오는 생각했다.

'그렇다. 나는 후지꼬 한 사람을 내 아내로 마음에 정하고 살아가자. 일생을 기다려야 한다고 할지라도.'

소나기가 한바탕 지붕을 요란스레 두드리고 지나갔다.

"요시가와 군."

노부오는 앉음새를 고쳤다.

"왜 이러나, 새삼스레."

센베이를 버석버석 먹고 있던 요시가와가 놀라는 눈치였다.

"요시가와 군. 후지꼬를 내게 주지 않겠나?"

노부오는 두 손으로 바닥을 짚었다.
"뭐라고? 후지꼬를 달라고? 그게 무슨 뜻이지?"
요시가와까지도 그답지 않게 놀라며 한쪽 무릎을 세웠다.
"후지꼬를 나한테 주지 않겠는가 묻고 있는 것일세."
"무슨 말을 하고 있는 거야, 나가노. 후지꼬는 환자야. 언제 나을지도 모르는 환자란 말이다. 농담하면 못써."
"물론 농담이 아니야. 당돌하게 이런 말을 하니까 농담하는 줄 알겠지. 나는 대체로 신중한 편이어서 뭐든 잘 생각하고 나서 말을 하지만, 사실 지금까지는 후지꼬를 나의 일생의 반려자라고는 생각지 않았었다. 하지만 열심히 생각한 것이 반드시 그 인간의 본심이라고는 할 수 없고, 갑작스레 떠오른 생각이라고 해서 그것이 경박하다거나 거짓이라고는 하지 못하는 것 아니겠나."
"음."
요시가와는 조금 맑은 틈을 보이는 하늘을 쳐다보며 고개를 끄덕였다.
"털어 놓고 말하면 말이다, 나는 3년 전 성장한 후지꼬를 만났을 때 한눈에 반했던 것 같다. 그래서 후지꼬의 약혼 소식을 들었을 땐 몹시 쓸쓸했었지. 그러나 후지꼬가 병이 나고, 그동안 몇 차례 편지를 주고받으면서 나는 무척 후지꼬를 생각하고 있다는 걸 알게 됐어. 생각해 보면, 내가 혹까이도에 온 것은 후지꼬가 꽤 큰 원인이었던 걸로 생각된다."
"나가노, 네 마음은 고맙다. 후지꼬의 오빠로서 뭐라 인사를 해야 좋을지 모를 정도다. 그렇지만 말이다, 현실적으로 후지꼬는 환자란 말이다. 의사도 낫는다고는 말하지 않았어. 나도 낫는다고는 생각하지 않는다. 그런 후지꼬를 자네더러 맡아 달라고 말할 수는 없는 노릇 아니겠나."
"물론 지금 당장이라고는 말하지 않아. 하지만 나는 후지꼬를 어떻게 해서라도 원상 복구해 주고 싶단 말이다. 어떻게든 건강을 되찾게 될 것 같은 느낌이란 말이다. 내가 이런 마음을 갖고 있다는 사실을 알고서, 나와 후지꼬가 교제하는 것을 허락해 줬음 한다."

구름 틈서리로 빛이 비쳤다.

"고맙지만 말이다, 나는 거절하네. 한편은 너를 위해 또 한편은 후지꼬를 위해서야."

"나를 위해?"

노부오는 이해할 수 없었다. 햇빛에 바랜 깔개 위에 파리 두 마리가 기어다니고 있었다.

"너는 방금 한 말에 꽁꽁 묶여서, 앞으로 다른 사람과 결혼하려 할 때에 꼼짝도 못하게 돼. 너라는 사나이는 10살 때에 중이 된다고 약속한 것을 20살이 넘도록 마음에 담고 있는 고지식한 친구니까, 어설픈 약속은 않는 게 좋아."

요시가와의 말은 당연했다. 그러나 노부오는 후지꼬를 두고 다른 여자와 결혼하는 자신을 이제는 상상할 수가 없었다. 그런 면에서 노부오는 완강한 편이었다.

"너는 좋다고 하자. 그러나 후지꼬는 어떻게 되겠니. 후지꼬는 말이다, 약혼자였던 사가와가 결혼했을 때에도 불평 한 마디 안 했다. 하지만, 오빠인 나는 괴로웠어. 무엇으로도 위로받을 수 없을 만큼 괴로웠다. 이번에 네가 나타나서 그렇게 해주면 일시적인 위로는 받을지 몰라. 그러나 네가 또 누구와 결혼을 하게 되면, 그때에는 몇 배나 더한 슬픔을 맛보게 된다네."

어느새 하늘은 말끔히 맑아 있었다.

"맑았다 흐렸다, 가을 하늘과 여심인가…. 하지만 남자의 마음은 그보다 더 변하기 쉬워."

그러나 노부오는 방금 말한 자기의 말에 거짓은 없다고 생각했다. 그것은 자기 자신조차도 깨닫지 못하고 있었던 진정한 자기의 마음으로 생각되었다.
"나가노, 지금 들은 말은 잊어버릴께."
"아니야. 잊지 말아 주게. 나는 후지꼬가 필요해."
"나가노, 너는 혹까이도에 와서 감상적인 사람이 되어 버렸군."
"그렇잖아."
"혹까이도에 익숙해지면 다시는 그런 말 않게 될 거다."
"그렇지 않다니까… 요시가와, 너는 그렇게 나를 믿을 수 없는 사람이라고 생각하나."
"아니야. 너는 이 문명 개화의 메이지 시대에 보기 드문 완고물이라고 생각하고 있어."
"그럼 왜 믿어 주지 않나."
"그렇지만 말이다, 나가노, 아무리 훌륭한 인간이라고 해도 결국 너는 인간인 거야. 신도 부처도 아니야. 거기에다 후지꼬는 환자야. 다시 말해 두지만, 그 아이는 환자야."
"잘 알고 있어."
"그래? 잘 알고 있어? 하지만 너는 후지꼬라는 인간을 아직 참으로 알고 있지는 못해."
요시가와는 노부오를 응시했다.
"그럴까. 나는 후지꼬라는 인간을 조금은 알고 있다고 생각하고 있는데? 병 중인데도 늘 밝고 그리고 늘 웃고 있는데, 그것만으로도 충분히 훌륭한 사람이라고 생각한단 말이다."
"그래 그뿐인가. 너는 후지꼬의 가장 중요한 면을 모르고 있어."
변함없이 요시가와는 노부오를 응시하고 있었다.
"중요한 면이라고?"
"나가노, 후지꼬는 말이다, 후지꼬는 크리스찬이야."
"뭐?"
노부오는 놀라서 말을 이을 수가 없었다.

"몰랐었지, 나가노. 후지꼬는 크리스찬이야. 네가 싫어하는."
 노부오는 언제 찾아가도 밝은 후지꼬의 얼굴을 생각했다. 산뜻하기까지 한 그 밝음의 원인을 겨우 안 것 같은 느낌이었다.
 "그러나 요시가와, 나는 기독교를 무턱대고 싫어하고 있는 것은 아니야. 어머니도, 누이동생도, 그리고 매부까지도 모두 신자란 말이다."
 "하지만 너는 퍽 오래 전부터 기독교에는 반감을 가지고 있는 것처럼 내게는 생각되었는데. 잘못 생각한 것인진 몰라도. 적어도 크리스찬을 아내로 맞을 생각은 없겠지."
 요시가와는 부드럽게 말했다. 구름의 움직임이 빠른 하늘이었다. 재빨리 모양을 바꿔 가면서 구름이 흐르고 있다. 수숫잎이 또 일제히 소리를 냈다.
 "요시가와, 도대체 어떻게 해서 후지꼬가 크리스찬이 되었지? 누워 있어서 교회에 나가지도 못할 텐데?"
 "음. 후지꼬가 눕기 전에, 우리 어머니께서 많은 처녀들을 모아 놓고 재봉을 가르쳤었다. 그 중에 독립 교회에 다니는 신자가 있었는데, 그녀가 시집가기 전까지 후지꼬를 간호해 주었어."
 "음."
 "폐병이라고 하면, 누구도 가까이 하지 않는 것이 당연하지. 어머니는 후지꼬의 병 때문에 재봉소를 그만둬 버린 셈인데 그 처녀만은 아무렇지도 않게 출입해 주었다. 그리고 후지꼬에게는 대단히 친절하게 해 주었어. 오다루로 시집갈 때엔, 후지꼬의 손을 잡고 울며 헤어진 모양이더라. 그런 인연으로 해서, 후지꼬는 그녀가 준 성경을 읽고 곧 신자가 되어 버렸다."
 "곧?"
 "그래. 후지꼬는 다리가 불구이기 때문에, 여러 가지로 생각도 하고 있었겠지. 게다가 약혼한 직후에 폐병에 걸렸기 때문에, 왜 이렇게 나만 고통스런 일을 당하는 것일까 하고 생각하지 않았을까. 물론 그런 말을 한 번도 우리에게 한 적은 없지만 말이다. 그 애는 지금 하나님을 진심으로 믿고 기뻐하고 있어. 곧잘, 하나님은 사랑이라고 하면서."

　노부오는 요시가와의 이 말을 듣는 순간 퍼뜩 깨달아지는 게 있었다. 자기가 혹까이도에 올 때에 마찌꼬의 남편인 기시모도한테서 성경을 받았는데, 그 첫장에 '하나님은 사랑이라'고 쓰여 있던 것이 생각나서였다. 지금 요시가와의 입을 통해 '하나님은 사랑'이라고 하면서 기뻐하고 있다는 후지꼬의 이야기를 듣는 것이 우연만은 아닌 것처럼 생각되었다. 인간 이상의 존재가 있다는 것은 노부오도 본래부터 믿고 있었다. 어렸을 때부터 신패나 불단 앞에 손을 모으는 것을 아무런 의심도 없이 계속해 온 것은, 곧 인간을 초월한 위대한 존재를 믿어 왔기 때문이라고 할 수 있을 것이다. 다만 그것이 노부오에게 있어서는 어디까지나 일본적인 신관이었다. 야호요로즈(8백만)신은, 노부오에게는 까마득한 신대(神代) 시대의 사람을 의미하고, 부처는 조상들과 같은 것이었다. 인간이 죽으면 더러움과 욕망이 소멸된 존귀한 존재가 되는 것 같은 느낌이었다. 그리고 그것이 곧, 생각할 수 있는 한에 있어서의 인간을 초월한 존재라는 것이었다. 때문에 방금 느낀 단순한 우연이 아니라고 하는 생각도 '부처가 맺어 주는 인연', 이런 정도의 것이었다. 그러나 그런대로 노부오는, 자기와 후지꼬를 묶는 무엇인가를 강하게 느끼지 않을 수가 없었다.

　"하지만 요시가와, 너의 집안은 불교를 믿고 있지 않니. 그런데 어떻게 후지꼬가 기독교 신자가 되는 것을 어머니도 너도 허용을 했니?"

　"나가노, 네 그 말투는 말이다, 그건 기독교보다 불교가 올바르고 좋은 것이라고 머리에서 정하고 하는 말투다. 그러니, 반드시 그린 것은 아니다. 나도 후지꼬의 베갯머리에서 가끔 성경을 읽고 있다."

　"너도 읽나?"

　"그야 읽지. 후지꼬는 성경을 읽게 되면서부터 생각하는 것이 많이 달라졌다. 그래서 나는 이상한 책이구나 하고 생각했지. 그 속에는 재미있는, 아니 재미있다기보다 나에게 가장 아픈 말들이 적혀 있었어. 놀랐다, 그걸 읽었을 때에는….”

요시가와는 이렇게 말하고, 노부오의 얼굴을 심각한 눈으로 보았다.

“어떤 이야기가 적혀 있었는데?”

요시가와의 진지한 태도에 압도당하며 노부오는 물었다.

“암기하고 있는데, 이런 것이다. '또 간음치 말라 하였다는 것을 너희가 들었으나 나는 너희에게 이르노니 여자를 보고 음욕을 품는 자마다 마음에 이미 간음하였느니라' 하는 말이었다.”

“그래? 다시 한번 더 외어 봐라.”

요시가와는 되풀이했다.

“놀랐다.”

노부오는 그 말을 되새겨 보듯이 자신의 무릎에 눈을 떨구었.

“놀랐지?”

“음. 무척 차원 높은 생각이구나. 마음에 품기만 해도 안 되는가. 그렇다면 나는 몇백 번 간음했는지 모르게 된다.”

“그래. 나도 마찬가지야.”

“생각을 품는 것만으로 간음하는 것이 된다면, 이 세상에 간음하지 않은 사람은 없는 셈이 되겠네.”

“그래. 그래서 성경에는, '의인은 없나니 하나도 없다'고 기록되어 있어.”

요시가와는 손으로 자기의 목을 뎅겅 자르는 시늉을 해보이고 웃었다.

“잠깐, 그 말은 나도 알고 있어. 3년쯤 전에 나까무라 슘우의 소설에서 읽은 적이 있어.”

노부오는 책상에 팔을 세우고 손으로 머리를 받쳤다. 전에 읽었을 때에는 그렇게 마음을 찌르는 말은 아니었다. 그러나 지금은 왠지 이상하게도 그 말이 노부오의 마음을 잡고 뒤흔들었다. 갑자기 마음 바닥에서부터 그 말이 이해되는 것 같은 느낌이었다. 그것은 간음하지 말라는 말에 이어지는 엄한 성경의 말씀을 요시가와로부터 들은 탓일까. 노부오는 갑자기 성경을 한 자도 남기지 않고 읽어 보아야겠다는 생각을 했다. 아직 자기가 모르고 있는 굉장한 말씀들이 성경 안에는 차고 넘칠 것만 같아 견딜 수가 없었다.

"왜 그래. 지나치게 깊이 생각에 잠겼구나."

요시가와는 감탄조로 말했다. 노부오는 요시가와의 따뜻한 표정을 바라보면서 목마른 자가 물을 구하는 심정으로 성경을 읽고 싶다고 절실하게 생각하고 있었다.

요시가와가 돌아가자 곧 노부오는 마찌꼬의 남편이 준 성경을 폈다. 지금 노부오는 성경을 한 자도 남기지 않고 읽어야겠다는 마음에 들떠 있었다. 호롱불 밑에서 대단한 기세로 편 성경은, 그러나 조금도 재미 있지가 않았다. 먼저 첫 페이지에는 사람의 이름만 잔뜩 써 놓고 있었다. 그것은 조금도 친밀감을 주지 않는 외국인 이름의 나열이었다. 오히려 일본의 역대 천황의 이름을 암송하는 편이 재미있을 거라고 노부오는 생각했다.

'왜 이런 소용없는 것을 첫장에다 기록해 놓았을까.'

노부오는 이상하게 생각했다. 이런 이름보다는 아까 요시가와한테 들은,

"여자를 보고 음욕을 품는 자마다…"

하는 것과 같은 말이 기록되어 있으면 얼마나 매달리기 쉬울까 생각했다. 그렇게 생각하면서, 꼼꼼한 노부오는 한 자, 한 구도 빼지 않고 그 이름들을 읽어 나갔다. 그런데, 이름들 다음에 이어지는 이야기는 다시금 노부오를 당혹케 했다.

그것은 동정녀 마리아한테서 예수가 태어났다고 하는 이야기였다.

"어리석은 수작. 처녀한테서 어떻게 아기가 태어난담."

노부오는 희롱을 당한 것 같은 생각이 들어서, 성경에서 눈을 뗐다. 책상 하나뿐인 자기 방이 오늘은 한층더 차갑게 느껴졌다. 벽에 걸린 옷과 그리고 수건이 한 장 있을 뿐 따로 아무것도 없다. 노부오는 다시 성경에 눈을 주었다. 다시 한번 마리아의 기사를 읽어 보았다. 역시 아무래도 묘하다. 하지만 노부오는 그때에 성경이라는 책이 정말로 장삿속이 없는 책이라는 것을 깨달았다.

'이 지루한 인명의 나열 하며, 처녀가 아들을 낳았다는 기사 등이 읽는 사람으로 하여금 짜증을 일으켜 책을 집어 던지게 하기 알맞은 것들이다. 여기서 집어 던진다고 하면, 성경은 나와는 아무런 상관도 없는 책이 되어 버린다. 여기서 참고 계속 읽어 나간다면, 보다 좋은 것이 기록되어 있을지도 모른다.'

즉 이것은 제1의 관문과 같은 것이 아니겠나 생각하면서, 노부오는 다음으로 눈을 옮겼다. 다섯 페이지 정도 읽어 나가니까, 요시가와가 한 말이 나왔다. 노부오는 즉각 외우기 시작했다.

"또 간음치 말라 하였다는 것을 너희가 들었으나, 나는 너희에게 이르노니, 여자를 보고 음욕을 품은 자마다 이미 간음하였느니라."

반복하면 반복할수록 노부오는 이 말에 두려움을 느꼈다.

'도대체 이런 것을 가르친 예수라는 사나이는 어떤 사나이인가.'

이상한 말이라고 노부오는 되풀이해서 말해 보았다. 한 가지를 암송하고 나니까, 성경이 바짝 몸 가까이 다가서는 것 같았다. 노부오는 다시 뭔가 좋은 말을 암송하려고 다음 페이지로 눈을 옮겼다.

'…악한 자를 대적하지 말라. 누구든지 네 오른편 **뺨**을 치거든 왼편도 돌려 대며, 또 너를 송사하여 속옷을 가지고자 하는 자에게 겉옷까지도 가지게 하며…'

이 말씀이 노부오의 눈길을 끌었다. 그것은 정말로 이상한 말이었다. 어렸을 적에 노부오는 곧잘 할머니 도세한테 이런 말을 들었다.

"노부오, 사나이란 것은 한 대 맞으면 두 대 때려 줘야 하는 거야.

석 대 맞게 되면 여섯 대를 때려 주는 거야. 그렇게 못하면, 사나이라고는 할 수가 없는 거다."
 '때려 주는 것보다 때려 주지 않는 것이 사나이다운 행동일까.'
 노부오는 눈을 감고 생각해 보았다. 누군가가 자기의 뺨을 한 대 때린다. 뭐냐고 발끈하며 두 대로 앙갚음을 한다. 그리고 다른 자기는, 뺨을 한 대 얻어 맞는다. 유연히 미소지으며 다른 한쪽의 뺨도 성난 상대방 앞에 돌려 댄다. 과연 어느 쪽의 자기가 되고 싶은가고 노부오는 자기 자신에게 물어 보았다. 그렇게 자문한 순간, 노부오는 자기가 할머니한테 받은 교양이나 그 영향을 받은 사고방식이 얼마나 얄팍한 것이었나 하는 것을 깨달았다.
 '그렇지만 매를 맞고도 보복을 않고, 아랫도리를 취하려 하는 자에게 윗도리까지 주는 것은 악인들을 그저 달래는 것이 아닐까.'
 깊은 교훈 같으면서 그 의미를 도통 이해할 수가 없었다. 하지만 노부오는 이 성경 안에 자기 생각과는 딴판으로 다른 사고방식이 많이 있는 것을 인정하지 않을 수가 없었다. 곧 이어서,
 '…너희 원수를 사랑하며, 너희를 핍박하는 자를 위하여 기도하라.'
라고 하는 말씀이 있었다. 이 말씀에 이르러서, 노부오는 일본인의 감정과는 딴판으로 다른 것을 느꼈다. 서로 용납이 되지 않는다는 것을 느꼈다. 일본인들은 원수 갚는 이야기를 좋아한다. 만약 아꼬우(赤穗)의 협객 47인이 이 성경의 말씀을 지켰다고 하면 어떻게 되었을까 하고 노부오는 진지하게 생각했다. 아사노 다꾸미노가미(淺野 內匠守)의 억울함은 저 기라(吉良)의 목을 바치지 않아서는 풀릴 수 없는 것이었을 것이다.
 그 47인이 기라 고우즈께노스께(吉良 上野介)를 용서하고 그 자의 평안을 빌었다고 하면, 세상은 결코 그 47인을 용서하지 않았을 것이다. 무사의 세계에서는 원수 갚는 것이 큰 미덕이었다. 이 예수라고 하는 사나이는 자기 아버지가 죽고 상전이 죽어도 그 원수를 갚지 않는 걸

까. 그런 원수를 사랑할 수 있을까. 얼마나 묘한 인간인가고 노부오는 생각했다.
 '미워하지 않는다는 것이 그렇게도 중요한 일일까. 미워할 자는 미워하는 것이 인간의 도리가 아닐까.'
 이렇게 생각은 했지만, 그러나 노부오는 그런 자신의 생각에 확신은 없었다. 어딘지 모르게 얄팍하다는 생각이 들어서 견딜 수가 없었다.

소 간 산

 아래층 주방에서 저녁을 먹으면서, 노부오는 자기가 요시가와에게 한 말을 떠올리고 있었다. 후지꼬를 아내로 맞게 해 달라고 노부오는 요시가와 앞에 머리 숙여 요청했던 것이다. 말이라고 하는 것은, 일단 입 밖에 내면 상상 외로 큰 작용을 하는 것같이 노부오에게는 생각되었다. 늘 누운 채로 식사를 하고 있는 후지꼬에게, 자기처럼 앉아서 밥을 먹게 해주고 싶다고 노부오는 절실하게 생각했다. 노부오는 아직껏 이토록 가깝게 후지꼬의 누워 있는 고통을 느껴 본 적이 없었다. 왜 여태까지는 그렇게 생각하지 않았는가, 노부오 자신도 이상했다.
 "후지꼬를 나한테 주지 않으려나."
라고 한 말이, 자기 자신 속에 잠자고 있던 것을 대번에 흔들어 깨운 듯한 느낌이었다.
 "아주머니, 사뽀로에서 가장 유명한 의사가 누굽니까."
 식사 후에 차를 마시면서, 노부오가 주인 아주머니한테 물었다. 아주머니는 50이 넘은 미망인이었는데, 아들이 소학교 선생 노릇을 하고 있었다. 아들은 오늘 밤 숙직이어서 집에 없었다.
 "나가노씨, 몸이 아파요?"
 놀라며, 아주머니가 물었다.

"아뇨. 전 아프지 않습니다만…."

노부오는 말꼬리를 흐렸다.

"그렇담 안심이군요, 이 사뽀로에는 30명 이상이나 의사가 있습니다만, 그야 뭐라 해도 호꾸신 병원의 세끼바 선생의 평판이 제일 좋죠."

즉석에서 하숙집 아주머니는 답했다. 호꾸신 병원의 세끼바 후지히꼬라고 하면 모르는 사람이 없을 정도로 유명했다. 진맥만 받아도 아예 병이 낫는다는 환자까지 있었다. 그 말을 들은 노부오는 선한 일은 서두르라고 한 속담 그대로 내일 아침에 즉각 찾아가리라 결심했다.

"하지만 아주머니, 아무리 명의라고 해도 폐병이나 카리에스는 못 고치겠죠?"

폐병이라고 듣고, 아주머니는 당황하며 손으로 입을 막았다.

"나가노씨, 그런 무서운 병은 그 이름을 입 밖에 내기만 해도 가슴이 썩어요. 그런 무서운 병은 신도 부처도 고칠 수 없어요. 나가노씨, 그런 환자를 알고 있어요?"

"아니오. 요사이 유행 중인 '불여귀'라는 소설, 아주머니도 알고 계시죠? 거기에 나오는 아가씨가 어떻게 나을 수 없었을까 하고 생각하고 있었어요…."

만일, 요시가와의 누이동생이 폐병 환자라고 하면, 이 아주머니는 요시가와를 집에 들이지 않으리라고 생각했다.

"뭐라구요? 소설 이야기라구요? 젊은 사람이 참 어처구니 없네요."

아주머니는 웃었다. 상을 물렸다.

방에 돌아온 노부오는, 내일은 한나절쯤 쉬리라 마음 먹었다. 후지꼬는 갈근탕을 끓여 마시고 있을 뿐이고, 의사한테도 가지 않고 있다. 의사에게 다녀봐야 비싼 약값이나 지불했지, 빨리 나을 병이 아니었다. 그렇다고 해서, 그렇게 눕혀 두기만 한대서는 아무래도 불안했다. 만약 가능하다면, 사뽀로 제일의 의사한테 후지꼬를 진찰시켰으면 하는 것이었다. 명의라면 고칠 수 없는 병도 어쩌면 고칠 수 있을지 모른다고 생각하였다.
 '요시가와하고 의논한 뒤에 의사에게 갈까.'
 이렇게 생각했다. 그러나 요시가와의 수입과 그의 어머니의 재봉일에 의한 수입만으로는 의사를 댄다는 것은 무리인 듯하였다. 어쨌든 명의라고 하는 세끼바 박사와 의논하면, 뭔가 요양의 방법이라도 새로운 것을 알게 되지 않겠는가, 노부오는 생각했다.
 이튿날 아침, 회사에 나가자 곧 노부오는 와구라 레이노스께에게 오후부터 쉬게 해줬음 좋겠다고 조퇴계를 냈다.
 "왜 그러나. 의사에게 간다는데 무슨 일이라도 있나?"
 와구라는 어버이 같은 얼굴이 되었다. 호방하게 보이지만 마음은 따뜻한 사나이다. 멀잖아 와구라의 딸 미사의 일도 사절하지 않으면 안 된다고 생각하니까, 노부오는 와구라의 친절이 부담스레 생각되었다.
 "아니, 대단한 것은 아닙니다."
 노부오는 낮은 음성으로 말했다.
 "나가노군, 몸이 불편하면 무리하지 말고 지금부터 쉬어도 괜찮아. 자네는 혹까이도가 처음이니까, 일찍 온 가을 바람에 감기라도 들었겠지."
 그는 커다란 손을 노부오의 이마에 댔다.
 "음, 열이 조금 있는 것 같구나. 조심하지 않으면 안 된다."
 와구라는 언제나 친절했다. 노부오는 피하듯 하여 자기 자리로 돌아왔다. 빨리 미사의 일에 매듭을 지어야 한다. 사절하는 방향으로 말이다. 그러나, 와구라 레이노스께가 실망할 것 같아 말을 꺼내기가 어려웠다.
 더욱이, 언제 나올지 모르는 후지꼬를 생각하여 그 팔팔하고 건강한 미사를 거절하는 것은 누구한테도 도저히 이해받을 수 없으리라 생각되었다.
 한나절이 지나서 노부오는 회사를 나왔다. 역전 통로에서 노부오는 냄비 우동을 하나 먹었다. 세끼바 박사를 만난다는 긴장감 때문인지 와구라 레이노스께에 대한 미안한 생각 때문인지, 냄비 우동 한 그릇이 많게만 여겨졌다.

병원에는 환자가 복도에까지 넘쳐나고 있었다. 그런데 환자들 모두가 묵묵히 앉아서 자기의 문제만을 생각하고 있는 것 같았다. 인구 겨우 4만 남짓한 사뽀로에 이렇게도 많은 환자가 있는가 하여 노부오는 놀랐다. 바싹 마르고 노리끼리해진 피부, 끊임없이 들리는 잔기침 소리, 눈꼽 낀 빨간 눈, 누구 할 것 없이 모두가 어두운 굴 속을 들여다 보고 있는 것처럼 우울한 눈길들이었다. 노부오는 후지꼬의 밝은 표정을 떠올렸다.

후지꼬는 벌써 3년 동안 그 방에 누운 채로 있다. 여기에 있는 환자들은 어쨌거나 병원까지 올 수 있는 몸이지만, 후지꼬는 그것마저도 되지 않는다. 그러면서도 후지꼬는 여기에 있는 누구보다도 얼굴이 밝았다. 아니, 자기가 있는 직장의 누구보다도 얼굴이 밝은 후지꼬라고 노부오는 생각하고 있었다. 누구 앞에서도 후지꼬를 자랑하고 싶은 것이 지금의 노부오의 심정이었다.

환자들은 차례차례로 진찰실에 불려 들어갔는데, 나올 때에는 안심했다는 얼굴을 하고 나오는 사람도 있었다. 모두 갈색의 물약 혹은 투명한 물약 등을 첩약과 함께 소중하게 보자기에 감싸면서 집으로 돌아가고 있었다. 노부오는 점점 불안해지기 시작했다.

'저렇게 많은 약 중에 후지꼬에게 맞는 약이 과연 있을 것인가.'

조금 후에 노부오의 이름이 불렸다.

가을 햇빛이 눈부신 사뽀로의 거리를 노부오는 빠른 걸음으로 걷고 있었다. 정신을 차리고 보니까, 노부오는 넓은 길의 한복판을 걷고 있었다. 마차와 인력거가 많이 지나가고 있었다. 아무래도 여느때보다 북적거리는 것 같다는 생각이 들어서, 노부오는 주위를 두리번거렸다.

조금 앞에 만국기가 사방 팔방으로 걸려 있었다. 무슨 일인가 하면서 다가가 보았더니 밑에서는 사람들이 축제 때처럼 북적거리고 있었다. 만국기가 파닥파닥 소리를 내며 나부끼는 소리도 즐거웠다. 야릇한 옷을 입은 남자들과 야릇한 머리를 한 아가씨들이 점포 앞에 늘어서 있는 것이 특히 눈에 띄었다. 마루이 피복점의 대매출이었다.
  노부오는 걸음을 멈추고 잠깐 그 점포의 모습을 살핀 뒤에 다시 걸음을 재촉했다. 지금 노부오는 호꾸신 병원에서 돌아오는 길이었다. 세끼바 박사는 한번 후지꼬의 몸을 보지 않고서는 잘 알 수가 없다면서, 카리에스라고 하는 병에 관해 여러 가지로 설명해 주었다.
  "요는, 카리에스라고 하는 것은 결핵균에 의해 뼈가 썩는 병입니다. 일단 카리에스에 걸리게 되면, 10년도 20년도 누운 채로 있게 되는 것이며, 그 동안에 점점 여위어서 죽습니다. 낫는다고 해도 꼽추처럼 등이 굽어지는 경우가 많지요. 참으로 몹쓸 병입니다."
  세끼바 박사는 동정어린 어투로 말했다.
  "하지만 말입니다, 결코 불치의 병은 아닙니다. 요는 체력을 증강시키는 겁니다. 먼저 조용히 누워 있을 것, 다음에 작은 생선이나 야채 따위를 잘 씹어서 먹을 것. 그 다음에 몸을 이틀에 한 번 깨끗이 씻어 줄 것. 이상은 환자도 주위의 사람들도 인내성 있게 계속해야 할 일들입니다. 그리고 무엇보다도 중요한 것은, 본인도 가족도 마음을 밝게 가질 것과 꼭 낫는다는 확신을 가져야 한다는 것입니다."
  노부오는 아까부터 세끼바 박사의 이야기를 되씹듯이 몇 번이고 되풀이 생각하고 있었다. 도중 시장에 들려서 작은 생선이랑 무, 당근 등을 샀다. 어쨌든 세끼바 박사는 불치라고는 하지 않았다. 노부오는 그것만으로도 가슴이 뛰고 있었다. 그런 판국에 마루이 피복점의 대매출 소동을 만났는데, 노부오에게는 그것마저도 길조로 여겨지는 것이었다.
  '가장 어려운 것은 마음가짐이라고 박사는 말했다. 그런데 후지꼬는

그렇게 밝지 않은가.'
 이렇게 생각하니까 노부오에게는 벌써 후지꼬가 나온 것 같은 착각이 생겼다. 무심코 얼굴을 드니까, 얼마 떨어지지 않은 곳에 와구라의 딸 미사가 언제나처럼 보자기 꾸러미를 들고 서 있었다. 전에 만났을 때에도 분명히 이 모퉁이에서였다고 생각하면서, 노부오는 당황하며 인사를 했다. 오늘은 미사도 도망치지 않고 인사를 받았다.
 "심부름 가세요?"
 미사가 서 있기 때문에 노부오도 그냥 지나칠 수가 없었다.
 "아뇨. 재봉하러 갔다 오는 길이에요."
 이렇게 말한 미사는 계속 그 자리에 서 있었다. 노부오는 야단났다고 생각했다. 대낮에 젊은 처녀와 길거리에서 이야기하는 것은 좋지 않게 여기는 때였다. 하지만 그렇다고 해서 그대로 미사를 버려 두고 갈 수는 없었다.
 "저… 저에게 무슨 용무라도?"
 이런 말밖에 노부오는 더 할 수가 없었다.
 "아뇨."
 미사는 웃으면서 서 있었다. 미사도 무엇을 말해야 할지 모르는 것 같았다. 고개를 숙인 채 힐끔 노부오를 보았다.
 "저, 그럼 실례하겠습니다."
 노부오는 머리를 숙여 보이고 걷기 시작했다.
 "어머?"
 미사가 놀란 듯이 작게 외치는 소리가 들렸다. 노부오가 뒤돌아보았을 때 빨간 띠가 미사의 가슴 가까이에 둘려 있는 것이 보였다. 보자기 꾸러미를 고쳐 안으니까, 그 띠는 금새 가려졌다. 둘은 얼굴을 마주보고 다시 인사를 나눈 다음 헤어졌다. 노부오는 또 마음이 조금 무거워졌다. 지금의 미사의 태도로써는 노부오를 싫어하고 있지 않음이 분명했다. 뭔가 말하고파 하는 태도를 하고 있었다고 생각하니까, 노부오도 마음은 무거웠지만 마냥 싫지만은 않았다. 만약 후지꼬가 없다고 하면 노부오는 미사와 결혼하게 될지 모른다고 생각했다. 그러나 그것은 마음에 맹세했던 후지꼬에 대하여 미안하게 여겨야 할 생각이었다. 노부오는 모든 사념을 떨쳐 버리듯 후지꼬의 집을 향해 걸음을 빨리했다.

하지만 미사를 만나 잠깐이었지만 마음에 동요를 일으켰던 것이 노부오의 마음에 가책을 주었다. 노부오는 곧장 요시가와의 집에 들어가기를 멈추고 소우세이라는 냇가에 섰다. 이 내는 사뽀로의 거리를 남북으로 가르는 작은 내이다. 하늘이 맑게 개어서 소간산의 모습이 뚜렷하게 보였다. 더러 단풍이 들기 시작한 모양으로 산 꼭대기가 자색으로 보였다. 언제 보아도 같은 모습인 그 산을 보면서 노부오는 불쑥 쓸쓸함을 느꼈다. 그것은 조금 전에 자기의 마음이 약간 흔들렸었다는 데 대한 쓸쓸함이었는지도 모른다.

'저 산은 이 사뽀로의 거리가 울창한 원시림으로 덮혀 있었을 때부터 저 모습대로 저기에 있었겠지.'

곧 사람이 들어가서 나무를 찍고 밭을 일구고 해서 정연한 시가지가 열리고, 그리고 이 거리는 큰 불도 만났고 홍수에 잠기기도 했었다. 그 어떤 때에도 저기에 서서 이 사뽀로의 거리를 내려다보고 있었겠지 하고, 노부오는 자연의 비정함을 새삼스레 느꼈다.

태양이나 달을 두고도 마찬가지의 말을 할 수 있다고 노부오는 생각했다. 이 땅 위에 얼마나 많은 사람이 태어나고 죽고 전쟁을 하고 기근을 만났던가. 하지만 그때마다 태양도 달도 그 자리에서 다만 이 지구를 내려다보고만 있었던 것이다.

"얼마나 비정한 것들이냐.'

그 비정함이 지금의 노부오에게는 부러운 것이 되고 있었다. 희고 긴 파 하나가 냇물을 따라 떠내려왔다. 그 흰 빛깔이 노부오의 눈에 빨려 들어왔다. 그것은 누워 있는 후지꼬의 흰 얼굴을 연상케 했다.

'나는 도저히 비정하게는 될 수 없다.'

씁쓸히 웃고 나서, 노부오는 천천히 걷기 시작했다.

노부오가 호꾸신 병원의 세끼바 박사를 방문한 지 한 달쯤 지났다. 후지꼬는 순순히 노부오가 시키는 것을 잘 지켰다. 몇 번이고 잘 씹어서 먹으라는 말을 듣고는, 한 입 음식을 넣고는 5~60번을 씹었다. 그런 까닭인지 후지꼬의 뺨이 약간 도톰해진 듯한 느낌을 주었다. 후지꼬의 어머니도 지금까지 병에 지장이 있을까 염려한 나머지, 닦은 적이 없었던 후지꼬의 몸을 하루 건너 한 번씩 닦게 되었다. 뭔가 요시가와 가에 새로운 바람이 불어 넣어진 것같이 활기가 차 왔다.

내리고 녹고 하던 눈이 이 2~3일 동안은 녹을 낌새를 보이지 않았다. 노부오는 미사와의 혼담을 거절하기 위해 지금 와구라 레이노스께의 집에 가는 중이었다. 눈으로 인해 밝은 거리를, 노부오는 무거운 마음을 안은 채 걷고 있었다. 사범 학교 학생 5~6명이 큰 소리로 노래를 부르며 지나갔다.

와구라 레이노스께의 집 현관문을 열려는 순간, 노부오는 그냥 도망쳐 돌아갈까 생각했다. 그러나 언제까지나 답변을 않고 있을 수는 없었다. 그는 결심을 하고 문을 열었다. 마침 미사가 안에서 미닫이를 열었다.

"안녕하세요, 나가놉니다."

어둑해서 서로의 얼굴이 보이지 않았다.

"어머…."

가볍게 소리를 지르고, 미사는 새로운 태도로 노부오를 맞아들였다.

"오, 추운데 용케 왔구만."

와구라 레이노스께는 이렇게 말하고, 큰 손으로 장작을 난로 속에 던져 넣었다.

"미사, 술을 사 오너라."

와구라는 즉각 명령했다.

"아닙니다."

 노부오가 말리니까 와구라가 웃으며 말했다.

"자네더러 마시라고는 하지 않을 테니까."

 미사는 나갔다. 와구라는 굳어져 있는 노부오의 곁으로 다가와서 어깨를 두드렸다.

"그렇게 굳어질 필요는 없어. 자네가 무엇하러 왔는가 하는 정도를 모를 내가 아니야. 상사의 딸과의 혼담 같은 것, 끄집어낸 쪽이 나쁘다고 해야겠지. 이것처럼 거절하기 어려운 것은 없을 테니까 말일세."

 노부오는 놀라며 와구라 레이노스께를 보았다. 호탕하게 보이는 사람이긴 하지만, 혼담을 거절하게 되면 싫은 소리 한두 마디쯤은 할 줄 알았다. 또 노부오는 그것을 각오하고 있었다. 그런데 레이노스께는 도리어 노부오의 입장에 서서 이쪽의 심정을 이해해 주고 있었다.

"드릴 말씀이 없습니다."

 노부오는 바닥에 두 손을 짚고 머리를 숙였다. 미사는 어쨌거나, 이런 사람을 아버지로 불러보았으면 하는 감상까지 노부오는 느꼈다.

"미련을 가진 이야기가 되겠네만, 왜 미사를 거절하는지 아버지로서 알아 두고 싶구만. 확실히 자네는 정해 놓은 사람은 없다고 말한 걸로 아는데."

"네. 그것은…."

 노부오는 결심을 하고 후지꼬와의 일을 말했다. 미사와의 혼담이 생긴 뒤에 갑자기 후지꼬의 일이 마음에 걸려서, 끝내 그녀가 나을 때까지 기다리기로 했다는 경위를 말했다.

"그래? 그렇담 자네의 연애를 굳히기 위해 미사의 이야기를 한 셈이 되었구만."

 와구라 레이노스께는 이렇게 말하면서 노부오의 얼굴을 응시했다.

"그런데 말일세, 그 아가씨가 몇십 년이 되도록 낫지 않는다면 어떻게 할 생각인가."

"몇십 년일지라도 나을 때까지 기다릴 생각입니다."

"호, 그래? 자네는 어쩔 수가 없는 바보로군. 정말로 훌륭한 바보야. 개화의 세대로 접어든 날 이후, 모두들 꾀보가 되어 버린 줄로 생각했었는데, 자네 같은 엄청난 바보도 아직 남아 있었군."

레이노스께는 자기의 감정을 누르려는 듯 큰 소리로 웃어 젖혔다.

노부오는 묵묵한 채 머리를 숙였다.

"바보스런 부모라고 조소를 당해도 좋다. 실은 나는 미사에게 혼담을 거절당했다고 차마 말할 수가 없었던 것이다. 할 수 있으면 내가 거절하는 걸로 하고 싶어 미사를 밖에 내보냈네만…. 그러나 그렇게는 하지 않기로 했다. 자네와 같은 사나이가 이 세상에 있다는 것을 미사에게도 알려 주고 싶다는 생각이 든다. 어쨌든 그 아가씨를 소중히 해주게."

"네."

노부오는 깊숙한 절을 했다.

"괜찮아. 못난 아이이기는 하다만 미사에게는 또 신랑감이 있겠지. 그러나, 앓는 처녀에게는 너와 같은 사나이는 두 번 다시 나타나기 어려울 것이다. 나도 자녀를 가진 어버이 아닌가."

와구라 레이노스께는 그대로 묵묵한 채, 타고 있는 스토브를 응시하고 있었다. 주방에서는 와구라의 아내가 뭔가 토닥거리며 장만하는 소리가 들렸다.

눈 내리는 거리의 뒷골목

회사에서도 와구라 레이노스께의 태도는 변하지 않았다.

세모가 바짝 다가왔을 즈음, 노부오의 동료인 미호리 미네요시가 불상사를 일으켰다. 그날은 봉급날이었는데, 동료 중 한 사람이 방금 받은 봉급 봉투를 분실했다. 그는 봉급 봉투를 책상 위에 놓은 채 깜박 잊고 일 때문에 방을 나갔다. 그 사이가 겨우 15분 남짓하였다. 돌아와서, 책상 위에 놓았던 봉급 봉투가 없어진 것을 알고 그는 떠들기 시작했다.

와구라 레이노스께가 그 사나이를 불러서 너무 떠들지 말라고 주의를 주었다. 정말로 책상 위에 놓았다면, 같은 방의 누군가가 훔친 것이 된다. 누구나 혐의를 받는다는 것은 유쾌한 것이 아니다. 퇴근할 무렵이어서 여러 사람이 일어났다 앉았다 했기 때문에, 누가 그 봉급 봉투에 손을 댔는지 짐작할 수가 없었다. 와구라는 부하 직원 전원을 자기 자리에 앉게 했다.

"부끄러운 이야기이지만, 지금 봉급 봉투 하나가 없어졌다. 오늘은 밖에서 사람이 오지 않았기 때문에, 싫어도 혐의는 이 방의 사람들에게 걸린다. 전원이 눈을 꼭 감고 자기 봉급 봉투를 책상 속에 넣으면 좋겠다. 내가 눈을 뜨라고 할 때까지 절대로 눈을 떠서는 안 된다. 만약 잘못되어서 봉투 2개를 가진 사람이 있거든, 둘 다 책상 서랍에 넣기 바란다."

전원은 말한 대로 봉투를 모두 책상에 넣었다. 그리고, 와구라 혼자만 방에 남고 전원은 복도로 나왔다. 책상 속을 살폈지만 봉투는 모두 하나씩이었다. 그런데 미호리의 책상 속에 있는 봉투는 그 자신의 것이 아니었다. 분실한 사람의 이름이 적힌 것이었다. 미호리는 멍청하게도 자기 봉투와 훔친 봉투를 뒤바꿔 넣었던 것이다.

와구라 레이노스께는 다시 전원을 방에 불러들여서 각자의 봉투를 갖고 집으로 돌아가라고 명했다.

"분실한 봉투는 발견되지 않았다. 나는 자네들의 양심에 호소하려 했는데 내 마음이 통하지 않은 모양이다. 오늘 중으로 나한테 말하면 괜찮지만, 그렇지 않을 경우엔 그 사람은 철도 회사의 사원으로 인정할 수 없게 될 테니까, 그리 알도록."

미호리는 자기가 잘못해서 훔친 봉급 봉투를 책상 서랍에 넣었다는 사실을 알았지만, 와구라가 알아차리지 못한 줄 알고 그냥 집에 돌아가 버렸다.

이튿날 아침, 미호리가 아직 잠자리 속에 있을 때에 와구라가 찾아 왔다. 급습이었다. 어머니가 깨워서 일어났다가 와구라의 얼굴을 보고 그는 고개를 숙였다. 그의 얼굴빛은 창백하게 변해 있었다.

"왜 어젯밤 우리 집에 오지 않았지?"

와구라는 집 사람들이 눈치채지 못하도록 그저 이렇게만 말했다.

"당장 봉투를 여기 가져와. 그리고 오늘부터 출근할 필요없어. 곧 무슨 통지가 있을거야."

미호리는 얼굴이 새파랗게 되어서 넋없이 고개를 끄덕였다. 봉급 봉투를 받은 와구라는 돌아갔다.

미호리의 결근은 때가 때인만큼 모두의 주목을 끌었다. 와구라는 하루종일 기분이 안좋은 상태로 있었다. 이튿날도, 그리고 그 다음 날도 미호리는 결근했다. 노부오는 미호리 미네요시가 범인임을 알아차렸지만, 미호리라는 인간이 그대로 직장에서 사라지는 것은 불쌍하게 여겨졌다. 그는 성격이 조금 경솔하고 때때로 스스키노에 있는 유곽에 놀러 간다는 것을, 본인의 입을 통해 몇 번인가 들은 적이 있었다. 아마도 놀러 다니는 데 필요한 돈이 떨어져서 나쁜 줄 알면서도 그런 짓을 했으리라 여겨졌다.

노부오는 자기가 입사했을 당시에 누구보다도 친절하게 해줬던 미호리를 생각했다.

'원래부터 악한 인간은 아니다.'

확실히 어머니와 아들, 단 둘이 산다고 들었는데 아들의 파면을 안 어머니의 심정이 어떠하겠는가 노부오는 생각했다. 하지만 노부오는 와구라에게 지나친 월권적인 말은 할 수가 없었다. 또 미호리의 집을 방문하기에도 좋지가 않은 때였다. 미호리도 성의를 가지고 사죄하면,

와구라의 타고난 호탕한 성품이 용서해 줄 것 같은 생각이 들었다. 어떻게 할까 하고 망설이다가, 노부오는 결국 미호리를 찾아보기로 마음을 먹었다.

일요일 오후, 미호리는 기운 없이 방안에 처박혀 있었다. 노부오의 권면을 듣고 그는 머리를 옆으로 저었다.

"그렇게 한다고 해서 용서해 주리란 보장은 없지 않니. 그 양반 보통 무서운 것이 아니다."

몇 번을 권해도, 미호리는 그럼 가 볼까 하지를 않았다. 뿐만 아니라,

"나도 나쁘지만, 책상 위에 봉급 봉투 같은 것을 놓은 녀석도 나쁘단 말이다."

보기와는 달리 미호리는 고집쟁이였다. 장본인이 사과하지 않는다는데, 목에 새끼를 매서 와구라의 집까지 끌고 갈 수는 없는 노릇이었다. 노부오는 바람이 쌩쌩 부는 눈길을 걸어서 역전까지 나왔다. 세모가 가까운 탓인지 거리엔 사람의 왕래가 잦았다. 말썰매가 딸랑딸랑 방울소리를 내며 자꾸만 지나간다. 붉은 벽돌집으로 유명한 홍농사(興農社)까지 오니까 뭔가 큰 소리가 들렸다. 보니까 외투도 입지 않은 한 사나이가 큰 소리로 외치고 있었다. 누구도 듣는 사람은 없었다. 노부오는 문득 귀에 들어온 말에 끌려서 걸음을 멈췄다.

"인간이란 도대체 어떤 것입니까. 먼저 인간이란 누구보다도 자기 자신을 사랑스럽다고 생각하는 자입니다."

추위가 대단한 오후이다. 나이가 30세 정도일까, 아니 두셋 더 먹었을까. 그 사나이가 입을 열 때마다 말은 하얀 김이 되어 버린다. 걸음을 멈춘 노부오를 보고, 그 사나이는 한층더 소리를 높였다.

"그러나 여러분, 참으로 자신이 사랑스럽다고 하는 것은 어떤 것일까요. 그것을 여러분께서는 모르고 있습니다. 참으로 자기가 사랑스럽다는 것은, 자기의 추악함을 미워하는 것입니다. 그러나 우리들은

자기의 추악함을 인정하고 싶지 않은 것입니다. 예를 들면, 손으로 음식물을 집어 먹는 것은 천한 것으로 되어 있습니다만, 자기가 집어 먹는 것은 천하다고 생각지 않는 것입니다. 남에 대한 험담을 뒤에서 하는 것은 사내답지 않다는 사실을 알고 있으면서도, 자기가 하는 욕설은 정의가 그렇게 하도록 시키는 것으로 생각하고 있습니다. 도둑에게도 세 푼어치의 이유가 있다는 속담이 있지 않습니까. 남의 것을 훔쳤으면서 무슨 변명이 있겠습니까. 하지만, 도둑에게는 도둑대로 할 말이 있는 것입니다."

노부오는 놀라서 사나이를 보았다. 사나이의 맑은 눈길이 노부오에게 곧장 와 닿고 있었다.

'마치 이 사람은 지금의 내 심정을 꿰뚫어보고 있는 것 같다.'

노부오와 사나이를 번갈아 봐가며, 빨강 목도리를 두른 여자와 큰 짐을 진 점원 등이 분주히 지나갔다. 그러나 지금 노부오는 자기가 어디에 서 있는지를 잊고 사나이의 말에 빨려 들어가고 있었다.

"여러분, 그러나 저는 오직 한 사람, 더없이 바보스런 사나이를 알고 있습니다. 그 사나이는 예수 그리스도입니다."

사나이는 힘있게 한 발짝 노부오 앞에 다가서며 외쳤다.

"예수 그리스도께서는 무엇 하나 나쁜 일은 하시지 않았습니다. 나면서부터 소경인 사람을 고치시고, 나면서 앉은뱅이된 자를 고치시고, 그리고 사람들에게 참다운 사랑을 가르쳤습니다. 참다운 사랑이란 무엇일까요. 여러분 알고 계십니까."

노부오는 이 사나이가 기독교 전도사임을 알았다. 사나이의 음성은 낭낭하고 힘이 있었다. 하지만 서 있는 사람은 노부오뿐이었다.

"여러분, 사랑이란 자기의 가장 귀한 것을 남에게 주어 버리는 것입니다. 가장 귀한 것이란 무엇일까요. 그것은 목숨이 아니겠습니까. 예수 그리스도께서는 자기의 목숨을 우리들에게 주셨습니다. 그는 결코 죄를 범한 것은 아니었습니다. 사람들은 자기가 나쁜 짓을 하면서도 자기는 나쁘지 않다고 하는데, 무엇 하나 나쁜 짓 한 적이 없는 예수 그리스도께서는 이 세상의 모든 죄를 짊어지시고 십자가에 달리신 것입니다. 그는, 자신은 나쁘지 않다고 말하고 도피할 수도 있었습니다. 하지만, 그는 그렇게 하지 않았습니다. 나쁘지 않은 사람이 나쁜 사람의 죄를 짊어진다. 나쁜 사람이 나쁘지 않노라며 도망친다. 여기에 확실히 하나님 아들의 모습과 죄인의 모습이 있습니다. 더욱이 여러분, 십자가에 달렸을 때에 예수 그리스도께서는 그 십자가 위에서 이렇게 기도했습니다. 보십시오 여러분, 십자가 위에서 예수님께서는 자기를 십자가에 단 사람들을 위해 이렇게 기도했습니다.

'아버지시여, 저들을 용서해 주십시오. 그 하는 것을 모르니이다. 아버지여, 저들을 용서해 주십시오. 저들은 자기가 하는 일을 모르고 있습니다.'

들으셨읍니까, 여러분. 지금 자기를 찔러 죽이는 사람들을 위해 용서해 주십사고 기도할 수 있는 사람이야말로, 하나님의 인격을 소유한 사람이라고 저는 생각하는 것입니다…"

갑자기 전도사의 맑은 눈에서 눈물이 떨어졌다. 노부오는 꼼짝 못하고 서 있었다.

"저는 이 하나님이신 사람, 예수 그리스도를 전하기 위해 도쿄에서 여기까지 달려왔습니다. 열흘 동안이나 여기서 외쳤습니다만 아무도 귀를 기울이지 않았습니다."

그는 두 손을 가슴에 모으고 기도하기 시작했다.

"오, 하늘에 계신 아버지시여, 커다란 은혜를 감사합니다. 지금 제 앞에 서 있는 어린 양을 주께서도 보셨습니다. 주여, 이 어린 양을 붙잡으시옵소서. 주여, 이 어린 양을 써 주시옵소서. 제 입이 부족하여 제대로 가르치지 못한 것을 주께서 친히 가르쳐 주옵소서. 거룩하신 그리스도의 이름으로 기도드립니다. 아멘."

그가 큰 소리로 아멘 했을 때 지나가던 사람들이 웃었다.

"예수다."
"예수의 중이다."
들리도록 크게 이런 말을 뱉고 가는 사람도 있었다. 그러나 전도사는 전혀 개의치 않고, 노부오를 보고 머리를 숙였다. 그 순간, 노부오의 귀를 스치면서 눈덩어리가 날았다. 앗 하는 순간, 계속해서 눈덩어리가 노부오의 어깨를 때렸다. 노부오는 획 뒤돌아보았다.
"아팠죠."
사나이는 눈살을 찌푸리며 노부오의 어깨에 손을 얹었다.
"심한 짓들을 하누나."
노부오가 화가 나서 주위를 둘러보았다. 곧 거리 모퉁이를 뛰어가는 아이들의 모습을 발견할 수 있었다.

그날 밤, 노부오는 흥분한 나머지 잠을 이루지 못했다. 전도사는 이끼 이찌바라고 했다. 노부오는 이끼 이찌바를 데리고 자기 하숙방에 왔다. 거기서 노부오는 말했다.
"선생님, 저는 선생님의 말씀을 듣고, 예수님은 신이시라고 마음 속으로 생각했습니다. 아니, 이 분이 신이 아니시면 누가 신이겠는가고 생각했습니다."
노부오는 진정 마음 속으로 그렇게 생각했다. 아이들이 던진 눈덩어리가 자기의 어깨를 강하게 때렸을 때, 자기도 모르게 노부오는 노기 충천해서 뒤돌아보았다. 그리고 나서 비로소 그는 십자가 위에서 예수께서 말했다고 하는,
"아버지시여, 저들을 용서하옵소서. 저들이 자기가 하는 일을 몰라서 저럽니다."
라는 말이 아프도록 마음에 스며들었다. 솔직히 말해서, 아이들은 아무것도 모르고 다만 재미 반으로 눈을 던진 것이다. 한데 만약 아주 가까운 곳에 아이들이 있었다고 하면, 자기는 과연 아이들을 용서했을까

하고 노부오는 생각했다. 그들을 붙잡아서 힐문하고, 혹은 알밤 한두 개씩 안겨 주지 않았겠나 생각했다.

그러나 예수께서는 지금 죽어가는 가운데에서 고통을 당하면서도, 자기를 죽이는 사람들을 불쌍히 여긴 것이다. 만약 이것이 신의 인격이 아니라고 한다면, 어떤 것이 신의 인격이겠는가고 노부오는 깊이 감동했다. 이 예수는 마태복음에서,

"네 원수를 사랑하라."

라고 말하고 있다. 그 교훈대로 원수를 사랑하면서 죽을 수 있었던 예수를 생각할 때에, 노부오는 속아도 좋으니까 이 예수의 말씀을 따라 살고 싶다고 뼈저리게 느꼈다.

"그럼, 나가노 군, 군은 예수를 하나님의 아들이라고 믿나요."

"믿습니다."

노부오는 명확하게 잘라 말했다.

"그럼 군은 그리스도를 따라 일평생을 살 작정인가요?"

"그럴 작정입니다."

"그러면, 사람 앞에서 저는 그리스도의 제자입니다 하고 말할 수 있을까요?"

이끼 이찌바는 천천히 물었다.

"말할 수 있으리라고 생각합니다."

노부오는 망설이지 않았다.

"그런데 말이오 방금 들었을 뿐인데, 그렇게 곧장 예수를 믿을 수 있을까요?"

"저는, 저의 아버지도, 어머니도 그리고 누이동생도 매부도 그리고 …제 장래의 아내도 모두 신자입니다. 꽤 오래 전부터 저는 기독교에 관심을 갖고 있었습니다."

그러나 그 관심에는 꽤 짙은 반감이 포함되어 있었다. 특히 기독교가 외국의 종교라는 데에 노부오는 강한 저항을 느끼고 있었다. 그런데 얼

마 전 후지꼬가 이런 말을 했다.
"조상을 숭배하는 것은 불단 앞에서 합장하는 것만은 아니라고 생각해요. 조상들이 보고 기뻐할 만한 생활을 날마다 살아간다고 하면, 그것이 진짜 조상을 위하는 믿음이라고 생각해요."
이 말이 노부오의 마음에 새겨져 있었다. 이런 이야기도 노부오는 이끼 이찌바에게 해줬다.
"그럼, 군의 마음은 꽤 먼 옛날부터 그리스도를 찾고 있었던 셈이군요."
이찌바는 겨우 노부오의 고백을 받아들일 수 있게 되었다는 태도였다.
스토브 안에서 장작 타는 소리가 들려왔다.
"그렇습니까? 그렇다면, 다시 한번 물어 둬야겠군요. 나가노 군, 군은 예수를 하나님의 아들로 믿는다고 했죠? 그리고 그리스도를 따라 평생을 살겠다고도 했고요. 게다가 사람들 앞에서 군이 그리스도의 제자라는 것도 말할 수 있다고 했죠?"
노부오는 확실하게 그렇다고 수긍했다.
"그런데 말이오, 군은 한 가지 잊은 것이 있어요. 군은 예수께서 왜 십자가에 달리셨는지 알고 있습니까?"
노부오는 잠깐 머뭇거리고 나서,
"아까 선생님께서는, 이 세상의 모든 죄를 짊어지고 십자가에 달리셨다고 말씀하셨습니다만…."
"그렇습니다. 그대로입니다. 그러나 나가노군, 그리스도께서 군을 위해 십자가에 달리셨다는 것을, 아니 십자가에 단 것은 군 자신이라는 것을 알고 있습니까?"
이끼 이찌바의 눈은 날카로웠다.
"천만의 말씀입니다. 저는 그리스도를 십자가에 못박은 기억은 없습니다."

크게 손을 흔드는 노부오를 보고, 이끼 이찌바는 싱긋이 웃었다.
"그렇다면, 군은 그리스도와 아무 상관이 없는 사람입니다."
이 말을 노부오는 이해할 수가 없었다.
"선생님, 저는 메이지 시대의 인간입니다. 그리스도께서 못박히신 것은 천 몇백 년 전의 일이 아닙니까. 어떻게 메이지 시대에 태어난 제가 그리스도를 십자가에 못박았다고 생각할 수가 있겠습니까?"
"그렇습니다. 군과 같이 생각하는 것이 보통 생각하는 방법입니다. 하지만 말입니다, 저는 다릅니다. 아무 죄도 없는 예수님을 십자가에 단 것은, 저 자신이라고 생각합니다. 이것은 말입니다. 나가노 군, 죄라는 문제를 자신의 문제로서 알지 않으면 알 수가 없는 문제입니다. 군은 자기를 죄가 깊은 인간이라고 생각합니까?"
정직하게 말해서, 노부오는 자신을 진실한 부류의 인간이라고 생각하고 있었다. 성적인 문제에 사로잡혔을 때엔 자기 자신을 죄가 깊은 사람이라고 생각하기도 했다. 그러나 이렇게 남한테 질문을 받게 되면, 그렇게까지 죄가 깊은 사람이라고는 생각되지 않았다.
"그런 유의 이야기가 저에게는 이해되질 않습니다. 저는 저 자신이 특별히 죄가 깊은 인간이라고는 생각지 않고 있습니다만, 성경에서 '여자를 보고 음욕을 품는 자마다 이미 간음하였느니라' 하는 말씀을 읽고, 저는 이것은 무척 차원 높은 윤리라고 생각했습니다. 그리고 '의인은 없나니 하나도 없느니라' 한 말씀을 나름대로 알 만하다는 생각도 했습니다. 그러나, 지금 선생님한테 '당신은 죄가 깊습니까' 하는 질문을 받고, '네, 그렇습니다' 하고 확실하게 수긍할 정도의 죄의식은 갖고 있지 않은 걸로 생각합니다."
이끼 이찌바는 몇 번 크게 고개를 끄덕이며 듣고 있다가 호주머니에서 성경을 꺼냈다.
"알았습니다. 나가노군, 이것은 저도 시도해 본 일입니다만, 군도 한 번 시도해 봐요. 성경 중의 어디도 좋으니, 한 군데 골라서 한번 철저하게 실천해 봐요. 철저하게 말이오, 나가노군. 그렇게 하면 말입니다, 당연히 완전한 인간의 모습에서, 자기가 얼마나 멀리 떨어져 있는지를 알게 될 것입니다. 나는, '너에게 구하는 자에게 주고, 꾸고자 하는 자에게 거절하지 말라'라고 하는 말을 지키려 했다가 열흘 만에 항복해 버렸습니다. 군도 실천하고자 하는 것을 찾아 보는 게 좋을 것입니다."

이끼 이찌바는, 저녁을 먹고 돌아갔다. 그 이찌바의 여러 가지 말들을 생각하면서, 노부오는 하룻밤 동안 거의 잠을 이룰 수가 없었다.

이튿날 아침, 노부오는 미호리 미네요시의 집을 방문했다. 미네요시는 졸리는 눈을 비비며, 언짢아 하는 얼굴로 나왔다. 그러나 노부오는 상관하지 않고 스스로 식당으로 올라가서, 미네요시와 그 어머니 앞에서 이야기를 시작했다.

"너, 지금 당장 와구라씨의 집에 가지 않으련?"

여느때의 노부오와는 달랐다. 확신에 찬 태도였다. 노부오는 단정하게 앉아 있었다.

"가도 소용없어."

조금 불쾌한 태도로 답했다.

"그래. 미호리군이 말하는 것처럼, 혹 소용없는 일이 될는지도 모르지. 그러나 혹 소용없는 일이 되더라도 말이야, 너도 인간으로서 충심으로 남 앞에 머리를 숙이는 것이 어떻겠나. 그것이 지금 필요한 일이 아닐까?"

그 말에는 좋다 나쁘다를 말할 수 없을 만큼 강한 공명이 있었다. 미네요시의 어머니도,

"용서가 될는지 어떨는지는 모르지만, 어쨌든 머리 숙여 사죄하는 것이 인간의 도리니라. 모처럼 나가노씨가 이렇게 말해 주는 거니까, 미네요시야 너 다녀 오너라. 미네요시, 나도 함께 가서 사과하겠다."

라고 가세했다. 미네요시의 어머니도 이미 사정을 알고 있는 모양이었다. 미네요시도 그 이상 거절하지 않고 억지로 와구라의 집에 가겠노

라 나섰다. 아직 출근 시간 전이었는데 눈길 위에 하얀 안개가 흐르고 있었다. 가끔 그림자의 그림처럼 다가오는 행인들과 지나치면서 세 사람은 묵묵히 와구라의 집을 향해 빠른 걸음을 옮겼다.

와구라의 집이 가까워졌을 때에 미네요시가 말했다.

"나가노군, 너까지 왜 같이 가 주는 거지?"

"왜라니. 내가 이 회사에 처음 들어왔을 때에 너는 다른 사람보다 훨씬 더 친절하게 말을 걸어 주지 않았니. 그런 네가 지금 회사를 그만두게 되면 내가 어찌 쓸쓸하지 않겠니."

그 말에 거짓은 없었다. 그러나 그 이상으로 노부오를 움직이고 있는 것이 있었다. 그것은 어젯밤 전도사인 이끼 이찌바가 한 말이었다. 이끼 이찌바는 죄의 의식이 명확치 않다고 하는 노부오에게 이렇게 말했다. 성경 중의 한 절을 철저하게 실행해 보라고 그는 말했다. 간밤에 노부오는 잠이 오지 않아 성경을 열심히 읽었다.

어떤 율법사가 일어나 예수를 시험하여 가로되, "선생님, 내가 무엇을 하여야 영생을 얻으리이까." 예수께서 이르시되, "율법에 무엇이라 기록되었으며 네가 어떻게 읽느냐." 대답하여 가로되 "네 마음을 다하며, 목숨을 다하며, 힘을 다하며, 뜻을 다하여 주 너희 하나님을 사랑하고 또한 네 이웃을 네 몸과 같이 사랑하라 하셨나이다." 예수께서 이르시되, "네 대답이 옳도다. 이를 행하라. 그러면 살리라" 하시니, 이 사람이 자기를 옳게 보이려고 예수께 여짜오되, "그러면 내 이웃이 누구오니이까." 예수께서 대답하여 가라사대, "어떤 사람이 예루살렘에서 여리고로 내려가다가 강도를 만나매, 강도들이 그 옷을 벗기고 때려 거반 죽은 것을 버리고 갔더라. 마침 한 제사장이 그 길로 내려가다가 그를 보고 피하여 지나가고, 또 이와 같이 한 레위인도 그곳에 이르러 그를 보고 피하여 지나가되, 어떤 사마리아인은 여행하는 중 거기에 이르러 그를 보고, 불쌍히 여겨 가까이 가서 기름과 포도주를 그 상처에 붓고 싸매고, 자기 짐승에 태워 주막으로 데리고 가서 '돌보아 주라. 비용이 더 들면 내가 돌아올 때에 갚으리라' 하였으니, 네 의견에는 이 세 사람 중에 누가 강도 만난 자의 이웃이 되겠느냐." 가로되 "자비를 베푼 자니이다." 예수께서 이르시되, "가서 너도 이와 같이 하라" 하시니라.

처음, 노부오는 이런 몰인정한 이야기가 있을까 하고 생각했다. 강도의 습격을 받아, 반죽음을 당하고 있는 부상자를 구하지 않는다고 하는 것은 있을 수 없는 일로 생각되었다.

'나 같으면 틀림없이 이 부상자를 구조했을 것이다.'

그렇게 생각하고, 노부오는 다시 그것을 읽었다. 그때 문득 미호리 미네요시의 일이 생각났다. 생각해 보니까, 미호리도 지금 반죽음 상태에 있는 것만 같았다. 하지만 동료들 모두가 그에 대해 냉담했다.

"남의 돈을 훔치다니, 어처구니없는 놈이다."

모두가 그런 생각을 하고 있는 것 같았다. 적어도 철도 회사의 사원쯤되는 사람이, 같은 직원의 봉급 봉투를 훔친다는 건 입 밖에 낼 수도 없는 부끄러운 일이라면서 모두들 화를 내고 있었다.

"메이지유신 이래, 인간들이 너무 경박해졌어. 양복을 입게 되니까 야미도다마시이(일본혼)를 어디다 잃어버리고 말았어."

하며, 암암리에 미네요시를 비난하는 사람도 있었다. 노부오 자신도 남의 것을 훔친다고 하는 것은 용서할 수 없는 일이라고 생각했다. 하지만 노부오는 미네요시에 대하여 보은의 생각을 갖고 있었다.

노부오는 나이에 비해 우대를 받고 입사되었다. 재판소에서 이미 임관한 경력이 있었기 때문이었다. 그것을 질투해서인지, 입사 당시에 괜시리 노부오를 냉냉하게 대하는 자들이 많았다. 한데 미네요시만은 일이나 회사 내의 여러 가지에 관하여 정말 친절하게 가르쳐 주었다.

"종이 한 장을 받아도 은혜는 은혜다. 남의 은혜를 잊는 것은 개나 고양이니라."

할머니 도세가 늘 하던 말이었다. 이 영향 탓인지, 노부오는 미네요시에 대하여 남들처럼 냉담할 수가 없었다.

노부오는 그 성경 말씀을 읽으면서 점점 미네요시가 중상을 입고 길가에 넘어져 있는 부상자처럼 생각되어졌다.

'나는 정말로 그의 이웃이 될 수가 있을까? 이 성경 속에서 이웃이 된 사마리아 사람은 알지도 못하는 사람을 살렸다. 하물며 나에게 있어서 미호리는 동료요, 은인으로까지 느껴지는 사람이다. 자, 나는 이 성경 말씀을 따라 철저하게 그의 훌륭한 이웃이 되자.'

이렇게 노부오는 마음을 정했던 것이다.

"나 같은 놈이 물러서는데도 나가노군은 쓸쓸하다고 생각해 주는건가."

미네요시는 노부오의 말에 감동한 듯하였다.

현관에 나온 와구라 레이노스께는 세 사람을 보자 싫은 얼굴을 했다. 그런 표정을 보자, 미네요시는 사과의 말이 나오지 않았다.

"정말 미네요시가 좋지 못한 일을 저질렀습니다… 모쪼록 용서해 주십시오."

이렇게 쩔쩔매며 아들 대신 사죄의 말을 하고 머리를 숙인 미네요시의 어머니에게 와구라는 말했다.

"아주머니, 아주머니께서는 불효 자식을 두셨군요. 불행하게도."

그러나 와구라는 용서한다고도 집에 들어오라고도 하지 않았다. 미네요시는 다만 고개를 떨구고 서 있을 뿐이었다.

"미호리, 사뽀로에는 국수집도 우동집도 많다. 일하려고 하면 일할 곳은 얼마든지 있다."

매정한 말투였다. 노부오는 그러한 와구라에게 매달리는 듯한 눈길을 보냈다.

"와구라씨, 모쪼록 미호리군을 이번만 용서해 주실 수 없겠습니까?

확실히 미호리군은 그 순간 악마의 유혹에 빠졌었다고 생각합니다. 그러나 모름지기 앞으로 두번 다시 그런 일은 없으리라고 생각합니다. 부탁합니다. 이렇게 어머니도 함께 빌러 오셨으니까, 모쪼록 용서해 주십시오."

노부오도 머리를 깊이 숙였다.

"빌러 오기에는 좀 늦었다. 미호리가 정말로 나빴다고 생각한다면, 그 이튿날에라도 내 집에 왔어야 했다. 일할 곳은 딴 데도 얼마든지 있다. 그러니까 단념하고 가거라."

와구라는 문을 닫으려고 미닫이에 손을 댔다. 노부오는 필사적이었다.

"와구라씨…"

느닷없이 노부오는 시멘트 바닥에 두 손을 짚고 머리를 비벼댔다. 미네요시도, 미네요시의 어머니도 덩달아 그 자리에 꿇어 앉았다.

"와구라씨, 참으로 남의 돈을 훔쳤다는 것은 부끄러운 일입니다. 나쁜 일입니다. 미호리군도 사과하러 오려 해도 혼자는 부끄러워서 찾아오지 못한 줄로 압니다. 제가 동료로서 그런 사실을 좀더 빨리 깨달았더라면 좋았을텐데, 그랬더라면 미호리군도 좀더 일찍 빌러 왔으리라고 생각하는데 제가 우정이 부족해서 이렇게 되었습니다. 와구라씨, 확실히 근무할 곳은 사뽀로에 있기는 하겠지요. 그러나 딴 데로 옮기게 되면 미호리는 늘 이런 말을 듣게 될 것입니다. 즉, 저 녀석은 돈을 훔치고 쫓겨났다고, 언제까지나 그런 말을 듣게 될 것이 뻔합니다. 미호리군은 틀림없이 결혼할 때에도 그런 말을 듣게 될 것입니다. 태어난 2세에게도 누가 언젠가는 알리게 될지 모릅니다. 와구라상, 앞으로 미호리가 또 뭔가 잘못을 저지르게 되면, 그때엔 저도 같이 물러나게 되어도 좋습니다. 모쪼록 이번만은 용서해 주십시오."

노부오는 차가운 시멘트 바닥에 이마를 댄 채 머리를 들 생각도 하지 않았다.

사　령

해가 지났다. 새해가 된 것이다. 그러나, 와구라한테서는 아무런 소식도 없었다. 노부오는 마음이 꺼림칙한 채 사뽀로에서의 첫 설을 맞았다. 그러나, 미호리의 일이 마음에 걸려서 즐거워할 수가 없었다.
'참으로 하나님께서 계신다면 나의 이 기도를 들어 주시련만….'
몇 번이나 노부오는 이렇게 생각했다.
정초의 휴무가 끝났다. 와구라는 여전히 아무 말도 않는다. 노부오는 차츰 불안해졌다. 그리고 또 며칠이 지났다.
노부오는 자기가 미호리와 함께 갔던 것이 나쁘지 않았나 생각하기 시작했다. 미사와의 혼담을 거절한 지 얼마 되지도 않아서 와구라의 집에 갔다는 것은, 아주 염치없는 무신경자로 여겨졌을는지 모른다고 생각하였다. 노부오로서도 가기 어려운 곳엘 갔던 셈인데 와구라는 그것을 어떻게 받아들였는지 모를 일이다. 미호리 모자에게 잘 일러줘서, 둘이서만 사과하게 했던 편이 낫지 않았겠나 하고 노부오는 후회했다.
반 달쯤 지난 어느 아침의 일이었다. 출근하니까, 사무실 안이 묘하게 들뜬 분위기가 되어 있었다. 모두들 수근수근 이야기하고 있었다. 노부오는 혹시 미호리가 용서받았나 하여서 순간 가슴이 뛰었다.
"하지만, 애석하게 되었어. 주임도 끝내 아사히가와로 영전이 결정된 모양이니 말일세."
옆의 동료가 속삭였다.
"뭐? 와구라씨가?"
노부오는 귀를 의심했다. 와구라가 어디엔가로 영전되는 날이 전혀 오지 않는다고 생각하고 있었던 것은 아니다. 아래로부터나 위로부터 평판이 두루 좋은 와구라가, 이대로 사쁘로에 있는다고는 생각할 수가 없었다. 상사로서는 나무랄 데가 없는 사람이라 해도 좋았다. 때문에 노부오가 지금 놀란 것은 영전 때문이 아니었다. 와구라가 사쁘로를 떠나게 되면, 이제 미호리 미네요시의 복귀는 바랄 수 없게 되겠기 때문에 절망에 가까운 충격을 받았던 것이다.

"자, 그런 데에 손을 짚고 있지 말고 어서 돌아가라. 나쁘게는 되지 않을 테니까."

확실히 와구라는 그날 아침에 이렇게 말했다. 한데 그것은 단지 그 자리를 모면하기 위한 말이었던가 생각하며, 노부오는 멍하니 밖을 내다보고 있었다. 커다란 함박눈이 소리도 없이 내리고 있었다. 노부오는 쓸쓸했다. 와구라 정도의 사나이도 그 자리를 모면하기 위한 말을 했는가 하고 생각하니까, 형언키 어려운 외로움이 몰려 왔다. 와구라에 대한 기대가 배신당해 버렸다는 생각 때문에 오는 쓸쓸함과 함께, 기도가 응답되지 않았다고 하는 공허감도 있었다.

'그렇게 쉽게 기도가 응답되는 것은 아니다.'

라고 생각하면서도, 뭔가 허전한 것이 일이 손에 잡히지 않았다. 와구라 레이노스께는 분주한 모양으로 종일 자리를 비우고 있었다.

아침부터 내리던 눈도 멎고 노부오는 퇴근할 준비를 하고 있었는데, 와구라가 어느새 다가와서 노부오의 어깨를 두드렸다. 눈짓으로 와구라는 노부오를 응접실로 데리고 갔다.

"끝내 아사히가와행으로 정해졌네."

의자에 앉자 와구라는 말했다.

"축하합니다."

노부오는 약간 냉냉한 태도로 머리를 숙였다.

"어려운 것이 관리 생활이라고, 난 아사히가와가 추운 고장이어서 그리 환영하지 않는데 할 수 없지."

이렇게 말하고 잠잠했다. 노부오도 잠잠히 있었다. 와구라는 말을 않는다. 무엇을 생각하고 있는지, 노부오는 그의 마음 속을 알 것만 같았다. 미호리의 일은, 시간이 촉박해서 어쩔 수가 없었다고 말하려 하는지 모른다고 생각했다. 노부오도 입을 열지 않았다.
"처음 맞는 겨울이겠군."
불쑥 와구라가 말했다. 노부오의 일을 말하는 것이었다.
"네."
"춥지?"
"아뇨. 아직은 생각했던 것만큼은 춥지 않습니다."
"음…."
다시 와구라의 말이 중단되었다.
"저, 무슨 용무가 있으신지요."
"음, 있지. 용무가 있어. 중요한 용무 두 가지가 있네."
와구라는 씽긋이 웃었다.
"어떤 용무인데요."
"나가노 군, 자네는 정말 놀라운 사나이구먼. 우리 미사처럼 건강해서 아이를 몇이라도 낳을 수 있을 만한 처녀는 거절하고, 언제 나을지도 모르는 환자인 여자를 기다린다고 하는 그것만으로도 나는 놀랐지만, 이번에 또 두 번째 깜짝 놀랐네. 무사족 출신인 자네가 시멘트 바닥에 손을 짚고 앉기까지 해서 그 변변치도 못한 미호리란 녀석의 구명을 했지. 더욱이 앞으로 미호리가 다시 잘못을 저지르면, 자신도 함께 직장에서 물러서겠다고 확연하게 말했어. 정말로 깜짝 놀랐네."
와구라는 노부오를 찬찬히 보았다. 노부오는 머리를 숙였다.
"얼굴을 보면 얌전한데 말이야. 나도 여러 종류의 사나이를 보았지만 너 같은 녀석은 처음일세. 누구도 무섭다고 생각한 적이 없었는데, 너만은 마음으로부터 무서운 놈이라고 생각했네. 그렇게 무서운 사나이의 소원을 들어 주기 위해, 나도 어지간히 바쁘게 뛰었어. 나가노 군, 미호리는 아사히가와로 데리고 가겠네."

"네? 아사히가와에요?"

"그래. 여기서는 그 녀석도 근무하기 고통스러울 거야. 아사히가와에 데리고 가서 근성을 두들겨 고쳐 주겠네. 그 녀석에게도 전근 명령이 내렸지."

와구라는 호주머니에서 둥글게 말은 사령장을 꺼내서 딱 탁자 위에 놓았다. 노부오는 자기도 모르게 불쑥 일어나 와구라에게 큰 절을 했다. 고개를 가장 깊게 숙여 인사한 것이다.

"감사합니다. 감사합니다."

다시, 노부오는 깊숙이 머리를 숙였다.

"아니야. 인사를 받는 건 아직 이르지. 실은 말이다, 나가노 군, 나는 단념이 빠른 사나이로 자처해 왔는데 아무래도 뭔가 잘못된 것 같아. 자네가 단념이 되질 않는군. 자네를 삿뽀로에 두고 가는 것이 못내 아까운 거야. 자네와 같은 부하는 두번 다시 만나지 못하게 되리란 생각을 하니까 더욱 그렇다네. 자네도 아사히가와에 와 줬으면 하는데 어떨까?"

노부오는 대뜸 대답할 수가 없었다.

"미호리의 문제도 자네는 책임져 줄 생각이지? 이런 말을 해서는 사나이답지 못하단 말을 듣게 될는지 모르겠다만, 역시 자네도 그렇게 잘라 말한 이상, 끝까지 미호리를 돌봐줘야 하지 않겠는가 하는 생각인데 고려해 봐 주지 않겠나?"

노부오는 끄덕였다.

　　　어머님, 오랫동안 소식 전하지 못했습니다. 그동안 어머님도 마찌꼬네 일가도 별고 없지요. 저는 지금 하숙집 2층에서 창문을 통해 눈이 쌓인 지붕들을 내려다보면서 이 편지를 쓰고 있습니다. 여기는 지붕의 처마 끝까지 눈이 쌓여 있습니다.
　　　어머님, 도꾜의 그 뜰에는 수선화가 피어 있겠죠. 이 눈 일색의 삿뽀로의 거리를 보고 있노라면, 저는 참으로 이상해진답니다. 도쿄에 사는 사람들은 당연한 것처럼 눈이 없는 겨울을 보내고 있고, 혹까이도에서는 이 또한 당연한 것처럼 눈과 추위를 참아가며 살아가고 있습니다. 저는 왠지 혹까이도 사람들이 측은하게 생각되어서 견딜 수가 없습니다. 여기서는 추위가 심한 것을 얼었다고 합니다. 언 날에는 이불깃이 바작바작 얼고, 유리창은 아름다운 모양으로 하얗게 얼어 붙습니다. 그 모양도 어떤 것은 나뭇잎 같기도 하고, 또 어떤 것은 공작의 깃털 같기도 합니다. 때로는 소용돌이치는 물결 모양을 보이기도 하여서 실로 천태만상입니다. 형언키 어려울 정도로 아름답습니다.

저는 젊은 탓인지 눈보라 치는 날도, 언 날도 각각 모두 즐겁다고 생각합니다. 맹렬한 눈보라를 향하여 등을 구부리고 걸을 때, 확실히 살아 있다는 실감이 납니다. 찌르듯 그리고 아플 정도로 언 날에도 똑같이 긴장된 기쁨이 있습니다.

어머님, 이 노부오는 혹까이도에 와서 겨울을 맞이하니, 역시 오기를 잘했다는 생각이 듭니다.

화창한 날씨 아래 꽃구경을 하는 것도 하나의 기쁨이겠습니다만, 온 몸과 마음을 팽팽하게 긴장시켜 맹렬한 추위를 이겨내는 것도 그 이상의 기쁨이 아니겠습니까.

내년 겨울에는, 저는 더더욱 추운 아사히가와에 가 있을 것입니다.

노부오는 여기에서 펜을 놓았다. 스토브에 장작을 넣었다. 말썰매의 방울소리가 소리 높이 집 앞을 지나가는 것이 들렸다. 노부오는 미호리 미네요시의 일을 어머니에게 알릴까 어쩔까 하고 잠깐 생각했다. 노부오는 와구라의 권유를 받고 그 자리에서 승락했던 것이다. 와구라는,
"나가노군, 자네는 놀라운 녀석이구나. 아무리 그래도 미호리를 위해 아사히가와 구석까지 가겠다고 즉각 대답을 하니 말이다."
라고 놀라며 감탄했다. 잠깐 동안 노부오는 창문에 드리워져 있는 굵은

고드름을 바라보고 있다가 다시 펜을 들었다.

　　어머님, 저는 혹까이도에 와서 변했습니다. 저는 매일 그리스도에 관해 생각하고 있습니다. 인간이란 것은 이상하군요. 저는 어머님께서 그리스도 신자라는 것이 왠지 싫어서 견딜 수가 없었습니다. 그랬는데, 지금 저는 그리스도의 말씀을 따라, 어떤 한 사람을 위해 추운 아사히가와에 전근하기로 결심했습니다. 그러나 결심은 했으면서도 날이 감에 따라 그 결심이 점점 흔들리고 있습니다. 모쪼록 제가 훌륭한 그리스도 신자가 되도록 어머님께서도 기도해 주세요.
　　모쪼록 몸조심하세요. 기시모도와 마찌꼬에게 안부 전해 주세요.

　다시 읽어 보고 나서, 편지를 봉투에 넣을 때, 노부오는 문득 자기도 그 봉투에 들어가서 도꾜로 갔으면 하는 생각이 들었다. 며칠 지나면, 이 편지는 저 홍고에 있는 집의 대문을 통과하여 자애로운 어머니의 손에 쥐어지게 되리란 생각을 하니까, 갑자기 집이 그리워졌다. 어머니가 가위로 봉투를 뜯고, 이 편지를 읽으시는 모습이 눈에 선히 떠올랐다. 노부오는 봉투에 후우 자기 입김을 불어 넣고서 봉했다.

　4월이 되어서 눈이 사라지고, 벚꽃의 5월이 끝나고 아카시아랑 라일락이 피는 6월이 되어도, 어떻게 된 일인지 노부오의 아사히가와 전근 소식은 감감했다. 아마도 와구라 레이노스께가 후지꼬를 위해 전근을 연장해 주고 있을 것이라고 감사하면서도, 노부오는 사령이 나지 않는 것이 마음에 걸렸다.
　그러나 한편, 아사히가와에 가지 않고 이대로 사뽀로에 머물러 있게 된다면 얼마나 고마운 일일까 하는 생각도 들었다. 매주 한 번은 꼭 후지꼬를 찾아가서, 둘이 함께 성경을 읽고 함께 기도했다. 노부오가 후지꼬에 대한 마음을 입 밖에 내지 않아도, 서로의 마음은 어느새 통하고 있었다. 후지꼬와 있을 때가 노부오에게는 가장 값진 시간처럼 생각되었다.

노부오는 밖의 경치나 거리에서 본 사건 등을 재미있게 들려 줬는데, 후지꼬는 늘 마음으로부터 기뻐하며 듣고 있었다. 그리고 또 어떤 선물일지라도, 예를 들어 길가에 피는 민들레꽃 한 송이일지라도 가지고 가면, 후지꼬는 얼굴 하나 가득히 기쁨을 나타내고는 했다.

"글쎄 말예요, 나가노씨. 저에게는 이 민들레꽃을 꺾어다 주시던 때의 나가노씨의 모습을 눈으로 보듯 상상할 수가 있어요. 이 민들레꽃은 어느 조용한 길가의 양옥집 앞에 있던 것 같아요. 그 집 곁에는 커다란 나무가 있어서 작고 예쁜 여자 아이가 빨간 구슬을 가지고 놀았죠. 거기서 나가노씨는 이 민들레꽃을 꺾어다 준 것이죠. 저를 위해서 말예요…."

늘 누워 있어서 몇 해 동안이나 밖을 본 일이 없는 후지꼬에게는 어디에나 있는 민들레꽃 하나에도 여러 가지의 풍경이 눈에 떠오르는 모양이었다. 그러나 그것보다도 더욱, 자기를 기쁘게 해주려고 하는 노부오의 마음을 언제나 선명하게 받아들여 주고 있는 것이었다. 그런 후지꼬를 노부오는 거듭거듭 귀엽고 착하다고 생각했다.

남의 호의를 받아들이는 데 있어서, 후지꼬는 천재적이기까지 했다. 아주 하찮은 호의일지라도, 그것을 받아들일 때 후지꼬는 한없는 상상을 가하기 때문에 그것은 하나의 즐거운 동화나 시가 되었다.

사과나 귤을 사 갖고 가면 후지꼬는 그것을 손에 쥐고 계속 쳐다보았다.

"그렇죠, 나가노씨. 이렇게 아름다운 빛을 만드신 이는 하나님이시죠. 저는 하나님의 그림물감통이 보고 싶어요. 하나님의 그림물감통에는 도대체 얼마나 많은 종류의 그림물감이 있는지 알고 싶어요."

이런 말을 하면서, 후지꼬는 동심이 되어 기뻐하곤 했다. 문병 갔던 쪽이 도리어 기뻐질 정도로 그녀는 기뻐하는 것이었다.
 늘 후지꼬가 기뻐하기 때문에 노부오도 마침내, 무엇을 보더라도 후지꼬에게 보이고 싶다는 생각을 하게 되었다. 특히 서산을 넘는 저녁 해와, 아카시아의 가로수를 보여 주고 싶다고 생각했다. 얼마나 기뻐할까 하고 상상만 해도, 노부오는 후지꼬와 그런 것들을 함께 보고 있는 것 같은 생각이 들곤 했다.
 이렇게 되어서 후지꼬를 만나고 이야기를 나누고 하는 것이, 노부오의 큰 기쁨이 되어 있을 뿐 아니라 마음의 지주까지 되어 있었다. 그러니만큼 언제 아사히가와로 전근되는가 하는 문제는, 점차 노부오의 마음에 무거운 짐이 되어 가고 있었다.

 노부오에게 사령이 나온 것은 9월 초였다. 코스모스꽃이 바람에 흔들리는 아침, 노부오는 전근이 발령난 것을 알았다. 각오했던 일이긴 했지만 노부오는 역시 가슴이 뜨끔했다.
 와구라 레이노스께는 후지꼬의 병을 알고 있다. 와구라도 딸이 있으니까, 후지꼬의 가련한 입장을 생각해 줘도 좋지 않은가 하고 노부오는 안타깝게 생각했다. 이대로 후지꼬와 헤어져서 아사히가와로 간다고 하면, 와구라는 또 자기 딸을 접근시키려는 것이 아닌가 하고 노부오는 엉뚱한 생각도 해보았다.
 노부오는 자기가 읽은 성경 귀절을 잊고 있는 것은 아니었다. 미호리 미네요시의 참된 벗, 참된 이웃이 되려고 결심한 것을 잊은 것은 아니었다. 하지만 솔직히 말해서, 몸이 건강한 미호리를 위해 아사히가와까지 가지 않더라도, 병들어 있는 후지꼬의 참된 이웃이 되어 주는 쪽이 낫지 않겠는가 생각되었다. 자기가 대신 사죄해 준 덕분으로 미호리는 파면되지 않고 지낼 수 있게 되었으니까, 그걸로 충분하지 않은가고 생각했다. 뭔가 석연치 않은 생각을 안은 채 그날 노부오는 곧장 후지꼬의 집으로 갔다.

비번으로 집에 있던 요시가와의 얼굴을 보는 순간, 노부오는 가슴이 철렁했다.

"요시가와군, 전근이야."

식당 방으로 오르면서 노부오는 말했다.

"뭐, 전근? 어딘데?"

요시가와는 안색이 변하며 후지꼬의 방 쪽을 돌아다보았다.

"아사히가와야."

노부오도 후지꼬의 방 쪽을 쳐다보았다.

"아사히가와라고? 하지만, 너는 입사한 지 겨우 일 년이 지났을 뿐이지 않아."

"음, 하지만 할 수가 없어."

노부오는 미호리에 관한 이야기를 할까 하다가 그것은 요시가와에게는 밝힐 필요가 없는 일이라고 생각했다.

"그런가, 아사히가와엔가?"

요시가와는 앉은 무릎을 커다란 손으로 꾹 누르는 자세를 취하며 중얼거렸다. 부엌에서 얼굴을 내민 요시가와의 어머니도 전근이란 말을 듣고, 더듬더듬 눈물 머금은 소리를 했다.

"이를 어쩌면 좋은고, 정말 어쩌면 좋지?"

노부오는 요시가와와 그의 어머니의 모습을 보는 순간 갑자기 불안해졌다. 이 두 사람마저도 이토록 슬퍼하는데, 당사자인 후지꼬는 어떠할까 하여 염려가 되었다.

이 일년 동안 후지꼬의 몸은 순조롭게 회복되고 있었다. 그렇게 모처럼 좋아져 가고 있는 몸에 지장이라고도 생기는 것이 아닌가 하고 생각하면, 그녀에게 전근을 알리는 것은 가혹한 일이란 생각이 들었다.

"어쩌는 수 없지 뭐. 회자정리라고 하니까 말이다. 만나면 헤어져야 한다는 이 대철칙에는 항거할 수 없는 노릇 아닌가. 그러나 나가노군, 후지꼬에게는 이 사실을 네가 말해다오. 난 여기 있을 테니까."

평소의 요시가와답지 않게 그는 약해져 있었다. 요시가와의 어머니도 방바닥에 털석 주저앉은 채 움직이려고도 하지 않았다. 할 수 없이 노부오는 후지꼬의 방으로 갔다.
"어서 오세요. 나가노씨, 오늘 말예요 잠자리가 방에 날아들었댔어요. 몹시 기뻤어요."
빛이 날 정도로 밝은 후지꼬의 표정을 보고 노부오는 한층더 마음이 무거워졌다. 이 방을 나는 몇 번이나 방문했던가. 몇 번을 방문해도, 후지꼬는 한 번도 우울한 적이 없었다. 이 정도라면 입을 열어도 괜찮을 거라고 애써 마음에 용기를 주면서, 노부오는 후지꼬의 베개머리에 앉았다.
"후지꼬씨."
가다듬어진 노부오의 음성에 후지꼬는 이상하다는 듯이 맑은 눈길을 향했다. 그 눈을 보니까 노부오는 역시 말문이 막혔다. 뭐라 해야 가장 놀라지 않고 지나칠 수 있을까, 슬프게 하지 않을까 하고 노부오는 적당한 말을 찾고 있었다.
"왜 그러세요? 대단히 어려워하시는 얼굴이신데."
"맞아요. 매우 난처한 문제가 생겼어요."
노부오는 조금 웃었다. 자기가 사뽀로를 떠나도, 후지꼬는 여기에 이렇게 그저 누워 있을 수밖에 다른 방도가 없다고 생각하니까, 대뜸 전근이란 말을 할 수가 없었다.
"후지꼬씨."
노부오는 불쑥 후지꼬의 손을 잡았다. 가늘고 보드라운 손이 노부오의 두 손에 순순히 잡혔다. 풀어져 없어질 것만 같은 보드라운 손을 잡고 있자니까, 후지꼬의 가냘픈 생명이 가까이 느껴져서 노부오의 가슴은 메어왔다. 만약 전근을 알리게 되면, 이 손은 정말로 살아갈 힘조차 잃어 버리게 되는 것이 아닌가 생각하며, 노부오는 그 손을 감싸듯이 고쳐 쥐었다.

"무슨 일예요? 평소의 나가노씨하고는 다르네요."
 손을 잡힌 후지꼬는 부끄러워하고 있었다.
 "저, 후지꼬씨."
 노부오는 마음을 다지며 말했다.
 "제가 아사히가와로 전근가게 되었어요. 아사히가와는 가까운 곳이니까, 한 달에 한두 번씩은 문병하러 오겠어요."
 이 말을 듣고 노부오의 얼굴을 그윽이 쳐다보고 있던 후지꼬의 눈동자가 점점 젖어들어서 한껏 크게 뜬 눈에 눈물이 고여 올랐다. 그리고 다음 순간, 그 눈물이 구르듯이 양쪽 귀볼로 흘렀다.
 후지꼬는 아무 말도 하지 않았다. 살짝 이불을 가슴팍까지 당겼다. 그러나 다음 순간, 그녀는 이불을 목까지 끌어올렸고 끝내는 이불을 훌렁 뒤집어썼다. 이불이 조용히 흔들렸다. 후지꼬는 이불 속에서 소리없이 우는 모양이었다. 이불을 붙잡고 있던 가냘픈 손이 이불 속으로 숨어 버렸다. 그 가냘픈 손이 눈물을 닦고 있으리란 생각을 하니까, 노부오의 가슴은 질식할 것만 같았다.
 시간이 얼마나 경과했을까. 한참 만에 후지꼬가 이불 밑에서 얼굴을 내밀었다. 눈이 빨갛게 충혈되어 있었는데, 그런데도 후지꼬는 노부오를 보고 방긋 웃었다.
 "이상해요. 저한테는 눈물이 없다고 생각하고 있었는데, 이렇게 많은 눈물이 어디에 숨어 있었는지 모르겠어요."
 후지꼬의 웃는 눈에서 또 눈물이 쏟아졌다.
 "축하한다고 해야겠죠 뭐."
 거기까지 말하고는, 입술이 씰룩씰룩 경련을 일으키다가 후지꼬는 또 눈물을 닦았다. 노부오도 자기의 눈물을 닦았다.
 "저 말예요, 하나님의 뜻대로 하옵소서 하고 늘 기도하고 있었어요. 하지만 하나님의 뜻대로 된다는 것은 몹시 가슴 아픈 일이네요."
 잠시 후에 후지꼬가 이렇게 말했다.

"하지만 후지꼬씨, 평생을 헤어지는 것이 아니잖아요. 주일마다라도 찾아와 드릴 테니까 너무 가슴 아파 하지 말아요."

"고맙습니다. 하지만 그 동안에 나가노씨는 나를 잊어버리시게 될 거예요. 하지만 그건 나가노씨를 위해 좋은 일일지도 몰라요."

"후지꼬씨, 그건 너무하군요. 저는 입 밖에 내어 마음을 말한 적은 없지만 후지꼬씨는 알아 줄 것으로 생각하고 있었어요."

"…하지만… 나가노씨는 건강하신데요 뭐…."

"좋은 기회이니까, 제가 확실히 말해 두겠습니다. 실은 말이오, 후지꼬씨, 나는 사뽀로에 오자 곧 혼담이 있었어요. 윗사람의 딸이었어요. 하지만 저는 거절했습니다. 그건 말입니다, 저에게는 후지꼬씨가 있기 때문이었습니다."

깜짝 놀라며 후지꼬는 노부오를 보았다.

"반드시 나아서 후지꼬는 내 아내가 되어 주는 거예요. 아무리 오래 걸려도, 반드시 나아 주지 않으면 안 돼. 그러나 낫지 않는다면 않은 대로이지, 나는 일생 동안 딴 사람과는 결혼하지 않아요."

노부오는 처음으로 자기 생각을 후지꼬에게 알릴 수가 있었다. 그리고 정말로 이 가련한 후지꼬 외의 누구와도 결혼하지 않으리라, 새롭게 마음 속으로 서원했다.

"아이, 그런… 과분한…."

"뭐가 과분해요? 저야말로 당신과 같은 아름다운 마음을 가진 사람과 이렇게 있을 수 있다는 것이 얼마나 과분한지 몰라요."

노부오는 앉음새를 바로하며 말했다.

"후지꼬씨, 저와 일생 동안 함께해 주시겠습니까?"

다시금 후지꼬의 눈에서 눈물이 흘렀다. 후지꼬는 세차게 머리를 가로저었다.

"안 돼요. 나가노씨는 건강한 분과 결혼해 주세요. 저를 동정해서는 안 됩니다."

노부오는 후지꼬 곁에 바싹 다가갔다. 손수건으로 후지꼬의 눈물을 닦아 주면서 노부오는 말했다.
　"후지꼬씨, 인간에게 있어서 가장 중요한 것이 몸이라고 생각합니까? 저는 그렇게는 생각지 않습니다. 저에게는 몸보다 마음이 소중합니다."
　"감사합니다… 하지만…."
　"뭐가 하지만입니까. 인간이 인간되는 표시는 그 인격에 있는 셈입니다. 손이 없더라도, 눈이 없더라도, 말을 못하더라도, 인간으로서 가장 중요한 마음만 훌륭하다면 그런 사람이 훌륭한 사람이 아니겠습니까? 병들었다는 것쯤을 가지고 너무 자기를 끌어내리시면 안 됩니다. 당신에게는 누구도 흉내낼 수 없는 온순함과 순진함이 있습니다."
　노부오는 열심히 말했다.
　"기뻐요, 나가노씨. 그런 말씀 듣게 되어서 기뻐요. 하지만…."
　"뭐예요. 또 하지만입니까. 이제 다시는 하지만이란 말 쓰시지 마세요."
　"하지만…."
　그 순간, 노부오는 덮치듯이 후지꼬의 젖은 입술에다 입맞추었다. 후지꼬는 필사적으로 노부오의 가슴을 두 손으로 밀어 버리려 했다.
　곧 노부오가 얼굴을 뗐다. 후지꼬는 파랗게 되어서 가냘프게 떨고 있었다. 가슴을 크게 들썩였다.
　"후지꼬씨."
　노부오는 조용히 불렀다. 후지꼬는 두 손으로 얼굴을 감싸며 말했다.
　"나가노씨, 저는… 폐병 환자예요. 만약 당신한테 전염된다면…."
　후지꼬는 키스를 받은 기쁨보다도 노부오의 몸을 염려하는 데에 마음을 더 쓰고 있었다.
　"염려하지 말아요. 당신의 병은 폐 쪽은 거의 다 나은 줄로 알아요.

만약 전염된다면, 요시가와나 나는 벌써 병에 걸렸을 거예요. 후지꼬 씨."

노부오는 웃었다.

어느새 방안은 어둑해져 있었다. 노부오는 베개머리의 호롱에 불을 켰다. 호롱은 지이익 하고 소리를 냈고 불꽃은 약간 흔들렸다. 두 사람은 묵묵한 채 서로 얼굴을 보았다. 유리창이 바람에 덜컥덜컥 흔들렸다.

"1년 되셨네요."

불쑥 후지꼬가 말했다.

"아, 제가 사뽀로에 온 지 말입니까?"

"네에. 1년 하고 2개월이죠."

후지꼬는 뭔가를 생각하고 있는 것 같았다.

"그래서요?"

"아녜요. 겨우 1년 2개월 동안이었지만, 제가 지내온 십 몇 년 동안의 즐거웠던 일 모두를 모은 것보다 더한 즐거움이 있었다고 생각해요."

후지꼬는 배시시 웃었다.

이　웃

노부오가 아사히가와에 온 지 10일쯤 지났다. 사뽀로를 작게 축소한 것과 같은 도시라고 들었는데, 바둑판처럼 곧게 쭉쭉 뻗은 도로들은 보기에 확실히 좋았다. 사뽀로보다 작기는 했지만, 사단 본부가 있는 탓인지 거리에는 확실히 활기가 있었다.

무엇보다도 노부오를 기쁘게 한 것은 9월의 하늘에 우뚝 솟은 다이세쯔산(大雪山)과 도가치다께(十勝岳)의 연봉이었다. 이미 산에는 눈이 내려 있었다. 그 흰 산의 모습은, 노부오의 아사히가와에서의 생활을 암시하고 있는 것 같은 느낌이었다. 맑고 웅장하다고 노부오는 생각했다.

　노부오가 세든 집은 사뽀로에서와 마찬가지로 역 가까이에 있었다. 보통집으로서 특색이 없었다. 하지만 집 앞 넓은 길의 한복판에 커다란 느티나무가 우뚝 서 있는 것이 마음에 들었다.

　저녁 때 부엌에서 식사 준비를 하고 있노라면, 그 나무 밑에서 노는 아이들의 소리가 어두울 때까지 들렸다. 노부오는 아사히가와에 와서, 자취 생활을 하기로 정했다. 언젠가 후지꼬와 결혼을 하게 된다고 해도, 취사는 노부오 자신이 해야만 된다는 생각에서였다.

　어느 날 밤, 저녁 설겆이를 하고 있는데 미호리 미네요시가 술에 취해 찾아왔다.

　"야, 잘 왔다."

　노부오는 기뻐하며 미호리를 맞았다. 그러나 미호리는 꽤나 취기가 돌아 있어서 눈꺼풀이 내려앉아 있었다.

　"들어가도 좋아?"

　"물론, 좋구 말구. 나 혼자야. 사양할 필요 없어."

　미호리는 방으로 올라올 때에 뒤뚱했다.

　"많이 취했구나, 미호리군."

　미호리는 화로 옆에 털썩 앉았다.

　"취했거나 말거나 무슨 상관이야. 내 돈으로 내가 마신 거다. 훔친 돈이 아니란 말이다, 나가노군!"

　흘끔 노부오는 미호리를 보았다.

　"나가노군, 내 오늘 마신 술이 무슨 술인지, 당신 알고 있나?"

　"글쎄. 나는 모르겠는데."

　"뭐, 모른다고? 모를 턱이 없는데."

　미호리 미네요시는 화로 재 속에 꽂혀 있던 부젓가락을 획 뽑아 들었다.
"미호리군, 자네 오늘 어떻게 된 거지?"
노부오는 화로에 마주앉아 있었다.
"어떻게 되긴 뭐가 어떻게 돼? 그저 묻고 있을 뿐이야. 내가 왜 술을 마셨겠는가."
아사히가와 역에 내렸을 때, 마중나왔던 미호리의 얼굴을 노부오는 생각했다.
"어지간히 기쁜 모양이구나."
같이 마중나와 있던 와구라 레이노스께가 이렇게 말하고 미호리의 어깨를 두드리며 놀렸을 정도로 그때의 미호리는 기쁜 얼굴을 하고 있었다. 그런데 지금 눈앞에 있는 미호리 미네요시는 앉은 무릎 위에 두 손을 올려놓고 어깨에 힘을 주고 있었다.
"난 말이다, 재미가 없단 말이야."
"재미가 없다고? 무슨 일이 일어났나?"
"아아 일어나고 말고. 당신, 나가노 당신 뭣하러 여기 아사히가와에 왔지?"
"뭐야 미호리군, 자네가 재미없다고 한 것은 내가 아사히가와에 온 사실을 두고 하는 말인가?"
"당연하지 뭐야. 내 옛 잘못을 아는 놈은 아사히가와에는 아무도 없었다. 와구라뿐이었어. 그런데 네가 찾아왔단 말이다!"
노부오는 미호리의 마음을 알 수 있을 것 같았다.
"나가노군, 네가 아사히가와 구석까지 찾아온 것은 내 생활을 감시하기 위해서이지?"
"감시라니 그런…."
"아니야 맞아. 그게 틀림없어. 내가 또 다른 사람의 월급 봉투를 슬쩍하는 것 아닌가 하여 감시하러 왔지? 누굴 바보 취급하는 거냐? 너 같은 것한테 감시받지 않아도, 앞으론 남의 월급 봉투 같은 것에 손대지 않는단 말이다."
 바보 취급을 하고 있다고 하는 미호리의 말이 노부오의 마음에 거슬렸다.
 "쓸데없는 말 지나치게 하면 못써. 미호리군."
 "쓸데없다고? 아아 내가 말하는 것, 하는 짓 모두가 당신한테는 어차피 쓸데없는 일이겠지. 나가노군, 당신, 당신의 본심, 내가 알고 있어. 아암 알고 있고 말고. 당신은 그 와구라 앞에서 이렇게 말했어. 이 불쌍한 미호리 미네요시가 다시 한번 나쁜 짓을 하게 되면, 그때엔 저도 함께 철도 회사에서 그만두겠습니다. 그러니 제발제발 용서해 달라고 말이야. 참 훌륭해, 나가노군은. 하지만 말이다, 당신의 본심은, 이 미호리라고 하는 녀석이 나쁜 짓이라도 하게 되면 당신의 목이 위험할 거라 생각해서, 몸을 소중히 하기 위해 이 사람을 아사히가와까지 감시하러 쫓아온 거야."
 미호리 미네요시의 주정은 점점 심해졌다.
 "어떻게 된 거야, 미호리군. 내가 아사히가와에 온 것은 사령이 났기 때문이야. 사령이 나지 않았다면 어떻게 올 수 있었겠어?"
 "훙, 사령이라고? 그런 사령쯤, 와구라에게 부탁하면 척척 얼마든지 나는 것 아닌가. 나를 아사히가와로 튕긴 것도 나가노군의 농간이 아닌가 말이다."
 미호리는 파면 직전에 있었던 자기를 복직시켜 준 데 대해서는 까맣게 잊은 모양이었다. 그런 말투였다.
 "미호리군, 자네가 하고픈 말은 그것뿐인가."
 미호리의 이웃이 되려고, 미호리의 친구가 되려고, 후지꼬가 있는 사뽀로를 떠나 이 아사히가와까지 온 자신을 노부오는 생각했다. 미호리의 진정한 친구가 되어 어디까지나 미호리의 도움이 되어 보려 한 것은 지나치게 경솔한 생각이었나 하고, 노부오는 무거운 마음이 되었다. 성경 말씀대로, 노부오는 정말로 미호리의 친구가 되려 했었다.

몇 차례나 노부오는 후지꼬의 곁에 있고 싶다고 생각했는지 모른다. 미호리보다도 후지꼬 쪽이 자기를 필요로 하고 있지 않는가 하는 생각에 마음이 흔들렸다. 그러나, 노부오는 성경에 있는 대로 실천해 보리라 생각하였다. 지금의 자기 생활 속에서 가장 중요한 것은 후지꼬였다. 그 가장 중요한 후지꼬를 두고 아사히가와까지 온 것은 곧 미호리에 대한 진실이라고 생각했다. 그러나 그 진실도 미호리에게는 전혀 통하지 않았다.

"아아, 하고 싶은 말은 많이 있지. 나가노군, 당신은 아사히가와에 와서 내 험담을 퍼뜨릴 셈인가."

"자네 미호리군, 자네는 아까부터 내 농간으로 아사히가와로 튕겨졌다는둥 뭐라 하고 있지만, 나는 말이야 자네의 진정한 친구로 자처하고 있어. 네 험담 같은 거 퍼뜨릴 이유가 없어."

"친구라고? 웃기는구만. 당신은, 저 놈은 사뽀로에서 동료의 월급 봉투를 훔친 손버릇 나쁜 놈이라고 말하지 않는다는 보장을 할 수 없는 위험한 인물이야. 친구 따위가 어디 있어?"

미호리는 노부오의 말 따위는 들은 척도 하지 않았다.

"미호리군!"

노부오는 참다 못해 따끔히 불렀다.

"미호리군, 쓸데없는 시비 작작해. 그리고 술 같은 것 끊어 버려. 술 마시고 남에게 시비걸어 봐야 아무 소용도 없잖아. 술만 마시지 않으면, 넌 좋은 사람이야."

"오라, 이제 본심을 토하는구만. 내가 술을 마시고 또 큰 실수라도 하게 되면 그것이야말로 큰일이라고 겁을 내는 거지. 하지만 나가노군, 나는 마셔. 아암, 마시고 말고. 이 추운 아사히가와에 쫓겨와서 마시지 않고 살 수 있다고 생각하나."

비틀거리며 미네요시는 일어났다.

"나가노군, 한 마디 더 해두는데, 당신 나에게 은혜를 입힐 생각이겠지만, 그러나 나는 은혜에 팔리고 싶지가 않아."

 현관 입구에 앉아서 신발을 찾고 있는 미호리에게, 노부오는 호롱불을 가져다 비춰 주었다. 미호리는 낡아빠진 나막신을 발에 걸치고, 쿵하고 문짝에 몸을 부딪치고 나서, 드르륵 소리내어 현관문을 열고 밖으로 나갔다.

 "가만있자, 또 한 가지 잊을 뻔한 것이 있다. 나가노군, 당신 혹시 저 와구라씨의 딸에게 생각이 있는 것 아닌가? 자, 그럼 실례 많았어!"

 미네요시는 큰 소리로 웃고는 가버렸다. 문은 한 뼘 정도 덜 닫혀 있었다.

 10월의 쾌청한 주일 아침이었다. 노부오는 가까이에 교회가 있다고 듣고 내쳐 나가 보았다. 삿뽀로에 있을 때에도 한두 차례 교회를 방문한 적이 있었다. 그러나 삿뽀로의 교회에서는, 신자끼리는 사이가 좋았지만, 밖에서 오는 사람들에 대해서는 어딘지 모르게 냉냉한 것 같았다. 그러나 그것은 노부오 자신이 교회에 익숙하지 못하기 때문인지 몰랐다.

 가르쳐 주는 대로 찾아간 교회는, 교회라고는 하지만 절 자리였던 것을 빌려서 수리하여 목사관과 예배당을 만든 곳이었다. 잘디잔 창살문이 노부오에게는 의외였다. 노부오가 교회 안에 들어가 보니까, 아이들이 2~30명 정도 모여서 찬송가를 부르고 있었다. 노부오를 보고 아이들은 이상해하는 얼굴을 했다. 노부오 역시 찬송가를 부르는 아이들이 신기하게 느껴졌다. 화복 차림으로 찬송가를 가르치고 있는 박박 머리의 청년이, 가르치기를 마치고 노부오에게 다가왔다. 아이들도 노부오의 곁으로 몰려왔다.

 "선생님, 이번에 우리들의 선생님이 되시나요?"

 건강해 보이는 사내 아이가 노부오에게 물었다.

 "아니, 나는 아직… 처음으로 이 교회에 나왔으니까."

"처음이라도 좋아요. 우리들의 선생님이 되어 주세요. 선생님의 이름을 뭐라고 하죠?"

노부오는 자기와 비슷한 나이로 보이는 주일 학교 교사에게 인사했다.

"저는 나가노 노부오라고 합니다. 약간 떨어진 곳에 사는 철도직원입니다."

"나가노 선생님, 나가노 선생님."

아이들은 왠지 노부오를 자기들의 선생으로 정해 버렸다. 훗날, 그 교회사(敎會史)에,

> 서서 도(道)를 설(說)하면, 맹렬 열성, 창백한 얼굴에 홍조를 띠고, 오척의 여윈 몸에서 천래(天來)의 음성을 전했다. 그런데 단에서 내려오면, 온후하기 그지 없어서 모두가 경모해 마지 않게 했다.

라고 씌어 있지만, 그 온후함이 첫눈에 순진한 아이들의 마음을 끌어당긴 것일까. 한 발짝 교회당에 들어섰을 뿐인데 대뜸 주일학교의 교사 취급을 받은 것은, 나가노 노부오 외에 전무후무한 일이었으리라.

이렇게 되어서 노부오는 아이들의 소원대로 곧 교회의 주일학교 교사가 되었다. 이미 세례받을 결의는 되어 있었기 때문에 교회 측에서도 노부오를 신자로 취급해 주었다.

이 교회 생활이 있었기 때문에, 노부오의 아사히가와에서의 하루하루는 충실했다. 직장에서 미호리 미네요시가 비굴할 정도로 노부오의 얼굴을 살피고 있어서 노부오의 마음이 무겁기는 했다. 그러나 노부오는 결코 미호리를 책망하고 싶은 마음은 없었다. 취해서 달겨들었던 미호리의 말은 노부오를 겸손케 했다. 처음에는 화도 났고 밉기도 했지만 자기는 결코 성경 말씀을 완전히 실행할 수 있는 인간이 아니라는 사실을 알았을 때, 오히려 미호리의 말을 고맙다고까지 생각했다.

미호리를 구하려는 마음 속에 자기의 교만한 생각도 있었다는 것을 노부오는 인정하지 않을 수가 없었다. 그래서 그는 다만 가능한 한, 미호리의 진실한 벗이고자 했다.

노부오의 세례식과 신앙고백은, 그 해 크리스마스에 행해지게 되었다. 크리스마스 예배의 전야, 노부오는 호롱불 밑에서 열심히 신앙고백문을 썼다. 거기에 또 미호리 미네요시가 찾아왔다. 여전히 그는 술에 취해 있었다.

"뭐야, 연애 편지라도 쓰고 있나, 나가노군."

벼루 상자와 종이를 보고 미호리는 실실 웃었다.

"연애 편지? 정말 그럴지도 모르겠군."

노부오도 웃었다. 호롱불빛에 노부오의 웃는 그림자가 크게 창문에 비쳤다.

"그럴 줄 알았다. 상대는 누군가? 저 와구라의 딸이지?"

미호리는 무척 와구라의 딸이 마음에 걸리는 모양이었다.

"아니, 그 사람은 아니야."

"그럼 누구냐?"

"하나님이지."

"마나님? 어디 사는 마나님인가? 남의 마나님한테 손을 댔다가는, 당신 경찰에 붙잡혀 가게 돼. 남의 월급 봉투에 손을 대는 것보다 죄가 무거워."

노부오는 입을 함봉한 채 방금 쓴 신앙고백문을 미호리 앞에 놓았다.

"읽어 봐도 좋은가?"

미호리는 약간 망설이고 있었다.

"좋아. 읽어 주겠다면."

"그럼, 읽어 보기로 할까. 남의 마나님한테 어떤 연문을 쓰는 건지. 화젯거리가 될거야."

미네요시는 두루마리를 폈다.

"뭐라고? 삼가 하나님과 사람 앞에 신앙고백을 합니다.… 이게 뭐야, 묘한 연문도 다 있구나."

집어 던질 걸로 알았는데, 미호리는 그대로 두루마리를 펴 나갔다.

  삼가 하나님과 사람 앞에 신앙고백을 합니다. 제 어머니는 그리스도 신자란 이유로 해서 제 할머니한테 집에서 쫓겨났습니다. 할머니는 대단한 기독교 혐오자였는데, 저는 그 영향을 많이 받고 자랐습니다. 할머니가 돌아가신 뒤, 어머니는 다시금 아버지와 함께 사시게 되었습니다만, 저는 그리스도 신자인 어머니에게 도저히 친숙해질 수가 없었습니다. 저로서는 친자식인 저를 버리기까지 하면서 신앙을 지키려고 한 어머니를 용서할 수가 없었던 것입니다. 그러나 나 자신은, 할머니도, 아버지도 급사하시는 것을 보고는 죽음에 관하여 생각하게 되었고, 점차 죄라는 것도 생각하게 되었습니다. 특히 소년 시절부터 청년 시절에 걸쳐 깨달은 육체적 번민 때문에 저 자신이 죄 많은 존재로 여겨져서 견딜 수가 없었던 때도 있었습니다.

  한편 저는, 제가 남보다 진실한 인간이라는 자부심을 버릴 수가 없었던 것입니다. 우연히 도쿄에서 사뽀로로 온 해 겨울, 추운 길거리에서 노방 전도를 하고 있는 이끼라고 하는 선생의 이야기를 저는 들었습니다. 그때에 큰 감동을 받은 저는 그리스도 신자가 되어도 좋겠다고 생각했습니다. 불교와의 문제도 이미 제 나름대로 해결되어 있었고 해서 그리스도 신자가 되는 데에 저항을 느끼지 않아도 되었습니다. 그런데 그때 이끼 선생님께서는, "당신의 죄가 예수 그리스도를 십자가에 못박았다는 것을 인정합니까" 하고 물었습니다. 그러나 저는 예수 그리스도를 십자가에 못박을 정도의 죄는 저에게 없다고 생각했습니다. 저는 극히 진실한 인간이라고 자부하고 있었기 때문이었습니다. 한데 그러자 선생께서는 저에게, 성경 말씀을 오직 한 구절만이라도 철저히 실천해 보라고 말씀하셨습니다. 저는 착한 사마리아인의 이야기를 읽고, 나 같으면 이와같은 몰인정한 일을 하지 않을 것이다, 나 같으면 선한 사마리아인이 되지 않겠는가 하고 우쭐했었습니다. 그리고 어느 친구를 위해 한번 철저하게 진실한 이웃이 되리라 생각했었습니다.

저는 그의 이웃이 되기 위해 여러 가지의 손해가 따른다는 것을 알면서도 그 친구가 있는 아사히가와에 왔습니다. 그리고 내가 마음으로부터 그를 사랑하고 진실한 친구가 되어 주기 때문에 당연히 그도 기뻐하리라 생각했습니다. 하지만 그는 저를 받아들여 주지 않았습니다. 저는 그를 몹시 미워했습니다. 저 사마리아인처럼 산길에 쓰러져 있는 생사를 가름할 수 없을 만큼 어려운 환자를 있는 힘을 다해 간호하고 있는데, 왜 반발을 사는지 저로서는 알 수가 없었습니다. 저는 그를 구원하려 했습니다. 한데 그는 제 손을 거칠게 뿌리쳐 버리는 것입니다. 그가 뿌리칠 때마다 저는 그를 미워하고 마음 속으로 저주했습니다. 해서 끝내는, 제 마음은 그에 대한 증오로 가득 차게 되어 버렸습니다. 그 뒤에야 저는 겨우 깨닫게 되었습니다.

저는 처음부터 그를 내려다보고 있었다는 사실을 깨달았습니다. 하루하루가 불쾌해서 하나님께 기도했습니다. 그때에 저는 하나님의 음성을 들었습니다. 너야말로 산길에 쓰러져 있는 중상입은 길손이다. 그 증거로, 너는 나의 도움을 구하려고 계속 외치고 있지 않느냐 하셨습니다. 저야말로 참으로 도움을 받아야 할 죄인이었던 것입니다. 그리고 저 선한 사마리아인은 실로 하나님의 독생자이신 예수 그리스도라는 사실을 깨닫게 되었습니다.

그런데도 불구하고, 저는 교만하게도 하나님의 아들의 지위에 나 자신을 놓고 친구를 내려다보고 있었던 것입니다. 하나님을 인정하지 않는 죄가 얼마나 큰 것인지를 저는 체험했습니다. 그리고 저의 이 교만한 죄가 예수를 십자가에 못박았다는 사실을 깨달았습니다. 지금 저는 십자가의 속죄를 믿습니다. 약속된 영원한 생명을 믿습니다. 우리들을 위해 희생된 예수 그리스도를 생각할 때에, 저도 또 이 몸을 하나님께 드려 진실한 의미에서의 하나님의 종이 되리라 생각하고 있습니다.
　이상으로써, 제 신앙고백을 마칩니다.
　예수 그리스도의 이름으로, 아멘.

　아무 말도 않고 열심히 끝까지 읽고 난 미호리 미네요시는, 역시 묵묵히 두루마리를 둘둘 말고 있었는데, 그러다가
"아멘인가."
하고는 노부오 앞에 그 신앙고백서를 탁 놓았다.
"쓸데없는 것을 읽었네. 취기가 사라지는 걸."
하고 말했다. 그러나 미네요시는 스토브의 옆을 떠나려 하지는 않았다. 노부오는 마음 속으로 아무쪼록 이 친구가 하나님의 참사랑을 깨닫게 해달라고 기도했다.
"미호리군, 나는 정말 시건방졌다. 내 처지도 모르고 어떻게 해서든지 자네의 마음의 생활을 향상시켜 본다고 수선을 떨었으니 말이다. 자네는 처음 이 집에 왔을 때에 사람 우롱하고 있는 게 아니냐고 생각하고 있었다. 하지만 역시 나는 위에서 내려다보고 있었다. 용서해 다오."
　노부오는 깊이 머리를 숙였다. 스토브의 불타는 소리만 들릴 뿐, 미호리는 묵묵히 앉아 있었다.

　노부오가 세례를 받은 지 두 달쯤 된 밤이었다. 3월도 가까운 포근한 밤이었다. 낙수물이 밤이 되었는데도 소리내며 떨어지고 있었다. 노부오는 스토브를 쬐며 철도 규칙집을 읽고 있었다. 현관 문소리가 덜커덩 하고 났다. 또 미호리 미네요시라도 왔나보다 생각하며 나가 보니까, 뜻밖에도 와구라 레이노스께의 커다란 몸뚱아리가 좁은 현관을 막고

있었다.
"자그마하고 아담한 집이구먼."
와구라는 책상 외에 아무런 도구도 없는 방을 휘 둘러보았다.
"정말 큰일일세, 나가노 군."
와구라는 내놓은 차를 꿀꺽 한 모금 마시고 나서 말했다.
"뭡니까?"
노부오는 와구라가 갑자기 찾아왔기 때문에 뭔가 또 입장 곤란한 말이 아닌가 했다.
"호롱불이 밝구나. 너는 치밀하니까 손질 상태가 좋아."
호롱불을 쳐다보며 와구라는 엉뚱한 소리를 했다.
"실은 말이다, 미사의 문제인데…."
와구라는 뭔가 살피려는 듯, 노부오의 얼굴을 보았다. 미사의 문제라면 옛날에 벌써 거절했었다고 생각하면서, 노부오는 약간 양미간을 찡그렸다.
"아니야, 자네한테 받아달라는 뜻이 아닐세."
노부오의 표정을 보고 와구라는 웃었다.
"실은 미사의 신랑이 정해졌어."
"그렇습니까? 축하합니다."
노부오는 미사의 매력있는 몸매를 퍼뜩 떠올렸다. 마음 바닥에서 뭔가 잃어버린 듯한 생각이 들었다.
"축하한다는건가. 실은 상대가 미호리일세."
노부오는 얼른 대답을 할 수가 없었다.
"놀랐지?"
"놀랐습니다."
노부오는 솔직하게 답했다.
"멀고도 가까운 것이 뭐라 했더라? 나가노 군, 나도 잘못이었어. 실은 말이다, 사뽀로에서 아사히가와에 왔을 때 미호리를 한 달가량 우리 집에 있게 해주었지."

그 이야기는 노부오도 듣고 있었다. 미호리의 어머니가 신경통인가로 같이 올 수가 없어서 미호리가 단신 부임했다는 것도 듣고 있었다. 그러나 와구라의 집에 있은 것은 맨 처음 며칠뿐이었던 걸로 생각하고 있었다.

"한 달 동안이나 말입니까?"

"부모는 바보라는 말이 맞는 거야. 미사는, 어느 누구의 딸들보다 야무진 아이라고 나는 생각하고 있었다. 정말이지, 미호리 따위한테 빠질 줄은 몰랐어."

사뽀로에서 있었던 미호리의 비행에 대하여 와구라는 아내한테도 미사한테도 말한 적이 없었다. 미호리가 이른 아침에 노부오와 함께 사죄하러 왔던 것은 아내도 미사도 알고 있었다. 그러나, 그것이 무엇 때문이었는지 그녀들은 알 턱이 없었다. 단지 와구라의 기분이 상했던 모양이라는 정도로 생각하고 있었다.

"미사라는 아이는 제 에미처럼 남자의 그늘에서 조용히 살아갈 수 없는 아이일세. 미호리가 벌벌 떨고 쩔쩔매면서 우리 집에 같이 살고 있는 것이 측은히 생각되었던 모양이야. 필요 이상으로 미호리에게 친절하게 했던 게지. 미호리가 그것을 잘못 알고 받아들였는지, 또 미사도 그 잘못 알고 덤비는 것이 좋았는지, 그간의 사정은 나로선 알 수 없지만 말일세."

"정말 그렇게 되었습니까?"

"생각해 보면, 젊은 것들이 한 지붕 아래 한달 동안이나 있다 보면, 괜시리 묘한 기분이 되는 것도 무리는 아니지. 그것을 눈치채지 못한 내가 역시 아차 실수한 셈이야. 그후에도 사람의 눈을 피해 살짝 만나고 있었던 모양이다. 어쨌거나 애기가 태어나게 생겼으니."

평소에는 호방하던 와구라도 이 일에만은 손을 든 모양이었다. 노부오는 묵묵히 듣고 있을 수밖에 없었다. 그거 큰일났다고도 할 수도 없었고, 그렇다고 해서 새삼스레 다시 축하한다고도 할 수 없었다. 이제 생각해 보니, 미호리가 취해 갖고 와서 자기에게 시비를 걸곤 한 연유를 알 듯하였다. 노부오의 접근을, 미호리는 미사를 빼앗기는 것이 아닌가 생각했을 것이다.

"와구라씨, 미호리도 결혼하게 되면 침착해지지 않겠습니까. 근본이 나쁜 사람은 아니니까요…."

노부오는 마음 속으로 이렇게 생각했다. 앞으론 남에게 시비를 거는 일도 없을거라고 생각했다. 아이가 태어나게 되면 아이를 위해 염려할 줄 아는 사랑이 있는 아버지가 될 듯하였다.

"아마 그럴지도 모르지. 그 녀석은 속이 좁으니까 엄청난 나쁜 짓은 못할 걸세."

와구라는 자기 무릎을 손으로 가볍게 두드리며 말했다.

"하지만 말이다, 나가노군, 자네 같은 사나이에게 미사를 주려고 했는데 말이야. 자네와 미호리와는 차이가 너무 커."

와구라는 미련이 담긴 듯한 웃음을 웃었다. 노부오는 얼굴을 들고 말했다.

"와구라씨, 그렇지 않습니다. 저는 인간은 모두 같다고 교회에서 듣고 있습니다. 제발 저 같은 사람을 뭔가 뛰어난 사람이라도 되는 것처럼 생각지 말아 주세요. 하나님의 눈으로 보시게 되면, 미호리군 쪽이 축복받고 있는지 모를 일입니다."

노부오는 열심히 말했다. 솔직히 말해서 미호리는 자기 자신이 노부오보다 못하다고 생각하고 그렇게 시비를 걸어 온 것이 분명했다. 그리고 자기도 모르는 사이에 자신은 그런 미호리에 대해 우월감을 느끼고 있지 않았는가 생각하면서 노부오는 부끄러워했다. 와구라는 약간 놀란듯이 노부오를 보았다. 그러나

"아니, 아닐세. 자네와 미호리는 하늘과 땅 차이야."

하며, 큰 손을 흔들었다. 노부오는 당황했다.

"아닙니다. 그렇지 않습니다. 성경에는 그렇게 씌어 있지 않습니다. '의인은 없나니 하나도 없다'고 또박또박 적혀 있습니다."

"아니야, 성경 같은덴 뭐라고 적혀 있건 간에, 내 눈으로 본 것은 틀림이 없어. 아니, 나뿐이 아니지. 누가 보아도 훌륭한 사람은 훌륭하고 바보는 바보인 거야."

와구라는 짠 소금 센베이를 소리내어 씹었다.

"어쩔 수가 없군요. 손들었습니다."

"그렇다면 묻겠는데, 나와 미호리도 똑같다고 말하는 건가. 농담이 아니야. 난 미호리보다는 조금은 낫다고 생각한다."

와구라는 계속 센베이를 와작와작 씹었다.

"와구라씨, 와구라씨께서 성경 좀 읽어 주시지 않으렵니까? 사람의 눈으로 사람을 보면 저쪽이 훌륭하고 이쪽이 바보처럼 보이겠습니다만, 하나님 앞에 자기가 섰다고 하면 그때엔 달라집니다. 나는 훌륭하다고 하나님 앞에서 인간이 가슴을 펼 수 있겠습니까?"

노부오는 어디까지나 진지했다.

"그래도 말이다, 나는 바람 피운 것도 겨우 다섯 번 정도일 거야. 이 메이지 시대에 사나이가 계집질을 했다고 해서 별로 나쁠 것은 없을 테고, 남의 것을 훔친 일이 있을 턱도 없고, 물론 살인한 적도 없다. 나 같은 사람이라면 염라대왕 앞에서도, 하나님 앞에서도 그리 부끄럽지 않다고 생각하는데."

와구라는 이렇게 말하고 크게 웃었다. 그리고, 잠깐 동안 일에 관한 이야기를 하고 곧 돌아갔다. 갈 때에 장화를 신으면서 와구라가 말했다.

"나가노군, 바보 같은 녀석이다만 그 미호리란 녀석의 뒷바라지 좀 해줘. 그래, 그 녀석에게는 방금 자네가 말한 예수의 이야기도 들려줘. 나에게는 별로 필요없는 이야기이다만."

와구라는 큰 손을 내밀어서 노부오의 손을 굳게 잡았다.

미호리와 미사는 결혼하여, 지난 달에 예쁜 딸을 낳았다. 미호리는 폭음하는 일도 없어졌고 근면하게 되었다. 부부의 사이도 좋은 모양이어서, 염려할 일은 거의 없었다.
 노부오는 주일학교 교사가 되었기 때문에, 사뽀로의 후지꼬를 방문하는 일은 좀처럼 할 수가 없었다. 처음에는 주에 한 번쯤 방문할 예정이었으나, 그 예정이 완전히 무너져 버렸다. 오히려 요시가와 쪽에서 가끔 아사히가와로 찾아오게끔 되었다.
 오늘도 주일학교에서 노부오는 아이들에게 예수의 이야기를 들려 주고 있었다. 그때에 뜻밖에 요시가와가 성큼 예배당 안에 들어섰다. 노부오는 눈인사를 하고, 그냥 이야기를 계속하려 했다. 그런데 요시가와의 뒤에서 또 한 사람의 남자가 들어왔다.
 "앗! 다까시 형님!"
 노부오는 불쑥 큰 소리를 냈다. 3~40명의 아이들이 일제히 뒤를 돌아다보았다. 노부오는 당황하여 이야기를 계속했다. 아이들은 곧 다시 노부오의 이야기에 빨려 들어왔다.
 "예수님께서는 물 위를 걷고 계셨습니다. 조용히 제자들에게 손을 내미시고 걸어 오셨습니다."
 아이들은 모두 끄떡이고 있었다. 듣기에 별 것 아닌 듯했지만, 노부오의 이야기에는 아이들을 끌어들이는 정열이 있었다. 아이들의 눈은 캄캄한 파도 사이를 걸으시는 예수님을 보기라도 하는 듯 진지했다.
 주일학교가 끝나자, 아이들은 와 하고 노부오를 둘러쌌다. 그리고 노부오의 손을 잡아보고 어깨를 만지고 그리고는 만족한 듯이 돌아갔다.
 "야, 어른이 됐구나!"
 다까시는 여전히 큰 소리였다.
 "다까시 형, 용케 이런 데까지 찾아 오셨네요. 요시가와, 어떻게 다까시 형하고…."

"도꾜의 어머니께서, 사뽀로에 내리거든 나한테 들리도록 하신 모양이다. 선물까지 보내시면서 말이야."
"그래? 그래서 일부러 여기까지 안내해 주었나? 미안하군."
노부오는, 모처럼 교회까지 왔으니까 하면서, 계속되는 어른들의 예배에 두 사람도 참석케 했다.
"대단하구먼, 뜻도 모를 이야기 잔뜩 듣게 해서."
돌아오는 길에 다까시는 그래도 유쾌하게 말했다.
"네 어머니한테 좋은 이야기 선물이 생겼다. 일부러 아사히가와 구석까지 예수 설교를 들으러 다녀왔다고 하면 눈물 흘리며 감격할 거야. 게다가 네가 진지한 얼굴로 예수를 말하고 있더라고 하면 얼마나 기뻐할까."
노부오와 요시가와는 소리를 모아 웃었다. 아사히가와의 8월의 햇볕은 뜨거웠다. 세 사람은 잠시 걸어서 노부오의 집에 왔다.
돌아오는 길에 주문했던 국수를 셋이서 먹으며, 노부오는 다까시의 이야기를 들었다. 마찌꼬의 아이가 커서 집의 뜰을 뛰어다니고 있다는 이야기, 마찌꼬의 남편인 기시모도가 어머니 기꾸를 잘 봉양한다는 이야기, 기꾸가 노부오를 보고 싶어한다는 이야기 등 다까시는 떠들썩하니 이야기했다. 노부오는 갑자기 다까시와 함께 도꾜에 돌아가고 싶은 생각이 들었다.
"다까시 형님, 저도 한번 돌아가 보고 싶어졌습니다."
노부오의 이야기에 다까시는 히쭉 웃었다.
"그렇게 한번 돌아가 보는 정도로는, 내가 여기까지 온 보람이 없지. 너도 2년 동안이나 혹까이도에 있었으니까 이제 되지 않았니. 슬슬 돌아오도록 해라."
요즘 도꾜에 출장이 잦다는 다까시는, 가끔 오오사까 말과 도꾜 말을 섞어서 썼다.
"이번에도 말이다, 사업이라고 하면 사업일는지 모르겠다만, 그보다 너를 도꾜에 데리고 가려고 생각했기 때문에, 사뽀로가 장사가 되는가 어떤가 보고 오겠다는 구실을 붙여서 왔다."
 노부오는 요시가와의 얼굴을 보았다. 요시가와는 말참견을 않고, 히죽히죽 웃으면서 둘의 이야기를 듣고 있었다.
 "다까시 형님, 고맙긴 합니다만, 전 좀더 혹까이도에 있을 생각이에요."
 노부오는 잘라 말했다. 후지꼬에 관해서는 세례에 대한 보고와 함께 자세히 적어 보냈다. 어머니인 기꾸도 두 사람의 일에 관해 기도한다고 몇 번이나 적어 보냈다. 그 이야기가 왜 다까시에게는 통하지 않는지 모르겠다고 노부오는 약간 불안해졌다.
 "그런 말 하지 마라. 노부오, 자네는 장남이야. 한 가정의 장남쯤 되는 사람이 24~5세가 되었는데도 장가도 안 들고, 부모도 돌보지 않는다는 것은 세상에서 통하지 않아요."
 "그저 4~5년만 더 기다려 주세요."
 노부오는 온화하게 말했다.
 "이봐, 너 이 시골의 어디가 좋아서 이제 4~5년이나 더 여기에 있겠다는 거냐. 좋다. 여기가 좋다면 그것도 좋다. 그대신 도꾜에서 좋은 신부는 데려다 줄께."
 다시 노부오는 요시가와를 보았다. 요시가와는 듣지 않았다는 듯한 얼굴을 하고, 둥근 손가락으로 만두를 먹고 있었다.
 "다까시 형님, 저에게는 결혼 상대자가 정해져 있습니다."
 노부오는 앉음새를 고쳤다.
 "덥다, 더워. 아사히가와란 묘한 곳이구나. 금년 설엔 영하 41도 어쩌구 해서 깜짝 놀랄 추위라고 했었지…. 여름인들 얼마나 춥겠나 해서 겁을 먹고 왔는데, 오늘 같으면 도꾜와 별로 다를 것도 없겠다."
 다까시는 굵은 목에 흐르는 땀을 손수건으로 닦았다.
 "다까시 형님, 저에게는 정한 사람이 있습니다."

곁길로 나가지 못하게 하려고 노부오는 되풀이했다.
"음, 알고 있어. 알고 있단 말이다, 이 요시가와씨의 누이동생이지. 하지만 말이다, 나도 삿뽀로에서 만나 보고 왔다만, 폐병이더구나. 게다가 카리에스까지야. 불쌍하긴 하지만 낫지 못한다. 요시가와씨도 그것을 모를 턱이 없어. 모름지기 평생 낫지 않는 처녀를 기다려 달라고는 하지 않을 것이다."
"그건 너무하십니다."
"너무한 건 너야. 그런 누운 채 일어나지 못하는 처녀를 신부감으로 정한 너야말로 너무한거야. 보기만 해도 너무 여위어서 방금이라도 깨져 버릴 것만 같더라."
"다까시 형님, 후지꼬씨는 꼭 낫습니다. 반드시 건강해집니다."
"흥. 예수의 하나님은 그런 이익을 주는건가."
"기독교는 이익 종교가 아닙니다. 하지만 그 사람은 반드시 낫습니다. 아니, 낫지 않아도 좋습니다. 낫지 않으면, 나도 결혼하지 않으면 됩니다."
"바보야, 말도 안 된다."
다까시는 사양이 없었다.
"바보라도 좋습니다. 다까시 형님, 저는 정말로 그리스도의 바보가 되고 싶습니다."
"하지만, 너는 나가노가의 장남으로서 자손을 남길 책임도 있어."
"가문이라는 것이 그렇게 중요한 것입니까?"
"당연하지. 가문이나 혈통을 세상에서는 무엇보다도 중요하게 여긴다. 그런 것도 모르나. 혹까이도에 오더니만 머리가 좀 이상해진 것 아니냐? 영하 41도라더니 머리 속까지 얼어 붙은 모양이로군."
묵묵히 듣고 있던 요시가와가 서서히 입을 열었다.
"나가노, 꼭 좋은 기회이기 때문에 나도 말해 두고 싶다만, 후지꼬의 오빠로서 자네의 마음씨는 참으로 고맙다. 하지만, 네 친구로서는 그렇게 고마워하고만 있을 수가 없군. 나로서는 후지꼬도 귀엽다. 하지만 너도 행복해 줬으면 하네.”

“쓸데없는 소리하면 곤란해.”

“아니야. 절대로 쓸데없는 것이 아니야. 인간의 일생이란 두번 다시 반복할 수 없는 것이니까 말이야. 젊은 시절을 저런 후지꼬와 같은 아이를 기다린다고 헛되이 보낼 필요는 없다고 생각해. 이 점을 다시 생각해줬으면 하네.”

“요시가와군, 내 일생은 누구보다도 나 자신에게 가장 중요하다고 생각해. 그 내가 가장 좋은 길이라고 생각해서 택한 길이란 말이다. 충고는 고맙지만 나는 후지꼬씨가 낫는 것을 기다리겠네.”

“그렇지만 말이다….”

요시가와가 이렇게 말을 이으려 할 때에 다까시가 크게 손을 저었다.

“요시가와씨, 말해 봤자요. 이 녀석의 어머니는 예수 때문에 자식을 버리고 집을 나가기까지 했던 바보니까 말이오. 고집은 어머니한테 이어받은 것이오. 그러니까 말해 보았자, 말한 것만큼 더 헛될 뿐이오.”

다까시는 이렇게 말하고, 유심히 노부오의 얼굴을 들여다보았다.

“아, 위대한 사나이라고나 해둘까요, 요시가와씨.”

커다란 부채로, 다까시는 소리내어 바람을 내고 있었는데, 어느새 그의 눈에 눈물이 슬며시 고여들기 시작했다.

그로부터 5년의 세월이 흘렀다.

그동안 노부오는 아사히가와 로꾸죠 교회의 초대 주일학교장으로서, 거의 교회를 쉬지 않았다. 노부오의 얼굴은 누가 보아도 늘 어떤 빛에 비춰고 있는 것처럼 광채가 났다. 직장의 상사에게도, 부하에게도, 노부오는 절대적인 신뢰를 주고 있었다. 이미 아사히가와 운수 사업소 서무 주임의 지위에 있었던 노부오였지만, 그 지위와는 별도로 노부오에게 성경을 강의해 달라는 소리가, 아사히가와를 비롯하여 사뽀로, 시베쯔, 와쯔사무 등의 철도원 사이에 일어났다. 노부오는 가능한 한 시간을 내어 휴일이나 출장 때마다 희망자들과 함께 성경을 읽는 기회를 가졌다.

　메이지 37~8년의 러일전쟁을 경험한 청년들 중에는 승전의 기쁨에 들뜬 세인들과는 달리, 진지하게 생사 문제를 생각하는 사람들도 있었다. 그 중에는 전쟁에서 돌아온 자도 있었고, 형제나 지인을 전쟁에서 잃은 자도 있었다. 미호리도 그 전쟁에 나갔던 한 사람이었다. 아사히가와에서의 성경 연구회에는 미호리도 반드시 출석하게 되어 있었다. 그러나 미호리는 코끝으로 냉소하는 듯한 표정을 보이고 있었다.

　사뽀로에 출장할 때에는, 노부오는 반드시 후지꼬의 병상을 찾았다. 이 5년 동안에 후지꼬는 놀랄 정도로 건강해졌다. 지난 날에 누워 있기만 했던 환자로는 생각할 수 없을 정도로, 혈색도 좋고 집안에서 활동하기에는 불편이 없을 정도로 되어 있었다. 앞으로 1년쯤 있으면, 후지꼬를 아사히가와로 데려다가 결혼할 수도 있지 않겠는가 하여, 노부오는 그 날을 즐겁게 기다리게 되었다.

　성경 연구회를 통하여 각처에서 노부오를 흠모하는 소리가 더욱 높아졌는데, 개중에는 성경은 까다롭지만 노부오의 얼굴을 보는 것만으로 만족한다며 집회에 나오는 사람이 있을 정도가 되었다. 상사들은 조금 문제시되는 부하가 있으면 노부오 밑으로 배속시켰는데, 나중에는 그것이 관례가 되기까지 했다. 나가노 노부오는 철도당국의 입장에서도, 아사히가와 로꾸죠 교회의 입장에서도 이미 없어서는 안 되는 존재가 되어 있었다.

머 리 핀

그날도, 매월 정기적으로 갖는 아사히가와 철도 기독교 청년회 성서 연구회가 철도 기숙사에서 열렸다. 강사는 여전히 나가노 노부오였다.

미호리는 그 15~6인 속의 한쪽 구석에 있었는데, 오늘도 역시 끊임없이 냉소하는 듯한 표정을 하고 있었다. 성경 강의 후에, 모두가 진지하게 대화하고 있는 동안 미호리는 한쪽 무릎을 안은 채 방관하고 있었다. 노부오는 미호리의 그런 태도가 어디에 원인이 있는지 헤아릴 수가 없었다.

이윽고 폐회가 되어 사람들은 돌아갔다. 그러나 미호리는 그 자리에 앉은 채로 있었다.

"늘 열심히 나와 주는군."

노부오는 미호리에게 웃는 얼굴을 보냈다.

"뭘, 재미 반으로 나오는 거지 뭐."

화제를 돌리려는 듯 미호리가 말했다.

"반 재미로라도 빼지 않고 나오다 보면, 곧 참으로 재미있게 될거야."

"글쎄, 어떻게 될지. 확실히 나가노군은 말은 잘해. 그런데, 자네는 본심에서 하나님이 있다고 생각하나?"

방바닥에 맨발을 뻗으며 미호리는 말했다. 7월 중순의 무더운 밤이었다.

"하나님을, 나는 믿지 않으면서 딴 사람들에게 말하고 있다고 생각하나?"

"말하기 안 됐지만, 나는 자네가 불신하고 있다고 생각하면서 늘 이야기를 듣고 있지."

"내 신앙이 있는지 없는지 모를 정도로 미약한 것이니까, 미호리군에게 그런 말을 들어도 대답할 말이 없구만."

노부오는 부드러운 미소를 띠었다. 미호리는 하나님이 있는가 없는가 마음 속으로 헤매고 있으리라 노부오는 생각했다. 어쨌거나 집회에는 나오고 있으니까 하나님을 믿고 싶다고 생각하고 있음에는 틀림없다. 전쟁에 가기 전에 하나, 갔다 와서 하나, 이렇게 해서 미호리는 일남일녀의 아버지가 되어 있었다.

"다른 얘기지만, 나가노군, 자네, 내가 전쟁에 나가 있는 동안 가끔 미사한테 찾아와 줬다면서?"

미사는 미호리가 출정할 당시, 미호리의 어머니와 아이, 이렇게 셋이서 살고 있었다. 미호리가 떠난 지 반 년쯤 지나서 미호리의 어머니는 뇌일혈로 쓰러졌는데, 미사의 정성어린 간호에도 아무런 보람도 없이 4일 후에 죽고 말았다. 그후 미사는 친정에 아이와 함께 몸을 맡기고 있었다. 물론 미호리는 노부오의 부하였기 때문에 가끔 방문한 적은 있었다. 그러나 그것은 직장의 상사로서 다른 출정 가정을 돌보는 것과 마찬가지로 결코 혼자서 찾아가는 것이 아니었다. 늘 직장의 부하를 동반시켰다. 그것과는 별도로, 와구라 개인으로부터의 초청을 받고 방문한 적은 몇 번 있었다.

"인사를 받을 정도로 여러 번 찾아 뵙지는 못했는데."

그러자 미호리는 낄낄 웃었다.

"아니야. 자주 찾아왔던 모양이던데. 미사는 내가 전쟁에서 돌아왔는데도, 왠지 모르게 나를 바보 취급하려 든단 말이야. 걸핏하면 나가노씨는 훌륭한 분이다, 나가노씨는 훌륭한 분이다 하고 곧잘 칭찬을 하고…."

"그랬어? 그것 참 부끄러운 일이로군."

노부오는 순수하게 머리를 숙였다. 미호리가 집회에 나오게 된 것은 그런 미사의 말이 강하게 마음에 걸렸기 때문인가 하며, 노부오는 미호리의 마음을 알겠다는 생각을 했다.
"실례했네."
 미호리는 묘하게 마음에 걸리는 말을 남기고, 그러나 얌전히 돌아갔다. 전에는 술을 마시고 와서 곧잘 자기에게 시비를 걸었다고 노부오는 옛 생각을 했다. 지금은 미호리도 술을 마시지 않고도 이래저래 이야기를 걸 수 있게 되었다고 생각하면서, 노부오는 그것을 기뻐해야 할까 어쩔까 하며 씁쓸하게 웃었다. 결혼 후의 미호리는 무척 행복한 남편이어서 직장에서도 그리 어렵지가 않았다. 그랬던 것이 묘하게 어두운 인간이 되어 버렸는데, 그것은 전쟁에서 돌아와서부터였다. 격전 속에서 미호리가 많은 죽음을 보고서 그렇게 변하지 않았나 하고 노부오는 생각하고 있었다. 성경 연구회에 빠지지 않는 것도 깊이 구하는 것이 있어서인 줄로 생각하고 있었다.
 그러나 미호리는 그렇지가 않았다. 먼저, 전쟁에 가 있는 동안에 어머니께서 돌아가신 것이 뭔가 미사의 탓인 듯 싶어 화가 났다. 자기가 집에 있었더라면, 절대로 어머니를 죽게 하지 않았을 것이라고 그는 생각했다. 다음으로 불만인 것은, 미사가 자기 없는 동안에 친정에 가 있었던 사실이었다. 자기는 와구라의 데릴사위가 된 것이 아니지 않느냐 하는 반발이 늘 가슴 속에서 부글부글 타올랐다. 세번째는, 미사도, 와구라도, 나가노 노부오의 칭찬을 지나치게 한다는 사실이었다. 미호리도 내심 노부오를 존경하지 않는 바는 아니었다. 하지만 노부오라면 한껏 추키고 칭찬하는 와구라가 못마땅했고 맞장구를 치는 미사도 묘하게 얄미웠다. 두 사람은 결코 미호리를 짓밟으려 하는 것은 아니었지만, 미호리에게는 그들이 나가노를 높이고 자기를 무시하고 있는 것 같은 느낌이 들었다.
 그러는 동안 미호리는, 혹 미사가 노부오에게 마음을 주고 있는 것 아닌가 하고 의심하기 시작했다. 미호리가 성경 연구회에 나오는 것도 그리스도의 이야기가 듣고 싶어서가 아니었다. 노부오가 말하는 것쯤

자기도 말하게 되었으면 하는 것이 그 목적의 하나였고, 노부오의 신앙이 어느 정도 진실한가 부딪쳐 보고 싶다는 것이 또 하나의 목적이었다.

노부오는 웅변이었다. 듣고 있노라면 미호리도 부지불식간에 이야기에 빨려 들어가는 때가 있었다. 집회에서 돌아오는 길에, 정말로 하나님은 계시는건가 하고 생각에 빠지는 경우도 있었다.

언젠가 이런 일이 있었다.

그날, 노부오는 출장중이어서 직장에 없었다. 점심 시간에 누군가가 이런 말을 했다.

"어이, 나가노씨는 왜 장가들지 않지?"

"그 사람은 우리들 범인과는 달라서 여자 같은 거 필요없단 말이다."

"병신은 아닐 텐데 여자가 필요없다는 말이 있을 수 있나?"

미호리는, 와구라와 미사한테 잠깐 엿들은 후지꼬를 떠올렸다. 요사이에 카리에스를 앓고 있는 여자를 몇 년이고 기다리고 있다는 것은, 미호리로서는 믿을 수가 없었다. 그것은 미사를 거절하기 위한 구실일 것이고, 의외로 노부오는 병신일지 모른다고 미호리는 생각했다.

"아니야. 건전한 정신은 건전한 몸에 깃든다고, 주임님께서 병신일 턱이 없어요."

대뜸 반론을 편 것은, 겨우 두 달쯤 전에 사뽀로에서 부임해 온 하라겡이찌였다. 하라는 격정적인 성미이어서, 부임한 지 얼마 안 되어서 상사와 동료의 이야기를 입에 올렸다. 매우 마음씨 착하고 진실한 인간이지만, 욱 하고 홍분을 잘 하기 때문에 사뽀로의 직장에서는 모두들 쓰기 어려워했던 인물이었다. 아사히가와의 나가노 노부오라면 어떤 인간도 다 써낸다는 정평이어서, 하라는 노부오한테 보내졌던 것이다. 순진한 하라는 대번에 노부오의 인품에 매료되었다. 노부오는 아무리 나쁜 일이 있어도 그 잘못은 모두 노부오가 뒤집어 썼다. 노부오는 사람을 책망하지 않았다. 그러나 멋있게 통솔해 갔다. 부드러운 것 같으면서도 어딘지 모르게 엄한 데가 있었다. 하라에게 있어서, 나가노 노부오가 하는 일은 모두 전적으로 옳은 것으로 여겨졌다.
"주임님께서 병신이라니 너무하십니다."
이 직장에 옮겨온 뒤로는 얌전했던 하라도, 이때만은 그 격렬한 감정을 노출시켰던 것이다.
"그렇다면 말이다, 하라군, 왜 나가노씨는 결혼하지 않는 거야. 벌써 나가노씨는 얼추 서른이 될거야. 요즈음 젊은 사람이 30이 되도록 혼자 있다면 이상하다고 생각하는 것이 옳지 않을까?"
미호리는 하라를 놀렸다. 하라의 얼굴은 목을 졸린 것처럼 빨갛게 되었다.
"뭐라구? 주임님의 욕을 해봐라. 나는 그냥 두지 않을 테니까."
하라는 의자에서 일어나 미호리에게로 다가갔다.
"미호리씨, 당신 증거 있어? 주임님께서 병신이라는 증거가 어디 있어?"
"그 나이에 장가들지 않는 것이 뭣보다도 확실한 증거야."
"그런 것이 증거가 되나? 주임님의 부인이 될 정도의 사람이 여기저기에 아무렇게나 뒹굴러 다녀서야 되겠나 말이다. 두고 봐라. 경배하고 싶을 정도로 훌륭한 여자와 결혼할 테니까."
묘하게 그 말에는 설득력이 있었다. 누군가가 동감하면서 말했다.
"맞는 말이야. 나가노씨는 곧 굉장히 훌륭한 여자와 결혼하게 될 거야."
이 말에 하라는 조금 마음이 가라앉는 모양이었다.
미호리는 그날 이후로 노부오를 불구자가 아닌가 하고 생각하게 되었다. 온전히 건강한 사나이가 여자 없이 교회와 일만으로 살아갈 수는 없다고 생각했다. 사나이에게는 사나이로서의 욕정이 있다. 그것은 식욕과 같은 것이라고 미호리는 생각하고 있었다.
노부오가 식사를 하는 이상, 성적인 욕구가 있는 것은 당연하다고 생

각했다. 그것을 중들이 하는 식으로 처리해 버리고 시치미를 뗀다는 것
은 위선자의 짓이라고 생각하였다. 노부오는 한 번도 음담패설을 농한
적이 없었다. 입을 열면 신앙의 이야기였다. 그런 그의 어디엔가에 거
짓이 있다고 미호리는 생각했다.
'언젠가는 그 위선의 가죽을 벗겨 주겠다.'
미호리는 그런 악의에 찬 눈으로 노부오를 보고 있었다.

노부오가 교회에서 돌아오니까 어머니의 편지가 기다리고 있었다.
얼마 전에 매월 보내는 용돈을 부쳤더니만, 그것에 대한 회답인 것
이다. 노부오는 옷을 벗고 실내옷으로 갈아 입었다. 노부오의 외출복
은 오직 한 벌뿐이었다. 직장에도 교회에도 색이 바랜 이 단벌 옷으로
충분했다. 옷의 빛깔만 보고도 노부오라고 알 수 있을 정도로 색이 바
래 있었다.
　노부오는 실내옷 차림으로 꿇어앉아 가위로 정성껏 봉투를 뜯었다.
여전히 기꾸의 글씨는 예쁘다. 두루말이 종이에다 먹의 농담도 선명하
게, 흐를 듯이 써 놓았다.

　　　매일 더운 날이 계속되고 있는데, 그곳도 때로는 도꾜처럼 더위
　　진다는 이야기인데, 아무쪼록 더위와 물로 인한 어려움이 없도록
　　몸을 조심해라. 매월 귀중한 월급 중에서 나에게 용돈을 많이 보
　　내 주어서 매우 고맙게 생각한다.
　　　기시모도도 마찌꼬도, 큰 아이도 작은 아이도 더위에 지지 않고
　　건강하게 지내고 있으니까 안심해라. 편지 보니까, 후지꼬가 매우
　　건강하게 되어서 내년 봄에는 결혼하고 싶다고 했는데 모두들 마
　　음으로부터 기뻐하고 있다. 용케도 지금까지 중병을 앓는 사람을
　　기다렸다. 내 자식이면서도 훌륭하게 여겨져서 기뻐하고 있다.
　　　이런 말 하면 혹 언짢아 할는지 모르겠다만, 결혼한 다음엔 하
　　나님께서 허락하시면, 둘이서 도꾜로 돌아오라고 마음으로부터

기다리고 있다. 뭐라 해도, 후지꼬는 도꾜 태생이니까, 추위가 심한 아사히가와보다는 도꾜 쪽이 지내기 쉬우리라 생각한다. 취사, 세탁 같은 것도 네가 해주겠다고 했는데, 그 심정은 잘 알겠다만 남자에게는 남자의 일이 있느니라. 여기에 와서 살게 되면, 내가 조금이라도 도울 수 있으리라 생각한다.
 더욱이 기시모도는 가까운 장래에 오오사까에서 개업하게 되어서, 이 집엔 나 혼자만 남게 되었다….

 노부오는, 2~3년이라면 홋까이도에 가보는 것도 나쁘지 않을 거라고 말해 주었던 기시모도를 생각했다. 기시모도는 작년에 박사 학위를 받았다. 2~3년이면 돌아올 거라고 생각했던 내가 좀처럼 돌아오지 않기 때문에, 기시모도는 홍고의 집을 나갈래야 나갈 수는 없고 해서 곤경에 처해 있는지 모른다고 생각했다. 미안한 생각이 들었다. 어머니가 말했듯이 후지꼬의 몸을 위해서도 도꾜에 돌아가는 것이 좋겠다고 노부오는 생각했다. 다만, 지금 한창 부흥되고 있는 주일학교를 떠난다는 것은 마음 아픈 일이지만, 그렇다고 해서 어머니를 홋까이도로 불러오는 것도 안된 생각이 들었다. 아사히가와에서 도꾜로 전임하는 것은 힘들는지 모르지만, 경우에 따라서는 직장을 그만둬도 좋다고 생각했다.
 노부오는 가능하면 신학교에 들어가서 목사가 되었으면 하는 생각이 있었다. 어머니와 후지꼬를 부양하면서 목사가 된다는 것은 어려운 일이었지만, 그러나 이 두 사람이라면 그 고생을 잘 참아 훌륭히 협력해 줄거란 생각이 들었다. 생활은 어떻게 해서라도 되리라고, 노부오는 평소에 생각하고 있었다.

  무엇을 먹을까, 무엇을 마실까, 무엇을 입을까 하지 말라. 이는 다 이방인들이 구하는 것이라. 너희 천부께서 이 모든 것이 너희에게 있어야 할 줄을 아시느니라. 너희는 먼저 그의 나라와 그의 의를 구하라. 그리하면 이 모든 것을 너희에게 더하시리라. 그러므로 내일 일을 위하여 염려하지 말라. 내일 일은 내일 염려할 것이요, 한 날의 괴로움은 그날에 족하니라.

이 그리스도의 말씀을 노부오는 몇 번인가 남들에게도 들려 주었고, 자신도 몇 번이나 생각해 왔는지 모른다.

요전번에 출장으로 사뽀로에 갔을 때에 후지꼬도 말해 주었다.

"노부오씨는 지금의 일이 진짜 자기의 일이라고 생각하고 계셔요? 당신은 본심으로는 다른 길로 살고 싶다고 생각하고 있는 것 아녀요?"

후지꼬는 서글서글한 맑은 눈을 빛내면서 말했다. 그때 노부오는 과연 후지꼬로구나 생각했다.

"알고 있군요, 후지꼬씨."

"알구말구요. 노부오씨는 하나님을 위해 살고 하나님을 위해 죽는 것밖에는 삶의 보람을 느끼지 못하고 있다고 생각해요. 노부오씨가 무엇보다도 바라는 것은 돈도 아니고 사회적인 지위도 아녀요. 다만 신앙으로 사는 것뿐이라고 생각해요. 목사가 되는 것만이 신앙으로 사는 것이라고는 생각지 않지만, 하지만 당신은 목사가 되기 위해 태어난 사람이 아닌가 생각되어요."

그 말을 노부오는 쭉 생각하고 있었는데, 지금 어머니의 편지에 의해 그의 결심은 섰다. 내년 봄에, 도꾜에 전임할 수 있겠는지 어떤지, 와구라에게 물어보고 싶다고 생각했다. 이미 철도는 전국이 관영으로 되어 있어서, 아사히가와도 철도 회사에서 국영으로 바뀌어 있었다.

어쨌든, 내년 4월에는 후지꼬를 데리고 도꾜에 돌아가야겠다고 노부오는 생각했다. 이러나 저러나 결혼할 예물은 후지꼬의 집에 보내야 한다. 돈으로 여자를 사는 것 같아서 돈을 보내는 것은 싫었다. 그러나 그리 풍부치 못한 요시가와의 집에 이래저래 비용이 가해져서는 곤란했다. 그렇지 않아도 요시가와의 아이가 하나 생겨서 쩔쩔매고 있다. 노부오는 연말의 보너스를 예물 마련하는 데 충당하리라 생각하였다.

그렇게 되면, 예물을 가져 가는 것은 해가 바뀌게 마련이었다. 아직 반 년은 남았지만, 와구라 부부에게 예물 갖고 갈 사람을 부탁하리라 노부오는 생각했다.

11월 말에 노부오는 요시가와와 함께 와구라의 집에 갔다. 이미 눈이 굳어져 버린 거리를 어깨를 나란히 하고 둘은 걷고 있었다. 요시가와 쪽이 키도 크고 살도 쪄 있었다. 아무리 보아도 요시가와는 노부오보다 연상으로 보였다.
"뭔가 이상한 생각이 든다."
요시가와가 말했다.
"뭐가?"
"아니, 너와 나는 왠지 피가 연결되어 있는 것 같은 생각이 들어서 말이야. 아까부터 나는 저 소학교 4학년 때의 도깨비 퇴치하려던 일을 떠올리고 있었어."
"아아, 그건 도깨비 퇴치였던가. 고등과 여학생의 변소에서 여자의 우는 소리가 들린다 했던가, 유령이 있다고 했던가. 그래서 법석을 떨고… 비가 내리는 캄캄한 밤이었지."
굳게 약속했던 친구들 중 약속을 지킨 것은 요시가와와 자기, 그렇게 꼭 둘뿐이었다고 노부오는 회상했다. 그러나, 자기는 아버지한테 꾸중 듣고 약속을 지키기 위해 할 수 없이 비오는 밤의 교정에 갔던 것이다. 그러나 요시가와는 달랐다. 요시가와는 약속을 지키기 위해 왔으나 별로 그것을 자랑하지도 않았다. 그후로 요시가와와 노부오 사이에 우정이 생겼다. 만약 그때에 아버지께서 꾸짖어 주지 않았다고 할 것 같으면, 자기와 요시가와는 이렇게 친한 친구가 되지 못했을 것이었다.
"요시가와군, 네 덕분에 난 홋까이도에 올 수가 있었다. 그리고 신앙과 후지꼬를 받은 것이지."
깊은 감사가 담긴 음성이었다.

"후지꼬는 행복한 아이야."
 오랜 세월을 두고 기다려 준 노부오의 진심이 새삼스레 요시가와의 마음을 흔들었다.
 "나야말로 행복하지. 너는 처남이 되고 후지꼬는 아내가 되었다. 이 이상의 것은 없다."
 "정말 그렇게 생각해 주는 건가?"
 요시가와의 음성이 떨렸다.
 사전에 방문한다고 와구라에게 통지해 놓았었다. 노부오는 요시가와를 와구라에게 소개했다.
 "그렇구먼. 이 사람의 누이동생인가. 나가노군이 기다리고 있었던 마음도 알만 하네."
 첫눈에 와구라는 요시가와가 마음에 든 모양이었다.
 "그래서 참으로 송구스럽습니다만, 내년 봄에는 결혼식을 올려야겠다고 생각하기 때문에 중신인이 되어 주셨으면 합니다만."
 새삼스레 요시가와와 노부오는 머리를 숙였다.
 "오라, 벌써 그렇게 병이 나았나?"
 와구라는 놀라며 차를 날라온 아내를 돌아다보았다.
 "어이, 들었나. 나가노군이 기다리고 있던 그 사람이 나았다는 거야. 훌륭하구먼, 훌륭해 정말!"
 와구라는 계속 놀랐다.
 "그러나 기다리는 몸은 길었겠지. 자네의 성이 나가노이지만, 뭐라 해도 긴 세월이지(나가노의 가나를 길다고 새김). 아마 6~7년은 기다렸지."
 농담을 하면서, 와구라는 그 굵은 손가락을 꼽으며 셌다.
 "참말로, 우리 미사도 들으면 기뻐할 거예요."
 미사는 지금은 약간 떨어진 곳에 있는 철도관사에 살고 있었다.
 "미사도 말이지. 음 미사도… 좋아, 어쨌거나 축하하네."

와구라는 앉음새를 고치고 머리를 숙였다.
해가 바뀌어 정월이 되었다. 그 달 3일에 노부오는 사뽀로의 후지꼬 집을 방문했다. 눈이 내리는 포근하고 조용한 오후였다. 안방에는 요시가와 부부도, 요시가와의 어머니도 있어서, 그야말로 설다운 부드러운 분위기였다. 그러나 정작 후지꼬의 모습은 보이지 않았다.
"잠깐 심부름 좀 갔습니다. 곧 돌아올 겁니다."
인상이 좋은 요시가와의 아내가 말했다. 그 말에 노부오는 자기도 모르게 미소를 보였다. 기뻤다. 포근하다고는 하지만 겨울이다. 후지꼬가 한 겨울에 외출을 할 수 있게끔 되었다고 생각하니까 꿈만 같았다. 곧 후지꼬가 돌아왔다. 흰 얼굴에 홍조를 띠고 들어왔다. 그것이 마치 건강해졌다는 표시인 듯하여서 노부오는 기뻤다.
신년 인사를 마친 후지꼬는 자기 입은 옷을 보이며 노부오에게 말했다.
"나가노씨, 좋은 옷이죠? 오빠와 올케가 지난 연말에 사 준 거예요. 생전 처음 입는 좋은 옷이예요."
후지꼬의 가르마 탄 머리 끝에 은빛의 머리핀이 반짝이고 있었다.
"밖에 나가면 감기 들지 않을까?"
"괜찮아요. 이번 겨울에는 한 번도 감기 들지 않았어요. 다음에 나가노씨가 오실 때에는 저 역까지 마중나가겠어요."
이렇게 말하고서는 후지꼬는 부끄러워 얼굴을 붉혔다. 애띤 표정이 사랑스러웠다.
"정말이냐? 후지꼬."
요시가와가 놀리듯 말했다. 노부오는 후지꼬가 지금 입고 있는 옷을 입고 역 개찰구에 서 있는 모습을 상상해 보았다. 누운 채로였던 몇 해 동안의 후지꼬의 모습을 생각할 때에 지금은 거짓말 같은 행복이었다.
이야기는 예물 가져오는 날짜를 정하는 문제로 옮겨졌다. 가능하면 1월 중에 예물 들이는 일을 마쳤으면 하고 노부오는 생각하고 있었다.

하지만 요시가와의 아내가 산달이다. 2월에 들어가게 되면 노부오의 주일학교와 일 관계로 좀처럼 휴가를 얻을 수 없을 것 같았다. 요시가와와 노부오는 새 달력을 뒤지다가 끝내 2월 28일 저녁에 하기로 정해 버렸다.

"조금 늦지 않은가. 여러 가지로 준비도 있을텐데."

노부오는 염려하는 표정을 지었다.

"괜찮아. 상점에는 아무래도 등불놀이 때와 연말이 아니면 지불할 필요가 없으니까, 준비엔 돈이 없어도 된단 말이다."

요시가와가 태연하게 말했다. 노부오는 안심했다.

"그렇긴 하구먼. 그럼 그때까지 예물 들이는 일은 기다려 주게나. 2월 27일에는 나요리에서 철도 기독청년회의 지부가 결성되는데, 나는 아무래도 거기에 가지 않으면 안 될 것 같아."

노부오는 다음날인 28일 아침에 나요리를 출발하여, 아사히가와에서 중신인을 맡은 와구라 부부와 같이 차를 타고 사뽀로로 오기로 했다.

"나가노씨, 후지꼬와 같은 아이를 받아 주다니…"

요시가와의 어머니는 울먹였다. 후지꼬가 건강하게 된 뒤로 마음을 놓은 탓인지 많이 늙었다는 느낌을 주었다. 그런 요시가와의 어머니를 보면서, 노부오는 자기 어머니인 기꾸도 저렇게 늙으시지 않았겠나 생각지 않을 수가 없었다. 하지만 4월에는 후지꼬를 데리고 도꾜로 간다. 후지꼬와 둘이서 열심히 어머니를 봉양하자고 노부오는 생각했다.

"나도 도꾜에 가고 싶어졌다."

요시가와의 어머니도 오랫만에 아이처럼 말했다.

"그 사이에 어머니도 도꾜에 가게 돼요. 내년 이맘때쯤 되면 후지꼬가 애 낳는다고 와 달라 편지할 테니까요."

요시가와는 또 놀리듯 말했다.

"아이 오빠두."

후지꼬는 빨갛게 되어서 얼굴을 가렸다. 머리핀이 또 흔들렸다. 요시가와의 어머니도 아내도 소리를 모아 웃었다. 즐거운 한때였다. 노부오가 가겠노라 하자, 후지꼬가 역까지 배웅 나가겠다고 했다.
"고맙지만 후지꼬씨, 다음에 올 때에 맞아 주는 것을 즐거움으로 하겠어요."
"하지만 그때는 그때예요. 저 전송하고 싶어요. 되는 거지 오빠?"
"음, 그래."
후지꼬로서는 이상하리만큼 집요하게 하는 말에, 요시가와는 노부오의 얼굴을 보았다.
"고맙지만 말이오, 오늘은 벌써 한 번 외출하지 않았어요? 아직도 추운 날엔 자중해야 해요. 겨우 이만큼 건강을 회복했는데."
이런 말을 듣고 후지꼬는 겨우 온순하게 고개를 끄덕였다. 평소의 후지꼬와는 다른 면이 있었다. 평소에는 어떤 일일지라도 노부오가 말하면 즉각 순순히 말을 들었던 것이다.
"왜 후지꼬는 이렇게 온순할까?"
언젠가 노부오가 이렇게 말하자, 후지꼬는 부끄러워하면서 이렇게 답했다.
"에베소서 5장이예요."
"과연, 역시 내가 당했어."
"하지만 노부오씨도 역시 에베소서 5장이예요."
성경의 에베소서 5장에는 다음과 같은 말이 있었다.

"아내들이여, 자기 남편에게 복종하기를 주께 하듯 하라.
남편들아, 아내 사랑하기를 그리스도께서 교회를 사랑하시고 위하여 자신을 주심같이 하라.

이것을 두고 후지꼬는 말한 것이었다.
그런 후지꼬가 자꾸만 전송하겠다고 고집을 부린 것이 노부오에게는 묘하게 마음에 걸렸다.

아사히가와에 돌아온 뒤에도 노부오는 후지꼬가 혹시 감기라도 들어서 병이 도지는 것 아닌가, 혹은 급성폐렴이라도 걸려서 갑자기 죽는 것 아닌가 하는 불길한 생각까지 들었다.

고 개

"나가노군, 내일이 예물 들이는 날이라고 했지?"

노부오와 미호리는 마주앉아 밤 식사를 하고 있었다. 벌써 시계는 9시를 넘고 있었다. 나요리의 철도 기숙사 방이었다. 오늘 출장을 위해 아사히가와를 출발할 때부터 미호리는 묘하게 기분이 안 좋았다. 노부오가 어떤 말을 걸어도 미호리는 제대로 대답을 안 했다. 그런데 지금 식사를 하면서 미호리 쪽에서 말을 걸어왔다. 노부오는 안도의 숨을 내쉬며 대답했다.

"덕분이지."

"덕분은 무슨 덕분. 내 덕분일 수가 있나."

미호리는 손수 술을 따르면서 아직도 삐딱한 대답을 하고 있었다. 요사이의 미호리는 특히 와구라의 사위임을 내세우는 양, 매사에서 노부오에게 부딪치는 태도를 보이고 있었다.

"그야 어떤 일이든 하나님과 사람들의 덕분이지."

노부오는 미호리가 어떻게 나오거나 상관않고 진지하게 말했다. 노부오로서는 특히 후지꼬와의 결혼은 누구에게도 감사하고 싶은 마음이었다.

미호리는 이 한 주간 정도의 기간에 미사의 기분이 나쁜 것에 마음을 쓰고 있었다. 그 원인은 아무리 생각해도 노부오의 결혼에 있는 것만 같았다. 특히 지난 밤엔 심했다. 와구라가 미호리한테 와서 이렇게 말했다.

"나하고 장모는 28일 밤은 사뽀로에서 자야 한다. 나가노의 예물을 갖고 가야 해. 집이 비니까 미사라도 보내라."
"싫어요. 전!"
미호리가 대답하기 전에 미사가 노골적으로 거절했다.
"미사가 싫으면 미호리군이라도 와 주지 그래."
와구라는 미사의 태도 같은 것은 의중에도 없는 것 같았다. 그저 부부싸움이라도 하고 있는 와중에 때마침 자기가 뛰어들었다는 정도로 생각하는 것 같았다.
"어쨌거나 나가노는 훌륭해. 메이지의 시대에 들어와서 세상이 한창 경박하게 흐르고 있는 판국인데 그 녀석은 어떻게 된 놈인지…"
이렇게 시작하는 와구라의 말을 미사는 가로막듯이 말을 했다.
"그렇게 좋은 사람이라면 사위 삼으시지 왜 그랬어요?"
"바보 같은 소리 하지 마."
와구라는 웃었다.
"네, 바보예요. 차라리 전 바보이니까요…."
그렇게 말하고는, 아버지와 남편 앞인데도 상관치 않고 미사는 소리내어 울기 시작했다. 미사는 본래 성미가 강한 편이지만 말이 통하지 않는 여자는 아니었다. 미호리에게 아내로서 잘 섬겼고 가정 꾸리는 솜씨도 좋았다. 결코 푸념 같은 것을 하지 않는 밝은 여자였다. 그런 미사가 이 일주간 동안 묘하게 부어 있다고 생각하고 있었는데 지금 이 모양이었다. 미호리는 미사의 마음 속을 알았다는 생각이 들었다. 불쾌했다. 지금까지의 미사는 어쨌거나 노부오가 독신이라는 데에 위로를 받고 있었으리란 생각이 들었다. 그랬던 것이 노부오의 예물 들이는 일을 당하자 자기도 모르게 감정이 폭발하였던 것이다. 미호리는 한대 얻어 맞은 기분이 되었다.
그 일을 지난 밤부터 쭉 마음 속에 담고 있었던 미호리는 노부오가 불쾌해서 견딜 수가 없었다.

"나가노군, 당신의 신부감은 폐병에 카리에스에 절름발이라면서?"
술이 들어가자 한층 대담해진 미호리는 이렇게 물었다.
"그래."
노부오는 미호리의 무례함에 익숙해져 있었다. 그러나 후지꼬를 멸시한 데 대해서는 약간 화가 났다.
"나가노군 정도의 사람이 그런 여자와 결혼할 필요가 어디 있어. 우리 미사와 같은 여자의 어디가 마음에 들지 않은 거야."
노부오는 묵묵히 젓가락을 놀렸다.
"이봐 나가노군! 우리 여편네보다 그 절름발이 여자가 좋다는 건 도대체 무슨 이유 때문이야. 제기랄 재미도 없어!"
"……"
"이봐, 우리 미사의 뭐가 마음에 들지 않았는가고 묻고 있어. 우리 미사는 몸도 기량도 나무랄 데가 없어. 그 미사보다 병신 여자 쪽이 낫다고 바보 취급을 했으니 미사가 노하는 것도 무리가 아니야."
떠드는 사이에 미호리는 기분이 조금 밝아졌다. 미사가 부은 것은 노부오에게 미련이 있어서가 아니고, 절름발이에다 병자인 여자한테 밀려난 여자의 억울함 때문이 아니겠는가고 갑자기 느껴졌기 때문이었다. 그렇지 않다면 아무리 뭐라 해도 남편인 자기 앞에서 그렇게 울 이유가 없다고 미호리는 생각했다.
"어쨌거나 그 여자는 그리스도 신자라면서?"
미호리는 갑자기 마음이 풀렸다.
"그럼, 훌륭한 신자지."
노부오는 미호리가 불쌍해졌다. 늘 마음 속에 음울한 생각을 품고 사는 그가 측은히 여겨졌다. 동료의 월급 봉투를 훔친 이후로 미호리는 이상하게 비뚤어진 것 같아 안타까웠다. 그렇게 가책을 느끼고 있으니만큼 그는 착한 사람이라고 할 수 있을지 모른다. 그래서 노부오는 미호리를 격려하고 싶은 생각이 들었다.

"훌륭한 신잔가. 받아들이기 어려운데? 훌륭한 신자가 훌륭한 나가노군과 결혼해 갖고 아침부터 밤까지 아멘, 아멘이라면 그거 별 재미없겠는걸?"

노부오는 웃었다.

"그럴지도 모르지."

"하지만, 그리스도 신자라도 아이는 낳겠지. 나가노군이 아이를 낳는다? 하하하…"

큰 소리로 웃은 미호리는 술에 억병이 되어 있었다. 노부오는 조금 빨개졌다.

"순진하구먼, 나가노군은. 나는 한 가지 나가노군에게 전부터 물어보고 싶다고 생각한 것이 있는데, 물어봐도 성내지 않겠나?"

"뭐든 물어봐."

노부오는 먹고 난 밥 그릇에 숭늉을 부었다.

"나가노군은 왜 오입하러 안 다니지?"

미호리는 취한 눈을 노부오에게 고정시켰다. 말을 듣고 노부오는 생각해 보았다. 신자이기 때문이라는 말은 노부오의 경우에는 성립되지 않았다. 노부오는 신자이기 전에도 여자와의 관계를 가진 적은 없었다.

"나가노군, 아직 여자 사 본 적 없어?"

"없지. 한 번도."

"히야, 한 번도?"

어이없다는 듯 미호리는 노부오를 보았다.

"그럼, 여자를 보고 속이 꿈틀거리는 걸 느낀 적도 없나?"

"그건 느끼지. 늘…."

노부오는 진실하게 답했다.

"호, 늘 느껴? 그 얼굴로…."

뚫어져라 노부오의 단정한 얼굴을 응시하며, 미호리는 이야기를 계속했다.
 "여자따위 상관없다는 식의 얼굴을 하고, 시치미를 떼고 있으면서 느낄건 다 느끼는구먼. 사람이 나쁜데, 나가노군은…."
 노부오는 쓸쓸히 웃었다.
 "그러면서 어떻게 한 번도 오입을 않고 지내지? 난 도대체 이해할 수가 없구먼. 도시 기분 나쁜 이야기야. 그런 걸 위선자라고 하던가."
 미호리는 몇 병째인지 모를 빈 술병을 거꾸로 해서 입에 부었다.
 "쳇, 한 방울도 안 나오는구나."
 술병을 옆에 털썩 놓고 미호리 자신도 털썩 누웠다.
 "당신, 그 여자를 위해 결국 희생한다는 건가?"
 미호리는 이야기를 다시 후지꼬에게 돌렸다.
 "희생이 아니지, 좋아서 하나가 되는 거지."
 "그럴까? 나는 아직 나가노라고 하는 사람, 신용할 수가 없어. 어딘가, 사기꾼 같은 냄새가 나. 당신이라는 사람이 훌륭하게 보이면 보일수록, 점점더 신용할 수가 없게 되는 것 같아. 그 아가씨, 재산이라도 듬뿍 있는 것 아냐?"
 후지꼬에 관해 자세히 모르는 미호리는 이렇게 말하고 코웃음을 쳤다.
 얼마 후에 미호리는 코를 골면서 잠들었다. 노부오는 미호리를 위해 자리를 깔고 끌어다 눕혀 주었다. 입으로는 뭐라 하고 있었지만 그의 자는 얼굴을 보니까 정말 귀여운 것 같았다. 노부오는 나즈막한 목소리로 성경을 읽었다.

　　　형제들아, 세상이 너희를 미워하거든 이상히 여기지 말라. 우리가 형제를 사랑하므로 사망에서 옮겨 생명으로 들어간 줄을 알거니와 사랑치 아니하는 자는 사망에 거하느니라. 그 형제를 미워하는 자마다 살인하는 자니, 살인하는 자마다 영생이 그 속에 거하지 아니하는 것을 너희가 아는 바라.

노부오는 반복해서 두 번 읽었다. 자기는 과연 남을 위해 목숨을 버릴 정도의 사랑을 가질 수가 있을까. 입을 벌리고 크게 코를 골고 있는 미호리의 얼굴을 노부오는 쳐다보았다.

조금 후에 잠자리에 든 노부오는, 내일의 일(예물 들이는)을 생각했다. 전번에 갔을 때에 입었던 예쁜 옷을 입고 머리에 가르마를 탄 후지꼬가 역까지 마중나오는 모습도 떠올랐다. 앞으론 가르마 타는 일도 없을 것이다. 신부의 머리를 해야 하는 것이다. 다리가 불구일지라도, 병약할지라도, 자기에게 후지꼬는 더할 나위 없는 훌륭한 아내가 된다고 노부오는 사랑스러움을 만끽하는 것이었다. 하얀 뺨이 눈에 떠올랐다. 수줍어하는 사랑스런 표정을 잊을 수가 없다. 신앙 이야기를 할 때의 생기있게 빛나는 눈이 아름답다. 현명하고, 사랑스럽고, 유순한, 나무랄 데 없는 여성이라고 생각한다. 곧 누구의 눈치볼 필요없이 자기 품속에 후지꼬를 안을 날이 온다고 생각하니까, 노부오는 마냥 행복하기만 했다. 오랫동안 기다리고 있었기에 더욱 기쁨이 깊었다. 역시 예물 보내는 전야가 되어서 이렇게 후지꼬 생각이 나는구나 하면서, 노부오는 빙긋이 웃었다.

내일은 3월이라고 하는데, 이튿날 아침은 생각했던 것 이상으로 기온이 내려갔다. 노부오는 나요리 역에서 명물인 만두 두 상자를 샀다. 하나는 요시가와의 집을 위해, 하나는 아사히가와에서 타는 와구라 부부를 위해서였다.

미호리는 지난 밤에 한 말을 잊지 않고 있었다. 취기가 깨니까 노부오에게 지나치게 말했다는 생각이 들면서 가책이 왔다. 그는 시무룩해졌다. 나요리의 철도 기독청년회 회원들이 이른 아침인데도, 7~8명 전송하러 나와 있었다.

"오, 나가노씨, 어제는 감사했습니다. 대성황이었습니다."

지부장인 무라노가 젊은이다운 감격에 차서 말했다. 어제 오후 5시부터 7시까지의 사이에 있었던 결성회에는 와쯔사무, 시베쯔 등에서도 모여 왔고, 시내 청년들도 가세해서 50명이라고 하는 많은 사람들이 한 자리에 모였었다. 시골의 작은 역에서 이렇게 많은 기독청년 회원을 권유하게 되리라고는 생각지 못했던 일이었다.

"어제의 나가노씨의 말씀은 굉장한 힘이 들어가 있었습니다. 늘 말씀이 좋습니다만, 어제의 말씀은 특히 좋았습니다. 감명을 받았습니다."

어떤 회원이 이렇게 말하니까, 모두들 이구동성으로 좋았다고 칭찬을 했다.

어제 노부오는 '세상의 빛이 되라'는 제목으로 열변을 토했다.

"서로 다시 반복할 수 없는 일생을, 각자 자기 생명을 불태워 갑시다. 그리고 예수 그리스도의 말씀을 높이 들고 그 빛을 받아 반사하는 사람이 됩시다. 안일을 탐하지 맙시다. 필요하다면 언제라도 하나님을 위해 죽는 사람이 됩시다."

이런 이야기를 한시간가량 했다. 평소에는 온화한 노부오이지만, 일단 단에 오르게 되면 전신이 불길처럼 되었다. 듣는 사람의 가슴에 노부오는 강하게 육박하여 들어왔다.

"고맙습니다. 지부가 점점 발전되기를 빕니다. 거리의 청년들도 속속 여러분들의 지부에 인도해 주십시오."

"알겠습니다. 열심히 하겠습니다. 다음 달에도 또 와 주시는거죠?"

지부장이 말했다. 노부오는 문득 4월에 혹까이도를 떠나는 자기를 생각했다. 그 전에 한번은 와 보고 싶다고 생각했다.

"기다리겠습니다. 꼭 부탁합니다."

발차의 기적이 울렸다. 움직이기 시작한 기차를 쫓아, 청년들은 손을 흔들면서 달려왔다.

"세상의 빛이 되라고?"

누구한테도 말상대가 되지 못했던 미호리는 비웃는 웃음을 입가에 띄었다.
 이른 아침의 열차인데도 만원이었다. 모두들 아침답게 발랄한 분위기를 차내에 빚고 있었다. 설마, 한 시간 남짓 후에 무서운 사건이 기다리고 있으리라고는 승객 누구도 상상하지 못했다.

 눈으로 덮인 평원에 그림자를 드리우면서 기차는 달리고 있었다. 기차의 연기 그림자도 흐르듯 비치고 있었다. 노부오는 하얗게 얼어 붙은 창에 입김을 불어댔다. 성에가 녹았다. 두번 부니까, 창문이 작고 둥글게 녹았다. 각종 소나무에 달린 수빙이 아침 해에 반짝거리고 있었다. 청결한 아침이라고 생각하며, 노부오는 오늘 밤의 일을 축하해 주는 것 같아 기뻤다. 미호리는 의자의 등에 머리를 기대고 꾸벅꾸벅 졸고 있었다.
 조금 후에 기차는 시베쯔에 도착했다. 문어 모자를 쓴 남자랑 커다란 짐을 가진 여자들이 7~8명 정도 올라왔다. 지팡이를 짚고, 구질구질한 군복을 입은 남자가 그 속에 한 사람 끼여 있었다.
 "아, 상이군인이다."
 객차 복판쯤에서 5~6세의 사내 아이가 소리쳤다. 남자는 흘끔 그 소리가 난 쪽에 눈을 주고는 똑똑 지팡이 소리를 내며 다가와서 노부오의 의자 앞 두 번째의 의자에 가 앉았다.
 기차가 막 움직이려 할 때에, 쉰 가까운 나이의 사나이가 등에 풀무늬의 보자기짐을 둘러메고 뛰어들었다.
 "어휴, 까딱하면 늦을 뻔했네."
 미호리의 옆 자리에 앉은 그 남자는 앞에 있는 노부오에게 웃어 보였다. 노부오는 그 호인형의 남자의 얼굴을 보는 순간, 머리에 번개같이 스치는 생각이 있었다.
 "실례입니다만, 아저씨는 도꾜에서 오신 분이 아닙니까?"
 "아니, 어떻게 아십니까?"

이렇게 말하고서 남자는 노부오의 얼굴을 물끄러미 쳐다보았다.
"어디서 뵌 것 같은…."
남자는 혼잣말로 중얼거리며 고개를 갸우뚱했다.
"혹, 아저씨는 로꾸씨가 아니십니까?"
노부오는 반가움에서 말을 더듬었다,
"예. 저 로꾸오조입니다만… 당신은?"
"저는 저, 홍고의 나가노…"
이렇게 말하는 노부오의 무릎을 남자는 탁 쳤다.
"아아 그렇군요. 나가노씨의 도련님이시군요. 그래, 확실히 도련님이시군요. 어릴 때의 모습이 남아 있습니다."
로꾸씨는 뜻밖의 해후에 얼굴이 상기되었다.
"도련님, 오래간만입니다."
로꾸씨는 일어나서 새삼스레 머리 숙여 정중히 인사를 했다. 그 순간, 기차의 진동으로 다리의 중심을 잃어서 미호리의 어깨에 손이 닿고 말았다.
"아이고, 이거 실례를 저질렀습니다."
미호리는 쓸쓸히 웃으며 머리를 저었다. 도련님으로 불리고 있는 노부오의 성장 과정에, 미호리는 약간 반발을 느끼고 있었다.
"그런데 도련님, 어떻게 되어서 이런 변경까지 오셨습니까?"
"친구가 사뽀로에 있어서요."
"네에. 한데, 철도에 근무하고 있나요?"
복장으로 대뜸 알아차렸다.
"네. 아사히가와에서 근무하고 있습니다."
"아하, 아사히가와에서요. 그럼 홍고의 저택에는…."
"어머님과 누이동생 부부가 살고 있습니다."
"어머님께서? 아아, 그렇지, 그렇지. 할머님께서 돌아가신 뒤로는 제 발이 뜸해져서 그만 그렇습니다. 어머님은 아주 예쁘시다는 평판이었죠. 그런데 말입니다, 도련님의 할머님께서는 저 같은 사람에게도 퍽 친절하셨죠."

노부오는 홍고의 집 부엌문 앞에서, 이 로꾸씨와 오래오래 이야기를 나누곤 하던 할머니의 모습이 그립게 떠올랐다.

"도련님, 그로부터 몇 해가 됩니까?"

"제가 10살 때에 할머니께서 세상을 뜨셨으니까, 벌써 이래저래 20년이 되는구만요."

"오, 20년! 강산이 두 번이나 바뀌었군요. 그러니까 제 머리가 세는 것도 무리가 아니죠."

로꾸씨는 이마를 두드렸다.

"아닙니다. 조금도 변하지 않으셨어요. 대뜸 로꾸씨라고 알아봤으니까요."

노부오는 속으로 도라오의 뒷이야기를 들었으면 했다. 하지만, 재판소의 복도에서 만났던 포승으로 묶인 모습이 눈에 어른거려서 물을 수가 없었다.

"우리 도라오도 도련님하고 사이좋게 놀곤 했죠."

묻기 전에 먼저 로꾸씨가 말했다.

"잘 있습니까? 도라오는."

"감사합니다. 그 녀석이 한때는 좀 말썽을 부렸죠. 집 사람이 변변치가 못했는데, 그 에미를 닮았는지 속 좀 썩였어요. 도련님에게니까 말입니다만, 저 그 녀석 때문에 많이 울었습니다. 하지만 덕분에 지금은 사뽀로의 어느 상점에서 일을 보고 있어요. 아이도 둘이나 낳았지요. 지금은 이럭저럭 열심히 살고 있습니다."

"그거 잘됐군요. 사뽀로에 있는 줄은 전혀 몰랐습니다."

노부오는 대답하고 안도의 숨을 내쉬었다. 그러나, 재판소의 복도에서 외면했던 도라오가 순순히 자기를 만나 주겠나 하는 생각도 들었다.

"한데, 도련님께서는 아이가 몇이나 됩니까?"

"아닙니다. 아직 독신입니다."
"아직 장가들지 않으셨습니까?"
대통에 담배 담던 손을 멈추고, 로꾸씨는 새삼스레 노부오의 얼굴을 살폈다. 노부오는 오늘 예물 들이는 일을 생각하고 웃었다.
"한데 도련님, 도련님께서는 작고하신 아버님을 많이 닮으셨습니다. 정말로 훌륭하게 자라셨습니다."
"아버님 닮았습니까?"
어머니를 닮았다고 생각하고 있었기 때문에 노부오에게는 뜻밖이었다.
"그렇습니다. 아버님께서도 참 훌륭하신 분이셨습니다. 우리 같은 사람에게도 겸손하셔서 언젠가는 글쎄 두 손을 땅에 짚으시고 저 같은 사람에게 사과까지 해 주시지 않았겠어요."
"듣고보니, 그 일이 기억납니다."
노부오는 머리를 긁적였다. 그 일은 노부오도 결코 잊지 못하고 있었다. 헛간 지붕에서 무슨 일인가로 도라오한테 밀쳐져서 떨어졌을 때의 일이었다. 노부오는, 도라오한테 밀쳐져서 떨어진 것이 아니다, 상사람의 아들 따위에게 밀려서 떨어지거나 하지 않는다고 했다가 아버지한테 따귀를 아주 강하게 맞았던 것을 기억하고 있었다. 끝까지 사과를 않는 노부오를 대신하여 아버지가 도라오와 로꾸상에게 빌었던 모습을 노부오는 그립게 회상했다.
"도련님, 나쁘게 생각지 마세요. 도련님은 고집이 세고 날카로운 데가 있는 아이였습니다만 지금은 아주 원만한 얼굴로 바뀌었습니다."
미호리는 다시 히쭉 웃고, 노부오를 보았다. 차내에는 석탄 난로 하나만이 피워져 있었지만 어느새 얼어 붙었던 유리창의 성에도 녹을 정도로 훈훈해져서, 승객들은 각각 재미있게 이야기하고 있었다.
"야, 벌써 가쯔사무를 훨씬 지난 모양이죠."
로꾸씨는 아내가 5년 전에 죽었다는 이야기, 도라오의 팔팔한 성격에 애먹었다는 이야기 등을 얼마 동안 한 뒤에, 창문 쪽으로 얼굴을 돌리며 말했다.

기차는 지금, 시오가리 고개의 꼭대기 가까이에 와 있었다. 이 시오가리 고개는 데시오 지방과 이시가리 지방의 경계인 큰 고개였다. 아사히가와에서 북쪽으로 약 30킬로의 지점에 있었다. 깊은 산림 속을 몇 번이고 구비돌아 넘게 되어 있는 무척 험한 고개로서, 기차는 산 기슭에 있는 역에서부터 뒤에도 기관차를 달고 힘겹게 오르는 곳이다.

"네, 이제 정상 가까이에 왔을 것입니다."

"아니, 이 기차의 뒤에는 기관차가 달려 있지 않았네요."

로꾸씨는 뒤를 내다보며 말했다.

"아아, 차량이 부족해서 그렇겠죠. 그러나 뒤에 기관차를 달지 않고 올라온다는 것은 이상하네요."

노부오는 로꾸씨의 말에 맞장구를 쳤다. 기차는 방금이라도 멈출 것만 같은 느린 속도로 간신히 고개를 오르고 있었다. 객차가 밑에서 받쳐 올려진 것 같아서 앉아 있기 거북할 정도였다. 그것을 몸으로 느낄 수가 있었다. 잡목이랑 소나무의 원시림이 천천히 뒤로 흘러가는 것이 보였다.

"늘 다녀도 험한 고개군요."

로꾸씨가 대통의 재를 손바닥에 쳐서 털었다.

"그렇습니다. 대단한 경사입니다."

창문 밖에 까마귀 한 마리가 낮게 날아가는 것이 보였다.

"이 주변은 꽤나 개발이 안 되네요. 도라오 같은 아이는 사뽀로에서 나온 적이 없어서, 한 번쯤 이런 데를 보여 줘야 할 텐데."

"도라오를 꼭 한번 만나고 싶습니다."

기차가 크게 커브를 돌았다. 거의 직각이라고 해야 할 정도로 급한 커브였다. 그런 커브가 여기까지 오는 사이에 벌써 여러 번 있었다.

"고맙습니다. 도련님, 도라오가 얼마나…."

로꾸씨가 이렇게 말했을 때였다. 일순 덜커덩하면서 객차가 선 듯한 느낌이 들었다. 그러나 다음 순간, 객차는 묘하게 맥없이 천천히 뒷걸음질을 치기 시작했다. 몸에 전해지고 있던 기관차의 진동이 뚝 끊어졌다. 그런데, 객차는 점점 가속도가 붙기 시작했다. 지금까지 뒤로 흐르고 있던 창 밖 풍경이 씽씽 거꾸로 흘러간다.

기분나쁜 침묵이 차내를 덮었다. 그러나 그것은 겨우 몇 초 동안뿐이었다.

"앗! 기차가 기관차에서 떨어졌다!"

누군가가 외쳤다. 차내에 갑자기 공포가 퍼졌다.

"큰일이다. 뒤집힌다!"

그 소리가 계곡 밑으로 떨어져 내려가는 것 같은 공포를 유발했다. 모두가 일어나서 의자에 매달렸다. 소리도 없이 공포에 일그러진 얼굴들뿐이었다.

"나무아미타불, 나무아미타불…."

로꾸씨가 눈을 꼭 감고 염불을 외웠다. 노부오는 상태의 중대성을 알고 즉시 기도했다. 어떤 일이 있어도 승객들은 살려내야만 한다. 어떻게 해야 하나, 노부오는 숨막히는 생각으로 기도했다. 그때에 승강구 발판에 핸드 브레이크가 있다는 사실이 머리에 떠올랐다. 노부오는 후다닥 뛰어 일어섰다.

"여러분, 침착해 주세요. 기차는 곧 섭니다."

단상에서 연단한 음성이 차내에 쩡 하고 울려 퍼졌다.

"미호리군, 손님들을 부탁한다."

흥분해서 눈만이 이상하게 번쩍이고 있는 승객들은 삼키려는 듯이 노부오 쪽을 보았다. 그러나 이미 노부오의 모습은 문 밖에 나가 있었다.

노부오는 나는듯이 발판의 핸드 브레이크에 손을 대었다. 노부오는 어름장처럼 차가운 브레이크의 핸들을 있는 힘을 다해 돌리기 시작했다.

　핸드 브레이크는, 당시 기차의 발판마다에 붙어 있었다. 발판 바닥에 수직으로 세워진 자동차의 핸들 같은 것이었다.
　노부오는 일각이라도 빨리 기차를 세우려고 필사적이었다. 양쪽에 빽빽히 서 있는 나무들이 날아가듯이 지나가는 것도 노부오의 눈에는 들어오지 않았다.
　점차 기차의 속도가 줄었다. 노부오는 다시금 전신의 힘을 모아서 핸들을 돌렸다. 겨우 1분도 안 걸린 그 작업이 노부오에게는 몹시 긴 시간으로 생각되었다. 이마에서 땀이 떨어졌다. 꽤나 속도가 줄었다.
　노부오는 안도의 숨을 쉬었다. 조금만 더 하면 된다고 생각했다. 그런데, 어찌된 일인지 브레이크는 그 이상 듣지를 않았다. 노부오는 초조해졌다. 노부오는 사무원이었다. 핸드 브레이크의 조작법을 자세히는 모른다. 조작의 잘못인지 브레이크의 고장인지, 노부오에게 판단이 가지 않았다. 어쨌거나 기차는 완전히 멈춰지지 않으면 안 된다. 방금 본 여인들과 아이들의 질겁을 한 표정이 노부오의 가슴에 부딪쳐 왔다. 이대로는 기차가 다시 폭주할 것이 분명했다. 이렇게 생각하는 순간, 전방 약 50미터에 급경사의 커브가 눈에 들어왔다.
　노부오는 혼신의 힘을 다해 핸들을 돌렸다. 그러나 아무리 해도 기차의 속도는 그 이상 줄지 않았다. 점점 커브가 노부오에게 육박해 오고 있다. 다시 폭주하게 되면 기차는 틀림없이 전복한다. 여러 개의 급커브가 차례차례 기다리고 있다. 당장의 이 속도라면 자기 몸으로 이 열차를 세울 수 있다고 노부오는 판단했다. 순간, 후지꼬, 기꾸, 마찌꼬의 얼굴이 크게 눈에 떠올랐다, 그것을 쓸어 버리듯이 노부오는 눈을 감았다. 다음 순간 노부오의 손은 핸드 브레이크에서 떨어졌다. 그 몸은 철로를 향해 날았다.
　기차는 맥없이 삐거덕 소리를 내며 노부오의 몸 위로 기어올랐다. 마침내 기차는 완전히 정지했다.

요시가와는 오후에는 일을 쉬리라 생각하고 있었다. 오늘은 오랫동안 기다렸던 후지꼬의 예물을 받는 날이다. 요시가와는 끝내 볼이 느슨해지는 것을 참을 수가 없었다. 기뻐서 저절로 자꾸만 웃음이 나왔다.

"이봐, 요시가와. 상상하고 웃는 웃음 값은 비싸!"

동료한테 놀림을 받을 정도로, 요시가와는 몇 차례나 노부오와 후지꼬의 일을 생각하고 미소지었다. 저녁에는 노부오와 와구라 부부가 사뽀로에 도착할 것이다. 요시가와는 후지꼬와 함께 역까지 마중나가기로 약속이 되어 있었다.

요시가와가 맡은 일은 수하물계의 일이다. 요시가와가 손님의 짐을 접수하고 있는 곳에 운수 사무소의 야마구찌라는 친구가 뛰어들었다. 야마구찌는 철도 기독청년회의 회원이었다.

"요시가와씨, 큰일이다!"

"뭐야, 도시락이라도 잊고 왔나?"

요시가와는 농담을 했다.

"요시가와씨, 놀라지 말아요. 놀라지를 말아요."

"뭐야?"

손님한테 받은 수하물을 든 채, 요시가와는 양미간을 모았다. 야마구찌의 얼굴이 새파랗게 질려 있었다.

"저, 나가노씨가… 나가노씨가…."

야마구찌의 소리가 눈물에 지워졌다.

"뭐? 나가노가 어떻게 되었다고?"

"죽었어!"

"죽었다고?"

요시가와는 울부짖듯 반문했다. 야마구찌는 요시가와의 어깨에 달라붙어서 울었다. 야마구찌는 다른 청년회의 회원들과 마찬가지로 진심으로 노부오를 따르고 있었다.

"바보 같은 소리 하지 마."

오늘은 노부오와 후지꼬의 예물 들이는 날이 아닌가 말이다. 죽어서야 되는가고 요시가와는 생각했다.
"뭔가 잘못된 것 아니야?"
야마구찌는 힘없이 머리를 가로저었다.
"잘못이 아니야요. 아사히가와에서 전화가 왔어요. 사무소에 가서 물어 봐요."
요시가와는 들고 있던 수하물을 바닥에 내던지고 운수 사무소 쪽으로 뛰기 시작했다. 도중에 누군가와 부딪쳤다. 하지만 요시가와는 그걸 느끼지 못했다.
사무소에 한 발짝 들여 놓는 순간, 요시가와는 대번에 노부오의 죽음을 깨달았다. 책상에 앉아 있는 사람은 하나도 없었다. 여기에 한 무더기, 저기에 한 무더기로 모여 서 있는 사람들은 모두 흥분하고 있었다. 소리내어 우는 사람도 있었다. 요시가와의 얼굴을 보고 3~4명이 달려왔다.
"나가노씨가…."
"어떻게 된거요?"
"희생의 죽음입니다."
젊은 청년이 외쳤다. 거기서 요시가와는 사람들한테 사건의 전말을 대충 들었다. 요시가와는 망연해졌다. 철로 위로 뛰어 내리는 노부오의 모습이 선명하게 눈에 떠올랐다. 하얀 눈 위에 뿌려진 노부오의 선혈을 요시가와는 보는 것 같은 느낌이었다. 노부오에게 알맞는 죽음의 방법이란 생각이 들었다. 벌써부터, 이런 죽음을 요시가와는 알고 있었던 것 같은 느낌이었다. 심한 충격과 함께 마음 어디엔가에 흔들리지 않는 한 곳이 있었다. 전신이 뒤흔들리는 충격일 터인데 마음 한 곳만은 극히 조용했다. 그것은 노부오를 알고 있는 요시가와의 우정이었는지도 모른다.
"아사히가와에 가게 해 주세요."

"저도 가겠습니다."
"아닙니다. 제가 가겠습니다."
 운수 주임을 에워싸고 흥분한 청년들이 애원하고 있었다. 그 속을 뚫고 요시가와는 운수 주임 앞에 섰다.
"주임님, 나가노는 평소 늘 속주머니에 유서를 가지고 있었습니다. 곧 조사해 봐 달라고 연락해 주십시오."
"아아, 그렇더군. 그 유서 이야기도 들었어. 나가노 군의 피가 엉겨 있었다는군."
 요시가와는 묵묵히 머리를 숙이고, 멍하니 운수 사무소를 나왔다. 후지꼬의 일을 생각하면, 요시가와는 글자 그대로 단장의 아픔이었다. 상사에게 사정을 말하여 노부오의 장례식까지 휴가를 얻어 갖고, 요시가와는 집으로 돌아왔다. 어디를 어떻게 걸어왔는지, 자신도 알 수가 없었다.
"어머, 돌아오셨어요? 오빠. 왜? 무슨 일이 있었어요? 얼굴빛이 몹시 나쁘네요."
 후지꼬는 근심스레 요시가와를 보았다.
"음. 머리가 조금 아프다."
"언니, 오빠가 머리 아프시대요."
 후지꼬는 부엌을 향해 올케를 불렀다.
"왜 그러지? 이 좋은 날에 말예요."
"오사무가 머리가 아프다고? 원, 세상에 태어난 후로 처음 듣는 소리구나. 감기라도 든 것 아니냐?"
 오늘 밤의 잔치 준비로 바쁜 요시가와의 어머니도, 아내도, 부엌에서 소리만 질렀을 뿐이었다.
"자리 깔아 드릴까요?"
 스토브 옆에 털썩 주저앉아 버린 요시가와의 얼굴을 후지꼬는 들여다보았다.

"괜찮아."

요시가와는 점심이 끝날 때까지만이라도 노부오의 죽음을 알리지 않으리라 마음을 먹었다. 노부오가 죽었다는 사실을 알게 되면 앞으로 며칠이고 식사를 하지 않게 될 것이다. 그러니까 이 점심만이라도 행복한 점심이 되게 해주고 싶다고 요시가와는 생각했다.

"저 오빠 말예요. 오늘 말예요, 이상한 일이 있었어요. 지붕 위에 큰 돌이라도 떨어지는 것 같은 큰 소리가 쾅 하고 났어요. 아주 이상한 소리였어요."

"그것이 몇 시경인데?"

요시가와는 얼굴을 숙인 채 속삭이듯 낮은 음성으로 물었다. 여기서 놀라서는 안 된다고 자기의 목을 자기가 누르듯이 요시가와는 꾸부린 다리를 쳐다보았다.

"엄마, 아까 난 이상한 소리가 몇 시쯤이었죠?"

"글쎄, 10시쯤이었던가 싶은데. 문명 개화의 시대가 되고 보니 언제 어디에 대포의 포탄이 떨어질지 모르겠다."

당황하지 않은 말투였다.

점심이 시작되었다.

"나가노씨 일행은 아사히가와를 떠났을까, 지금쯤은?"

요시가와는 묵묵히 밥을 퍼서 입에 넣었다. 아무 맛도 없었다.

"너, 정말 몸이 좋지 않은 모양이구나."

요시가와의 어머니는 비로소 근심스레 말했다.

"그렇습니다."

"오늘 밤은 기쁜 밤이니까 용기를 내라, 제발!"

요시가와는 더 이상 참을 수가 없어서 털썩 젓가락을 놓고 말았다.

"왜 그러세요 당신, 몸이 나쁘세요?"

요시가와의 아내는 손을 내밀어서 요시가와의 이마를 짚었다.

"좀 피로해졌냐, 오사무?"

"오빠, 좀 쉬시는 게 어떻겠어요?"

어머니와 후지꼬가 자꾸만 근심스레 말하며 요시가와의 얼굴을 들여다보았다. 숙이고 있던 요시가와의 어깨가 흔들렸다. 이 이상 침묵을 지킬 수가 없었다.

"후지꼬야! 어머니!"

결심한 듯이 요시가와는 얼굴을 들었다.

"실은 오후 2시 기차로 아사히가와에 갔다 오려고 한다."

어떻게 말머리를 열어야 할지 요시가와는 알 수가 없었다.

"아사히가와에? 도대체 어떻게 된 거냐?"

어머니는 불안스레 요시가와를 보고 또 후지꼬를 보았다.

"오빠, 저… 혹 나가노씨가 예물 들이는 일로…."

후지꼬는 말을 잇지 못했다.

"설마 나가노씨가 이제 와서 후지꼬를 싫다 하는 건 아니겠지?"

요시가와의 어머니는 후지꼬를 위로하듯 말했다. 아래 입술을 깨문 요시가와의 얼굴이 일그러졌다.

"실은 말이다, 실은…."

아무리 해도 다음 말이 나오지 않았다.

"어떻게 됐다는 거냐, 오사무?"

"네. 실은 오늘 시오가리 고개에서 철도 사고가 있었습니다. 맨 뒷칸이 차체에서 떨어져서 그 고개 밑으로 폭주했어요."

"뭐라고? 그럼 뒤집히기라도 했단 말이냐? 나가노씨가 그 차에 타고 있었어?"

어머니는 다그쳤다.

"손님은 전원 구조되었어요. 나가노가 살렸어요."

"살리다니. 오빠, 어떻게 해서?"

"음. 나가노는 말이다… 나가노는 말이다…. 후지꼬, 나가노는 자기가 기차에 깔리면서 기차를 멈춘 거야. 그렇게 해서 승객 전원을 살렸단다."

요시가와는 후지꼬의 얼굴을 볼 수가 없었다.

"그럼, 오사무! 나가노씨는 죽었느냐?"

외친 것은 어머니였다.

"그래요. 죽었어요. 후지꼬, 나가노는 훌륭하게 죽었다, 훌륭하게 말이다."

후지꼬는 입술까지 파랗게 되었다. 경악이 극에 달해 석고상처럼 무표정해졌다.

"후지꼬!"

"아가씨!"

어머니와 요시가와의 아내가 와 하고 울음을 터뜨렸다. 요시가와는 겁 먹은 얼굴로 후지꼬를 보았다. 멍청하게 한 곳을 응시하고 있는 후지꼬에게 요시가와는 외쳤다.

"후지꼬! 마음을 단단히 가지는 거다!"

후지꼬는 눈도 깜짝하지 않았다.

저녁 때까지, 후지꼬는 같은 장소에 그대로 앉아 있었다. 후지꼬는 전신의 기능이 아주 정지된 것 같았다. 놀랄 수도 슬퍼할 수도 후지꼬로서는 아무것도 할 수가 없었다. 요시가와는 아사히가와에 가는 것을 포기했다. 글자 그대로 혼 나간 사람처럼 되어 버린 후지꼬 곁에 요시가와는 붙어 있었다.

말을 걸어도, 어깨를 흔들어도 후지꼬는 아무런 반응도 나타내지 않았다. 요시가와는 속으로 후지꼬가 신앙을 갖고 있다는 사실 때문에 어느 정도 안심하고 있었다. 일시적으로는 슬퍼해도 신앙은 후지꼬를 버티게 해줄 것이라고 생각했다.

그러나 요시가와는 불안해졌다. 후지꼬는 슬퍼하지도 않고 울지도 않았다.

'정신이 돌았는가!'

몇 번인가 이렇게 생각하면서, 요시가와는 큰 주먹으로 눈물을 닦았다.
저녁 때가 되었을 때에, 후지꼬가 비틀비틀 일어났다.
"어디 가려고, 후지꼬?"
후지꼬는 조용히 옷을 입었다.
"어디에 가는 거야?"
"역에요."
가냘픈 소리였다. 가족들은 서로 얼굴을 마주보았다. 완전히 정신이 나갔다고 생각했다.
"후지꼬! 역에 무엇하러 가려는 거지?"
눈물로 빨갛게 부어오른 눈을, 요시가와의 어머니는 후지꼬에게 향했다.
"나가노씨 마중하려구요."
후지꼬는 문을 열고 그림자처럼 현관으로 나갔다.
"후지꼬, 나도 간다."
요시가와는 외투를 걸치고 후지꼬의 뒤를 따랐다. 벌써 저물어 가는 거리를, 요시가와는 후지꼬를 안다시피하고 걸어갔다. 그리 멀지 않은 역까지의 길이 요시가와에게는 굉장히 멀게 생각되었다.
역에 닿은 후지꼬는 개찰구에 기대어 멍청히 서 있었다. 곧 기차가 정각에 플랫홈에 들어왔다. 정시에 기차가 도착했다는 사실에 요시가와는 가슴이 찢어지는 아픔을 느꼈다.
두 손에 짐을 든 사나이, 머리 모양을 둥글게 한 여인, 미꾸라지 수염의 관원, 자주색 스커트를 입은 여학생, 차례로 기차를 내려서 다가오는 손님 한 사람 한 사람에게 눈길을 주는 동안 요시가와의 얼굴은 와슬스레 일그러졌다. 당연히 나가노 노부오도 이 사람들의 틈에 끼어서 개찰구로 나오게 되어 있었다. 그 언제나와 같이 웃는 얼굴을 하고, "여, 수고했네" 하고 소리를 지르며 가까이 오게 되어 있었다. 그리고,

처음으로 역까지 마중나온 후지꼬에게 사랑스런 말을 던져 주었을 것이었다. 더욱이 한 시간 후엔 예물 들이는 일을 위한 축하연이 열릴 예정이었다. 요시가와는 눈물을 흘리지 않으려고 눈을 크게 뜨면서 후지꼬를 보았다.

후지꼬는 열심히 상체를 위로 뽑다시피 하며 개찰구에 다가오는 손님들을 일일이 살피고 있었다.

후지꼬는 노부오의 죽음을 믿을 수가 없었다. 약속대로 이 기차로 노부오가 꼭 올 것이라고 생각했다. 이 예쁜 옷을 입고 마중 나오겠다고 약속한 이상, 자기는 개찰구에서 노부오를 기다리지 않으면 안 된다고 후지꼬는 생각했다. 하지만 어느 얼굴도 노부오의 얼굴은 아니었다. 마지막 한 사람까지도 개찰구를 나가 버렸다.

그런데 그때였다. 후지꼬는 기차에서 노부오가 내려오는 것을 보았다. 확실히 보았다. 언제나처럼 부드러운 얼굴을 하고 나오는 노부오를 후지꼬는 확실히 보았다.

"아, 노부오씨!"

후지꼬는 웃으며 손을 들었다. 그러나, 노부오의 모습은 순식간에 지워지듯 사라져 버렸다. 다음 순간, 후지꼬는 무너지듯 요시가와의 팔에 안기며 실신하고 말았다.

후지꼬와 요시가와는 시오가리 고개의 신호소에서 기차를 내렸다. 철도국에서 그렇게 특별히 배려해 주었다.

"삐!"

기차는 두 사람에게 작별을 고하듯 큰 기적을 울리고 신호소를 떠났다. 기차의 검은 연기가 잡목 속으로 사라질 때까지, 두 사람은 기차에서 내린 그 자리에 그냥 서 있었다.

5월 28일, 노부오가 세상을 뜬 2월 28일로부터 꼭 3개월이 지난 날이다.

노부오의 죽음은, 철도원들에게는 물론 일반 사람들에게도 큰 충격을 주었다. 목욕탕에서 이발소에서 노부오의 소문은 많은 사람의 입에 오르내렸고 감동은 감동을 불러 일으켰다.
"예수교는 사교인 줄 알고 있었는데, 그렇게 훌륭한 죽음을 감수한 사람도 있구먼. 예수교도 나쁜 종교라고는 할 수가 없겠어."
이렇게 사람들은 이야기했다. 기독교 신자가 되면 사람 취급도 하지 않던 시대였다. 그러나, 노부오의 죽음은 그런 몽매함에서 사람들의 머리를 열어 주는 역할을 했다. 그뿐만이 아니고 아사히가와, 사뽀로를 중심으로 한 철도원들은 대번에 몇십명이나 기독교에 입교했다. 그 중에는 저 미호리 미네요시도 있었다. 미호리는 노부오의 죽음을 눈앞에서 본 것이었다. 객차가 폭주하게 되자 모두가 사색이 되어 있었지만, 미호리도 또한 악착스레 의자의 등받침을 붙잡고 있었다. 그렇게 매달려서 슬쩍 본 미호리의 눈에는 조용히 기도하는 노부오의 모습이 비쳤다. 그것은 겨우 2~3초에 불과했을는지 모른다. 그러나, 그 모습은 실로 선명하게 미호리의 뇌리에 새겨지고 말았다. 이어서 또렷이 조금도 흔들리지 않고 승객들을 달래던 음성, 필사적으로 핸들을 돌리고 있던 모습, 퍼뜩 뒤돌아보고 미호리에게 고개를 끄떡해 보인 다음 순간에 철로를 향해 뛰어 내리던 모습, 그 하나하나를 객차 입구에 앉아 있었던 미호리는 확실하게 목격했던 것이다.
사람들은 기차가 완전히 섰다는 것을 믿을 수가 없었다. 공포에서 깨어난 얼굴들을 하고 모두들 어리벙했다.
"멈추었구나, 살았다!"
누군가가 이렇게 외쳤을 때에 울기 시작하는 여자도 있었다. 이어서 누군가가 노부오의 일을 알렸을 때에 승객들은 일순 조용해졌다가 다시 술렁이기 시작했다. 그리고 그 술렁거림은 한층 커졌다. 우르르 하고 남자들은 높은 발판에서 깊은 눈 위로 뛰어내렸다. 흰 눈 위에 선혈이 튕겨 있었고 노부오의 몸은 피투성이가 되어 있었다. 승객들은 노부오의 몸을 붙잡고 울었다. 웃고 있는 것만 같은 얼굴이었다.
 미호리는 죽음 직전까지 노부오를 조소하고 노부오에게 반발하고 있었던 자기가 원망스러워 견딜 수가 없었다. 이 노부오의 죽음이 미호리를 일변시켰다.
 장례식은 3월 2일에 아사히가와의 교회에서 거행되었다. 고객은 예배당 밖까지 넘쳤는데 그 중에는 노부오를 그리워하며 우는 주일학교 학생들의 가련한 모습도 있었다. 사회자가 노부오의 유서를 읽었다. 그 유서는, 교인이 된 뒤로 설날마다 새로 써서 노부오가 몸에서 떼지 않고 갖고 있던 것이었다. 피가 풀처럼 엉겨 있었던 유서의 모습을 사회자가 알린 뒤에 유서를 읽었다.

 유 서
 1. 나는 감사하며 모든 것을 하나님께 바친다.
 1. 내 흉악한 죄는 예수에 의해 속해졌다. 모든 형제 자매여, 내 죄의 크고 작은 것 모두를 용서해 주기를 바라오. 나는 모든 형제 자매가 내 죽음으로 인해 천부께 가까이 나가, 감사의 참 뜻을 맛보시기를 기도한다.
 1. 어머니나 친척을 기다리지 말고 24시간이 지나면 내 시체를 묻어 주시오.
 1. 내 일기장이나 내가 쓴 것, 그리고 서신은 태워 버릴 것.
 1. 화장할 것이고, 가급적 허례를 폐하고, 이에 대한 시간과 비용은 가장 경제적이길 요함. 약력 보고 조사 등은 폐지할 것.
 1. 생사고락간, 한결같이 감사함.
 내가 죽었을 때에는, 죄송하지만 여기에 적은 대로 해주시기를 부탁합니다.
감사합니다.
나가노 노부오

 사랑하는 형제 자매 제위 앞.

유서가 낭독되었을 때에 전 회중의 오열하는 소리가 회당에 찼다.
관이 교회당을 나왔을 때에 사람들은 그것을 메려고 앞을 다투어 모여들었다. 교외에 있는 묘지까지 메고 가려는 것이었다. 그 중에는 아버지가 구조받은 도라오도 끼어 있었다. 미호리도 요시가와도 그 일부를 메고 있었다. 여럿이 메고 있기 때문에 관은 가벼웠다. 그러나 그 죽음은 마음에 가라앉듯이 무거웠다.
한 달 후에, 노부오의 유서가 철도 기독청년회에서 그림 엽서로 되어 관계되는 지인들에게 배부되어 다시금 커다란 감명을 주었다.
요시가와는 미호리가 한 말을 생각했다.
"내가 본 나가노씨의 희생의 죽음은 유언보다도 무엇보다도 저에게는 훨씬 더 큰 유언입니다."
그후 미호리 인격의 일변이 그것을 여실히 말해 주고 있다.
와구라 레이노스께는, 그때까지 성경을 손에 들어 본 적이 없었지만 노부오를 사랑하는 데 있어서 남한테 뒤지지 않았다. 그는 노부오의 사후 한 달 동안을 매일 아침 1리가 넘는 길을 걸어다니며 노부오의 묘지를 참배했다.
와구라는 아들이라도 잃은 듯이 부쩍 여위어 있었다. 하지만 근래에 와서 성경을 읽기 시작했다는 이야기를 요시가와는 들었다.
"이제부터는 후지꼬씨한테 가끔 성경을 배우러 가겠습니다."
얼마 전 추도 모임의 자리에서 와구라는 여원 자기 볼을 쓰다듬으면서 이렇게 말했다.
시오가리 고개는 지금 새 잎이 청청한 계절이었다. 양쪽의 원시림이 철로 쪽으로 조여들 듯 육박하여 솟아오르고 있었다. 들꽃들이 언저리에 쫙 피어 있었다. 땀이 나도록 따사로운 햇볕 아래에서, 요시가와와 후지꼬는 멀리 뻗어 나간 철로 위에 서서 먼 곳을 응시하고 있었다. 경사가 무척 급했다. 여기서 이탈된 객차가 폭주했는가고 몇 번이고 물었던 당시의 일을 생각하면서, 요시가와는 말했다.

"후지꼬, 괜찮아? 사고 현장까지는 무척 멀어."

후지꼬가 가냘프게 웃으며 고개를 힘있게 끄덕였다. 그 가슴에 하얀 설유꽃의 수북한 꽃다발이 안겨 있었다. 후지꼬의 병실 창문으로 내다보며, 노부오는 몇 번인가 말한 적이 있었다.

"설유꽃은 후지꼬씨 비슷해. 맑고 밝아서…."

그 후지꼬네 뜰의 설유꽃이었다.

후지꼬는 한 발짝씩 철로를 따라 걷기 시작했다. 어디선가 꾀꼬리가 간헐적으로 울었다. 처음 노부오의 부보를 들었을 때에, 후지꼬는 놀란 나머지 실성한 사람처럼 되었다. 후지꼬는 개찰구에서 확실히 노부오를 보았다고 생각했다. 노부오는 후지꼬에게 있어서 단지 죽은 존재만은 아니었다. 실신했다가 깨어났을 때에 후지꼬는 자신으로서도 이상하리만큼 정상적인 자기로 돌아왔다. 큰 돌이 떨어지는 것 같았던 지붕소리는 틀림없이 노부오가 죽은 시각에 들린 이상한 소리였다. 개찰구에서 본 노부오라든지 그 큰 소리 등을 생각할 때에, 후지꼬는 역시 노부오가 자기 곁에 돌아왔다고밖에 생각할 수가 없었다. 그리고, 그렇게 생각함으로써 후지꼬는 많은 위로를 받았다.

후지꼬는 평소에 노부오가 하던 말을 생각했다.

"후지꼬씨, 장작은 한 개피보다 두 개피 쪽이 더 잘 타죠. 우리들도 신앙의 불을 붙이기 위해 부부가 되는 거예요."

"나는 매일 하나님과 사람을 위해 살고 싶어요. 언제까지나 살고 싶은 것은 물론이지만 언제 어느 순간에 부름을 받아도 기쁘게 죽을 수 있는 사람이 되리라 생각합니다."

"하나님께서 하시는 것은 언제나 그 사람에게 최선의 것입니다."

지금 후지꼬는 생각해 내는 말의 하나하나가, 커다란 무게를 가지고 가슴에 부딪쳐 오는 것을 새삼스레 느끼고 있다. 그것은 노부오의 생명 그대로의 무게였다.

후지꼬는 걸음을 멈췄다. 이 레일 위를 줄줄 객차가 거꾸로 달리기 시작했을 때, 그 지점에서는 그가 아직 살아 있었다고 생각했다. 그렇게 생각을 하니까 형언키 어려운 뭉클한 마음이 되었다. 그러나, 그는 자기의 목숨을 버려서 많은 다른 사람의 생명을 구했다고 했다. 육체뿐만 아니라 많은 영혼도 구한 것이다. 지금 아사히가와와 사뽀로에서 신앙의 횃불이 활활 타올라, 교회에는 믿음의 열기가 충만하고 있다. 자기도 또한 신앙이 굳세어지고 새롭게 되었다고 후지꼬는 생각했다. 후지꼬가 서 있는 철로 옆에서 맑은 물이 5월의 햇빛을 받아 반짝이고 있었고, 이름 모를 엷은 자줏빛 꽃이 약간 떨어져서 나무 밑에 피고 있었다.

후지꼬는 살며시, 띠 속에 소중히 간수해 갖고 온 기꾸의 편지에 손을 댔다. 노부오의 어머니 기꾸는 홍고의 집을 정리하고 오오사까의 마찌꼬네 집으로 갔다. 오오사까는 기꾸의 옛 고향이기도 했다.

　　후지꼬,
　　편지를 받고 크게 안심했어요. 노부오가 살고 싶어했던 것처럼, 후지꼬가 노부오의 생명을 계승해서 살겠다는 말에 대하여 감사하고 감사하고 또 감사해요. 노부오는 어렸을 때부터 기독교를 싫어했어요. 도꾜를 떠날 때에도 아직 그리스도를 모르고 있었어요. 이는 모두 내가 부덕했던 탓으로 돌리고자 해요. 후지꼬의 순진한 신앙과 진실이 노부오를 제 소원 이상의 훌륭한 신자로 키워 주었다고 생각해요.

　　후지꼬, 노부오의 죽음은 어머니로서 슬퍼요. 그러나 한편으론 이렇게 기쁠 수가 없어요. 이 세상 사람들은 누구나 다 곧 죽지요. 그러나 그 많은 죽음 중에서 노부오의 죽음만큼 축복된 죽음은 적지 않을까요? 후지꼬, 이렇게 노부오를 인도해 주신 하나님께 마음으로부터 감사해요….

암기할 정도로 읽은 이 편지를 후지꼬는 노부오가 떠나간 지점에서 읽고 싶어서 갖고 왔던 것이다.
뻐꾸기 소리가 가까이서 들렸다. 뻐꾸기가 낮게 날아서 나뭇가지를 옮겼다. 후지꼬는 다시 걷기 시작했다. 부드러운 잎새들이 바람에 조용히 흔들리고 있었다.
'노부오씨, 저는 일생토록 노부오씨의 아내랍니다.'
후지꼬는 자기가 노부오의 아내란 사실이 자랑스러웠다.
요시가와는 50미터쯤 앞서서 가는 후지꼬의 뒤를 따라 천천히 걷고 있었다.
'불쌍한 것 같으니라구.'
불구로 태어난데다 오랫동안 투병 생활을 해야 했고, 병이 기적적으로 나아 결혼까지 하게끔 결정이 되었는데, 그것도 잠깐뿐 결국은 예물 들어오는 날에 노부오를 잃고 만 것이다.
'얼마나 가혹한 운명인가.'
그러나 그렇게 생각하면서도, 요시가와는 후지꼬가 자기보다는 훨씬 참된 행복을 붙잡은 인간으로 생각되었다.
'한 알의 밀이 땅에 떨어져 죽지 않으면, 한 알 그대로 있고'
이런 성경 말씀이 요시가와의 가슴에 떠올랐다.
후지꼬가 멈추니 요시가와도 멈추었다. 서서 무엇을 생각하고 있는 것일까? 후지꼬가 또 걷기 시작했다. 걸을 때마다 다리를 끌며 어깨가 위 아래로 오르락내리락 흔들렸다. 그 어깨 밑으로 설유꽃의 하얀 빛이 빛나는 것처럼 나타났다 사라지곤 하였다.
마침내 저만치에 커다란 커브가 보였다. 그 커브 앞에 흰 말뚝이 서 있었다. 아마도 사고현장 표시이리라 생각했다. 후지꼬가 걸음을 멈추고 하얀 설유꽃 다발을 철로 위에 놓는 것이 보였다. 그러나 다음 순간, 후지꼬가 털썩 철로에 엎어졌다. 요시가와는 걸음을 멈췄다. 요시가와의 눈에 후지꼬의 모습과 설유꽃의 흰 빛이 눈물 때문에 하나가 되어 보였다. 그때에 가슴을 에이는 듯한 후지꼬의 울음소리가 요시가와의 귓전을 때렸다.

시오가리 고개는 구름 한 점 없는 맑은 대낮이었다.

후 기

1939년, 우리들의 아사히가와 로꾸죠오 교회 월보에, 당시의 오가와 목사는 이렇게 쓰고 있다.

지금으로부터 만 30년 전 2월 28일은, 우리들이 잊을 수 없는 날 입니다. 즉 그리스도의 충실한 종 나가노 마사오 형이, 철도 직원 으로서 신앙을 직무 수행상에서 나타내어 인명 구조를 위해 순직 의 죽음을 한 날입니다.

사후 30년이라고 하면, 보통 근친들한테도 다 잊혀지는 세월이 아닐까. 나가노 마사오씨의 죽음은 얼마나 오랜 세월을 두고 많은 사람들에게 큰 감명을 주었을까.

다른 교회에서 로꾸죠 교회로 옮겨온 내가 나가노 마사오씨의 일을 안 것은 1964년 7월 초의 일이었다. 같은 아사히가와 로꾸죠 교회의 현재 89세가 된 후지하라 에이기찌씨 댁을 방문했을 때에, 씨는 나에게 신앙수기를 보여 주었다. 그중에 젊은 날의 후지하라씨를 신앙으로 인도한 나가노 마사오씨의 생애가 기록되어 있었다. 나는 나가노 마사오씨의 위대한 신앙 앞에 납짝하게 되도록 한바탕 얻어 맞은 느낌을 받았다. 깊고도 격렬한 감동이었다.

"그런가? 이런 신앙의 선배가 우리들의 교회에 현실적으로 살아 계셨는가."

나는 그후로 계속하여 나가노 마사오씨의 일을 생각했다. 그리고, 소설로 구상할 것을 생각하고 씨에 관한 자료를 조사해 보았다. 안타깝게도 자료는 적었다. 씨의 유언에 의해 그 편지와 일기장은 일체 소각되었다는 것이었고 혈연의 행방도 묘연했다. 다만, 겨우 씨의 사후에 발행된 '고 나가노 마사오군의 약전'이라고 하는 소책자, 씨의 사진과 유언이 실린 기념 그림엽서 두 장, 그리고 아사히가와 로꾸죠 교회사의 씨에 관한 짧은 기록, 그리고 추도사에 불과했다.

내가 쓴 「雪嶺(시오가리 고개)」의 주인공 나가노 노부오는, 말할 나위도 없이 소설 속의 나가노 노부오이지 실재했던 나가노 마사오씨 그 사람 그대로는 아니다. 실재했던 나가노 마사오씨 쪽이 훨씬 신앙이 두텁고 또 훌륭한 사람이었다. 나는 다시금, 나가노 마사오씨의 인품이나 에피소드를 위에 언급한 자료에 의해 소개함으로써 후기에 대할까 한다. 왜냐하면, 나가노 마사오씨는 나가노 노부오의 원형이기 때문이다.

나가노 미사오씨는 참으로 검소한 사람이었다.

"서무주임이라고 하면 상당한 지위였습니다만, 늘 초라한 모습을 하고 있었습니다."

라고 같이 하숙했던 어떤 신자가 술회하고 있는 바와 같이 양복 같은 것은 거의 새로 만들지 않은 모양이다. 또 먹는 것도 매우 검소해서, 도시락 반찬 같은 것도 콩자반을 만들어서 병에 넣어 놓고 1주일이고 열흘이고 그것만 먹었다고 한다. 이렇게 말하면 지극히 인색하게 생각될지 모르지만 그러나 결코 그렇지는 않았다. 씨는 고향의 어머니에게 생활비를 보내고, 그 밖에 교회에는 항상 많은 돈을 헌금하고 있었다. 그 헌금액은 유복한 실업가인 신자보다도 많았다고 들었다. 러일전쟁때의 공로로 돈 60원이 하사되었을 때에, 씨는 이를 몽땅 아사히가와 기독청년회 기금으로 바쳤다. 당시의 60원이라고 하면, 지금의 얼마 정도에 해당되겠는가. 씨는 결코 인색한 검소가 아니었다.

　나가노 마사오씨가 신앙에 열심이었다는 사실은 그 교회의 각 집회에 모두 참석했다는 한 가지의 사실만으로도 알 수가 있다. 더욱이 그렇게 집회에 내왕할 때에는 계획적으로 길을 택하여 남들에게 전도를 했다는 것이다. 또 종종 자비로 각지에 전도했고 철도 기독청년회를 조직했다. 그의 말씀 선포는 열화 같았다고 전해진다.

　씨는 교회에만 열심이었던 것은 아니었다. 직장에 있어서도, 그는 참으로 우수한 직원이었다. 씨의 재직중, 운수 사무소장은 몇 번 바뀌었지만, 어느 소장한테도 얻기 어려운 귀한 인물로 인정받아 깊은 신뢰 속에서 지냈다.

　"어떤 소장은 후임 소장에게 '아사히가와에는 나가노라고 하는 크리스챤 서무주임이 있다. 그에게 일임하면 만사가 형통하다'라고까지 했다는 말이 전해진다."

라고 그의 약전 속에 기록되어 있다. 이것만 보아도 그가 얼마나 직장에 성실한 사람이었나 하는 것을 알 수가 있다.

　그는 다만 상관에게만 호평받는 인물은 아니었다. 아무리 바빠도 오후 5시가 되면 부하를 모두 돌려 보내고, 그 남긴 일을 밤 늦게까지 혼자 처리했다고 한다. 오늘날과 달라서 특근 수당이라고는 한 푼도 없었던 시대였는데 그는 그렇게 했다. 더욱이 그런 일이 거의 매일 밤이었다고 하니, 이 한 가지만으로도 부하들을 감복시키고 남을 만했다.

　씨는 또 극히 온유한 사람이었다. 소설 속에도 인용했지만, 약전 속의 말을 다시 인용해 본다.

　"그가 일어나 도(道)를 설(說)하면 맹렬 열성, 창백한 얼굴에 홍조를 띠우고, 5척의 여윈 몸으로부터 천래의 소리를 전했다. 그런데 단에서 내려오면 온유하기 그지없어 경모치 않을 수 없었다."

　이 나가노 마사오씨는 어떤 부하도 잘 써냈다. 어느 직장에서도 소위 불필요한 자, 가치 없는 자라고 일컬음을 받는 나태한 혹은 난폭한 자가 있는 법이지만, 나가노 마사오씨에게는 이런 문제 직원들이 늘 보내졌다. 씨에게 보내면 모두 해결된다는 정평이 있었기 때문이었다. 씨의 휘하에 들어오게 되면, 그 문제 직원들이 즉각 일을 잘하게 되었다고 하니, 씨는 확실히 드물게 보는 인격의 소유자였음에 틀림없다. 특히 다음의 에피소드는 내 마음을 강하게 때렸다. 이것은 씨가 사뽀로에 근무했을 때의 일이다.

직장에 A라고 하는 주벽이 심한 동료가 있었다. 이 술망태는 동료나 상사로부터는 물론 친형제들한테서까지도 심한 배척을 당하고 있었다. 그럴수록 A는 더더욱 술을 많이 마셨고 그러다가 끝내는 미쳐 버리고 말았다. 당연히 직장에서 물러나야 했다. A의 친형제마저 병에 걸린 그를 완전히 버렸다. 그러나, 오직 한 사람 나가노 마사오씨는, 친형제도 돌아보지 않는 광인이 된 A를 근무하면서도 틈을 내어 진심으로 간호했다. 있는 정성을 다 쏟아서 간호했다. 술을 마시기만 하면 대들고 난폭한 행동을 하는 A를 씨는 결코 버리지 않았다. 그렇게 끝내는 완치될 때까지 그 노력과 수고를 아끼지 않았다.

완치되자 곧 나가노 씨는 상사에게 A의 복직을 간청했다. 이것은 소설 속의 미호리의 경우보다도(이 미호리의 사건도 나가노씨의 체험을 모델로 하여 썼다) 훨씬 곤란한 일이었을 것이다. 그러나 상사도 나가노씨의 평소의 인격과 열성에 감동되어 끝내 이를 받아들여서 그 복직을 인정했다. 씨는 즉각 마을에 집 한 채를 빌려 놓고 A와 자취생활을 하면서 지도와 원조를 계속했다. 끝내 A는 완전한 인간으로 돌아왔다. 약전에는 이에 관해 이렇게 쓰고 있다.

"어쨌든, 아이들보다 지도하기 더 곤란한 친구를 맡아서 교도하고 훈육한 미거(美擧)에 이르러서는, 천부(天父)의 사랑을 실천하는 사람이라야 비로소 가능한 것으로, 정에 이끌려 일시적으로 구제하는 자들은 도저히 해낼 수 없는 일이다. 아아, 군은 이렇게 하여 실천적 신앙의 계단을 한 발짝씩 올라갈 수 있었고, 끝내는 순금 같은 생애를 마친 것이다."
 또, 로꾸죠 교회의 야마우찌씨는 말하고 있다.
 "군은 사랑의 화신이라고 해야 마땅하다"라고.
 순금 같은 생애, 사랑의 화신으로까지, 당시의 친구들이 쓰지 않고는 견딜 수 없었던 나가노씨의 일상생활은 참으로 상상하고도 남음이 있다.
 씨는 또한 대단히 용기 있는 사람이기도 했다. 혹까이도의 전도로 일생을 보낸 선교사 피어슨 목사가 스파이 혐의를 받은 적이 있었다. 러일전쟁 전후의 일이었다. 대번에 사람들의 반감과 증오를 사게 되었고, 소학교 아이들까지 피어슨 선교사의 집에 돌을 던졌다.
 나가노씨는 이를 깊이 염려하여 즉각 신문에 투서하여 피어슨 선교사의 인격과 사명을 알리고, 또 경찰에 스스로 출두하여 오해를 풀기 위해 노력했다. 그것이 당시에 얼마나 용기를 필요로 하는 일이었는지는 상상키 어렵지 않다.
 이 나가노 마사오씨가 시오가리 고개에서 희생의 죽음을 완수한 것이었다. 철도 교회의 관계자는 물론, 일반 시민들도 씨의 최후에 깊은 감동을 받았다. 씨의 순직 직후, 아사히가와와 사뽀로에 커다란 신앙의 횃불이 타올라 몇십 명의 사람들이 세례를 받았다. 후지하라 에이기찌씨도, 감격한 나머지 70원의 저금을 몽땅 주일학교를 위해 바쳤다고 했다.

 오늘도 변함없이 시오가리 고개를 기차는 오르내리리라 생각한다. 씨가 희생의 죽음을 한 장소를 사람들은 무심히 지나며 여행을 즐기고 있을 것이다. 그러나 이 「雪嶺」의 독자는, 모쪼록 이 고개를 넘을 때에 그리스도의 종으로서 충실하게 살았고 충실하게 죽은 나가노 마사오씨를 추모해 주었으면 한다. 그리고 씨가 설날마다 새로 써서 몸속 깊이 간수하고 다녔던 유언,

"나는, 여러 형제 자매들이 내 죽음으로 인해 하나님께 가까이 나가, 감사의 참뜻을 맛보기를 기도한다."
라고 한 한 조목을 마음 속에 새겨 두었으면 한다.

마지막으로 이 소설을 쓰는 데 여러 모로 배려해 주신 후지하라 에이기찌씨, 구사지 가쯔 언니, 기도로 격려해 주신 교회의 여러 형제 자매, 2년 반에 걸친 연재중 여러 가지로 협력해 주신 '신도의 벗'의 편집부 여러분, 삽화를 그려 주신 나까니시 기요하루씨에게 새삼스레 깊은 감사를 드린다.

해 설

「雪嶺」은 1966년 4월부터 2년 반에 걸쳐, 일본 기독교단의 출판국에서 나오고 있는 월간지 '신도의 벗'에 연재된 소설이다. 이 일에 관해 나 자신이 조금 관련이 있었기 때문에 인연 이야기를 해보면, 당시 나는 이 잡지의 편집위원장으로서 편집의 책임을 지고 있었다. 새 연재소설을 누구에게 부탁할 것인가 하는 문제가 대두되었을 때 편집위원의 일치한 의견으로서 미우라 아야꼬씨에게 흰 깃털 달린 화살이 세워졌던 것이다. 확실히 내가 교섭한 것으로 기억되지만, 미우라씨가 허락해 주었을 때에는 정말로 안도의 가슴을 쓰다듬었던 것이다. 연재중에도 대호평이었는데, 나 자신이 꽤 많은 독자들로부터 이 소설을 읽고서의 감동을 들어 왔었다. 이번에 새삼스레 다시 한번 읽고서, 이는 미우라씨의 진정이 밖으로 나타난 작품임을 확신하게 되었다.

주인공 나가노 노부오에게 원형으로서의 모델이 있다는 것은 미우라씨 자신이 '후기'에서 자세히 쓰고 있기 때문에 그에 관해서는 일체 생략하기로 하지만, 미우라씨도 말하고 있듯이 나가노 마사오라고 하는 모델은 어디까지나 이 소설의 주인공의 원형일 뿐, 나가노 노부오라고 하는 인물은 작자인 미우라씨가 창작한 한 사람의 인격이라는 것을 확실하게 마음에 다져 두는 것이 중요한 마음의 자세일 것이다. 나가노 마사오가 속해 있었던, 그리고 미우라씨가 현재 속해 있는 일본 기독교단의 아사히가와 로꾸죠 교회에는 나 자신도 방문한 적이 있고, 젊은 날에 나가노 마사오한테 신앙으로 인도된 교회의 고로(古老)로부터 나가노 마사오에 관해 들었을 적에 얻어 맞은 듯한 깊고 격렬한 감동을 받았다고 미우라씨가 고백하고 있지만, 그것은 조금도 과장이 아닐 것이다. 그 굉장한 감동 경험을 모티브로 해서 이 소설을 쓴 까닭에, 독자 역시 감동을 공감할 수 있는 것이다. 작자 자신이 아무런 감동 경험도 없이 손 끝의 잔재주에 의해서만 씌어진 작품이 너무 많은 요즘, 이것은 귀중한 문학적 진실이라 할 수 있겠다.

그럼 미우라씨는 이 소설에서 무엇을 쓰려고 했을까? 즉 이 소설의 테마는 무엇인가. 이에 대해 미우라씨는 이렇게 말하고 있다.
"이 소설에서 나는 희생에 관해 생각해 보려고 한다. 현대에서는 여러 가지로 결여된 것이 많다. 사랑, 그렇다. 절개, 그렇다. 희생에 이르러서는, 현대인의 사전에서 이미 이 말을 찾아보아도 없을 것 같은 느낌을 나는 받는다. "남의 희생이 되는 따위, 나는 싫다"라든가 "그런 희생적인 정신은 소용없어"라고 하듯이, 희생이라고 하는 말에 이어 부정하는 말을 사용하는 것이 눈으로 보는 듯하다."(「雪嶺」의 연재에 앞서서)

이 소설이 '희생'이라고 하는 문제를 테마로 하여 씌어진 것은 명백하지만, 그 경우 미우라씨가 생각해 보려고 한 '희생'이 어디까지나 성경이 보여 주고 있는 '하나님께 바쳐지는 것'으로서의 희생이라는 것을 잊어서는 안 된다. 더욱이 미우라씨가 '희생'이라고 할 때에 그것은 구약성경의 율법이 정하는 소나 양, 그리고 비둘기 등의 희생을 말하는 것이 아니고, 자신의 생명을 버려서 인간의 죄를 씻어 주기 위해 영원한 희생 제물이 되신 예수 그리스도가 거기에는 뚜렷이 나타내지고 있다는 것을 이해하지 않으면 안 된다.
"사람이 자기 친구를 위해 목숨을 버리면 이보다 더 큰 사랑이 없느니라."

이 요한복음의 예수의 말씀이야말로「雪嶺」의 주제 성구라고 해야 좋을 것이다. 이 소설 전체가 실은 이 예수의 말씀의 강해가 되어 있다고 해도 조금도 과장은 아니지 않겠나 생각한다. 물론, 이는 나 자신의 이해이지, 작자인 미우라씨 자신이 직접 그렇게 말하고 있는 것은 아니다.

 그렇게 되면, '희생'이란 '참된 사랑'을 실천하는 것이고, 이 소설에서 미우라씨가 추구하고 있는 것은, 친구를 위해 목숨을 버릴 정도로 참된 사랑에 사는 진실, 이렇게 될 것이다. 나가노 노부오라고 하는 주인공은 실로 그런 인간상이 아닐까.
 노부오가 이끼 이찌바라고 하는 전도사의 노방 전도를 듣는 장면에서, 미우라씨가 이끼 이찌바로 하여금 이렇게 말하게 하고 있다.
 "여러분, 사랑이란, 자기의 가장 귀한 것을 남에게 주어 버리는 것입니다. 가장 귀한 것이란 무엇입니까. 그것은 생명이 아니겠습니까. 이 예수 그리스도는 자신의 생명을 우리들에게 주셨습니다. 그는 결코 죄를 짓지 않았습니다. 사람들은 자기가 나쁜 짓을 하면서도 자기는 나쁘지 않다고 하는 존재인데 반해, 예수 그리스도께서는 무엇 하나 나쁜 일을 하지 않았으면서도, 이 세상의 모든 죄를 지고 십자가에 달렸습니다. 그는, 자기는 나쁘지 않다고 말하고 도피할 수 있었습니다. 하지만 그는 그렇게 하지 않았습니다. 나쁘지 않은 사람이 나쁜 사람의 죄를 짊어지고, 나쁜 사람은 나쁘지 않다며 도망을 칩니다. 여기에 확실하게 하나님의 아들의 모습과 죄인의 모습이 있는 것입니다…."
 작품을 읽고 있으니까, 어느새 전도사인 이끼 이찌바의 말이 작가 미우라 아야꼬씨의 소리가 되어 내 귀에 들려오는 것이었다. 많은 독자들이 틀림없이 그런 경험을 갖고 있는 것이 아닐까. 거기에 미우라씨의 소설, 아니 미우라 아야꼬의 문학의 이상한 매력, 이상한 힘이 있는 것이라고 나는 생각하고 있다. 소설로써 허구화된 세계가 그런 힘을 가지고 독자의 혼에 작용할 수가 있다는 것은 실로 대단한 것이다.

미우라 아야꼬에게 있어서 소설을 쓰고 작품을 발표한다는 것은 '이 세상과 싸우는 것'이다. '문학은 이 세상과 싸우는 무기이다'라고 한 우찌무라 간조의 말을 빌려서, 미우라씨는 소설 「빙점」을 발표했을 때의 경험을 다음과 같이 말하고 있다.

"아사히 신문의 문예시평에서 구또 구씨는 내 소설 「빙점」에서 문단에의 도전을 느꼈다고 쓰고 있었다. 나 자신, 그만큼의 기재는 없었다고 생각하지만 결과로서 그런 평을 받았다는 사실에 대하여 나는 크리스챤의 사는 방법은 문학이건, 회화이건, 또는 일상생활이건간에 이 세상적인 것에 도전하고 있다는 사실을 새삼스레 깨닫게 되었다. 우찌무라 간조 선생의 말씀을 나는 요사이 새로운 각도에서 상기하고 있다."

우리들은 「雪嶺」의 주인공 나가노 노부오의 생활 방법 자체가, 이 세상적인 것에의 도전이라는 것을 느끼지 않을 수 없다. 나가노 마사오라고 하는 실재의 인물을 원형으로 하면서 나가노 노부오는 결국 작가가 만들어 낸 인물이라는 것은 이것이 또 미우라 아야꼬의 분신도 되어 있다는 사실이다. 전도사인 이끼 이찌바에서까지 나는 미우라씨의 분신을 느끼지 않을 수가 없다. 과찬이 아니라, 미우라 아야꼬는 훌륭한 여전도사라고 나는 생각하고 있는 것이다. 예를 들어, 죄의 의식이 명확치 않다고 하는 노부오에 대하여 이끼 이찌바는, "성경 중의 한 절을 악착같이 실천해 보라"고 말하지만, 이는 미우라씨 자신의 지론이라고도 할 수 있는 것이다.

「雪嶺」을 쓰기 시작하는 미우라씨의 마음에 '비원(悲願)'이라도 할 만한 하나의 기도가 있었던 것 같다. 그것은 소설이 끝났을 때에 독자 한 사람 한 사람의 가슴 속에 나가노 노부오라고 하는 이 주인공이 언제까지나 또 언제까지나 살아 있어 주었으면 하는 소원 말이다. 그런데 미우라씨의 그런 소원은 정녕 성취되었다고 할 수 있지 않을까. 왜냐하면, 이 소설을 읽고 감동했다는 많은 독자의 마음 속에 나가노 노부오가 살아 있는 실례를 나는 꽤 많이 알고 있기 때문이다.

"하얀 눈 위에 선혈이 튕겨지고 노부오의 몸은 피범벅이 되어 있었다."

지난 해에도, 금년 겨울도, 시오가리 고개를 여행하는 사람들은 순백의 눈이 덮인 시오가리 고개에 흩뿌려져 있는 희생의 선혈을 보게 될 것이다. 「雪嶺」이라고 하는 이 작품이 나가노 마사오의 희생의 죽음을 이와 같이 사람들의 마음 속에 소생시켜 주는 것이다.

"한 알의 밀이 땅에 떨어져 죽지 않으면, 한 알 그대로 있느니라."

이 성경의 말씀이 요시가와의 가슴에 떠올랐다.

이렇게 미우라씨는 쓰고 있지만, 모름지기 시오가리 고개를 여행하는 사람들의 마음에 오늘도 이 성경 말씀이 뚜렷하게 떠올랐을 것이다.

1973년 3월

佐古純一郎

설령

1982년   9월 30일 초판 발행
2009년   3월 16일 재판 9쇄

지은이 미우라 아야꼬
옮긴이 김 병 로
펴낸이 임 만 호
펴낸곳 설 우 사

등 록   제16-13호(1978.7.20.)
주 소   135-092 서울 강남구 삼성2동 38-13
전 화   02)544-3468~9
FAX   02)511-3920
ⓒ 설우사, 2009

e-mail : holybooks@naver.com

Printed in Korea
ISBN 89-87911-04-7   03830

정 가 12,000원